末日之旅 系列

引路人

YINLUREN

[美] 贾斯汀 · 柯罗宁 著
李静宜 译

Jieli 接力出版社
Publishing House

绿色印刷　保护环境　爱护健康

亲爱的读者朋友：

本书已入选“北京市绿色印刷工程——优秀出版物绿色印刷示范项目”。它采用绿色印刷标准印制，在封底印有“绿色印刷产品”标志。

按照国家环境标准（HJ2503-2011）《环境标志产品技术要求 印刷 第一部分：平版印刷》，本书选用环保型纸张、油墨、胶水等原辅材料，生产过程注重节能减排，印刷产品符合人体健康要求。

选择绿色印刷图书，畅享环保健康阅读！

北京市绿色印刷工程

桂图登字：20-2011-001

图书在版编目（CIP）数据

引路人／（美）贾斯汀 · 柯罗宁著；李静宜译 .—南宁：接力出版社，2017.6
（末日之旅系列）
书名原文：THE PASSAGE
ISBN 978-7-5448-4566-3

Ⅰ.①引…　Ⅱ.①贾…②李…　Ⅲ.①长篇小说－美国－现代
Ⅳ.① I712.45

中国版本图书馆 CIP 数据核字（2016）第 227255 号

责任编辑：张慧芳　　文字编辑：刘盛楠　　美术编辑：严　冬　　装帧设计：严　冬
责任校对：张琦锋　　责任监印：刘　冬　　版权联络：王燕超
社长：黄　俭　　总编辑：白　冰
出版发行：接力出版社　　社址：广西南宁市园湖南路 9 号　　邮编：530022
电话：010-65546561（发行部）　传真：010-65545210（发行部）
http：//www.jielibj.com　　E-mail：jieli@jielibook.com
经销：新华书店　　印制：北京明月印务有限责任公司
开本：880 毫米 ×1260 毫米　1/32　　印张：12.5　　字数：380 千字
版次：2017 年 6 月第 1 版　　印次：2017 年 6 月第 1 次印刷
印数：00 001—12 000 册　　定价：49.80 元

目 录

通往死亡的漫漫长途遍布邪行罪恶，
新的惊惧一一出现，
让心一寸一寸凋萎；
每踏出一步，骨头会更抗拒一分，
心灵会筑起怨怼的藩篱。
但有何用？
篱障一一陷落，眼前毫无遮蔽，
掩不去灾祸遍野的景象，
掩不去那历历在目的罪行。
——凯瑟琳·安·波特《苍白之马，苍白骑士》

来，让我们到牢里去吧。
就我们两个，像鸟儿关在笼里，
你请我祝福时，
我会跪下，
求你宽恕。
——莎士比亚《李尔王》

轻柔的歌声寂灭后，
音乐将在回忆中萦回；
甜美的紫罗兰凋萎，
芳香存留在其唤起的感觉里。

玫瑰凋零之后，
玫瑰花瓣将撒满爱人的床；
而你离去之后，
爱将恬睡在对你的思念里。
——雪莱《音乐，轻柔的歌声寂灭之后》

噢，睡梦！温柔的睡梦！
大自然温和的保姆，我是如何吓坏了你。
让你不愿再为我合上眼帘，
让我的意识沉浸于忘河之中。
——莎士比亚《亨利四世》第二卷

献词

给我的子女

不再有噩梦

我看到年代久远的富丽豪奢，
为时间的毒手所摧毁；
我看到昔日的高楼华厦被夷平，
永垂不朽的铜碑禁不起死神肆虐；
我看到饥渴难餍的大海
吞噬岸边的疆土，
而陆地又夺回海的领域，
就这样失而复得，得而复失；
我看见这样的荣辱更迭，
繁华终将归于寂寥，
这断壁残垣不免教我思量，
时间会来夺走我的爱人。

——莎士比亚《十四行诗》

第一卷　惨绝人寰的噩梦

通往死亡的漫漫长途遍布邪行罪恶，
新的惊惧一一出现，
让心一寸一寸凋萎；
每踏出一步，骨头会更抗拒一分，
心灵会筑起怨怼的藩篱。
但有何用？
篱障一一陷落，眼前毫无遮蔽，
掩不去灾祸遍野的景象，
掩不去那历历在目的罪行。

——凯瑟琳·安·波特《苍白之马，苍白骑士》

疫前五年至疫前一年

1

远在成为“不知来历的女孩”——活了千年的“闯入之人”、“前无古人后无来者的唯一之人”以前，她只是个住在艾奥瓦的小女孩，名叫艾美——艾美·哈珀·贝拉芳德。

艾美出生时，她妈妈珍妮特十九岁。珍妮特给宝宝取名叫艾美，好纪念在她小时候就已过世的母亲。宝宝的中间名是哈珀，取自《杀死一只知更鸟》的作者哈珀·李[①]，这是珍妮特最喜欢的一本书，老实说，也是她高中时代唯一从头到尾读完的一本书。她原本想用书里小女生的名字给宝宝取名叫斯考特，因为她希望女儿长大之后也能像那个女生一样，坚强、风趣、睿智，这全都是珍妮特自己没能拥有的特质。可斯考特是男生的名字，她不希望女儿一辈子都得浪费唇舌解释这类问题。

艾美的爸爸是偶然走进珍妮特打工地方的男人，珍妮特从十六岁起就在这家餐馆当服务生。坐落在公路旁的这家快餐店人称“盒子”，因为店的模样活脱脱就像个盒子：一个摆在柏油路边大大的铬铁鞋盒，后面是一大片种满玉米和豆子的田地，周围几公里之内什么都没有，只有一家自助洗车店，也就是那种你往机器里喂铜板，一切自己来的地方。这男人叫比尔·雷诺斯，销售联合收割机和采收机之类的大型机械，嘴巴很甜。自从珍妮特替他倒咖啡开始，他就一次又一次

---

① 哈珀·李（Harper Lee，1926—　），美国女作家，以 1960 年出版的《杀死一只知更鸟》（*To Kill a Mockingbird*）而闻名。该书以 20 世纪 30 年代经济大恐慌时期美国南方为背景，描述白人律师为受诬黑人辩护的故事，1999 年被《图书馆期刊》评选为“20 世纪最佳小说”。（本书脚注若未特别说明，均为译者注。）

地告诉她，说她长得有多漂亮，他有多喜欢她乌亮的秀发、淡褐色的眼眸与纤细的柳腰，说得真心诚意，完全不像学校里的那些男生，甜言蜜语好像只是为了诱拐她让他们为所欲为。他有辆崭新的庞蒂亚克汽车，仪表板晶亮得像宇宙飞船，皮椅柔软得像奶油。她原本有可能爱上这个男人的，她想真心真意地爱。可是他只在镇上待了几天就继续上路了。她把事情原委告诉爸爸之后，爸爸说要去找他，逼他负起责任。问题在于，比尔·雷诺斯结婚了，是个有妇之夫，这一点珍妮特已经知道，却没有向爸爸说。他在林肯有个家，远在内布拉斯加的另一头，他甚至还给她看过皮夹里的儿子照片，两个穿棒球制服的小男生，巴比和比利。所以不管爸爸逼问多少次，要她说出对她做这种事的人是谁，她始终没松口，她甚至没告诉他那个男的叫什么。

说真的，这些事情并没让她太烦心：怀孕没什么好烦心的，整个过程都很顺利；生产没什么好烦心的，虽然痛苦，但很快也就过去了；而添个女儿就更不用说了。她的女儿，她的小艾美。为了让珍妮特知道他决定原谅她了，爸爸把她哥哥的旧卧房改装成婴儿房，也把珍妮特好多年前睡过的那张婴儿床从阁楼上搬下来。到艾美快出生之前，他还陪珍妮特到沃尔玛超市去添购婴儿需要的东西，诸如睡衣、塑料小浴盆之类，他还特地挑了一个挂在婴儿床上方的旋转音乐铃，因为他看过一本书，上面说小婴儿需要这种可以盯着看的东西，这样才能让他们的小脑袋开始正常运转。从一开始，珍妮特就认定宝宝是个“她”，因为她心里想要个女儿，可是她也知道这不是可以对谁说的事，就连对自己说都不行。她到希达瀑布的医院做B超时，问过那个身穿花卉图案罩衫、拿着小小的塑料杆在肚子上滑来滑去的女人，说看不看得出来宝宝是男是女。那个女的笑起来，看着屏幕上宝宝在珍妮特肚子里蜷起身子熟睡的画面说：“嗯，这宝宝很害羞。有时候看得出来，有时候看不出来，而这一个呢，就是看不出来的。”所以珍妮特并不知道，可是她觉得没关系。她和爸爸清空哥哥的房间，拿下他的旧锦旗和海报——职业棒球明星荷西·康塞柯、名叫“杀手野餐”的音乐团体、百威啤酒女郎——发现墙面褪色斑驳得厉害，于是重新粉刷。依据油漆罐上的标签，他们挑上的颜色叫“梦幻时光”，既是粉蓝又是粉红，无论最后宝宝是男是女都适用。她爸爸沿着天花板边缘贴上壁纸花边，一排鸭子在水池戏水的重复图案。他还在拍卖会上找到一把枫木摇椅重新打理干净，如此一来，珍妮特带宝宝回家之后，就有地方可以坐着抱宝宝了。

宝宝在夏季出生，如她所愿是个女孩，起名叫艾美·哈珀·贝拉芳德。姓雷诺斯好像没什么道理，因为姓这个姓的那个人珍妮特猜自己再也见不着了，更何况如今有艾美在身边，她也并不想再见到他。至于贝拉芳德，谁都想不出来比这更好的名字了。这个字的意思是“美丽的喷泉”，艾美也的确就是。珍妮特喂她、摇她，替她换尿布。夜里，艾美因为肚子饿了、尿布湿了或讨厌黑暗而哭起来，珍妮特不管时间有多晚或在“盒子”里工作得有多累，总是跌跌撞撞冲过走道到她房间，忙着抱起宝宝，告诉她说妈妈在这里，妈妈会永远在这里，你一哭，我就马上过来，这是我们两个之间的约定，你和我，从现在直到永远，我的小艾美·哈珀·贝拉芳德。她会搂着宝宝摇啊摇，直到破晓时的晨光开始给窗帘染上淡淡的光晕，直到她听见鸟儿在屋外的枝杈上婉转清啼。

艾美三岁的时候，父亲死了，珍妮特又剩下孤零零一个人了。他们说父亲是心脏病，再不然就是中风。这不是任何人需要去深究的事。反正不管是心脏病还是中风，他都在一个冬日清晨准备开货车到升降梯去工作时犯了病，时间只够把咖啡杯搁在围墙上，然后就倒地不起了，而咖啡连一滴都没溅出来。她还是继续在“盒子”工作，可是挣的钱已经不够用了，不够艾美自己用，也不够任何家用，而她远在某处海军基地的哥哥，根本不回她的信。**上帝创造艾奥瓦**，他总是这么说，**好让人们可以离开，永远不再回来**。她实在不知道自己该怎么做。

有一天，那个叫比尔·雷诺斯的男人走进快餐店。他和以前不太一样，而且改变并不太好。她记得的比尔·雷诺斯——她必须承认，她偶尔还是会想起他，大半都是一些小事情，比方说他讲话时那沙色头发垂在前额的模样，或他喝咖啡前先吹一口，即使咖啡并不烫——

她记得的都是这些事，宛如内心某种温暖的光，让人想要靠近。就像那种小小的塑料棒，只要轻轻一拍，里头的液体就会发光。眼前的是同一个男人，但是那光芒不见了。他看起来老了，也瘦了。她看见他没刮胡子，没梳头发，以前总是梳得油亮服帖的头发，现在乱七八糟。他身上也不再是以前熨得平整的马球衫，而是像爸爸以前穿的普通工人衬衫，没塞进裤腰，腋下有污渍，他看起来活像在外面露宿或在车里待了一整夜。他在门口看着她，她跟着他走向靠后方的一个雅座。

“你来干吗？”

“我离开她了。”他说，他望向站着的她时，她从他的气息中闻到啤酒味，还有汗水与脏衣服的味道，“我离开了，我做到了，珍妮特。我离开我老婆了，我恢复自由了。”

“你大老远开车来告诉我？”

“我一直在想你。”他清清嗓子，“很想。我也想到我们两个的事。”

“什么我们两个？从来就没我们。你不能就这样回来，说你一直在想我们两个的事。”

他坐直起来：“呃，我现在回来了，我现在不就回来了吗？”

“我现在很忙，你看不出来吗？我不能这样和你讲话，你得点一些东西。”

“好，”他回答，可是眼睛没看墙上的菜单，只一个劲儿地盯着珍妮特，“我要芝士汉堡包。一个芝士汉堡包和一杯可乐。”

她写点单时候的字歪七扭八的，她知道自己快哭了。她觉得自己好像已经一个月……一年没睡觉了。沉甸甸的疲累只靠她意志里最稀薄的那一丝银质支撑着。有时候她会想在人生里完成一些事情——剪掉头发，或是拿到毕业证书，开一家小店，或搬到真正的城市，比方说芝加哥或得梅因，租间公寓，或交几个朋友。她心中不时浮现一幅画面，看见自己坐在一家店里，一家很不错的咖啡馆，是秋天，屋外很冷，她独自坐在窗边看着书。桌上马克杯里的茶冒着热气。她抬头望向窗外，看见她所在的城市街头上人来人往，人们裹着厚重大衣与帽子；她也看见自己的脸映在窗上，和屋外的人影交叠着。可是，此时此刻她站在这里，这些意念仿佛完全属于不相干的另一个人。现在有了艾美，大半时间生着病的艾美，不是因为感冒，就是因为珍妮特到“盒子”上班时间送她去的那间脏兮兮的托婴中心而闹肚子。她爸爸就这样死了，像是掉进地面陷阱里那样突然死了；而比尔·雷诺斯坐在餐桌旁，仿佛只是离开了一会儿，而不是四年。

“你现在干吗来找我？”

他凝神盯着她看了好一会儿，摸摸她的手背。“待会儿和我碰个面，拜托。”

最后他和她与艾美一起住在那栋房子里，她说不上来是她开口邀他搬进来的，还是怎么回事。不管是哪种情况，她都马上就后悔了。这个比尔·雷诺斯到底是什么人？他离开老婆和儿子，穿着棒球服的巴比和比利，把他们全丢在内布拉斯加。那辆庞蒂亚克车没有了，工作也没了，一切都完了。“经济不景气成这个样子，”他说，“什么东西也没人买。”他说他有个计划，但是她唯一看见的计划是她去上班时，他坐在家里什么都不做，不照顾艾美，甚至连洗一下早餐盘都不肯。他搬进来三个月之后第一次揍了她；他喝醉了，动手之后就开始大哭，一遍又一遍地说他有多抱歉。他跪在地上，哭哭啼啼的，好像是**她**对**他**做了什么似的。他让她一定要了解，这一切有多苦，他人生的变化远超乎任何一个男人所能忍受的极限。他爱她，他很抱歉，这样的事不会再发生，永远不会。他发誓，永远不会再这样对她或对艾美。到了最后，她听见自己说她也很抱歉。

他为了钱揍她，冬天来临之后，她银行户头里没有足够的钱可以付给卖燃油的人，他又揍她了。

“该死的婆娘，你看不出来我现在沦落到什么地步了？”

她坐在厨房地板上，双手抱头。他揍她，出手很重，打得她整个人站不稳。真是好笑，她坐在这里，看见地板脏兮兮的，到处都是污渍，柜子底下通常看不见的地方有一团团灰尘和天晓得是什么的东西。她有一半心思在注意那些脏东西，另一半的心思却在对她说，你脑筋不清楚啊，珍妮特，比尔揍了你，把你脑袋的线路给打断了，你竟然担心起灰尘来了。这个世界的声音也变得有点好笑了，艾美在楼上看她房里那台小电视，珍妮特可以听见电视的声音，仿佛在她脑袋里播放似的，《紫色恐龙巴尼》主题曲和一首刷牙的歌，然后，她听见一辆油罐车驶远了，引擎轰隆隆地转下车道，开上县道。

“这不是你的房子。”她说。

“你说得没错。”比尔从水槽上方拿出一瓶老鸦威士忌，倒了一些在果冻罐里，虽然这时才早上十点，他坐在餐桌旁，但没跷起腿来坐得更舒服一些，“也不是我的油。”

珍妮特翻过身，想站起来，却办不到。她看着他喝酒，看了一分钟。

“滚出去。”

他大笑，摇摇头，又啜了一口威士忌。

“真好笑，”他说，“你都坐在地上了，竟然还敢这么对我说。”

“我是认真的，滚出去。”

艾美到厨房来。她抱着走到哪里都带着的绒毛巴尼，穿着珍妮特在超市买的连身裤，上身绣着草莓图案。一边的裤带掉了，垂在腰上。珍妮特知道一定是艾美自己扯掉的，因为她要上厕所。

“你坐在地上，妈妈。”

“我没事，亲爱的。”她站起来表示没事。她的左耳嗡嗡叫，像是卡通影片那样，仿佛有群鸟儿在脑袋里飞转。手上有一点血，但不知道是哪里来的。她抱起艾美，想办法勉强挤出微笑说：“看见没？妈妈只是吃了药，没事的。你要上厕所吗，亲爱的？去嘘嘘？”

“看看你，”比尔说，“你应该看看你自己的德行。”他摇摇头又喝了一口酒，“你这个蠢婆娘，她搞不好根本不是我的种。”

不知道是听见这句话还是看见妈妈的血，小女孩哭了起来。

“看看你干了什么好事？”比尔说，然后转头对艾美说，“别哭了，没什么大不了的，只是吵架呀，就这么回事。”

“我再说一遍，你给我走。”

“不然你要怎样，你说呀，你连油桶都灌不满呢。”

“你以为我不知道？我可不需要你来告诉我。”

艾美开始哭号。抱着她，珍妮特感觉到一股温暖的液体流过她的腰部，小女孩尿出来了。

“行行好吧，叫她闭嘴。”

她把艾美紧紧抱在胸前。“你说得没错。她不是你的。她不是你的，永远不会是。你不走，我就打电话报警，我发誓。”

“你不会这样对我的吧，小珍？我是说真的。”

“那好，我打电话，我这就打电话。”

于是他站起来，乒乒乓乓地走过屋子，拿起他的东西，丢进几个月前装着带进这屋子里来的那几个硬纸箱。她当时脑袋里在想什么啊？他竟然连个像样的行李箱都没有？她坐在厨房的餐桌旁，把艾美抱在膝上，看着炉子上的时钟，数着一分一秒，等着他再次踏进厨房来揍她。

但是，她却听见大门开了，他沉重的脚步踏上门廊。他进进出出几趟，搬走纸箱，门敞开着，冷冽的空气灌进整个屋子。最后，他走进厨房，靴底在地板上留下一行雪印。

“好，好，你要我走？就走着瞧吧。”他从桌上拿起那瓶老鸦威士忌。“最后的机会。”他说。

珍妮特什么都没说，甚至没看他一眼。

“那就这样了，很好，你介意我再喝一杯上路吗？”

就在这时，珍妮特伸出手，把杯子往厨房的另一角扫去，她张开的手掌仿佛乒乓球拍一般把杯子砸了出去。在出手前半秒钟她才意识到自己打算干吗，她知道这不是个好主意，但已经来不及了。玻璃杯撞上墙面，发出空洞的闷响，跌落地板，没破。她闭上眼睛，把艾美抱得紧紧的，知道接下来会发生什么事。有那么一会儿，玻璃杯在地板上滚动的声音似乎是房里唯一的动静，她可以感觉到比尔的怒气宛如热气从他身上散发出来。

“你等着看这世界能给你什么吧，珍妮特，你记住我说的话。”

于是，他走出厨房，走了。

她尽可能筹出钱来付给卖油的，然后把暖炉调低到十摄氏度，让油可以多撑一段时间。“看，艾美宝贝，我们好像到远处去露营呢。”

她给小女孩的手戴上手套，头罩上帽子，“看吧，现在不冷了，没那么冷。就像去探险一样。”她们睡在一起，身上盖着一大堆旧被子，房间里冷冰冰的，她们呼出的空气在面前凝结成雾。她找了个晚上的工作，去中学打扫，把艾美留给隔壁的妇人照顾。但是邻居生病住院之后，珍妮特只好把艾美一个人留在家里。她告诉艾美要怎么做：躺在床上，别开门，闭上你的眼睛，不知不觉我就回来了。她等到确定艾美睡着之后才溜出家门，然后快步走过积雪的车道，到她停车的地方。她没把车停在门口，这样艾美才听不见她开车的声音。

但是有天晚上她犯了错，把这件事告诉了别人。她和另一个一起工作的女人到外面抽烟的时候，告诉了那个女人。珍妮特向来不喜欢抽烟，也不想花这个钱，但是香烟能让她保持清醒，如果没有抽烟的休息空当，一整个晚上也就没什么好期待的，只有刷不完的马桶和拖不完的走廊。她告诉那个名叫艾丽斯的女人，要她别对任何人说，她知道把艾美一个人留在家里是会惹上麻烦的，但是，艾丽斯当然没听她的。她马上去找工头，工头当场开除了珍妮特。“把孩子一个人留在家里是不对的。”他在办公室里对珍妮特说。位于锅炉旁的办公室大约只有十平方米，有张凹痕累累的铁桌，一把绒毛翻翘起来的旧安乐椅，墙上挂的月历甚至不是今年的，里头的空气总是又热又闷，让珍妮特几乎无法呼吸。他说：“算你走运，我不打电话告发你。”她很不解，什么时候她已经变成可以让人指着鼻子说这句话的对象了，而且他说得还没错。他向来对她很好，或许她可以让他了解她的处境，可是她累得不想说话。她收下她最后的一张工资支票，开着那辆旧车回家。那辆车况极糟的起亚是她念高中时买的二手车，当时就已有六年车龄，没开多久就摇摇欲坠，开上柏油路面的时候，她甚至可以从后视镜看见螺丝和螺帽蹦蹦跳跳的。她在超市停下来，买了一包卡普里香烟，结果引擎就发动不了了。她开始哭，一发不可收拾，足足哭了半个钟头。

问题出在电池上头，席尔斯百货一个新电池要价八十三美元，但是当时她已经一个星期没去上班，结果丢了她在“盒子”的工作。她身上的钱只够她们把东西装在比尔留下的杂货袋与纸箱里离开。

没人知道她们的下落，房子里空荡荡的，水管结冰，像熟透的水果那样爆裂开。春天来临后，自来水日日喷个不停，直到自来水公司发现没人付费、派几个人来把水停掉为止。老鼠们乘虚而入，一场春季雷雨砸破了楼上的窗户，燕子也来了，它们在珍妮特与艾美怎么也睡不暖的卧室里筑巢，没过多久，整个屋子都是鸟儿的啼鸣与味道。

珍妮特在迪比克找了一份加油站上晚班的工作，她让艾美在后面的房间里睡觉，但后来被老板发现了，要她走路。当时是夏天，她们睡在起亚车里，用加油站后面的厕所梳洗，所以离开也只不过是开车上路罢了。她们在罗彻斯特珍妮特的朋友那儿待了一阵子，那是她在高中认识的一个女孩，在罗彻斯特念了个护理学位。珍妮特在朋友工作的那家医院找到一份拖地板的工作，但只能拿到最低工资，而且朋友的公寓太小，没法收容她们，所以她又搬到汽车旅馆去。可是没有人可以照顾艾美，那位朋友没办法替她看小孩，也不知道有谁可以帮忙，所以最后她们又住到起亚车上了。那时是九月，空气中已经带着寒意。收音机整天谈着战争。她往南开，一直开到孟菲斯，然后起亚车永远报废了。

开奔驰车载他们的那个男的说他叫约翰——骗人，她猜，从他说话的模样她就猜得出来，活像小孩子编故事说是谁打破灯泡似的，在开口之前先打量了她一番。“我的名字叫……约翰。”她猜他大约有五十岁，但她并不太会判断这些事情。他的胡子修剪得很整齐，穿着合身的黑西装，很像殡仪馆的人。他一面开车，一面从后视镜看着艾美，在椅子上挪了挪身体，开始问她从哪里来啦，她喜欢什么啦，怎么会到田纳西州来的。这辆车让她想起比尔·雷诺斯的庞蒂亚克，只是比那辆更好。关上车窗，你几乎听不见外面的声音。座椅也好软，让她觉得好像坐在一盘冰激凌里。她觉得昏昏欲睡，等车子停进汽车旅馆时，她根本不太在乎会发生什么事。这似乎无可避免。他们所在之处靠近机场，地势平坦，和艾奥瓦一样，在暮色之中，她看见飞机的灯光在田野盘旋，画出平缓寂寥的弧线，宛如射击场上的标靶。

“艾美，亲爱的，妈妈要和这个好心人进去一下，可以吗？你看你的图画书吧，亲爱的。”

他很有礼貌，自己打理好一切，叫她宝贝之类的，离开之前，在床头柜上留下五十美元——足够珍妮特和艾美找个房间过夜。

但是其他人就没这么好。

夜里，她把艾美锁在房间里，打开电视，弄出一点声音，然后走到汽车旅馆前面的公路上，就只是站在那里，但时间不会太久。会有人停下车，永远都是男人，一旦谈好条件，她就带他回汽车旅馆。她先让那个男的在房间外面等着，自己进房里，把艾美抱进浴室。她拿备用的毯子和枕头在浴缸里替她弄好一张床。

艾美六岁，很安静，大部分时间都一声不响，但珍妮特还是叫她看书，把同样的几本书让她反复再看几遍，或者数数儿。有一回她们一起看《幸运转轮》，节目进行到赢得大奖的女人要花掉赢来的钱时，小女孩知道她可以买什么，她负担不起墨西哥坎昆的假期，但可以买起居室家具组，然后还有足够的钱可以买双人高尔夫球组。珍妮特想，艾美真是聪明，可以算得出来，或许不只是聪明而已，她想艾美应该去上学，可是她并不知道附近哪里有学校。这一带都是汽车修理店、当铺，以及像她们住的“超级六号”一样的汽车旅馆。旅馆老板看起来有几分像猫王，不是年轻英俊的猫王，而是有点年纪、有点胖的猫王，一头汗腻腻的头发，厚厚的金边眼镜让他的眼睛看起来活像在水族箱里游泳的鱼。他穿着一件纱缎外套，背后有道闪电图案，以前猫王也有一件。他多半时间都坐在柜台后面的办公桌玩单人牌，用一根塑料烟斗抽小雪茄。珍妮特每周用现金付房钱，如果她肯多付五十，他就不跟她啰唆。有一天，他问她有没有什么防身的东西，她或许想向他买把枪。她说当然啦，多少钱，他说要一百美元。他拿一把看来像生锈的点二二小左轮枪给她看，她在那个办公室里把枪拿在手里，感觉起来不太有分量，更别提要拿来对着别人开枪了。可是这把枪很小，可以放进她到公路上随身带着的皮包里，她想，有把枪应该也不赖。“小心，别乱指啊。”经理说。珍妮特说：“好吧，如果你怕，那就应该管用，你卖掉一把枪了。”

她很高兴自己有把枪，光是知道皮包里揣着手枪的那种感觉，就让她发现自己以前其实很害怕。现在不怕了，至少没那么怕了。枪就像秘密，就像她身份的秘密一样，她仿佛把最后一点真实的自我藏在皮包里了。至于另一个珍妮特，穿着紧身上衣和裙子，站在公路上，翘着屁股，微笑说：**你想要什么啊，宝贝？我今天晚上可以帮上忙吗？**那个珍妮特是虚构的人物，就像那个她不想知道结局的故事中的女人。

结果那天晚上搭上的男人并不是她所以为的那种男人。那些恶劣的家伙，你通常一眼就能瞧得出来，有时候她会说不，谢谢你，然后继续往前走，但是这个男的看起来人很好，她猜可能是个大学生，至少年轻得像个大学生，打扮得体，穿着笔挺的卡其裤，衬衫上头有个小小的人骑在马上，挥着球棒。他看起来像要去赴约的人，这个想法害得她上车时忍不住笑了起来。他开的是辆福特探险家，车顶有个摆自行车还是什么的架子。

但是接着，有意思的部分来了，他没把车开进汽车旅馆。有些男人会要她就在车上做，甚至懒得把车停好，她以为这人也是希望这么做，但开始动手时，他却轻轻把她推开。他要带她出去。她问："什么意思？出去？"

"比较好的地方，"他解释说，"你不想到比较好的地方去吗？我会付你更多钱，比你平常要的价更高。"

她想起睡在房间里的艾美，觉得这应该没什么差别，反正都一样。"只要不超过一个钟头就成，"她说，"然后你就得送我回来。"

但是不止一个钟头，比一个钟头长得多。到了要去的地方之后，珍妮特开始害怕起来。他把车停在一幢房子前面，门廊上有个大大的标志，是三个看起来像字母却又不太像的图案，珍妮特知道这是什么地方：兄弟会。一群纨绔子弟住的地方。他们住在这里假装上学，准备当医生律师，其实成天挥霍老爸的钱花天酒地。

"你会喜欢我的朋友的，"他说，"来吧，我要你见见他们。"

"我不要进去，"她说，"你现在就送我回去。"

他停了一下，双手抓着方向盘，她看着他的脸，看见他眼里迟滞疯狂的饥渴时，突然觉得他不再像是个好人了。

“这个嘛，”他说，“你没有选择，我得说，现在没有回去这一个选项。”

“去你的。”

她推开车门，下车走开，根本不管自己身在何处。他也下了车，抓住她的手臂。现在情势很明朗，屋里会有什么在等着她，他想要什么，一切会如何发展，都很清楚了。是她的错，事先没搞清楚——她老早之前就该搞清楚，或许早在比尔·雷诺斯走进“盒子”那天就该搞清楚的。她知道这个男孩也很害怕——有人逼他这么做，他屋里的朋友，或他自己觉得是被逼的，但她不在乎。他从后面抓住她，想用手臂揽住她的脖子，用手肘锁紧她，但她打他，很用力地打，握起拳头用手背打个正着，打得他哀叫，骂她臭女人、臭婆娘，还有其他难听的字眼，同时挥手朝她的脸打来。她失去了平衡，往后倒去，他压在她身上，双腿夹着她的腰，仿佛骑马那样，又掴又打，想钳住她的双臂。他一旦动手，就再也停不下来。这么做的时候，他或许不在乎她是不是意识清楚，她想，他们两个都不在乎。她伸手抓起掉在草地上的皮包。她的人生如此诡异，让她觉得这仿佛不再是自己的人生了，就算一开始时原本是她的，现在也已经不是了。但是对枪来说，一切都是有道理的。枪知道自己是什么，她感觉到左轮枪冰冷的金属滑进她掌心，仿佛它想待在她手里。她心里说：**别思考，珍妮特**。她把枪柄抵在那男生的头侧，感觉到枪下的皮肤和骨头，知道那距离好近，她绝对不可能错失目标。然后她扣下扳机……

她耗了一整夜才回到家，那男生从她身上倒下之后，她尽快跑到她所能看见的最大的、在街灯下闪闪发亮的马路，及时拦下一辆巴士。她不知道自己衣服或身上有没有血，但司机在对她说明该如何回到机场附近时，连看都没看她一眼。她坐在没人看得见她的地方，反正这辆巴士也差不多是全空的。她不知道自己人在哪里，巴士慢慢驶过有住宅、商铺的街区，到处黑黢黢的。经过一座大教堂，然后是动物园的路标，最后进入市区。她站在有机玻璃的候车亭里，因为湿冷而全身发抖，等待第二辆巴士来。她的手表不知什么时候掉了，所以不知道时间。或许是在缠斗的时候掉的，警察可以拿来当线索。可那只不过是一块在大卖场买来的天美时表，大概不足以让他们掌握什么吧。能让他们追查的是那把枪，她把枪丢在草坪上了，她记得的确如此。她的手到现在都还因为那把枪发射的后坐力而觉得麻麻的，骨头像旋转的汤匙那样咔啦咔啦响个不停。

等她回到汽车旅馆时，太阳已经出来了，她感觉到城市苏醒了。在灰蒙蒙的光线下，她进到房间里。艾美睡着了，电视还开着，在介绍某种健身器材。一个浑身肌肉的男人绑着马尾，狗似的大嘴对着屏幕外面狂吼。珍妮特知道顶多再过几个钟头，就会有人来。她真是蠢，竟然留下了那把枪，可是现在没必要担心这个了。她在脸上泼了些水，刷了牙，不再看镜里的自己一眼，然后换上牛仔裤、T 恤。她换下的那几件衣服，她在公路上穿的短裙、紧身上衣、流苏夹克，全沾上了血和其他她不想知道的东西。她把那些衣服拿到汽车旅馆后面臭气冲天的垃圾堆，挖了个洞埋起来。

时间仿佛手风琴那样挤缩过来，她活过的这些年，以及经历过的这些事，突然被这一刻的重量给紧紧压住了。她想起艾美还是个小婴儿的某个清晨，她抱着她在窗边摇啊摇，连自己都差点儿睡着了。那些早晨都是美好的早晨，是她会永远铭记的时光。她把一些东西塞进艾美那个神力女超人的背包里，一些衣服和钱则塞进自己要用的杂货袋里。然后，她关掉电视，轻轻叫醒艾美。

“来吧，亲爱的，该起床了，我们要走了。”

小女孩半睡半醒，让珍妮特替她穿衣服。她早晨总是昏沉沉的，有点搞不清楚状况。珍妮特很庆幸现在是早晨，而不是其他时间，否则她就得多费唇舌哄骗与解释。她给女儿一根早餐谷片棒和一罐温葡萄汁，然后一起走到公路上，也就是之前她走下巴士的地方。

她还记得在搭车回旅馆途中，曾看见一幢石砌的大教堂，门口竖有牌子写着“慈悲修女院”。如果搭对巴士，她们会再一次回到那个地方。

她和艾美坐在巴士后面，她揽着女儿的肩头，把女儿搂得紧紧的。小女孩什么都没说，只有一次说她饿了，于是她又拿出一根谷片棒。离开旅馆之前，她把谷片棒放在艾美背包里，还有干净的衣服、牙刷以及艾美的彼得兔。艾美，她想，你是我的乖女儿，我很乖很乖的女儿，对不起，对不起。她们在市区换巴士，又经过三十分钟，珍妮特看见动物园的路标后，开始怀疑是不是走过头了，但她想起是先经过修女院才看到动物园的，现在是反方向走，应该是过了动物园才会到修女院的。

她看见了，在白昼的光线之下，修女院看起来不太一样，没那么大，但应该就是它。她们从后门下车，珍妮特把艾美外套的拉链拉起来，让她背上背包，巴士开走了。

她抬头看见了那个牌子，她前一晚记得的那个，挂在绕过旁边车道边缘的柱子上的“慈悲修女院”。

她拉着艾美的手走上车道。两旁有高大的树，大概是某种橡木吧，长满苔藓的长臂垂在她俩头上。她不知道修女院应该什么样子，可这幢只是普通的房子，不过是幢顶不错的房子。石块建筑，微微闪着亮光，木瓦屋顶，窗框镶着白边。正前方有个草药园，她想大概是修女种的吧，她们一定是到外面来照料园里的小草苗的。她走到正门口，按了电铃。

来应门的女人并不是她想象中的老妇人，也没穿修女袍之类的东西。这女人很年轻，不比珍妮特大，除了头上戴着的头巾之外，衣着打扮和常人无异——裙子、衬衫和一双褐色的平底便鞋，而且她是黑人。离开艾奥瓦之前，除了在电视和电影中看见的，珍妮特这辈子顶多见过一两个黑人，但是孟菲斯黑人很多，她知道有些人和黑人处不来，但是珍妮特到目前为止还没什么问题，她觉得黑人修女也没什么关系。

“很抱歉打扰你。”珍妮特说，“我的车在街上抛锚了，我在想……”

“没问题。”那女子说，她的嗓音很奇怪，和珍妮特以前听过的声音都不一样，仿佛带着音符，在字里行间轻轻回荡，“进来，进来，你们二位。”

那女子退后一步，让珍妮特和艾美踏进前厅。在屋子的其他地方，珍妮特知道，还有其他修女——或许都是黑人——在睡觉、做菜、看书或祷告，她猜修女一天大部分的时间都在祷告。这里好安静，所以她想自己猜的必定没错。她现在要做的，就是让这个女人留她和艾美独处一会儿。这是她不得不面对的事实，就像她知道前一天晚上杀了一个男生以及其余的那样。她现在要做的事会伤她更深，但除此之外并不会有什么不同，只不过让同一个伤口更痛而已。

“您是……”

“噢，你可以叫我蕾西，”那女子说，“我们这里用不着那么客套。这是你的小女儿吗？”她蹲在艾美前面，“嗨，你叫什么名字？我有个小侄女和你差不多大，也和你一样漂亮。”她抬头看珍妮特，“你女儿好害羞，或许是因为我的口音的缘故吧。你知道，我是从狮子山来的，在西非。”她又转头面对艾美，拉起她的手，“你知道那是哪里吗？那是很远很远的地方。”

“这边的修女都是从那里来的吗？”珍妮特问。

那女子站起来，笑得露出亮闪闪的牙齿：“噢，不，恐怕我是唯一的一个。”

有那么一会儿，她们谁也没说话。珍妮特喜欢这个女子，喜欢听她讲话的声音，喜欢她对待艾美的样子，她讲话的时候看着小女孩的眼睛。

“我正赶着送她去上学，你知道，”珍妮特说，“结果我那辆破车呢，就这样不动了。”

那女子点点头：“请往这边走。”

她带珍妮特和艾美穿过走廊到厨房，一间好大的房间，里面摆着一张庞大的橡木餐桌，每个橱柜上都贴着标签：瓷器、罐头食品、面和米。珍妮特以前从没想过修女也要吃饭的。她想：有这么多修女住在这里，贴上标签才能知道厨房里什么东西摆在哪里。那女子指着一部老旧的褐色电话，凭借长长的架子挂在墙上。珍妮特早就计划好了下一个步骤。她趁修女拿盘饼干——不是店里买的，是某人自己烤的——给艾美时拨号，电话另一端录音的声音告诉她，今天天气晴朗，高温十三摄氏度，傍晚可能有雷阵雨。她假装对某人讲话，频频点头。

“修车工马上就来了。”她挂掉电话说，“说要在外面和我碰面，说他们有个人其实就在附近。”

“噢，真是好消息。”那女子愉快地说，“今天是你的幸运日。如果你愿意，可以把女儿留在这里，和我待在一起。街上车子那么多，很难照料她的。”

就这样，珍妮特不必再多费唇舌，她要做的就只是说“好”。

“不麻烦吗？”

那女子再次绽开微笑：“我们不会有事的，对不对？”她鼓励似的看着艾美，“看见没？她好开心。你去看你的车吧。”

艾美坐在大橡木桌旁的椅子上，面前是一盘没动的饼干以及一杯牛奶。她把背包拿下来，放在膝上。珍妮特看着她，但知道自己不能永远这样看着她，于是蹲下来，搂着她。

“你在这里会没事的。”她说，艾美靠在她肩头上点点头。珍妮特还想说点别的，但找不出话来说。她想到她留在背包里的字条，等珍妮特没回来接她之后，他们一定会找到字条的。她抱着她，竭尽力气地抱着她。艾美的感觉无所不在，她身体的温度，她头发和皮肤的味道。珍妮特知道自己就快哭了，那女人——露西？蕾西——可能会很不解，但她还是让自己多抱了艾美一会儿，想把这些感觉稳稳收在心里，收在她可以永远保存的安全处。然后她放开女儿，在其他人来不及说什么之前，就走出厨房，走下车道到街上，靠右继续往前走。

2

乔纳斯·伯特·黎尔博士计算机档案
哈佛大学分子与细胞生物学系教授
派驻马里兰州迪特里克港
美国陆军传染病医学研究中心（USARIID）
古病毒学系

寄件人：lear@amedd.army.mil
日期：二月六日，星期一，下午一点十八分
收件人：pkiernan@harvard.edu
主题：卫星联机上线

保罗：

从封闭在安第斯山脉内陆的玻利维亚丛林问候你！坐在冷冰冰的剑桥，看着大雪纷飞，你一定觉得在热带待上一个月是个不赖的主意，可是相信我：这里可不是圣巴特岛①，昨天看见一条大得像潜水艇的蛇。

到这里来的旅途一波三折——十六个小时的航程到拉巴斯②，然后搭一架更小的政府运输机到位于玻利维亚东部丛林盆地的康塞普西翁。从这里开始，没什么像样的道路，完全是穷乡僻壤，所以我们必须徒步。队上每个人都很兴奋，人员越来越多。除了加利福尼亚大学

---

① St Bart's，位于加勒比海的法属岛屿，为著名的度假胜地。

② La Paz，玻利维亚首都。

洛杉矶分校的小组之外，哥伦比亚的提姆·范宁也在拉巴斯赶上我们，还有麻省理工学院的克劳蒂亚·史威森（我记得你提过，你在耶鲁时就认识她）。除了他那不算惊人的巨星魅力之外，你应该很高兴听说提姆带了六个研究生助理一起来，所以这个团队的平均年龄降低了大约十岁，性别也微微向女性那一方倾斜了。“了不起的科学家，每一个都是。”提姆坚称。这家伙有三个前妻，一个比一个年轻，但这家伙还是没学乖。

我得说，尽管我很担心（当然，你和洛雪儿也很担心）和军方扯上关系，但有军方的介入的确很不一样。只有传染病研究所有能力也有足够的钱组成这样的团队，而且只花了一个月的时间。在花了这么多年希望别人听我讲话之后，我突然觉得好像有一扇门开启了，而我们要做的只是穿过门去。你了解我，我是个彻头彻尾的科学家，身体里没有一丝一毫的迷信，但一部分的我相信这是命。在莉兹生病并与病魔长久奋战之后，讽刺的是，我竟然有机会解开最大的谜团——死亡本身的谜团。我想她会喜欢这里，真的。我可以看见她戴着她的大草帽，坐在河边的原木上，沐浴在阳光里，读着她最爱的莎士比亚。

顺便提一句：恭喜你拿到终身教授的头衔。我离开之前，曾听到委员会全体鼓掌通过你的投票案，在系里的投票之后，这一点都不让我意外，只是当时我不能告诉你（就当我没说），那是无异议的全体通过，我没办法让你明白我有多么如释重负。撇开你是我们系里最棒的生化学家，能让微管环骨蛋白质站起来大唱“哈利路亚”的人不提，要是我的壁球球伴没能拿到终身教授一职，我以后午餐休息时间要干什么好呢？

对洛雪儿说我爱她，告诉阿列克斯，乔纳斯叔叔会从玻利维亚给他带个特别的东西回来。来条小森蚺如何？我听说只要好好喂饱，它们会是很好的宠物呢。我希望我们还能去看红袜队开场赛。你要怎么去弄票，我可不知道。

乔纳斯

寄件人：lear@amedd.army.mil
日期：二月八日，星期三，上午八点
收件人：pkiernan@harvard.edu
主题：逮住他们吧，老虎

保罗：

谢谢你的来信，当然也谢谢你的明智建议：拥有常春藤学位的漂亮女博士后。我不能说我不同意你的看法，不止一次，寂寞的夜晚待在帐篷里，我心里也浮现过这样的念头，但这一点可能性都没有。目前，洛雪儿是我唯一的女人，你可以告诉她我这么说。

这里的新闻是：看来我们都变得军事化了。我猜这也是难免的，起码在我拿了传染病研究所的钱之后就已是如此。（我们谈的可是一大笔钱——空中侦察可不便宜：重新设定卫星目标要花两万块钱，而且只能买到三十分钟。）可是，感觉上还是有点太过火了。昨天我们做好离开的最后准备时，一架直升机出现在基地上空，结果下来的是一支特战队，全副武装好像准备进攻敌军碉堡：野战服、绿底黑花的野战裤、红外线夜视镜、强力的气体反冲 M19……一应俱全，看起来很带劲。在这队人马后面压阵的是个穿西装的文职人员，看起来是负责的人。他大步穿过空地，向我站的地方走过来，我这才看见他有多年轻，甚至还不到三十岁。他的皮肤晒得黑黑的，像个职业网球选手。他和这支特战队在一起干吗？“你是那个吸血鬼家伙？”他问我。你也知道我对这三个字有什么感觉，保罗——就为了拿到国家安全局的补助，文件上写满了“吸血鬼”这三个字，但是为了保持礼貌，而且也因为他有一支足以推翻小国政府的火力当后盾，我告诉他，没错，我就是。“我是马克·柯尔。”他和我握手，咧嘴露出一个大大的笑容，“我大老远来就是要见你，你猜怎么着？你现在是位少校了。”我在想，什么少校啊？这些家伙来这里干吗？“这是非军方的科学探察行动。”我告诉他。“不再是了。”他说。“谁决定的？”我问他。他告诉我：“我的老板。”“你的老板是谁？”他说：“黎尔博士，我的老板是美国总统。”

提姆很恼火，因为他只当了上尉。我只知道肯塔基的山德斯上校，不知道上尉是什么，所以对我没有差别啦。可气得要死的人是克劳蒂亚·史威森，她当真威胁要收拾行李回家去：“我又没投票给那个家伙，也不想加入这该死的军队，不管那个讨厌鬼怎么说。”我们里头没半个人投票给他，可是谁理我们啊？而且整件事感觉起来像个大玩笑。原来她是教友派的，她弟弟曾是伊朗战争期间的头号反战分子。最后，我们让她平静下来，劝服她留下，保证她不必向任何人敬礼。

问题是，我真的搞不懂这些家伙来这里干吗。军方感兴趣我不觉得奇怪，毕竟我们花的是他们的钱，而且我也很感激，可是为什么帕特战队（他们的正式名称应该是“特别侦察队”）要来照顾一群生化专家呢？穿西装的那个小子——我猜他是国家安全局的，不过谁知道？——告诉我，我们要踏进的这个地区据说是蒙托亚毒品集团所控制的区域，士兵是来保护我们的。“要是一群美国科学家被玻利维亚的毒品老大给干掉，情况会如何呢？”他问我，“对美国的外交政策来说可难搞了，非常难搞。”我不想和他作对，可是我知道我们要去的地方根本没什么毒品活动——毒品活动全都在高原西部。东部盆地罕有人烟，只有几个散居的印第安部落，他们大多已经好多年不与外界往来了。这些我知道，他也知道。

这让我想破头了，但是就目前的情况来看，我们的远征行动本身并没有什么不同。我们只是多装载了一些重型武器。士兵们也很本分，我甚至很少听见他们开口。虽然让人有些发毛，可是起码他们不碍我们的事。

反正，我们会在早晨出发，带条蛇当宠物的承诺还有效哟。

乔纳斯

寄件人：lear@amedd.army.mil

日期：二月十五日，星期三，晚上十一点三十二分

收件人：pkiernan@harvard.edu

主题：请看附件

附件：DSC00392.JPG（596KB）

保罗：

六天了。很抱歉没和你联络，也请告诉洛雪儿别担心。这一路上举步维艰，因为到处是浓密的森林，而且下了好多天雨——想架设卫星通信实在太难了。夜里，我们吃得像农田工人，累得在帐篷里倒头就睡，这里每个人都散发出难闻的气味。

可是今天晚上我激动得睡不着觉，你看了附件就会明白为什么。我向来相信我们正在做的事，当然也有疑惑的时候，在睡不着的夜里，我会怀疑这一切是不是痴人说梦，是莉兹生病时我脑袋里编出来的奇思异想。我知道你也这么想，所以，我是个大傻瓜才会不质疑自己的动机，但是，不再如此了。

根据卫星定位，我们离目标还有足足二十公里。地形和卫星侦测的结果相符——浓密的丛林平原，沿着河边高耸的石灰岩崖上有一个个的洞穴。就连外行的地质学家都看得出来，这些石崖看起来像是一本书的书页。上面是寻常的河流沉积，但是在崖缘下方大约四米处有一个炭黑区域。这吻合玻利维亚的传说：一千年前，这整个地区被火烧得焦黑："太阳神阿波罗放的大火，摧毁人类的恶灵，拯救世界。"我们昨晚在河岸扎营，听见黄昏时刻从崖上石洞倾巢而出的一群群蝙蝠。到了早上，我们沿着沉积岩往东走。

刚过中午，我们就看见了那座雕像。

起初，我以为或许是我的想象，但是看看那个景象吧，保罗。像一个人，但又不完全是：弯身的动物姿势、爪子似的手、挤出嘴巴的长牙、躯干的紧绷肌肉……细节仍然历历可见，要经历过多少世纪的风吹雨打和日晒，才能把石块打磨成这样？这让我屏息。这个雕像和我给你看的那些东西——曼萨哈神庙的柱子，咸阳陵墓的雕刻，柯特阿默尔的浮雕画——非常相像，这不容置疑。

今晚蝙蝠更多了，你得习惯它们，而且它们会赶走蚊子。克劳蒂亚弄个陷阱，抓到了一只。很显然，蝙蝠喜欢罐头水蜜桃，因为她拿那个来当诱饵，或许阿列克斯比较喜欢蝙蝠？

乔纳斯

寄件人：lear@amedd.army.mil
日期：二月十八日，星期六，下午六点五十一分
收件人：pkiernan@harvard.edu
主题：更多图档
附件：DSC00481.JPG（596KB），DSC00486.JPG（582KB），
DSC00491.JPG（697KB）

看看这些图片，我们现在已经看到九座雕像了。

柯尔认为有人跟踪我们，可不告诉我们是谁。“只是感觉而已。”他说。一整夜他都在搞卫星通信，不告诉我们他在联络什么。至少他不再叫我少校了。他很年轻，但不像外表那么嫩。

天气终于放晴了，我们很接近了，不到十公里，快到了。

寄件人：lear@amedd.army.mil
日期：二月二十一日，星期二，夜间一点十六分
收件人：pkiernan@harvard.edu
主题：无

保罗：

我写这封信给你，以防万一我回不去了。我不想害你担心，但是我必须面对现实。我们离墓地不到五公里了，我很怀疑我们能否按照计划完成抽取，我们有太多人生病或死了。

大前天晚上，我们遭到攻击——攻击我们的不是走私毒品的集团，而是蝙蝠。它们在日落后几个小时袭来，当时我们大多走出帐篷，在营地四周盥洗。这些蝙蝠仿佛一直在监视我们，在等待最好的时机进行空袭。我很走运：当时往河的上游走了几百码，远离树林，想找个卫星定位信号比较清晰的地点。我听见喊叫声，接着枪声响起，等我回到营地的时候，那群蝙蝠已经朝下游飞去了。那天晚上死了四个人，包括克劳蒂亚。蝙蝠就这样吞噬了她，她拼命想逃到河

边——我猜她以为那样就可以甩掉它们——但她没有到达。等我们找到她的时候，她已经失血过多，一点机会都没有了。混乱中，另外六个人被咬伤或抓伤，全都开始发病，看起来很像玻利维亚出血热的加速版——口鼻出血，皮肤和眼睛因为毛细血管爆裂而变红，体温升高，肺部积水，昏迷。我们和疾病控制中心联络上了，但是没有组织分析，大家都只能揣测。提姆双手都被咬烂了，因为他想把蝙蝠从克劳蒂亚身上赶走。他是病得最重的一个，我严重怀疑他能撑得到早上。

昨晚蝙蝠们又来了，士兵拉起了防御线，可是它们实在太多了——肯定有几十万只，好大一群，遮天蔽月，连星星都看不见了。死了三个士兵，还有柯尔。他当时就站在我前面；它们把他凌空抓起，像热刀切过奶油那样，把他切得粉碎。他简直尸骨无存，连想安葬都不可能。

今天晚上很平静，空中连一只蝙蝠都没有。我们在营地四周围起火线，这样似乎可以吓退它们，就连士兵都吓坏了。我们幸存的这几个人正在决定该怎么做。我们大半的装备都毁了；事情是怎么发生的还不清楚，但是昨晚攻击的时候出事了，有条手榴弹腰带着火，炸死了一个士兵，炸掉了发电机，还有我们摆在补给帐篷里绝大部分的东西，可是我们还有卫星通信，电池也还有足够的电力可以呼救撤离，说不定我们能全员离开这个鬼地方。

然而，此刻如果问我为什么该掉头就走，问我自己要回家做什么，却想不出半个理由来。如果莉兹还在世，情况就会不一样。我想到过去这一年，我暗暗在心中假装她只是出门一阵子，有一天我一抬头，就会看见她站在门口，像往常那样对我微笑，歪着头，让头发不盖在脸上。我的莉兹终于回家了，口渴想喝伯爵茶，准备要迎着飞雪在查尔斯河[①]河畔散一会儿步。可是我知道这不会成真。诡异的是，过去这两个晚上的事，让我清楚我们到底在干吗，我们的赌注到底是什么。身在此地，我一点都不后悔，我一点都不害怕。到了需要做决定的时候，我可能会坚持到底。

---

① Challes river，位于波士顿东部，流入太平洋。

保罗，无论发生什么事，无论我怎么决定，我都希望你知道，你是我的好朋友。不只是朋友，还是兄弟。坐在玻利维亚丛林的河边，距离我所爱所知的人与事四千里之遥，写下这句话感觉好怪。我觉得自己仿佛踏进了人生的一个新时代，我们的人生会带我们到何等奇怪的地方，何等黑暗的通道。

寄件人：lear@amedd.army.mil
日期：二月二十一日，星期二，早上五点三十一分
收件人：pkiernan@harvard.edu
主题：回复：别傻了，快离开，拜托

保罗：

我们用无线电呼叫撤离，十个钟头之内来接，大家最担心的就是时间的紧迫了。我看不出来我们如何再在这里撑过一个晚上，我们中间依旧健康无恙的人决定利用这一天挺近目标。本来打算要抓阄，结果每个人都想去。我们一个钟头之内出发，出现第一道日光就走。或许经历过这场劫难之后事犹可为，有个好消息是：提姆过去几个小时似乎挺过来了。他的烧退了，虽然意识还没有反应，可是血止住了，皮肤看起来也接近正常。至于其他人，我得说情况还是很危急。

我知道科学是你的上帝，保罗，可是要求你替我们祈祷会不会太过分呢？为我们每一个人祈祷吧。

寄件人：lear@amedd.army.mil
日期：二月二十一日，星期二，上午十一点十六分
收件人：pkiernan@harvard.edu
主题：无

现在我知道为什么部队会到这里来了。

3

坐落在占地四千英亩的得克萨斯州东部潮湿林地与短草地上，看起来很像个企业园区或大型公立学校的，是得克萨斯州刑事司法部波兰斯基监狱。这座又名“特勒尔”的监狱只代表一个意义：如果你在得克萨斯州因为一级谋杀案被定罪，就会来到这里受死。

三月的一个早晨，监号999642的安东尼·洛依德·卡特在特勒尔监狱的隔离区已经住了一千三百三十二天了。他因为谋杀一名休斯敦妇人而被判毒针注射死刑。这位名叫蕾秋·伍德的被害人有两个孩子，雇用卡特每周来替她割草，每次付他四十美元和一杯冰红茶。

在监狱里住了这么多日子——比很多人要来得长，但也比部分人来得短，卡特自己感觉上并没有什么差别，又不是比赛谁在这里待得最久。他自己一个人进食，一个人放风，一个人洗澡，一个星期对他来说和一天或一个月没有差别。唯一有差别的是，等那天到了，监狱长和牧师会出现在他的牢房，他会被送到毒针注射室，而那天不远了。他们准许他看书，可这对他来说并不容易，读书向来就不轻松，他很久以前就已经放弃了。他的牢房是两米乘三米多的水泥盒子，有一扇窗和一道铁门，门上有一道狭长的开口，宽度只够双手穿过去，大部分时间他就只是躺在小床上，心里空荡荡的，像个什么都没装的桶子。有一半的时间，他都分不出来自己是睡着还是醒着。

那天和其他日子一样，从凌晨三点开始，他们打开灯，把早餐盘从门孔里推进来。通常是冷的谷片牛奶，或碎得像粉末的蛋或煎饼；如果煎饼抹上花生酱，就算豪华早餐了。今天就是豪华早餐，叉子是塑料的，常常断掉，所以卡特坐在床上，用手把煎饼卷起来吃，像吃墨西哥饼那样。H区的人老是抱怨说食物有多难吃，可是卡特觉得整体来说还不算太差。他吃过更糟的，而且他也经历过什么都没得吃的日子，所以早上看见涂了花生酱的煎饼还是挺受用的，尽管这并不是个值得用兴奋心情迎接的早晨。

监狱有探监日，当然，卡特待在特勒尔的这段时间，总共只有一位访客——就是那位被害妇人的丈夫。他来告诉卡特，他找到了上主耶稣基督，为卡特所做的事而祷告。卡特从他和孩子身边夺走了他美丽的妻子，永远夺走了，但经过好几个星期、好几个月的祷告之后，他决定和解，决定宽恕卡特。那人不停地哭，隔着玻璃坐在那边，把话筒贴在耳朵上。卡特以前偶尔也信基督，他很感激这女人的丈夫对他说的话。可是他说话的那个模样，好像宽恕卡特只是让他自己觉得好过一些，他一点都没提到要做点什么来阻止即将发生在卡特身上的事。卡特也看不出提到这个话题对情况有什么帮助，所以他谢谢那人，说上帝保佑你，还有对不起，如果我在天堂见到伍德太太，我会告诉她你今天做的事。这句话让那人急忙起身，留下他独自站在那里，拿着话筒。那是最后一次有人到特勒尔来看卡特，距今起码有两年了。

问题是那个女人，伍德太太，向来对他很好，总是多给他五块十块的，天气很热的时候还端冰茶出来给他，杯子总是摆在托盘上，像餐厅那样，他俩之间发生的事让他很困惑：卡特觉得很抱歉，打从骨子里觉得抱歉，可是他脑子里总还是搞不清楚，无论他怎么想都想不清楚是怎么回事。他从没说事情不是他干的，可是为了自己搞不懂的事情送死，他就是觉得不对劲，至少在他有机会把事情搞清楚之前不该如此。他在心里一遍一遍地想，但是四年来，事情却没有变得更清楚。或许像伍德先生那样接受事实，是卡特根本做不来的。要说这四年来有什么不同，那就是整件事比以前更加难以理解。经过这么多天、这么多星期、这么多月之后，所有的事情都在他脑子里搅成一团，他再也不确定他记得事情是怎么开始的了。

门上重重两记敲门声，敲碎了他的思绪："卡特，安东尼·卡特。"那是狱警头头掐人鬼的声音。

"噢，少来了，掐人鬼。"安东尼在床上说，"不然你以为在这里的是谁啊？”

“上手铐，小尼仔。”

“又不是放风时间，今天也不是我洗澡的日子。”

“你以为我有整个早上的时间站在这里跟你聊天啊？”

卡特轻松地翻下床，他原本躺在床上瞪着天花板，想着那个女人，那杯摆在托盘上的冰茶。他身体觉得酸痛，迟缓，他很费力地蹲下来，背靠着门。这个动作他做过上千次了，却还是不喜欢。保持身体平衡是最难的。一旦双膝跪地，就得把肩胛骨往内拱，翻转手臂，伸出手，掌心向上，穿过递食物进来的那个门缝。掐人鬼把手铐铐在他的手腕上时，他感觉到金属的冰冷。大家都叫他掐人鬼，就是因为他手铐铐得好紧。

“退开，卡特。”

卡特一脚伸前、转移重心的时候，左膝发出咔咔的摩擦声。接着，他小心翼翼地站起来，同时把铐上手铐的手从门缝里缩回来。门的另一头传来掐人鬼那一大串钥匙的咔啦咔啦声，然后门被打开，出现了掐人鬼和另一个狱警。这个狱警人称恶棍丹尼斯，因为他的头发长得像卡通里的小子，也因为他喜欢拿棍子威胁你。他总有办法在你身上找到某个部位，是你不知道的轻轻用木棍一戳就能痛得那么厉害的部位。

“看来是有人来看你喽，卡特。”掐人鬼说，“不是你妈，也不是律师。”虽然脸上没有微笑，但他似乎颇能自得其乐，他拿着木棍像挥指挥棒那样挥着。

“我十岁的时候，我老妈就去见耶稣了。”卡特告诉他，“你知道的，掐人鬼，我已经告诉过你几百遍了，谁要见我？”

“谁知道啊！监狱长安排的，我只负责带你到笼子里去。”

卡特想这大概不妙，那女人的老公来看他已经是很久以前的事了，说不定他是要来说再见，或者来说他改变心意了：我还是不想原谅你，你下地狱去吧，安东尼·卡特。不管是哪一种情况，卡特都不想和这个人说话。他对所有人一次又一次地道歉，他觉得已经够了。

“快走吧。”掐人鬼说。

他们带他穿过走廊，掐人鬼紧紧抓着他的手肘，活像带着一个小鬼穿过拥挤的人群，或抓住某个女孩一起跳舞。他们带你上任何地方都是这个样子，就连去冲澡也不例外。部分的你习惯别人的手这样抓住你，但另一部分的你却不习惯。丹尼斯领头，打开封锁隔离区和H区其他部分相隔的门，然后打开第二道外门，让他们穿过一般区的走廊到笼子去。卡特上一次踏进H区至今大概已经快两年了。H是“地狱门”，是“再拿你的棍子多打我的黑屁股几下”，是“嗨，妈咪，我随时会去见耶稣喽”。虽然眼睛盯着地面，但他一面走还一面偷偷瞟着左右，只为了让眼睛有新鲜的东西可看，可是特勒尔终究还是特勒尔，重重的水泥、铁柱和厚重的门，到处弥漫着人身上的潮湿酸味。

在会面区，他们通报值日官，然后踏进空的笼子。里面的温度高了十度，而且有浓浓的漂白剂味道，呛得卡特眼睛刺痛。掐人鬼打开手铐，丹尼斯用木棍指着卡特颔下的柔软部位。他们把他的手铐在身体前面，脚戴上脚镣。墙上贴满告示，让卡特知道他能做什么，不能做什么，但他懒得读，甚至都懒得瞧上一眼。他们拖着他坐在椅子上，把话筒塞给他。卡特得半蹲下来，腿几乎碰到胸前——他的膝盖咔啦咔啦响得更厉害了——铁链像条拉链似的横过胸口，才能勉强把话筒贴到耳边。

“有必要最后一次戴手铐脚镣吗？”卡特说。

掐人鬼发出恶狠狠的笑声：“对不起，我们忘了好声好气地问你啦？去你的，卡特，你有十分钟。”

他们说完就走，卡特等着另一边的门打开，让他看看过了这么久之后，是谁来探望他。

特别探员布莱德·华格斯特很讨厌得克萨斯州，他痛恨得州的一切。

他讨厌这里的天气，前一分钟还热得像火炉，下一分钟就冻死人，空气潮湿得像条湿毛巾盖在头上。他讨厌这个地方的样子，先说树吧，长得瘦巴巴、可怜兮兮的，树干扭曲，活像苏斯博士图画里的东西。除此之外，就是一大片被风吹得什么都没有的平原。他讨厌大型广告牌和公路，看起来全都一模一样的行政区，总是大得像马戏团帐篷、到处招展的得州州旗。他讨厌这里每个人都开的庞大卡车，也不管汽油一加仑十三块，不管这个世界已经像微波炉里的豆子那样被慢慢给烤熟了。他讨厌马靴、皮带扣以及这里的人讲话的模样，啥这，啥那，好像这里的人每天光骑马抛绳，不像其他地方的人那样刷牙、卖保险、做会计。

他之所以讨厌得州，最主要是因为他爸妈在他念初中的时候害他住在这里。华格斯特四十四岁，体态维持得很好，但多处的疼痛和日渐稀少的头发还是让他显出年纪。六年级已经是很久以前的事了，没什么好懊悔的，但是和铎伊一起从休斯敦沿着五十九号公路往北开，置身在得州的春景之中，那伤口仍像刚刚划开般疼痛。得州，整个的悲惨：前一分钟，他还是俄勒冈快乐的孩子，在库斯河口码头钓鱼，和朋友在屋后的森林里玩耍，打发漫长慵懒的时光；下一分钟，他却被困在休斯敦的郊区，住在连一点树荫都没有的蹩脚牧场房宅，顶着三十七八摄氏度的高温走路上学，活像有只大鞋压在头顶上。世界末日啊，他想，而他就置身其中。世界的尽头就是得州休斯敦。他上六年级的头一天，教师叫他站起来，背诵得州的效忠誓词，仿佛他登记入住另一个不同的国家似的。痛苦不堪地过了三年，尽管结局不太妙，但离开时他还是高兴得不得了。他父亲是机械工程师，大学毕业那年在大圆保留区找到一份教数学的工作，认识了在那里当护士的妻子。他母亲是半个奇努克人，娘家姓噗熊。他们为了钱才搬到得州，但是一九八六年油管破裂、父亲被解雇之后，他们想卖掉房子，但是卖不掉，最后，父亲只能把房子钥匙丢给银行。他们搬到密歇根，接着到俄亥俄，然后到纽约上州，哪里找到工作就住在哪里，但是在得州的事故之后，他父亲再也没有振作起来。华格斯特高中念了三个学校，毕业之前的两个月，他父亲因胰腺癌过世——很难不认为是得州害的。他母亲搬回俄勒冈，但现在也走了。

每个人都走了。

他找的第一个家伙是在内华达，名叫巴柏寇克。接着是在亚利桑那、路易斯安那、肯塔基、怀俄明、佛罗里达、印第安纳和特拉华。华格斯特对那些地方也没什么好感，但不管是哪里，都比得州好。

华格斯特和铎伊前一天晚上从丹佛飞到休斯敦。他们在机场附近的瑞迪逊饭店住了一夜（他想过要稍微逛一下市区或许绕到旧家去看看，可是又很搞不懂自己怎么会有这样的念头），早上拿了租来的车（一辆新得闻起来有一美元钞票油墨味的克莱斯勒）往北开。这天天气晴朗，天空湛蓝得像矢车菊；华格斯特开车，铎伊喝着他的拿铁咖啡，看着档案，文件乱七八糟地堆在膝上。

“去见安东尼·卡特，”铎伊举起照片说，“第十二号对象。”

华格斯特连看都没看一眼，他知道自己会看见什么：又一张松垮的脸，又一双连识字都没学会的眼睛，又一个凝视自己太久的灵魂。这些人不管是黑是白，是胖是瘦，是老是少，眼神都一模一样：空洞，像条可以吞噬整个世界的阴沟。从理论上来说，要同情这些人不难，但仅止于理论上。

“你不想知道他干了什么？”

华格斯特耸耸肩，他并不急着想知道，反正有的是时间。

铎伊大口灌下他的拿铁，念道：“安东尼·卡特。非裔美国人，一米六二左右，五十四公斤。”铎伊抬头，“这就解释了他的小名是怎么来的，要不要猜猜看？”

华格斯特已经觉得厌倦了：“你考倒我了，小安东尼？”

“这就泄露你的年龄啦，老板。是小尼仔。‘小’指的就是身材，我想。不过谁也说不准。母亲亡故，从出生那天起就没爹，由县里抚养，待过好几个认养家庭。一开始就走错路了。一大堆前科，不过都是小问题，行乞、扰乱公共秩序之类的。精彩的来了，我们这个安东尼每星期替一位叫蕾秋·伍德的女士割草，这位女士住在橡河，有两个女儿，老公是个大有来头的律师。举行慈善舞会，分红，乡村俱乐部，安东尼·卡特是她的社会服务计划。她开始雇他来割草，因为有天看见他举个‘饿，请帮我’之类的牌子站在高架道路底下。反正，她带他回家，做三明治给他吃，打了几通电话，替他找到住的地方，是她筹款帮助的某个团体之家。然后她打电话给所有住在橡河的朋友说，我们来帮这个家伙吧，你们家有没有什么需要做的工作？突然之间，她变成了女童军，整军出发。所以，这个家伙开始帮每一家剪草坪、修剪树篱，你知道的，所有的豪宅需要做的零活。这样大约过了两年，一切都让人满意。直到有一天，我们这个安东尼过来割草，这家的一个女儿生病在家没上学。她五岁，妈妈在打电话还是什么的，小女孩跑到院子里，看见安东尼。她知道他是什么人，也常看到他，可是这一次出乱子了，他吓到她了。有证据说他可能碰了她，可是法庭的心理医师对这点存疑。反正那女孩开始尖叫，她的妈妈哭着冲出家门，也开始尖叫。突然之间像是开始了一场尖叫大赛，要命的尖叫奥运会。前一分钟，他还是准时来剪草坪的好人，结果下一分钟，他就变成站在你家孩子身边的黑人，特蕾莎修女的所有精神全不见了。有了肢体冲突、缠斗。妈妈不知道是自己跌进去还是被推进游泳池里的。安东尼跟着她跳进去，或许是想救她，可她还是对着他尖叫，把他推开。所以每个人都湿透了，大呼小叫，打来打去。”铎伊吊胃口似的看着他，“猜猜后来怎么样了？”

“他把她淹死了？”

“答对啦。就在那里，当着那女孩的面。有个邻居听到声音，打电话报警。警察赶到的时候，他还坐在池边，那位女士浮在游泳池里。”他摇摇头，“那场面可不太好看。”

有时候华格斯特会觉得很困扰，因为铎伊在这些故事上花了太多力气：“有没有可能是意外？”

“偏偏被害人以前是南美以美大学游泳校队的，每天早上都还游五十趟呢。检察官用这个小细节加油添醋不少，再加上卡特承认自己杀了她。”

“他被捕的时候怎么说的？”

铎伊耸耸肩：“他只是希望她别再叫了，然后他想要一杯冰茶。”

华格斯特摇摇头，这些故事向来不怎么样，但是让他在意的都是一些小细节。一杯冰茶。“老天爷啊！你说他几岁？”

铎伊翻了几页：“我没说吗？三十二岁。他被拘留的时候二十八。还有啊，他没有任何亲戚。最后一个去波兰斯基探监的是被害人的丈夫，差不多是两年多前。他的律师在上诉被驳回之后，也离开得州了。卡特的案子被重新分派给哈利斯县公设辩护办公室的某个人，可是他们连文书工作都没展开。事实上，根本没人理会。安东尼·卡特因为冷血的一级谋杀，要在六月二日被执行注射毒针死刑，这世界上根本没半个人注意，这家伙已经是个鬼魂了。”

到利文斯顿的车程花了九十分钟，最后十五分钟是在一条农田通往市场的道路上开。他们享受着榆树夹道的树荫，欣赏着开阔的大草原以及草丛中星星点点的蓝帽花。这时才中午，要是运气好，华格斯特想，晚餐时刻就可以办妥，还有足够的时间回到休斯敦，还了租车，搭上飞科罗拉多的班机。出差的旅程能这么快结束最好，要是耽搁太久，要是那家伙哼哼啊啊地哀叫，拖拖拉拉的——虽然最后还是会接受条件——整件事就会开始让他的胃部出现恶心翻搅的感觉。这总会让他想起高中时代读过的一出戏《魔鬼与丹尼尔·韦伯斯特》[①]，而他，华格斯特，就是这桩交易里的魔鬼。铎伊就不同了，他比较年轻，才刚入行，甚至还不到三十岁。脸颊红得像樱桃的他是来自印第安纳的农村男孩，很乐于扮演华格斯特这个蝙蝠侠身边的罗宾，老是叫他“头儿”或“老板”。他身上有那种很纯正的老式中西部爱国情操，有一回洛杉矶队开赛时演奏国歌，华格斯特还看见他落泪呢——而且是电视上转播的球赛。华格斯特不知道现在中西部还出产菲尔·铎伊这种人。毋庸置疑，铎伊很聪明，前面有大好前程。铎伊从普渡大学毕业时，原本已经申请到法学院了，却因为美国购物中心的大屠杀而加入调查局。那场大屠杀有三百个采购节日礼品的购物者被伊朗圣战组织枪杀，暴行被摄影机拍了下来，令人胆战心惊的恐怖细节一再在 CNN 播放。那一天，全国似乎有大半的人准备好要去加入什么行动，做点什么。铎伊在匡提克完成训练之后，被派到丹佛分处，负责反恐行动。军方来征求两名外勤探员时，铎伊第一个自愿报名。华格斯特不太清楚这是怎么回事；从文件上看来，他们称之为“诺亚计划”的任务看似是个死胡同，而华格斯特也正是因为这样才接下这个工作的。他刚办好离婚——他和丽拉的婚姻并不是像烟消云

---

① *The Devil and Daniel Webster*，为美国小说家斯蒂芬·文森特·贝尼特依据《浮士德》所重新撰写的短篇小说，描述新罕布什尔的农夫因贫困而和魔鬼交易，以灵魂换取七年富裕生活，曾多次改编成电影。

散那样慢慢结束，所以他很意外。离婚官司的最后裁定让他觉得很郁闷，四处出差奔波几个月，似乎可以让他理清思绪。离婚让他得到了一小笔财产——他们在樱桃溪那幢房子市值的一半，加上丽拉在医院的退休金。他真的考虑过要从局里退休，回到俄勒冈，用这笔钱做个小生意，卖五金或卖运动器材，这两样他都一无所知。离开局里的人最后总是去做保安，可是华格斯特想做的是开家小店，做简单而干净的小生意，架子上摆着棒球手套或榔头，是只要看上一眼就能分辨得出来的物品，这对他来说有吸引力得多。"诺亚"这差事看起来易如反掌，对他在局里的最后一年来说，倒是不错的打发时间的方式，只要一切如预料。

当然啦，结果这差事并不只是文书作业和当保姆，还有很多其他东西，他很纳闷，铎伊到底知不知道。

在波兰斯基，他们接受身份核查，寄存武器，然后走进监狱长办公室。波兰斯基是个阴森森的地方，但每个地方都是这样的。等候期间，华格斯特用他的手机查了傍晚飞离休斯敦的班机——八点半有一班，如果他们动作快一点就能赶上。铎伊什么都没说，只是翻着《运动画报》，像等着看牙医。秘书带他们进去的时候，时间刚过一点。

监狱长是个黑人，年约五十，头发花白，西装掩不住他那勤练举重的胸肌。他们走进办公室时，他没站起来，也没握他们的手。华格斯特把文件交给他看。

他看完之后抬起头："两位探员，这真是我这辈子看过最该死的事，你们要安东尼·卡特干吗？"

"我恐怕不能告诉你，我们只是来负责接运的。"

监狱长把文件摆到一旁，双手交叠在胸前："我明白，如果我说不行呢？"

"那我就会给你一个号码，请你打电话，电话另一头的那个人会尽量解释，让你明白这事涉及国家安全。"

"一个号码？"

"没错。"

监狱长愤愤地叹了口气，旋转椅子，对着背后的宽阔窗户做了个手势："两位，你们知道外面是什么地方吗？"

"我不明白你的意思。"

他转头面对他们，他看起来并不生气，华格斯特想，就只是个惯于这种态度的人。"这是得州，准确来说，是面积六十九万平方公里的得州。就我所知呢，两位，这才是我的老板。不是什么远在华盛顿或兰利[1]的人，也不是电话那头什么该死的家伙。安东尼·卡特是在我监管之下的囚犯。我接受本州居民的托付，负责执行他的死刑。没有州长的电话，我就非得执行不可。"

该死的得州，华格斯特想，这要耗上一整天的工夫。"我们可以安排，监狱长。"

他拿起文件，让华格斯特接过去。"很好，探员。你最好快去安排。"

在访客入口，他们取回武器，回到车上。华格斯特打电话回丹佛，对方通过保密线路把他转接给席克斯上校。华格斯特告诉他刚才发生的事，席克斯很生气，但说他会把事情搞定。"顶多一天。"他说，"只要待在那里等电话，然后要安东尼·卡特签下文件。"

"顺便告诉你一声，你那边的协议可能会有点改变。"席克斯告诉他。

"哪种改变？"

席克斯迟疑了一下："我会让你知道的，先让卡特签字吧。"

他们开车到汉斯维尔，住进一家汽车旅馆。这位监狱长的顽固态度并不是新鲜事，他们以前也碰到过。时间拖延让人很恼火，这个差事就是这样。再过几天，顶多一个星期，卡特就会进到系统里，他曾经存在过的一切证据都将从地球表面抹干净，就连监狱长都会发誓自己没听说过这个家伙。得有人去找被害人的丈夫谈谈，那位住在橡河、现在必须独自抚养两个女儿的律师，可那不是华格斯特的工作。必须弄张死亡证明，很可能还要编个心脏病发作和迅速火化的故事，说什么到头来正义仍然获得伸张之类的鬼话。没关系的，事情会

① Langley，位于弗吉尼亚州，为美国中央情报局（CIA）总部所在地。

搞定。

到了五点，他们还没听到任何消息，于是换掉身上的西装，穿上牛仔裤，走到街上找地方吃晚饭。他们在“好市多”和“百思买”之间的商业区挑了家牛排馆。这是家连锁店，很理想。他们应该轻装前行，尽可能让其他人留下越少的印象越好。行程的耽搁让华格斯特焦虑难安，但是铎伊似乎并不在意。一顿不赖的晚餐，在陌生的城市稍做休息，由联邦政府招待——有什么好抱怨的？铎伊用力锯着他那块五乘十厘米的厚脊骨牛排，华格斯特没什么兴趣地应付着他那盘肋排。付账之后——华格斯特从皮夹中拿出一沓新钞来付账——他们在酒吧找了两张凳子坐下。

“你想他会签吗？”铎伊问。

华格斯特晃着威士忌杯里的冰块：“他们终究都会签的。”

“我想那是因为没什么选择。”铎伊对着杯子皱起眉头，“毒针，或者二号幕布后面的那个什么东西，尽管如此。”

华格斯特知道铎伊在想什么：不管在二号布幕后面的是什么，都不会是好东西。否则他们怎么会找待在死囚区，什么都没有损失的人呢？

“尽管如此。”

吧台上方的电视正播着篮球赛，火箭队对勇士队，他们默默地看了一会儿。球赛才刚开始，但是两队似乎都很散漫，球运来运去，什么进展都没有。

“你有丽拉的消息吗？”铎伊说。

“有，”华格斯特顿了一下，“她结婚了。”

铎伊睁大眼睛：“嫁给那个家伙？那个医生？”

华格斯特点点头。

“动作好快，你怎么什么都没说？天哪，她怎么做？邀你去参加婚礼啊？”

“也不算啦，她发了一封电邮给我，认为我应该知道。”

“你怎么说？”

华格斯特耸耸肩：“我什么都没说。”

“你什么都没说？”

不只如此，华格斯特甚至不想多谈。**亲爱的布莱德，**丽拉写道，**我想你应该知道，戴维和我就要有小孩了。我们下周结婚，我希望你能替我们高兴。**他坐在计算机前，瞪着屏幕上的这则信息，足足瞪了十分钟。

“没什么好说的，我们离婚了，她想干什么都可以。”他喝干威士忌，掏出更多钞票来付账，“你要走了吗？”

铎伊的眼睛扫了酒吧一圈，他们刚进来的时候，这地方几乎是空的，但有越来越多的人进来，包括一群年轻女子。她们并起三张高脚台，喝着大杯的玛格丽特，高声谈笑着。萨姆休斯敦州立大学在附近，华格斯特猜她们是学生，再不然就是某个地方的同事。这世界或许会因为一个手提篮就变成炼狱，但欢乐时光还是欢乐时光，漂亮女孩还是挤满得州汉特斯维尔的酒吧。她们穿着紧身上衣，低腰牛仔裤，膝盖处还有时髦的裂缝，脸蛋和头发都为城里的夜晚好好装扮了一番，而且酒喝得很猛。其中一个微胖的女孩背对他们坐着，裤腰好低，华格斯特很容易就看见了她内裤上的心形图案。他不知道是该靠近一点看得更仔细呢，还是该拿条毯子包住她。

“我或许再待一会儿，”铎伊说，举起酒杯干杯，“看球赛。”

华格斯特点点头，铎伊未婚，甚至没有固定的女朋友。他们或许应该尽量不和其他人互动，可是铎伊打算如何打发夜晚，他怎么想也觉得不关自己的事。他隐隐有些嫉妒，但马上把这个念头抛在一边。

“好吧。只要记得……”

“好啦，”铎伊说，“就像林务局海报上的斯莫基熊说的，拍张照片，除了足迹，什么都不留。此时此刻，我是从印第安纳波利斯来的光纤公司业务代表。”

在他们背后，那群女孩发出笑声，华格斯特从她们的声音里听见了龙舌兰。

“不错的城市，印第安纳波利斯，”华格斯特说，“至少比这里好。”

“噢，我可不会这么说，”铎伊回答，调皮地咧嘴笑，“我想我会喜欢上这里的。”

华格斯特离开餐厅，走上公路。他把手机留在旅馆了，或许晚餐时间已经有电话来通知他们要动身了。可查看手机之后，没找到半则留言。在餐厅的喧闹和活动之后，房间里的寂静令人不安，他开始希望自己和铎伊留在餐厅里，虽然这些天来，他实在算不上是个好同伴。他脱掉鞋子，和衣躺在床上，看着球赛继续进行。他并不在乎谁赢谁输，只是找个事情来集中精神罢了。最后，过了十二点——丹佛时间十一点，有点太晚了，但是管他呢——他做了自己曾说绝对不做的事：拨了丽拉的电话号码。一个男的接起电话。“戴维，我是布莱德。”

戴维沉默了一会儿：“很晚了，布莱德，你要干吗？”

“丽拉在吗？”

“她忙了一整天，”戴维态度坚决，“她累了。”

我知道她累了，布莱德想，**我和她在同一张床上睡了六年。**“请她听电话，好吗？”

戴维叹口气，用力放下电话。华格斯特听见床单沙沙的声响，然后是戴维的声音，对丽拉说：**是布莱德，看在老天的分上，叫他下次挑个正常的时间打电话吧。**

“布莱德？”

“对不起，这么晚打来。我不知道现在是几点。”

“我一个字都不信，你在想什么？”

“我在得州，汽车旅馆里，其实，我不能告诉你确切的地点。”

“得州。”她顿了一下，“你很讨厌得州。我想你打电话来，不是为了告诉我你在得州吧？”

“对不起，我不该吵醒你的，我想戴维不太高兴。”

丽拉对着电话叹了口气：“噢，没事的。我们还是朋友，不是吗？戴维是个大男生了，他可以应付的。”

“我收到你的邮件了。”

“嗯，”他听见她吸一口气，“我猜到这是你打电话来的原因，我想我总会听到你的消息。”

“你真的结婚了？”

“没错。上个周末，就在这屋子里。只请了几个朋友，还有我爸妈。他们问起你，真的，想知道你过得怎么样，他们向来就很喜欢你。你应该打电话给他们的，如果你愿意的话，我想我爸比任何人都想念你。”

他对这句话不置一词——比任何人都想？比你还想，丽拉？他等着她再说些什么，可是她没说，沉默在他心里形成了一幅画面，其实是一段记忆中的画面：丽拉躺在床上，穿一件旧T恤，脚上依旧套着袜子，因为她的脚不分春夏秋冬都觉得冷，膝盖之间塞了一个枕头，让她的脊椎能挺直，都是为了宝宝，他们的宝宝——伊娃。

“我只是想告诉你，我是……”

丽拉的声音平静：“是怎样，布莱德？”

“我很替你高兴，就像你希望的。我在想，这一次你应该知道，应该辞掉工作。休息一段时间，好好照顾自己。我总是想知道，如果……”

“我会的，”丽拉打断他，“别担心。一切都很好，一切都很正常。”

正常。正常，他想，没有什么事是正常的：“我只是……”

“拜托，”她深吸一口气，“你这样会害我伤心。我明天早上还得起来。”

“丽拉……”

“我说我要挂了。”

他知道她哭了，她没发出声音，不想让他发现，可是他知道。他们两个都想到了伊娃，想到伊娃会让她哭，这也就是他们不再在一起、没办法再在一起的原因。他这辈子有多少时间抱着哭泣的她？问题就在这里，丽拉哭的时候，他从来就不知道该说什么。直到后来——已然太迟的后来，他才明白，他根本什么都不该说。

“该死，布莱德，我不想这样，现在不想。”

“对不起，丽拉，我只是……只是想到她。”

“我知道你想，该死。别这样，**别**。”

他听见她抽着鼻子，接着电话上出现戴维的声音："别再打来，布莱德。我说真的，把我说的话好好听进去！"

"去你的！"华格斯特说。

"随便你怎么说。就是别再烦她了，离我们远一点。"他挂掉电话。

华格斯特再看了他的手机一眼，然后朝房间另一头砸去。电话画出一道美丽的弧线，像飞盘一样旋转，撞上电视机上方的墙壁，发出塑料碎裂的声音。他马上就觉得后悔了，等他蹲下来捡起电话才发现，这一砸只不过让电池盖撞开了，整部电话完好无缺。

华格斯特只到过那个营区一次，是前一年夏天去见席克斯的时候。不是去面试，说真的，华格斯特很清楚，只要他愿意，这个诺亚的差事就是他的了。两名士兵开着厢型车来接他，车窗黑黢黢的，他可以感觉到他们正在载他离开丹佛往西走，开进山区。这趟车程花了六个钟头，等车开进营区时，他已经睡着了。走下厢型车，踏进夏日午后的阳光里，他伸伸懒腰，四下张望着。从地形看来，他猜他大概是在乌雷县附近，但也可能更往北。吸进肺里的空气感觉稀薄而干净，高海拔让他头顶微微抽痛。

他在停车场见到一个非军职人员，一个结实的男子，身穿牛仔裤，卡其衬衫的袖子卷起，圆而鼓的阔鼻子上架了一副老式的飞行眼镜。这是理察兹。

"希望旅途不算太糟。"握手时，理察兹说，华格斯特近看才发现，理察兹的脸颊有以前长青春痘留下的疤痕，"我们这里地势很高。可能你不适应，要放轻松一点。"

理察兹陪着华格斯特穿过停车区域，进到他称之为"度假农舍"的建筑里。这幢建筑还真名副其实：庞大的都铎式建筑，三层楼高，原木外墙像旧式的运动员小屋。以前山区里满是这种地方，华格斯特知道，这是分时公寓和摩登度假中心尚未进驻之前的笨重遗迹。这幢建筑面对一片开阔的草皮，更远处，大约一百码之外，散落着一群更不起眼的房舍：炉渣砖营房、五六间军方充气屋，还有一间像路边汽车旅馆的低矮房舍。军方车辆，悍马和比较小的吉普车，五吨载重的卡车，都在车道上上下下。草皮正中央，一群胸膛宽阔、短发整齐的男子裸着上身，坐在躺椅上晒太阳。

踏进度假农舍，华格斯特突然像瞥见电影场景，有种不知身在何处的感觉。这个地方的内部显然完全被掏空了，原本的建筑被现代办公建筑不带色彩的材质所取代：灰色地毯，制式照明，天花板垂着隔音砖。他仿佛置身牙医诊所或公路旁的某幢高楼，为了报税问题，他每年要到那种地方去见他的会计师一次。他们在大门柜台前停下来，理察兹要他拿出手机和武器，交给警卫。那个穿无袖背心的小伙子给东西贴上标签收起来。建筑里有电梯，但是理察兹绕过去，带华格斯特走进一条狭窄的走廊，穿过厚重的铁门，爬上楼梯。他们到二楼，然后又穿过另一条平凡无奇的走廊，到了席克斯的办公室。

他们一进房间，席克斯就从办公桌后面站起来。身材高大健硕的他身穿制服，胸前挂了一大堆五颜六色的横杠，华格斯特从来就搞不懂那些是什么东西。他的办公室整洁得不得了，所有的物品摆放，甚至办公桌上加框的照片，处处给人以最大效率为目标的印象。办公桌中央只有一个档案夹，文件装得鼓鼓的。华格斯特几乎可以确定，那是他的人事档案，或者是某种版本的个人数据。

握了手之后，席克斯说要倒咖啡给他，华格斯特接受了。他并不困，可是他知道咖啡因能帮他减轻头痛。

“抱歉，搭那辆厢型车很不好受。”席克斯说，挥手要他坐在椅子上，“可是我们都是这么办的。”

一个小兵端咖啡进来，托盘上有一个塑料杯和两个瓷杯。理察兹站在席克斯的办公桌后面，从背后的窗户望出去是围绕在营区周围的林地。席克斯说明他希望华格斯特做的事。其实很简单，而且华格斯特此时也已经知道大概了。军方需要十到二十名等待行刑的死囚参与实验性药物的第三阶段试验，这个行动代号是“诺亚计划”。为了征得他们的应允，他们的死刑将变成不得假释的无期徒刑。华格斯特的工作就是去取得他们的签名同意，就这样。一切都经过合法审查，可是这个计划涉及国家安全，所有的人都必须被宣告死亡。之后，他们会在联邦刑事体系的安排之下，以假身份移监到白领犯罪监狱。这些死刑犯是依据多个条件挑选的，但都是男性，年龄介于二十到三十五岁之间，而且没有亲戚在世。华格斯特直接向席克斯汇报，没有其他的联络人，虽然就身份而言，他还是联邦调查局的人员。

“我要负责押送他们吗？”华格斯特问。

席克斯摇摇头：“那是我们的工作，你会从这里得到命令。你所要做的只是拿到他们的同意书，一旦他们签了，军方就会接手。他们会被移送到最近的联邦监狱，然后我们会把他们送到这里来。”

华格斯特想了想：“上校，我必须问……”

“我们在做什么？”这一刻，上校似乎容许自己露出带有人性的微笑。

华格斯特点点头：“我知道我不能得知详情，但我要去要求那些家伙签名同意交出他们的生命，我总得告诉他们一点什么吧？”

席克斯和理察兹交换了一个眼神，理察兹耸耸肩：“我先离开了，”他对华格斯特点点头，“失陪了。”

理察兹离开之后，席克斯靠坐在椅背上：“我不是生化学家，探员，你只能接受我这个门外汉的版本。背景是这样的，至少这是我可以告诉你的部分：大约十年前，疾病控制中心接到拉巴斯一位医生打来的电话。他有四个病鬼，全是美国人，好像感染了汉他病毒：高烧、呕吐、肌肉疼痛、头痛、低氧血症。他们四个人参加过生态旅游，曾深入丛林。他们说他们一团原本有十四个人，可是他们四个和其他人走散了，在丛林里走了好几个星期。运气好到不行，竟然撞见圣芳济修士经营的偏远交易站，修士安排他们到拉巴斯。问题来了，汉他病毒不是普通的感冒，但也不是绝对罕见，所以在疾病控制中心的雷达上很可能只是个微不足道的小光点，除非有别的因素：比如这四个人全都是癌症末期患者。这个旅行是一个叫‘最后心愿’的组织筹办的，你听过吗？”

华格斯特点点头：“我以为他们只是带人去跳伞，诸如此类的。”

“我也以为这样，可显然不是。这四个人里面，有一个得了不能开刀的脑瘤，两个得了急性淋巴细胞白血病，还有一个是卵巢癌。结果他们每一个都痊愈了，不只是汉他病毒或其他什么病，癌症好了，一点癌细胞都没有了。”

华格斯特很不解：“我不懂。”

席克斯啜了一口咖啡：“这个嘛，疾控中心里也没人搞得懂，可是一定发生了什么事情，他们的免疫系统和在丛林中碰到的某种东西有了互动，更有可能是相互对抗。他们吃的某种东西？喝的水？没人搞得清楚。他们自己都说不上来是怎么回事。”他往前靠着办公桌，“你知道胸腺是什么吗？”

华格斯特摇摇头。

席克斯指着自己的胸部，就在胸骨的上方：“很小的东西，在这里，胸骨和气管之间，橡果般大小。大部分人在青春期之后就会完全萎缩，你这一辈子可能都不知道自己身上有这个东西存在，除非染上病了。在扫描这四个病鬼之前，没人真的搞清楚胸腺的功能，或至少是它们不具备的功能。这几个人身上的胸腺不知怎么又恢复了。不仅恢复，而且变大了，约莫有正常大小的三倍大。看起来像恶性肿瘤，但并不是。他们的免疫系统变得超级发达，细胞新生的速度大幅加快，还有其他好处。记住，这几个癌症病鬼都已经超过五十岁了。但现在变得像十几岁的青少年：嗅觉、听力、视力、皮肤状态、肺活量、体能和耐受力，甚至性功能都是，其中一个还长回满头黑发。”

“是病毒的作用？”

席克斯点点头：“就像我说的，这是门外汉的版本，可我楼下有些家伙在思考这是怎么一回事。其中几个学位科目我连念都念不出来。他们跟我讲话的样子，简直把我当小孩，不过他们这样想也没错啦。”

“他们后来呢？那四个病鬼。”

席克斯又靠在椅背上，脸色略微一沉：“嗯，不是什么快乐的结局，他们全死了。最长命的一个活了八十六天。脑动脉瘤，心脏病，中风。他们的遗体还引起好一阵骚动。”

“其他人呢？”

“没人知道，消失得无影无踪，包括那个领队，结果后来发现他是个相当可疑的人物。他真正的身份好像是个走私毒品的人，利用旅游团当幌子。”席克斯耸耸肩，“我大概说得太多了，可是我想这可以帮你来合理看待这件事。我们不是想治愈某种疾病，探员，我们谈的是治愈一切。如果没有癌症，没有心脏疾病和糖尿病，没有阿兹海默症，人可以活多久？我们已经到了需要、绝对需要人体试验的阶段。不是什么高尚的做法，但是我们也没有别的办法，所以才会需要你。我需要你去把这些人带来。”

“为什么不用军人呢？他们不合你们的口味吗？”

席克斯断然摇头：“那些被吹捧过度的军官——请原谅我这么说——如果我有张沙发要搬上楼，我第一个就找他们来。可是这个差事，不行。”

席克斯打开桌上的档案夹，开始念：“布莱德·约瑟夫·华格斯特，一九七四年九月二十九日出生于俄勒冈艾胥兰。一九九六年毕业于纽约州立大学水牛城分校刑事司法系，名列前茅，被调查局征召，但婉拒，接受石溪分校的奖学金，攻读政治学博士，但两年后辍学，加入调查局。在匡提克受训之后，派往……”他对着华格斯特扬起眉毛，“派到达顿？”

华格斯特耸耸肩：“那里不太刺激。”

“嗯，我们都得服刑尽义务啊，在这个穷乡僻壤待了两年，做点这个，做点那个，大部分时间都在混日子，可是考核业绩一直很好。‘9·11’事件之后，要求转调反恐小组，回到匡提克八个月，然后在二〇〇四年九月被派到丹佛外勤分部，担任财政部联络人，追查俄罗斯国民通过美国银行转移的资金，也就是俄罗斯黑手党，虽然我们现在不这样叫他们了。个人生活方面：没有政治活动，没加入任何团体，甚至也没订报纸。父母过世。偶尔约会，但没有固定的女朋友。与整形外科医生丽拉·凯亚结婚，四年后离婚。”他合上档案，抬眼看着华格斯特，“我们需要的是一个完美的人选，探员，有特定的历练，优异的谈判技巧，不只是和囚犯交涉，也要会和狱政当局打交道。某个知道怎么尽量不留痕迹，不给人留下深刻印象的人。我们做的事完全合法——很可能是人类有史以来最重要的医学研究，可是很容易被误解。我把我能说的都告诉你了，因为我认为如果你了解目标，了解这目标有多远大，是会有帮助的。”

华格斯特猜席克斯告诉他的大约只有实情的十分之一——具有说服力的那十分之一，但是就算这样也无妨。“安全吗？”

席克斯耸耸肩：“很安全，很安全没错，我不会骗你。当然有风险，但是我们会尽力把危险降到最低。搞出不利的结果，对我们每个人都没有好处。我要提醒你，那可都是死囚区。你见到的不会是你这辈子想看到的好人，他们其实也没太多选择。我们给他们一个活得更长久的机会，或许同时还可以对医学研究做出极大的贡献。这是个不错的买卖，希望很大。从每个角度来看，对每个人都是有利的。”

华格斯特又想了想，这有点太难消化了：“我想我实在不明白军方为什么会介入。”

听了这句话，席克斯的态度强硬起来，他甚至有点被冒犯了的样子：“你不明白？想想吧，探员，就说有个士兵在伊朗的柯兰马巴德或车臣的格罗兹尼战场上被炸弹碎片击中。比方说路边的炸弹吧，装满钉板螺丝的铅管里有C4塑料炸弹，说不定是黑市的俄罗斯军械。相信我，我亲眼看过这些东西会造成什么伤害。我们就得把他撤出当地，他也许在半路上就失血过多死了，但如果运气够好，他能撑到野战医院，那里有创伤外科医生、两个军医和三个护士，可以尽力帮他处理好伤口，再将他转送到德国或沙特阿拉伯。那很痛，也很惨。他很倒霉，或许从此不能再参战，他变成了损坏的资产。我们花在他身上训练的钱全都损失掉了，而且还不只是这些。他退伍回家、沮丧、生气，或许失去了一条腿或更糟，对任何人或任何事情都没什么好气。在酒馆角落里，他对他的兄弟说：‘我失去了一条腿，我这辈子都得对着袋子尿尿，到底为什么？’”席克斯靠在椅背上，让这个故事慢慢发酵，“我们已经参战十五年了，探员。从现在的情况看，如果走运的话，我们会再打十五年的仗。我不骗你。军方现在面对、向来面对的最大挑战只有一个，就是要如何把士兵留在战场上，所以，假设同一个大兵被同一个炸弹炸到，但是半天之内，他的身体就能自动痊愈归队，继续为上帝与国家作战。你想，军方对这样的事会不感兴趣吗？”

华格斯特觉得自己好像被训了一顿：“我明白你的意思了。”

“很好，因为你应该明白。”席克斯的脸色缓和下来，让这段训话结束，“所以该埋单的或许是军方。我说就让他们去吧，因为老实说，我们到目前为止花的钱，多到会让你的眼珠子掉下来。我不知道你怎么样，但我可是很想活着见到我的曾曾孙。该死，我很想在我的一百岁生日把高尔夫球打到三百码外，然后回家去和老婆做爱，搞到她一整个礼拜走路都怪怪的。谁不想啊？”他搜寻华格斯特脸上的表情，“我们都和天使站在同一边哪，探员，我们达成协议了吗？”

他们握手，席克斯陪他走到门口，理察兹等着送他回到厢型车上。“最后一个问题，”华格斯特问，“为什么叫‘诺亚’？是什么意思？”

席克斯飞快地瞥了理察兹一眼。在这一瞬间，华格斯特感觉到房里的权力平衡扭转了。或许就某个层面来说，席克斯是名义上的负责人，但是华格斯特很肯定，他也必须向理察兹报告。理察兹是军方和幕后那个真正主导者之间的联络人，而真正的幕后主导或许是美国陆军传染病医学研究所、国土安全部，甚至是国家安全协会或国家安全局。

席克斯转头对华格斯特说：“没什么意思。我们这样说吧，你读《圣经》吗？”

“读一些，”华格斯特看着他们俩，“我小时候，我妈是卫理公会的虔诚教友。”

席克斯露出第二个也是最后一个微笑：“去读《圣经》吧，诺亚和方舟的故事，看他活了多久，我只能说到这里了。”

那天晚上，回到丹佛的公寓里，华格斯特照席克斯说的去做。他没有自己的《圣经》，大概从婚礼过后，就再也没看过《圣经》一眼，可是他从网上找到了《圣经》。

“诺亚活了九百五十年，然后死了。”

这时他才领悟到漏掉的东西是什么，席克斯没说的是什么。那一定在他的档案里，那就是原因，在这么多联邦探员之中，他们挑中他的原因。

他们挑选他，是因为伊娃，因为他曾经眼睁睁地看着女儿死去。

早晨，手机声音吵醒了他。他正在做梦，梦里丽拉回他电话，告诉他说宝宝出生了——不是她和戴维的宝宝，而是他们的。有那么一瞬间，华格斯特觉得很快乐，但是接着，他的脑袋清楚了，明白他人在哪里——在汉特斯维尔的汽车旅馆里。他伸手拿床头柜上的手机，按下通话键，看都没看屏幕上显示的来电者是谁。他听见保密线路的静电声，接着就连上线了。

"搞定了，"席克斯告诉他，"所有的事情都准备好了，只要让卡特签字就可以了。先别收拾你的行李，我们或许还有另一个目标要你去追。"

他看看时钟：六点五十八分。铎伊在冲澡。华格斯特听见水龙头咕咚一声关掉，接着是吹风机的声音。他隐隐约约有个印象，听见铎伊从酒吧回来——敞开的房门传进街头的噪声，低声道歉，然后是水声——他抬头看时钟，看见时间刚过夜里两点。

铎伊走进房里，腰上裹着浴巾，身体周围一圈潮湿的蒸汽："很好，你起床了。"他眼神明亮，皮肤因为冲了热水而泛红。这个家伙怎么能喝酒喝到半夜，一早起来还能像准备好去跑马拉松的样子，实在不是华格斯特能理解的。

华格斯特清清嗓子："光纤的生意做得怎么样啊？"

铎伊往对面床上一倒，手摸了一下还没干的头发："你一定很意外，这生意有多么有趣。大家都低估了，我想。"

"我来猜猜看，那个穿长裤的。"

铎伊咧嘴笑，眉毛戏谑似的动了动："她们全都穿长裤啊，老板。"他偏着头看华格斯特，"你呢？一副被从车上拖下来的样子。"

华格斯特低头看看，发现自己是和衣而睡。这已经变成某种习惯了，自从收到丽拉的邮件之后，他都整夜躺在公寓的沙发上，看电视看到睡着，仿佛正常人那样躺到床上睡觉已经是他没资格做的事了。

"别提了，一定是无聊的球赛害的。"他起床，伸伸懒腰，"席克斯有消息来了，我们去把事情办完吧。"

他们在餐厅吃早餐，开车回波兰斯基，监狱长在办公室等他们。

“不必坐下了。”监狱长说，交给他们一个信封。

华格斯特看了信封里的东西。和他预期的一模一样：州长的手谕和法院命令，将卡特以联邦囚犯的身份移交给他们。假设卡特签字，他们在晚餐时分就可以把他转送到联邦监狱。从那里，他会再被转送到其他三个联邦监狱，每转移一次，他的形迹就淡一些，到最后，两三个星期之后，顶多一个月之后，会有辆黑色厢型车载他到营区去，一个从此就只叫作“十二号”的人下了车，在艳阳下睁不开眼睛。

信封里其余的东西是卡特的死亡证明和验尸报告，日期都是三月二十三日。三天之后，二十三日的早晨，卡特会死于脑部动脉瘤。

华格斯特把文件放回信封，塞进口袋，身上闪过一股寒意，竟然这么容易就可以让一个人消失。“谢谢你，监狱长，很感激你的合作。”

监狱长盯着他们两个看，收紧下巴：“我也收到指示，说我从没见过你们。”

华格斯特竭尽所能地挤出微笑：“这样有问题吗？”

“如果有问题，我猜马上就会有一张写着我名字的自我检讨报告表出现。我有小孩呢，探员。”他拿起电话拨号，“找两个人带安东尼·卡特到笼子里，然后到我的办公室来。”他挂掉电话，看着华格斯特，“要是你不介意，我希望你们在外面等。看你们越久，我就越难忘掉这一切，两位。”

十分钟之后，两个狱警走进办公室。年纪较大的那个看起来很慈祥，圆滚滚的，像购物中心的圣诞老人；另一个不到二十岁，一脸横肉，让华格斯特一看就不喜欢。总是会有狱警因为某些错误的原因而喜欢这个工作，眼前这个就是。

“你们是来找卡特的？”

华格斯特点点头，出示证件：“没错。特别探员华格斯特和铎伊。”

“我们才不管你们是谁，”吨位比较重的那一个说，“监狱长说交给你们，我们就交给你们。”

他们带华格斯特和铎伊走到探视区，卡特坐在玻璃的另一边，话筒夹在他的耳朵和肩膀之间。他个头很小，就像铎伊之前说的，身上的囚服松垮垮的，像肯尼娃娃的衣服。被定罪的人脸上有很多种不同的表情，华格斯特知道，而卡特的表情不害怕也不生气，只是单纯地逆来顺受，仿佛这世界已经一点一滴慢慢啃噬了他的生命。

华格斯特指着他的手铐脚镣，转头对两个狱警说："解开吧，拜托。"

年纪比较大的那个摇摇头："这是标准作业。"

"我不管，解开。"华格斯特从墙上拿下话筒，"安东尼·卡特？我是特别探员华格斯特，这位是特别探员铎伊，我们是FBI。这两个人会过去解开你的手铐，我要求他们这样做。你要和他们合作，可以吗？"

卡特很不自然地点点头，话筒另一头传来的嗓音很轻微："是的，长官。"

"你还需要什么，可以让你觉得舒服一点？"

卡特一脸疑惑地看着他，上回有人问过他这个问题，是多久以前的事了？

"我很好。"他说。

华格斯特转头看那两个狱警："呃？怎么了？我是在自言自语啊？还是要我打电话找监狱长？"

两个狱警互看了一眼，决定该怎么做。接着那个叫丹尼斯的走出房间，一会儿又出现在玻璃的另一侧。华格斯特站起来看，眼睛牢牢盯着狱警解开镣铐。

"就这样？"胖胖的狱警说。

"就这样。我们要独处一会儿。我们处理完之后，会通知值班的警卫。"

"随你。"那狱警说完就走，关上门。

房里只有一把金属折叠椅，像高中体育馆里摆的那种。华格斯特坐下，正面对着玻璃，铎伊站在他背后。讲话是华格斯特的工作，他再次拿起电话。

"舒服点了吗？"

卡特迟疑了一下，打量着他，然后点点头："是的，长官。谢谢你，掐人鬼老是扣得太紧。”

掐人鬼，华格斯特在脑海里记下来。“你饿吗？他们让你吃过早餐了没？”

“煎饼，”卡特耸耸肩，“已经过了五个钟头。”

华格斯特转身看着铎伊，扬起眉毛。铎伊点点头，走出房间。有几分钟的时间，华格斯特就只是等着。尽管有个大大的禁烟标志，窗台边上还是有褐色的焦痕。

“你说你是 FBI？”

“没错，安东尼。”

一抹微笑闪过卡特的脸：“像电视上的那种？”

华格斯特不知道卡特说的是什么，可是这刚好可以让卡特自己来解释。

“什么电视啊，安东尼？”

“有个女人的那个啊，有外星人的。”

华格斯特想了想，然后想起来了，可能是《X 档案》。已经多少年没播了，二十年？卡特八成是小时候看的。华格斯特不太想得起来内容，只有隐约的概念——外星人绑架，一切都秘而不宣的阴谋——那是卡特对 FBI 的印象。

“我也喜欢那个电视剧，你在这里还好吧？”

卡特挺起肩膀：“你到这里来就为了问这个啊？”

“你是个聪明人，安东尼。不，当然不是为了这个。”

“那是为了什么？”

华格斯特靠近玻璃，他看着卡特的眼睛，牢牢盯住。

“我了解这个地方，安东尼。特勒尔监狱。我知道这里面是怎么回事。我只是要确定你在这里得到合理的待遇。”

卡特怀疑地看着他：“还可以忍受，我想。”

“狱卒对你还好吗？”

“掐人鬼的手铐上得很紧，可是他大部分时间都还不错。”卡特耸起瘦骨嶙峋的肩膀，“丹尼斯就对我不太友善，对其他人也是。”

卡特背后的门打开，铎伊出现，手里端着食堂的黄色餐盘。他把餐盘放在卡特面前的窗台上：闪着油光的芝士汉堡包和炸薯条，摆在小塑料篮子里的蜡纸上，旁边还有一盒巧克力牛奶。

“吃吧，安东尼。”华格斯特指着餐盘说，“等你吃完之后，我们再谈。”

卡特把话筒放在窗台上，拿起芝士汉堡包往嘴巴里送。咬了三口，半个就不见了。卡特用手背擦擦嘴，继续吃薯条。华格斯特看着他。卡特吃得全神贯注。就像看着狗吃东西，华格斯特想。

铎伊回到华格斯特这边来。“天哪，”他轻声说，“这家伙是真的饿惨了。”

“他们有甜点吗？”

“有一堆看起来干巴巴的派，还有看起来像狗食的奶油饼。”

华格斯特想了想说：“再想想，还是省掉甜点吧。给他弄杯冰红茶，要弄得好喝一点，稍微装饰一下。”

铎伊皱起眉头：“他有牛奶了，我不知道他们这里有没有冰红茶。这里简直像穷乡僻壤。”

“这里是得州啊，菲尔。”华格斯特压抑语气里的不耐烦，“相信我，他们有茶的，去找就是了。”

铎伊耸耸肩，又出去了。卡特吃完餐点，舔舔手指上的盐，一根接一根，深深叹了口气。他拿起话筒，华格斯特也拿起来。

“怎么样，安东尼？觉得好些了？”

通过话筒，华格斯特听见卡特的呼吸里带着沉甸甸的水汽。他眼神松懈，闪着愉悦的光芒。所有的这些卡路里，所有的蛋白质，所有的碳水化合物，像个榔头一样敲得他的系统开始运作，这个效果和华格斯特给他半瓶威士忌不相上下。

“是的，长官，谢谢你。”

“人总要吃东西的，又不能靠煎饼过日子。”

一阵沉默。卡特用舌头缓缓舔舔嘴唇，一开口，声音简直像耳语：“你希望我干吗？”

“你这话问颠倒了，安东尼。”华格斯特点点头说，“是我到这里来看看我能为你做什么。”

卡特垂下眼睛看窗台，看着刚才那个汉堡包留下的油腻残渣："他派你来的，对不对？"

"谁啊，安东尼？"

"那女人的老公。"卡特皱起眉头回忆，"伍德先生。他来过一次，告诉我说他找到耶稣了。"

华格斯特想起铎伊在车上告诉他的事。两年了，这件事还记挂在卡特心里。

"没，他没派我来，安东尼，我保证。"

"告诉他，我很抱歉。"卡特坚持，声音有些嘶哑，"告诉每一个人，而且我不想再道歉了。"

"没有人说你非道歉不可，安东尼。我知道你觉得很抱歉，所以我才会大老远来看你。"

"大老远？"

"非常远，安东尼。"华格斯特缓缓点头，"非常非常远。"

华格斯特顿了一下，盯着卡特的脸。他身上有个什么东西，和其他人不同。他感觉到那个时刻开启了，宛如一道门。

"安东尼，如果我说我要把你弄出这个地方，你会怎么说？"

隔着玻璃，卡特谨慎地盯着他看："你是什么意思？"

"就是我说的意思啊，今天你可以离开特勒尔，永远不再回来。"

卡特的眼神因不解而迷离，这个想法太难理解了："我会说，我知道你在捉弄我。"

"我不骗你，安东尼，所以我才大老远过来。你或许不知道，其实你很特别。可以说你是某一类的人。"

"你是说要让我离开这里？"卡特很痛苦地皱起眉头，"这没道理啊。这一次没救了，没有上诉，律师在信里告诉我了。"

"没有上诉，安东尼，比上诉更好。只有你一个，离开这里。听起来如何啊？"

"听起来很棒，"卡特往后靠，双臂抱胸，发出挑衅的笑声，"这听起来好得不像真的。"

华格斯特向来惊叹于接受减刑的想法竟然和悲恸的五阶段如此相

似。现在，卡特处在否认阶段。这个想法太难接受了。

“我知道你在哪里，我知道这个地方。这是个死亡之屋，安东尼，你不属于这个地方，所以我才会在这里。不是为了所有的人。不是为了其他人。只为了你，安东尼。”

卡特的姿态放松了：“我不是什么特别的人，你知道。”

“可是你很特别，你或许不知道，可是你很特别。你知道吗，我要请你帮个忙，安东尼？这是个互惠的交易。我可以把你弄出这里，可是我也需要你替我做一点事情来作为回报。”

“帮忙？”

“我的上司，安东尼，他们看见你在这里发生的事。他们知道六月要发生的事，他们觉得那是不对的。他们觉得你受这样的待遇是不对的，你的律师就这样把你丢下不管是不对的。他们知道，他们可以帮上一点忙，而且他们也有工作需要你做。”

卡特困惑地皱起眉头：“割草？你是说，就像那位女士的草皮？”

老天爷啊，华格斯特想，他真的以为他们要他去割草啊？“不是，安东尼。不是这样的事，是更重要的工作。”华格斯特再次压低声音，“你知道，就是一件事。我需要你做的事太重要了，所以我不能告诉你，因为连我自己都不知道。”

“如果你不知道是什么事，又怎么会知道很重要？”

“你是个聪明人，安东尼，你也的确有权利这么问，可是你必须信任我。我能把你从这里弄出去，现在，你要做的就只是说你愿意。”

华格斯特从口袋里掏出监狱长给他的信封，打开来。在这样的时刻，他总觉得自己像个魔术师，举起帽子，变出一只兔子来。他用空着的那只手把文件压在玻璃上让卡特看。

“你知道这是什么吗？这是减刑命令，安东尼，珍娜·布什州长签发的。日期是今天，就在最下面一行。你知道这是什么意思吗，减刑？”

卡特眯起眼睛看那张纸：“我不必打毒针了？”

“没错，安东尼。六月不必，永远不必。”

华格斯特把文件收回外套口袋里，这是个饵，是对方想要的东西。另一张文件，卡特必须签字的文件就夹在这张减刑令里——他会签的，华格斯特很肯定，等所有的哼哼啊啊结束之后，他就会签。这份文件会让这个得州第999642号刑犯安东尼·洛依德·卡特，把他百分之一百的过去、现在和未来交给“诺亚计划”。等第二份文件掏出来的时候，要诀就是别看内容。

卡特慢慢地点了下头：“我一向很喜欢她，从她当第一夫人的时候起就很喜欢。”

华格斯特不纠正他的错误：“她只是我的上司之一，安东尼，还有其他人。如果我告诉你，你可能会认得其中几个名字，可是我不能告诉你。他们要我过来找你，告诉你说他们有多需要你。”

“所以我如果替你们做这件事，你就把我弄出去，可是你不能告诉我是什么事？”

“条件差不多就是这样，安东尼。你说不，我就走。你说好，今天晚上就能离开特勒尔。就是这么简单。”

通向笼子的门又开了，铎伊走进去，端着一杯茶。他依照华格斯特的吩咐，把玻璃杯摆在茶盘上，小心翼翼地保持平衡，旁边放着一个长汤匙，还有一片柠檬和几包糖。他把茶放在卡特面前的窗台上。卡特看着玻璃杯，表情松弛下来。就在这时，华格斯特想，卡特是无罪的，至少不是法庭定的那个罪。和其他人打交道时，华格斯特谈的买卖内容一清二楚，故事就只是故事，但是这一回不同。那天院子里出了事，那女人死了。可是不仅仅如此，或许还有内情，还有很多其他的内情。看着卡特，华格斯特的心宛如踏进一间黑黢黢的房间，没有窗户，只有一道上锁的门。他知道，这就是他可以找到安东尼·卡特的地方。他在黑暗中找到这人，等他找到之后，卡特会给他钥匙，让他打开门。

他眼睛盯着玻璃，开口说：“我只是希望……”

华格斯特等着他把话说完，可他没继续往下说，所以华格斯特再次开口：“你希望怎么样，安东尼？告诉我。”

卡特举起空着的那只手，指尖拂过玻璃。玻璃很冰，淌着湿气，卡特抽回手，拇指和手指搓着抹掉水珠，动作很慢。他的眼睛全神贯注看着自己的动作，他好专注，华格斯特简直可以感觉到这人的心敞开来，把自己的动作深深吸纳进去。仿佛指尖那水珠冰沁的感觉是解开他人生所有谜团的关键。他抬起眼睛，迎向华格斯特的目光。

“我需要时间去想清楚……”他轻声说，“发生过的事，和那位女士。”

诺亚活了九百五十岁……

“我可以给你时间，安东尼。”华格斯特说，“世界上的所有时间，无穷无尽的时间。”

又过了一会儿，卡特点点头。

“我要怎么做？”

华格斯特和铎伊抵达乔治·布什州际机场，七点刚过。交通状况简直糟得要命，可他们还是提前九十分钟到达。他们还掉租车，搭摆渡车到大陆航空航站，出示证件，免除安全检查，然后穿过人群到位于大厅尽头的登机门。

铎伊道歉，要去给自己找些吃的。华格斯特不饿，虽然他知道等一下他八成会对自己的这个决定后悔，特别是他们的航班如果延误的话。他查看了一下自己的手机。还是没有席克斯的消息。他很高兴。他唯一想做的就是离开该死的得州。登机门只有不多的旅客在候机：几个家庭，几个埋头玩蓝牙或 iPod 的学生，还有几个穿西装、忙着打手机或敲着笔记本的男人。华格斯特看看手表：七点二十五分。这个时间，他想，安东尼·卡特应该已经坐在厢型车后座，在往艾尔雷诺的路上走，车后会留下一串残缺不全的记录，以及他曾经存在过的褪色回忆。到这天结束时，就连他的联邦号码都会被清除掉；那个名叫安东尼·卡特的人就只是个谣传，只是微微荡漾的波澜，只是在地表上转瞬即逝的涟漪。

华格斯特靠在椅背上，他明白自己已筋疲力尽。这种感觉总是这样出其不意地袭来，仿佛突然放开握紧的拳头。这些旅程把他掏空了，不管身体或情绪都是，而恼人的良知更是让他不时得铆足力气去应付。他就只是太厉害了，太知道什么时候该做什么手势，什么时候该说什么话。一个人坐在水泥盒子里太久，整天想着自己的死期，就会像摆在炉子上烧干了的茶壶里的水，变成乳状的残渣。要了解他，你必须知道这残渣是什么东西，知道他人生的过去与未来都蒸发掉之后，他这个人还剩下什么。通常都是很单纯的东西——怒气或哀伤，或羞愧，或者只是单纯需要宽恕。有些人什么都不要，他们身上只剩下动物似的愤怒，对这世界、对整个体系的愤怒。安东尼不同，华格斯特花了好些时间才明白。安东尼就像个活生生的问号，像个有生命、会呼吸却全然迷惑的表情，他真的不知道自己为什么会在特勒尔。他并不是不明白自己被判了死刑，他很清楚，而且他也接受了，就像其他绝大部分人那样，因为他们不得不接受。你只要听听那些受刑的人最后的遗言就知道了："告诉我爱的每个人，我对不起他们。好了，监狱长，开始吧。"总是诸如此类的话，读起来让人胆寒，华格斯特看过许多。可是安东尼·卡特身上还有一块拼图不见了。就在卡特摸着玻璃的时候，华格斯特顿悟了——不，早在那之前，早在他问起蕾秋·伍德的丈夫，说他很抱歉没说对不起的时候。卡特到底是不记得那天在伍德家院子里发生的事，还是无法把自己的行为和他认为是自己的那个人连在一起，华格斯特无法肯定。但是无论是哪种情况，安东尼·卡特都必须在死前为自己找出这一块拼图。

从这个位置上，华格斯特可以透过航站玻璃一览无遗地俯瞰整个机场。太阳正要西沉，夕阳余晖从停放着的飞机机身上反射出刺眼的光芒。搭机回家向来能让他好过一些，在空中待几个钟头，追逐落日，他又会觉得自己恢复本色了。他从不喝酒、看书或睡觉，只是静静坐着，呼吸飞机上的瓶装空气，眼睛盯着窗户，看着脚下的地面逐渐隐入黑暗之中。有一回，从佛罗里达的塔拉哈西飞回家的途中，华格斯特的航班绕过一个暴风圈，风暴好大，宛如横亘空中的山脉，层层卷绕的内部阵阵闪电，亮得恍如耶稣诞生图。那是九月的夜里，他们大约在俄克拉何马上空，他想，再不然就是堪萨斯，某个平坦空旷的地方，也可能是更远的西方。机舱内很暗，机上每个人几乎都睡着了，包括铎伊在内。坐在他旁边的铎伊把枕头塞在他短短的下巴底下。整整二十分钟，飞机沿着暴风圈周围飞，几乎没碰到风暴边缘。这一辈子，华格斯特从没看过那样的画面，从没像那样觉得自己完全沉浸在大自然的广袤无垠之中，沉浸于如行星一般强大的力量之中。风暴中的气流全因大气电流的强力变化所致，但他被封闭在机舱的静寂之中，伴随一片虚无快速移动，周遭什么都没有，只有一千米的虚空在他脚下。望着这一切，他仿佛在看一部银幕上的电影，一部无声的电影。他等着机长通过机上的广播系统，拖长声调说明一下天气情况，让其他旅客也能身临其境，享受这场大自然的演出，但是始终没有。四十分钟之后，飞机在丹佛降落，华格斯特什么都没说，对铎伊连提都没提。

此刻，他好想打电话给丽拉，告诉她这件事。他心中的感觉如此强烈、如此清晰，以至于他花了好一会儿工夫才明白这想法有多疯狂，这是时光机在作祟。时光机是心理咨询师、丽拉医院里的朋友取的名字，他们去看过那位心理咨询师几次。她三十几岁，留着一头未老先衰的灰色长发，一双大眼睛总是闪着同情的泪光。每回一开始谈话，她就脱掉鞋子，盘起腿来，活像个准备领唱的营队辅导员。她说话的声音好轻，坐在沙发里的华格斯特得往前倾才听得见。一次又一次，她用微弱的声音解释，他们的心会愚弄他们。这不是警告，她说话的方式不像，她只是在陈述一项事实。他和丽拉或许会做某些事或看见某些东西，也会对过去有强烈的感觉。比方说，他们很可能在杂货店排队结账的时候发现，手推车里装满了尿布；或者是蹑手蹑脚经过伊娃的房间，仿佛她还在房里熟睡。这是最难熬的时刻，那女的说，因为他们必须再一次摆脱他们的失落感。但是随着岁月流逝，她向他们保证，这些情况发生的次数会越来越少。

问题是，这些时刻对华格斯特来说并不难熬。虽然事情已经过去三年，他还不时会碰上这样的情况，但他一点都不介意：怎么会介意呢？这是他的心送给他的意外礼物，但是对丽拉来说就不同了，他知道。

“华格斯特探员？”

他在椅子里转过头去。简单的灰色西装，价钱不贵但穿起来舒服的牛津鞋，没什么特色的领带：华格斯特仿佛看着镜里的自己。可是，他没见过这张脸。

他站起来，从口袋里掏出证件："我是。"

"我是特别探员威廉，休斯敦分处。"他们握手，"恐怕你没办法搭上这班飞机了，我有辆车在外面等你。"

"有消息吗？"

威廉从口袋里掏出一个信封："我想这可能是你在等的消息。"

华格斯特接过信封，里面是一张传真。他坐下来看，然后又重新看一遍。铎伊咬着吸管啜饮料，拎着一个塔可钟快餐店的袋子回来时，他还在看。

华格斯特抬起眼，看着威廉："给我一点时间，可以吗？"

威廉朝大厅走去。

"这是什么？"铎伊静静地说，"怎么回事？"

华格斯特摇摇头，把传真递给铎伊。

"老天爷啊，菲尔，这是个老百姓呀。"

4

蕾西·安东尼特·库杜托修女不知道上帝到底要什么，但她知道他肯定想要某个东西。

自从有记忆以来，世界就是这样对她讲话的，窃窃私语，轻声呢喃：是棕榈树掌状叶的沙沙声，在吹拂过她成长的那个村庄的海风中轻轻摇摆；是沁凉的流水声，从她家屋后那条小溪的石头上淌过；甚至连人类所制造的声响也是，人类世界里的引擎、机械与言语声。在她还是个小女孩时，大概顶多六七岁吧，曾经问过主持洛科港[1]修女院学校的玛格丽特修女，她听见的是什么，玛格丽特修女笑起来。**蕾西·安东尼特**，她说，**你真是让我意外。你不知道吗？**她压低声音，脸贴近蕾西面前，**这就等于是上帝的声音。**

可是她确实知道，玛格丽特修女一说，她就明白自己早就知道了。她从没告诉其他人声音的事。修女对她说话的那个神态，仿佛这是只有你知我知的事，告诉她说她在风里、树叶里，甚至生活本身的每一个蛛丝马迹中所听到的，都是属于她俩之间的秘密。偶尔，几个星期甚至一个月，这感觉会淡去，世界再次变成一个普通平凡的地方，由普通平凡的东西所组成。她相信，大部分人对世界的感觉，就连她最亲近的人也不例外：她的父母、姐妹和学校里的朋友，他们终其一生都生活在暗淡的寂静牢笼里，一个没有声音的世界。知道这件事让她好难过，有时甚至会不由自主地哭上好几天，然后爸妈就会带她去看医生，一个留着络腮胡子的法国医生，嘴里老是塞着闻起来像樟脑球的糖果，拿着冰凉的听诊器在她全身上下又碰又按，但从来

---

① Port Loko，狮子山西部的港市。

没找出任何毛病。**真可怕，**她想，**过着这样的生活真可怕，永远孤独。**有时候，她穿过椰子林去上学时，和姐姐一起吃晚饭时，什么都不做就只是瞪着地上石头时，或清醒地躺在床上时，她又听见那声音了：那根本算不上是讲话声的讲话声，来自她的内在，从她周遭的一切传出。那轻轻的低语，仿佛不是声音，而是光所铸成的，缓缓移动，宛如拂过水面的微风。等她十八岁进入修女院的时候，她终于知道那是什么了，那是在唤着她的名字。

蕾西，世界对她说，**蕾西，听着。**

此刻，过了这么多年之后，隔着汪洋大海，坐在田纳西州孟菲斯市慈悲修女院的厨房里，她听见了。

小女孩的母亲离开没多久，她就在女孩的背包里找到那张纸条了。情况有点不对劲，这让蕾西不安。看着小女孩，她知道是什么让她不安了：那女人没告诉她小女孩的名字。女孩显然是她女儿——同样的深色头发，同样的白皙皮肤，还有又长又翘的睫毛，仿佛被一阵小小的微风吹得翻飞起来。她很漂亮，但是头发需要好好梳理——头发纠结成一团团，浓密得像狗毛。她把外套摆在餐桌上，仿佛已习惯匆匆离开一个又一个地方。她看起来很健康，只是有点瘦。裤子太短，而且沾着泥土，硬邦邦的。小女孩把点心吃得一干二净之后，蕾西在她身边的椅子上坐下。她问她袋子里有没有什么可以拿出来玩的东西，或她们可以一起看的书，但小女孩始终一语不发，光是点点头，把袋子递给她。蕾西端详着那个袋子，粉红色的，上面粘着某些卡通人物的图案——她们的黑色大眼睛让她想起小女孩的眼睛——她想起那个女人告诉她，她正要送女儿去上学。

她拉开袋子的拉链，在里面找到一只绒毛兔子，几条卷起来的内裤和袜子，一支装在盒子里的牙刷以及吃掉半盒的草莓谷片棒。袋子里没别的东西，但是她注意到外侧有个拉上拉链的小口袋。这时间上学太晚了，蕾西顿时领悟到：这女孩没带午餐，没带书本。她屏住呼吸，拉开那个小口袋。就这样，她找到那张纸，折起来的纸。

对不起，她名叫艾美，六岁。

蕾西看着那张纸，看了好久。不是因为那几个字本身，因为那些字再简单明了不过了。她看的是那行字周围的空白，一整张纸，什么都没有。短短的三个句子，就是能用来交代小女孩身世的一切，就只有三个句子，与背包里少少的几样东西。这简直是蕾西这辈子所见过的最悲哀的事，悲哀到让她连哭都哭不出来。

没必要去追那个女人，她早就走远了，而且找到她又怎样呢？她要怎么说？我想你忘了东西。我想你搞错了，但没有什么搞错了。蕾西明白，那女人做的就是她打算要做的事。

她折起纸条，放进她裙子的深口袋里。“艾美，”她说，就像多年之前，玛格丽特修女在洛科港的学校庭院里那样，把脸贴近女孩面前，她微微一笑，“你是叫这个名字吧，艾美？好美的名字哟。”

小女孩四处张望了一下，动作很快，几乎有点鬼鬼祟祟：“我可以找彼得吗？”

蕾西想了想：兄弟？小女孩的爸爸？“当然可以，”她说，“谁是彼得呀，艾美？”

“他在袋子里。”小女孩说。

蕾西松了一口气——小女孩开口要求的第一件事，是她可以轻松完成的。她把兔子从袋子里拿出来。兔子全身毛茸茸的，东一块西一块被摸得平滑光亮，珠子般的黑眼睛，内里夹着铁丝撑起来的耳朵，是只小公兔。蕾西递给艾美，艾美马上抱在膝上。

“艾美，”她又说，“妈妈去哪里了？”

“我不知道。”艾美说。

“彼得呢？”蕾西问，“彼得知道吗？彼得能不能告诉我？”

“他什么都不知道，他吃饱了，”小女孩猛然皱起眉头，“我想回汽车旅馆。”

“告诉我，”蕾西说，“汽车旅馆在哪里，艾美？”

“我不该说的。”

“这是秘密？”

女孩点点头，眼睛盯着桌面。这个秘密重大得让她连说这是个秘密都不行，蕾西想。

“我不知道汽车旅馆在哪里，就不能带你去，艾美。你不是想去吗？去哪家汽车旅馆？”

“在一条有很多车子的马路上。”那女孩扯着她的袖子说。

“你和妈妈住在那里？”

艾美没答话，她就是有办法不看也不吭声，明明有人在场，也一副自己独处的模样，这是蕾西从来没碰到过的。还真让人有点害怕。小女孩这么做的时候，仿佛蕾西才是那个消失不见的人。

“我有个主意，”蕾西说，“想玩个游戏吗，艾美？”

女孩怀疑地看着她：“哪一种？”

“这叫作秘密，很简单的。我告诉你一个秘密，然后你也告诉我一个。明白吗？交换。用我的秘密交换你的秘密，你觉得如何？”

女孩耸耸肩：“好吧。”

“很好。我先开始。我的秘密是这样的：有一次啊，我很小的时候，就像你现在这样，我离家出走。那是在我的家乡狮子山。我和妈妈大吵一架，因为她要我先写功课，才准我去看嘉年华会。我好期待嘉年华会，因为我听说他们有马儿变把戏。我好爱马哟，我敢说你也喜欢马，对不对啊，艾美？”

女孩点点头：“大概吧。”

“每个小女生都喜欢马，可是我爱死了马！为了让我妈知道我有多气，我不肯写功课，结果她就要我回房间，那天晚上不准出来。噢，我气死了！我像个疯子似的在房间里拼命跺脚，走来走去。后来我想，如果我离家出走，她一定会很后悔这么对待我。从今以后，她一定会让我做我想做的事。我真的很蠢，但是我当时一心相信是这样，所以那天晚上，我爸妈和姐姐都睡了以后，我就离开家。我不知道要到哪里去，所以躲在我家院子后面的田里。天好冷，又好黑。我很想在外面待一整个晚上，这样一来，等到早上我妈醒来发现我不在家之后，就可以听到我妈喊我的名字，可是我办不到。我在田里待了一会儿，最后实在冷得受不了，加上我又很害怕，所以就跑回家，爬上床，结果没有人知道我曾经离家出走。”她看着小女孩，尽可能露出微笑，小女孩专注地看着她。“所以，这个故事我从没告诉别人，直到现在。我这辈子第一次说出这个秘密，而你是第一个知道的人。

你觉得怎么样啊？”

女孩很谨慎地盯着蕾西看：“你就……就回家了？”

蕾西点点头：“你知道的，我已经没那么气了。到了早上，整件事就好像做了个梦一样。我根本不确定是不是真的发生过，但是这么多年之后，我知道那是真的。”她鼓励似的拍拍艾美的手，“轮到你了，你有秘密要告诉我吗，艾美？”

女孩垂下脸，什么都没说。

“连一个小小的秘密都没有？”

“我想她不会回来了。”艾美说。

接下任务的警察，一男一女，也同样毫无头绪。那位女警是个吨位颇重的白人，留一头像男生的短发，在厨房里和小女孩谈；而男警是个英俊的黑人，有张光滑的窄脸，要蕾西描述那位妈妈的外形。“她看起来紧张吗？”他问她，“她喝醉了酒或嗑了药吗？她穿什么衣服？你看没看见车子？”他问了一遍又一遍，但是蕾西看得出来，他之所以问，只是因为非问不可，他也不认为可以找到那女孩的妈妈。他用一支小铅笔把她的回答记录在一小沓纸上，她一讲完，他就收进制服的胸前口袋里。厨房里闪光灯一闪，是那名女警在帮艾美拍照。

“你要打电话给儿童保护中心，还是要我们来打？”警察问蕾西，“看看现在的情况，我们应该可以等一等。不必马上把她送进看护机构，特别是又碰到周末，如果你不介意留她几天的话。我们可以把对那个女人的描述发布出去，看能不能有点线索。我们也会把小女孩放进失踪儿童数据库里，那个妈妈也可能会回来，只是她如果回来了，你应该把小女孩留在这里，打电话给我们。”

时间刚过正午，其他修女会在一点钟从小区厨房回来。她们一整个早上都在那里把物品上架，分发一箱箱的罐头食品、早餐麦片、意大利面酱和尿布。这是每周二和周五的例行工作。可是蕾西一整个星期都犯伤风，虽然到孟菲斯已经三年了，但她还是无法适应潮湿的冬季。艾涅特修女要她留在家里，别让自己病得更重。这就是艾涅特修女做的决定，虽然蕾西早上醒来时觉得自己已经没事了。

看着面前的警察，她很快下了决心：“我会照顾她。”

结果，等其他修女回来的时候，蕾西对小女孩的事并没有据实以告。**这是艾美，**修女们在玄关脱掉外套、解开围巾时，她对她们说，**她妈妈是我的朋友，因为要去看一个生病的亲戚，所以让艾美留在我们这里过周末。**她自己都很惊讶，谎言竟然这么轻易就说出口。她没练习过要怎么编故事，但是字句就这样快速地在心中组合好、自己找到通路从她的唇齿之间冒了出来，轻而易举。她一面说一面瞟着艾美，担心小女孩会揭发她，但她看见女孩眼中闪过一丝赞同的神色。于是蕾西明白，她是个惯于隐藏秘密的女孩。

“修女，”**艾涅特**修女用老女人那种永远不以为然的语调说，“你对这个小女孩和她妈妈伸出援手，我很高兴，但是像这样的事，你应该要先问过我的。”

“很对不起，”蕾西说，“因为事出紧急，她只待到星期一中午。”

艾涅特修女用审视的目光打量着蕾西，然后低头看看后背紧紧抵着蕾西裙褶的艾美。艾涅特修女一面看，一面一根手指一根手指地脱掉手套，从外面灌进来的寒意仍在玄关盘旋。

“这是修女院，不是孤儿院，不是收容小孩的地方。”

“我了解，修女。我真的很抱歉，只是没有办法呀。”

又过了一会儿。**亲爱的主啊，**蕾西想，**请帮助我更爱这个人吧，艾涅特修女很跋扈，只替自己想，可是她也是您的仆人，就像我一样。**

“好吧。”最后艾涅特修女说，很不高兴地叹口气，“就待到星期一，她可以住客房。”

这时，蕾西修女不禁纳罕：为什么她要说谎？为什么谎言来得这么轻而易举？虽然从更宏观的方面来看真假，这根本就算不上谎言。她的故事也处处存在漏洞。要是警察又折回来，或打电话来，让艾涅特修女发现她做了什么，那该怎么办？而星期一，她必须打电话给县政府的时候，又该怎么办？但对这些事情，她依然一无所惧。这女孩是个谜，是上帝送来给她们的，甚至也不是给**她们**，而是给**她**的。对蕾西来说，找出这个谜题的答案是她的任务，而借着对艾涅特修女说谎——不见得是说谎，她告诉自己，毕竟，那位妈妈有没有去探望生病的亲戚，谁又说得准呢？——她为自己争取到解开谜团的时间。所以，这或许就是谎言能轻而易举说出口的原因。圣灵通过她说话，用一种更深刻、更不同于一般的真理焰火启发她。圣灵说的是：这女孩有了麻烦，需要蕾西来帮她。

其他修女都很高兴，因为她们从来没有访客，至少最近没有，来的总是教会里的人——修士或其他修女，但这次是一个小女孩：这可新鲜了。艾涅特修女爬上楼梯一回房间。她们就开始叽叽喳喳：蕾西修女是怎么认识小孩的妈妈的？艾美几岁？她想做什么？吃东西？看电视？换衣服？她们兴奋莫名，几乎没注意到艾美如此寡言，事实上，她一句话都没说；都是蕾西在说。晚餐嘛，艾美喜欢汉堡包和热狗——她最喜欢这些东西——配洋芋片和巧克力冰激凌。她喜欢着色画和手工艺，喜欢看有公主的电影，还有兔子，如果店里有卖的话。她需要衣服，她妈妈匆匆忙忙的，忘了带小女孩的行李箱，被她自己的孝道搞得心神不宁（要赶到阿肯色州小石城附近，因为小女孩的祖母有糖尿病，心脏出了问题）。她本来要折回家去拿，但是蕾西坚持说不用，她可以轻易搞定。这谎言如此流畅地进入一双双渴望相信的耳朵里，不到一个小时，每个修女好像都对这个相同的故事有了各自略有差异的版本。露意丝修女和克莱儿修女开着厢型车到皮威超市去买汉堡包、热狗和洋芋片，然后到沃尔玛去买衣服、影片和玩具。在厨房里，崔西修女规划晚餐菜单，宣布说她们不只可以吃原本就说好的汉堡包、热狗与冰激凌，同时还可以有三层巧克力蛋糕配冰激凌。（她们向来期待礼拜五，崔西修女掌厨的晚餐。她爸妈在芝加哥开餐厅，进入修女院之前，她还曾经在蓝带厨艺学校进修。）就连艾涅特修女都似乎有了好心情，和艾美与其他修女坐在小休息室里看电影《公主新娘》，等晚餐准备好。

在这段时间里，蕾西修女的心始终信靠着上帝。大家都觉得很精彩的电影结束后，露意丝修女和克莱儿修女带艾美到厨房，看她们在沃尔玛买的玩具：着色本、蜡笔、黏土、美工纸，还有一组芭比宠物店玩具。露意丝修女花了十五分钟才把所有的小零件从塑料盒牢笼里拿出来：发梳、狗毛刷、小碟子什么的。蕾西爬上楼梯，在寂静的房间里，她为谜题——艾美的谜题而祷告，倾听拂过她的、会将上帝旨意带到她心中的声音。她信奉上帝，心中涌起的却只是充满疑问的感觉，只有疑问，没有确切的答案。她知道，这是上帝对人说话的另一种方式。他的旨意通常都很难捉摸，令人很受挫，如果他偶尔选择把旨意表明清楚固然很好，但情况通常并非如此。大部分修女都在厨房后面那个小教堂里祷告，蕾西自己也是，但是她却选择把她最热衷、最渴求答案的祷告，保留给在房间里独自进行的这一次。她甚至也没跪下，只是坐在书桌前或那张窄床的床角，双手搁在膝上，闭上眼睛，让心思尽可能飘得远远的——自从孩提时代，她就想象自己的心是系在细绳上的风筝，她把线放得越长，心就飞得越高——等着看会发生什么事。此刻，坐在床上，她放胆让风筝飞得越来越高，她手里那团想象的线团越变越小，风筝变成她头顶上的一个小色点，但是她只感觉到来自天堂的风扑袭风筝，一股如此强大的力量在对付如此微小的东西。

晚餐之后，修女们回到起居室看电视，一部她们从年头看到年尾的医院影集。蕾西修女带艾美上楼准备睡觉。这时八点钟。修女们通常九点上床，五点起床晨祷。蕾西觉得，这样的作息时间，像艾美这个年纪的女孩应该也可以适应才对。她替艾美洗澡，用覆盆子洗发精搓头发，再倒一点润丝精解开纠成一团的发丝，然后用梳子梳得又直又亮，每多梳一下，黑发的亮泽度就更高，最后再把她的旧衣服拿到楼下的洗衣间。等她再上楼时，艾美已经换上克莱儿修女下午在沃尔玛买的睡衣。睡衣是粉红色的，有星星和微笑月亮的图案，布料沙沙作响，像丝绸那样闪闪发亮。蕾西踏进房里的时候，发现艾美一脸疑惑地瞪着袖子看。袖子太长了，像小丑装似的盖住她的手，垂到腿上。蕾西帮她把袖子卷起来，然后看着艾美刷完牙，把牙刷收回盒子里，再从镜子前面转身面对她。

“我要睡在这里吗？”

已经好几个钟头没听小女孩开口，蕾西一时不确定自己听对了没有。她望着小女孩的脸，这个奇怪的问题对她来说一点都不奇怪。

“你为什么要睡在浴室里呢，艾美？”

她低头看着地板：“妈妈说我不能发出声音。”

蕾西搞不懂这是怎么回事：“不，当然不是，你要睡在你的房间里。就在我的房间隔壁，我带你去。”

房间很干净，空荡荡的，墙上什么都没有，只有一张床、一个柜子和一张小写字台，地板上甚至没铺保暖用的地毯。蕾西真希望自己能有什么东西来把房间弄得舒适一点。她想，明天她会问艾涅特修女，能不能买张小地毯铺在床边，让艾美早上下床的时候，双脚不至于踏在冰凉的地板上。她帮艾美掖好被子，然后坐在床垫边上。透过地板，她可以听见楼下隐约传来的电视声、墙里水管膨胀的咔咔声，以及屋外三月的风轻轻触摸橡木与枫树树叶的声音，还有杨木大道上晚间车流轻柔的嗡嗡声。修女院后面隔两条街，在公园的另一头就是动物园。夏天的夜里敞开窗户，偶尔可以听到疣猴在笼子里呼啸尖叫。对离家千万里的蕾西来说，听到这些声音真是既奇怪又美好，但是亲自走访动物园之后，她却发现那是个丑恶的地方，简直像监狱。猫科动物被关在树脂玻璃墙后面光秃秃的小笼子里，大象和长颈鹿脚上绑着锁链。所有的动物看起来都很消沉，大部分连动都懒得动一下。到动物园里来的人吵吵闹闹、举止粗鲁，任由孩子们把爆米花丢到栏杆里，想引起动物们的注意。蕾西无法忍受，很快就离开了，并且差点哭了起来。看见上主所造的生物无缘无故被如此残忍对待，被如此铁石心肠地漠视，她的心都碎了。

但是此刻，坐在床边，她想那或许是艾美会喜欢的地方。说不定她从没去过动物园。既然蕾西不能做什么来减轻那些动物的痛苦，那么带个人生缺少幸福的小女孩去看看它们，应该不算什么罪孽、不算错上加错吧。她早上会问艾涅特修女这件事，趁着去问地毯的时候一起问。

“好了，”她把艾美的毯子拉好，小女孩躺得直挺挺的，好像不敢动似的，“这里很安全，也很安静。如果你需要什么，我就在隔壁。明天我们去做点好玩的事，你等着瞧吧，就我们两个一起。”

“你可不可以让灯亮着？”

蕾西说可以，然后她弯腰，亲亲女孩的额头。她浑身散发着果酱的气味，因为洗发精的关系。

“我喜欢你的姐妹。”艾美说。

蕾西不由自主地露出微笑。发生了这么多事，她没料到小女孩会误把修女当成是姐妹[①]。“嗯，这个嘛，很难解释。你知道，我们并不是真正的姐妹，不是你所指的那种姐妹。我们不是同一个父母生的，不过，我们还是姐妹。”

“那怎么可能？”

“噢，要成为姐妹还有另一种方式，我们是心灵上的姐妹。是上帝眼中的姐妹。”她戳戳艾美的手，“就连艾涅特修女也是哟。”

艾美皱起眉头：“她脾气有点古怪。”

“是啊，可她就是这样，而且她很高兴你来了，我们都很高兴。你来了之后，我们才知道自己有多怀念这种感觉。”她摸摸艾美的手，站起来，“好了，谈够了，你该睡啦。”

“我保证会很安静。”

蕾西在门边停下脚步：“你不必如此啊。”

那天晚上，蕾西做梦了。梦里她又变成了小女孩，在自家后面的田野里。她蜷缩在一丛低矮的棕榈树里，长长的掌状叶宛如帐篷围裹着她，舔着她手臂与脸上的皮肤，她的姐妹也在那里，但也不能这么说，应该说姐妹们正在奔逃。在她们背后，她听见有男人的声音，不，应该说是她感觉到他们邪恶的存在。她听见枪炮的声音，还有她妈妈的嘶喊与惊叫，叫她们：**快跑啊，孩子们，跑快一点吧**。但蕾西怕得在那里动弹不得。她好像变成了另一种物质，一种有生命的木头，没办法牵动任何一条肌肉。她听见更多砰砰声，随着声响而来的还有闪光，仿佛利刃切开黑夜。在这些短暂的瞬间，她可以看见周遭的一切。她的家、田野以及穿过田野的男人，那些看起来像士兵，但没穿士兵制服的男人，用来复枪枪杆扫着地面前进。在她眼中，这世

① 英语中的“修女”，亦有“姐妹”之意。

界仿佛是一连串静止的画面。她好害怕，但无法转开视线。她的腿和脚全湿了，不冷，而且还意外的暖热。她顿时明白，她尿湿了，虽然她并不记得自己这么做过。她的鼻子和嘴巴尝到苦苦的烟味、汗水，还有其他的东西，某种她明明知道却不敢说的东西。那是血的味道。

这时她感觉到，有人靠近了，是那些男人中的一个。她听得见他胸膛呼吸的声音，还有他搜寻的脚步声。她闻得到他身上散发出来的恐惧和愤怒，宛如滚烫的水蒸气。**别动，蕾西，**那声音说，凶狠炽烈的声音，**别动**。她闭上眼睛，甚至不敢呼吸。她的心脏在胸膛里猛烈狂跳，仿佛此时此刻的她就只是一颗跳动的心脏。他的影子罩在她身上，盖住她的脸和身体，宛如一双巨大的黑色翅膀。再次睁开眼睛时，他已经走了，田野空无一人，她孤独无依。

她惊醒过来，浑身掠过一阵惊恐。就在她明白自己身在何处时，她感觉梦境在她心里崩解了。那场梦转过街角，迅速离开她的视线。树叶拂过她肌肤的触感。声音，低语的声音。味道，宛如鲜血的味道，现在都离开了。

这时她感觉到，有人和她一起在房里。

她猛然坐起来，看见艾美站在门口。蕾西瞟了时钟一眼，才午夜。她只睡了两三个钟头。

“怎么啦，孩子？”她轻声说，“你还好吗？”

小女孩走进房里。蕾西窗外的路灯反射在艾美的睡衣上，闪亮亮的，让她全身好像真的包围着星星与月亮。有那么一会儿，蕾西心想，这小女孩该不会是梦游了吧？

“艾美，你做噩梦了吗？”

但是艾美不发一语，在黑暗中，蕾西无法看见这孩子的脸。她在哭吗？她拉开被子，让艾美可以坐上来。

“没事了，上来吧。”蕾西说。

艾美默默地爬到窄床上，来到蕾西身边。她的身体散发着一股热气，不是发烧，但也异乎寻常，她像块烧红的炭。

“你不必害怕。”蕾西说，“你在这里很安全。”

“我想留下来。”女孩说。

蕾西意会到她指的不是这个房间，也不是蕾西的床。她指的是永远留下来，住下来，蕾西不知道该怎么回答。到了星期一，她就要向艾涅特修女道出实情——这是无法避免的事。之后会发生什么事，她们两个都不知道，可是她现在知道，清清楚楚地知道：把艾美搂在怀里，也就把她俩的命运紧紧系在一起了。

“我们看看吧。”

“我不想告诉任何人，别让他们把我带走。”

蕾西感觉到一阵恐惧掠过全身：“谁，艾美？谁要带你走？”

艾美没回答。

“不要担心，”蕾西说。她伸手揽住艾美，把她搂得更紧一些，“睡吧，我们需要休息。”

但是在漆黑之中，一个钟头又一个钟头，蕾西清醒地躺着，眼睛睁得大大的。

华格斯特和铎伊抵达巴吞鲁日的时候刚过凌晨三点，他们从这里向北转，朝密西西比州界开去。头一段路是铎伊开车，从休斯敦一路开到过拉法叶东边一点，让华格斯特试着睡一下。刚过两点的时候，他们在高速公路旁的一家松饼屋前停下来换手，从那时起，铎伊就睡得一动也不动。天飘起小雨，是那种只够沾湿挡风玻璃的小雨。

南边是新奥尔良的联邦工业区，华格斯特很高兴能绕开那里。光是想到那个地方就让他的心一沉。他以前去过新奥尔良一次，和大学同学去参加嘉年华会，被那城市狂野的活力给迷得神魂颠倒——奔放的自由无羁，鲜明活泼的生命力。整整三天，他几乎都没睡觉，也不觉得有睡觉的必要。有天清晨，他发现自己置身“典藏厅”[①]——这名字听起来很宏伟，但其实比工具间还小，比地狱入口还热——听爵士乐团演奏《圣路易斯蓝调》，突然意识到自己已经快四十八小时没合眼了。屋里的空气闷得像温室，每个人都在跳舞、摇摆、随着节奏拍手，什么样年龄与肤色的人都有。清晨五点钟，坐在这里听五个年

① Preservation Hall，新奥尔良最知名的爵士乐现场演奏厅，位于法国区一幢18世纪的木屋里，于1961年开幕迄今，已成为爵士乐圣地。

纪全都超过八十岁的黑人老头演奏爵士乐，这种事情在其他地方怎么可能发生？但是二〇〇五年卡特里娜飓风袭击新奥尔良，几年之后又来了凡妮莎——高达五级的飓风以每小时一百八十里的速度从海岸袭来，卷起十米高的暴风。现在，那里只剩一座巨大的石化厂，周围是一圈污水泛滥的洼地，恶臭熏天的潟湖污染严重，一滴水就足以毁掉你手上的皮肤。城里再也没有人居住了，连城市上空都禁止穿越，由凯斯勒空军基地的喷气机队负责巡逻。整个区域周围架起围篱，由全副武装的国土安全部队把守。从围篱往外推，方圆十里之外就是新奥尔良住宿区。放眼望去一片拖车车海，当年用来撤离的交通工具，现在变成了庞大的人体仓储居，住了成千上万让新奥尔良工业区可以夜以继日开工的工人。整个地方无异于巨型的露天贫民窟，既像难民营，又像蛮荒西部的拓荒基地。警政圈里的人都知道，新奥尔良的谋杀案是不列入统计的，因为这里既算不上城市，甚至也不属于任何一个州，所以这个事实也罕有人提及。

此刻，天就快亮了，密西西比州界检查哨出现在眼前。在破晓前的黑暗中，一个灯光闪闪的小村庄露出形状。排队的车龙还是很长，大部分是往北开向圣路易斯或芝加哥的油罐车。带着狗、计数器和长警棍的警卫在车龙之中来回巡视。华格斯特把车停在一辆半拖挂车后面，那辆车装有山姆老兄挡泥板，保险杠上有一行字："我怀念我的前妻，但我的准头大大提升了。"

坐在他身旁的铎伊挪动身体，揉揉眼睛坐起来，环顾了一下四周："我们到了吗，老爹？"

"只到了检查哨，继续睡吧。"

华格斯特把车开离队伍，找到最近的一个穿制服的家伙。他摇下车窗，举起证件。

"联邦探员。你可以放我们过去吗？"

那个警卫还只是个小毛头，细皮嫩肉，脸上还有青春痘。防弹衣让他看起来很壮，但是华格斯特看得出来，他的体重大概只能打轻重量级的拳击或摔跤。他应该待在家里的，华格斯特想，躺在床上，梦见代数课的某个女生，而不是穿着十三公斤重的凯夫勒防弹衣，胸前端着来复枪，站在密西西比的高速公路上。

他没什么兴趣地看着华格斯特的证件，然后头一偏，指向高速公路旁的一幢水泥建筑。

“你得停到检查站那边，长官。”

华格斯特愤愤地叹口气：“孩子，我没时间搞这个。”

“你不想排队，那就开到前面去。”

这时，第二个警卫来到他们的车头灯前面，转身背对车辆，掏出武器。**搞什么啊？**华格斯特想。

“把手放到我们看得见的地方，先生。”第二个警卫吼道。

“岂有此理！”铎伊说。

第一个警卫转身面对那个站在车头灯光里的家伙，挥手要他放下武器：“冷静一点，杜恩，他们是联邦探员。”第二个警卫迟疑了一下，耸耸肩走开。

“不好意思，开到那边去吧，他们会先让你们通过。”

“最好是。”华格斯特说。

在检查站，值班人员拿走他们的证件，要他们等一下，让他先输入他们的身份证号码。FBI，国土安全部，甚至州警与地方警察，每个人的身份都登录在一个中央系统里，一举一动都被留下记录。华格斯特从咖啡壶里给自己倒了一杯带渣滓的咖啡，心不在焉地啜了几口就丢进垃圾桶。这里贴着禁烟标志，但是闻起来却活像个陈旧腐臭的烟灰缸。墙上的时钟显示六点刚过，再过大约一个钟头，太阳就要出来了。

值班人员带着他们的证件回到柜台，他长得干干净净的，没什么特征，穿一身烟灰色的国土安全部制服。“好了，二位，祝你们一路顺风。只有一件事：系统上说你们今天晚上要搭机到丹佛。八成是搞错了，但我还是得登录。”

华格斯特早就准备好答案了：“我们原本是啊，可是又被重新指派到纳什维尔去接一个联邦证人。”

值班人员想了想，然后点点头，把数据输入计算机：“原来如此，那你们可吃亏了，他们竟然没让你们搭飞机去，大概有一千六百公里呢。”

“那还用你说？他们怎么说，我们就怎么做呗。”

“阿门，兄弟。”

他们回到车里，一个警卫挥手让他们通过闸口。一会儿，他们又回到高速公路上了。

“纳什维尔？”铎伊问。

华格斯特点点头，眼睛盯着正前方的道路：“想想看，五十五号州际公路有阿肯色和伊利诺伊的检查哨，一个在圣路易斯南边，一个差不多在诺摩和芝加哥中间，可是如果走四十号州际公路，往东越过田纳西，要跨越一整个州才会碰到下一个检查哨，就在四十号州际公路和七十五号州际公路的交会处。所以，从这里到纳什维尔之间没有检查哨了，系统不会知道我们没到那里去。我们可以在孟菲斯接了人，穿过阿肯色，绕远路到突沙，避开俄克拉何马检查哨，在威奇塔转上七十号州际公路往北，到科罗拉多州界和理察兹碰面。从这里到科罗拉多的特柳赖德只有一个检查哨，席克斯会搞定，这样就没有人知道我们去了孟菲斯。”

铎伊皱起眉头：“那四十号公路上的那座桥呢？”

“我们必须避开那座桥，不过绕路很简单。大约在孟菲斯南边五十英里，有座跨过那条河的旧桥，连接阿肯色州那边的公路。新奥尔良出来的大型油罐车不能走那座桥，所以只有小客车，而且主要是靠自动管控。条形码扫描仪会录入我们，摄影机也是，但如果有必要，事后也很容易处理掉。我们过桥之后一路往北开，到小石城再上四十号州际公路往南。”

他们开车上路，华格斯特想要打开收音机听一下气象预报，但最后还是没开。尽管天色未明，他还是保持戒备，努力集中精神。天色渐渐转成灰白时，他们已经开到杰克森北边了，时间绰绰有余。雨停了，然后又开始下。周围的地势微微隆起，宛如远离大海的波涛。席克斯昨天捎来的信息仿佛是好几天前的事了，但在华格斯特心中却依旧回旋不去。

白人，女性，艾美 NLN[①]，零足迹。田纳西州孟菲斯市杨木大道 20323 号。最迟周日中午接到。不联络。TUR。席克斯。

TUR：Travelunderradar。隐匿行踪。

别只是抓鬼，华格斯特探员，就当个鬼吧。

“要不要换我开？”铎伊打破沉默问，华格斯特从他的语气里听得出来，他也想着同样的问题。艾美 NLN，谁是艾美 NLN？

他摇摇头，在他们四周，早晨的第一道曙光照在密西西比的达尔塔，宛如一条潮湿的毯子。他启动雨刷，刷掉水雾。

“不用，”他说，“我可以。”

① NLN 为“No Last Name”之缩写，即无姓氏。

5

零号对象有点不对劲。

整整六天，他都不肯从角落里出来，甚至连喂他东西他都不肯吃。他就一直倒挂在那里，好像某种巨型昆虫。葛瑞可以通过红外线监视器屏幕看见他宛如一个在阴影中发光的灯泡，他不时会变换姿势，从左边移到右边，但就只是这样，而且葛瑞也从没真正目睹他这么做过。葛瑞只是从监视器上抬起脸转开视线，或离开监控室去倒杯咖啡，溜到休息室去抽根烟，等到再注意看的时候，就发现零号已经悬在别的地方了。

悬挂？吊起来？老天哪，还是**飘起来**？

没有人对葛瑞解释过一些最基本的入门题，什么都没说。比方说，零号到底是什么东西，他身上有些部分让葛瑞觉得像人。例如他有两条手臂和两条腿，该长头的地方也长着头，耳朵、眼睛、嘴巴样样不缺。不过，相似之处仅止于此。

再比如：零号对象会发光。在红外线监视器屏幕里，任何热源都会发光，但零号对象在屏幕上的影像宛如一根点着的火柴，亮得简直无法直视，就连他拉的屎都会发光。他没有毛发的身体，光滑晶亮得像玻璃，看起来缠成一团——这是葛瑞想到的字眼，他的皮肤看起来像绷在一团绳子外面似的，眼睛是高速公路圆锥路障的那种橘红色，但最可怕的是牙齿。每隔一会儿，葛瑞就会通过收音器听到砰的一声，就知道零号又有一颗牙掉到水泥地面上了。落牙的速率大概是一天六颗。到后来也就习惯成自然了，就和其他事情一样；葛瑞的工作也包括扫牙这一项。牙齿长度约莫像花式调酒里插着的小剑，每回看见它总让葛瑞打个寒战。这个东西，要怎么说呢？就是用来给兔子开肠剖肚、两秒钟就搞定的东西。

他身上还有些和其他对象不一样的地方，并不是看起来有什么不同。这些发光棒全都是混蛋丑八怪，葛瑞已经工作六个月了，早就习惯了他们的长相。当然，如果仔细看，会发现他们都有些细微差异：六号比其他的矮一点；九号比较活泼一点；七号喜欢倒挂，搞得到处一团乱；一号整天叽叽喳喳……他们怪异的声音是从喉咙深处发出来的嗒嗒声，带着湿淋淋的感觉，葛瑞想不出来有什么声音像这样。

不，让零号显得与众不同的并不是肢体外观，而是他给人的感觉，葛瑞顶多只能这样解释。其他的都只对玻璃另一面的人有兴趣，活像一群动物园里的猩猩，但零号不会：零号很留神。只要放下栅栏，把零号关在房间后头之后，葛瑞就换上生化防护衣，穿过气闸到里面去清理或带兔子进去——兔子，活见鬼，干吗非要兔子不可？——毛骨悚然的感觉爬上他的脖子，宛如一群蚂蚁爬过皮肤。他迅速动手工作，低头看着地板，几乎没抬头望，等离开那里回到监控室，他已经满身大汗、气喘吁吁了。就连现在，他俩之间隔着六七厘米厚的玻璃墙，零号吊在那里，葛瑞只看得见他发光的后背和张开像爪子的脚——葛瑞还是感觉到零号的心思在黑黢黢的房间里漫游，仿佛拖着一张看不见的网。

然而，葛瑞还是得说，这个差事整体而言并不赖，他这辈子肯定碰到过更烂的事。大部分时间，他就只是坐在那里值完八个小时的班，玩填字游戏，查看监视器，输入报告：零号吃什么，没吃什么，拉了多少屎尿，累积了一百个钟头记录零号什么都没做的录像之后，就给硬盘备份。

他很好奇，其他的是不是也不吃东西。他想过要问其他技术人员，说不定他们正在进行某种绝食抗议；说不定他们只是吃腻了兔子，想换换口味，改吃松鼠、负鼠或袋鼠。这么想挺有趣的，因为他们吃东西的样子——葛瑞曾经勉强看过一次——看一次就够了；而且，他也真的就此改吃素了——但他不得不说，他们实在有点难搞，好像对吃东西有什么规则似的，一切都从第十只兔子开始。谁知道这是怎么回事？给他们十只兔子，他们只吃九只，留下第十只，好像留着晚点儿再吃。葛瑞以前养的一条狗就喜欢这样。他给那条狗取名叫“棕熊”，并没有什么特别的理由，其实它不怎么像熊，而且也不算是棕色的，应该是某种柔和的黄褐色，鼻口和胸前点缀着几簇白色。每天早上，棕熊只吃掉碗里一半的东西，留一半晚上再吃。那个时间葛瑞通常都在睡觉，睡到半夜两三点会被厨房里的声响吵醒，是狗的臼齿咔啦咔啦咬着狗食的声音。到了早上，摆在炉子旁边的狗食碗已经空了。棕熊是只好狗，他养过的最好的一只狗，但那已经是好几年前的事了，他不得不放弃它。时至今日，棕熊想必早就死了。

所有的非军职工作人员——清洁工和部分技术人员，都一起住在营区南端的宿舍里。房间不算差，有网络、热水浴，而且不必付水电费。在这里有段时间哪儿都不能去，这是条件的一部分，但是葛瑞并不在意。他需要的一切这里都有，况且待遇很好，和在钻油塔台工作差不多，报酬全累积在他名下的海外账户里。甚至还不必扣税，这是依据联邦紧急国土安全保护法为文职雇员所做的某种特殊安排。做个一两年，葛瑞想，只要别在福利社花太多钱买烟买零食，大概就可以存够钱，让自己和零号、和所有其他鬼东西离得远远的。其他的清洁工人也都还不错，但他宁可把这些事埋在心里。夜里，在房间中，他喜欢看旅游频道或国家地理频道，挑选在这里工作完毕后要去的地方。有一阵子，他考虑到墨西哥，葛瑞知道那个地方有足够的空间，大半个国家都没有人住，只剩下家居百货闲置的停车场，但是上个星期他看见一个介绍法属波利尼西亚的节目——他没看过像那里的海水那么蓝的蓝色，小小的高脚屋就架在海上——所以现在得再好好想一想了。葛瑞四十六岁，烟瘾重得像病鬼，所以他知道自己大概只剩十年可以逍遥享乐。他的爸爸，烟抽得和他一样凶，人生的最后五年都耗在绑着氧气筒的小车子上，直到满六十岁的一个月前才辞世。

偶尔到处逛一逛还是很不错的，即便只是绕一圈。他知道他们在科罗拉多的某个地方，因为有些车子挂着科罗拉多的车牌，不时有人，八成是可以自由来去的某个军官或其他科学研究人员，会留下一份《丹佛邮报》，所以他们在哪里并不是什么天大的秘密。真的，不管理察兹怎么说。有一回下大雪之后的隔天，葛瑞和其他几个清洁工爬到营舍屋顶铲雪，葛瑞看见在积雪的林线之上，有个看起来像是滑雪度假村的地方，有缆车沿着山坡往上爬，斜坡上还有小小的人影。距离他站着的地方应该不到三公里。说来也真好笑，战争开打，局势混乱，一切都混乱不堪，竟然还能看见像那样的地方。葛瑞这辈子没滑过雪，可他知道越过树墙那里也有酒吧和餐厅，以及像热水池和桑拿之类的东西，大家坐在蒸汽里聊天喝饮料，这也是他从旅游频道看来的。

时值三月，冬天还没过完，地上有很多积雪，也就是说太阳一下山，天气就会冷得像岩石。葛瑞快步冲回宿舍的时候，双手插在口袋里，下巴缩进连帽外套里，还是觉得脸像被打了上百个耳光似的。这只让他更想起法属波利尼西亚的波拉波拉岛和高脚小屋。才懒得管零号呢，他显然已经吃腻复活节兔子了。他吃或不吃什么，都不干葛瑞的事。他暗忖，那样的房子不知道要多少钱一幢。有那样的房子，连排水沟都不必了，只要走到围栏旁边就能解决大小便的问题，白天晚上随时可以。葛瑞以前在波斯湾的钻油平台工作时，就喜欢这么做，在清早或深夜没人的时候，当然啦，你得留意风，从背后吹过来的微风。这是人生中难得的乐趣，在波斯湾高六十多米的平台上小便，看着一弯弧形水柱先是拱起，再坠下二十层楼高，注进汪洋大海中，那让人觉得既渺小又伟大。

现在，石油业全归联邦保护，他以前认识的每一个人都好像已经消失无踪了。在明尼亚波里的事件，雪城的储气库爆炸，洛杉矶和其他地方的地铁攻击事件，当然还有伊拉克或伊朗或不管什么地方发生的事之后，整个经济就垮掉了。因为膝盖、烟瘾以及他的记录，葛瑞根本就不可能在本土或其他任何地方工作。他差不多快一年没工作了，然后才接到电话。他理所当然以为又是钻油的工作，或许是替某个外国供货商工作。虽然没明讲，但他们有时就是这样安排的。所以，他开车找到那个地址，发现是位于达拉斯露天市集附近一座废弃的购物中心里，一间空的店面，窗户上还被涂上了白色肥皂，他不禁感到诧异。这地方原本是一家录像带出租店，门上脏兮兮的油漆字缺了字母，看起来阴森森的，但葛瑞还是猜得出店名：西部电影世界。

隔壁是一家中国餐馆，另一边是干洗店，其余的就说不上来了。他开车在店前来来回回好几遍，心想他一定是搞错地址了，实在很不愿意离开他开着冷气的小货车前座，下车去做无谓的搜寻，最后他还是停下车。外面的温度大概有三十七八摄氏度，是得州北部典型的八月天气，但还是很难让人适应。空气浓稠，闻起来脏脏的，太阳明晃晃的，活像当头砸下的榔头。门锁着，但是有个电铃，按响电铃，接着就听见门里有一大串钥匙叮当响，以及咔啦咔啦开门的声音。

他们摆了一张小办公桌，后面有几个档案柜，屋里塞满以前放DVD的空架子，还有很多缠得乱七八糟的电线和其他垃圾挂在天花板的嵌板上，垂在空荡的空间里。后面的石墙上立着一个真人大小的人形立牌，上面蒙着一层灰尘，是某个认不出来的电影明星，一个光头黑人，戴着运动太阳眼镜，二头肌从T恤底下鼓起来，活像打算从超级市场走私罐头火腿似的。那部电影葛瑞也没印象。葛瑞填好表格，那里一男一女两个接待员，似乎连看都懒得看他一眼。他们把数据输入计算机，要他在杯子里留下尿液，帮他拍了张速洗照片，这些都是标准程序。他尽力不让自己看起来像在撒谎，虽然他明明说的是实话，他们问起他在贝维尔服刑的事，他早就知道他们会问，所以也据实以告。这事没办法遮掩，特别是在得州，除了记录的问题之外，你还可以打开网页，看到每个人的长相和所有资料，但是，就连这个似乎也不是问题。他们好像早就对他了如指掌，大部分问题都是关于他的私人生活的，那种必须亲口问才能知道答案的问题。他有朋友吗？（不算有。）他自己一个人住吗？（不是一向如此吗？）他目前还有在世的亲戚吗？（只有一个住在敖德萨，已经二十年没见过面的姑姑，还有几个他不确定知道名字的表兄弟姐妹。）他住的那个拖车公园，在艾伦的，邻居都是些什么人？（邻居？）诸如此类的，问也是白问。他所告诉他们的，似乎让他们越来越高兴。他们想掩饰，但是看看他们的脸就明白了，简直一目了然。他认定他们不是警察，但他发现自己一直认为他们或许是。

两天之后——他那时才想到他根本不知道那一男一女的名字，甚至也说不上来他们的长相——他搭上飞机到怀俄明州的夏安。他们说明了待遇问题，以及一年不准离开的条件，这对他来说没问题。他们也说得很清楚，他不能告诉任何人说要去哪里，事实上，他也没办法说，因为他根本就不知道。在夏安机场，一个穿着黑色运动服的男子来接他。后来他知道这人是理察兹——一个精瘦结实的家伙，身高顶多一米六八，永远蹙着眉。理察兹陪他走到路边，有两个人站在一辆厢型车旁边，一定是搭其他班机来的。理察兹打开驾驶座的门，拿出一个枕头套大小的布袋，拉开袋口，像张开的大嘴。

"皮夹、手机、照片，所有的私人物品，任何写了字的东西，包括你们在银行里拿到的赠笔。"他对他们说，"就算是该死的幸运饼也一样，丢进去就是了。"

他们掏空身上的口袋，把旅行袋摆上行李架，然后从侧边的车门爬上车。一直到理察兹把车门关上，葛瑞才发现车窗全遮住了。车子的外表看起来和普通的厢型车没有两样，但里面就完全不同了：驾驶舱封了起来，乘客舱什么都没有，只在地板上架起一个金属盒，装上了塑料椅垫。理察兹说他们可以把名字告诉彼此，但仅止于此。另外两个人是杰克与山姆。他们看起来很像葛瑞在镜子里看见的自己：中年白人，留小平头，一双红肿的手，露在手肘与脖子以外因劳动而晒得黝黑的皮肤。葛瑞的名字是劳伦斯，但他很少用这个名字。连要从嘴巴里讲出来都很怪。说出名字、和那个叫山姆的男子握过手之后，他马上觉得自己好像变了一个人，仿佛在达拉斯登机的是一个人，在夏安下机的又是另一个人。

在黑黢黢的厢型车里，根本分辨不出他们要到哪里去，而且葛瑞有点晕车。就葛瑞所知，他们是在绕着机场兜圈子。既没什么事可做，也没有风景可看，他们很快就睡着了。葛瑞醒来的时候，搞不清楚几点钟了。他感到尿急。那可能是因为得普乐[①]的关系。他离开座位，用指关节敲敲前舱的滑动式隔板。

"呃，我需要停一下。"他说。

理察兹推开窗户，让葛瑞可以透过挡风玻璃瞥见外面。太阳下山

① Depo-Povera，一种皮下注射的荷尔蒙。

了，前方两线道的柏油路，暗暗的，上面没有一辆车子。他看见远处一抹紫色的光，是天空与山脊的交界处。

“我得尿尿。”葛瑞说，“对不起。”

背后的乘客舱里，那两个人也隐隐有动静。理察兹伸手到地板上，拿起一个干净的宽口塑料瓶交给葛瑞。

“我要尿在这里面？”

“没错。”

理察兹关起窗户，没再多说一句话。葛瑞坐回椅子上，看着手里的那个瓶子。他知道瓶子够大。但是一想到要在车里掏出自己的家伙，当着其他两个人的面却要装出没什么大不了似的，他膀胱周围的肌肉就像活结那样缩紧起来。

“我才不用那个东西呢。”那个叫山姆的说，他的眼睛闭着，双手交叠摆在膝上，一脸专注的神情，“我会忍着。”

他们又开了一段路，葛瑞拼命想别的事，让自己不注意到快要爆炸的膀胱，但这只让情况更糟，仿佛有片汪洋在他体内荡漾开来。车子驶过一个坑洞，海洋撞上了海岸，他听见自己呻吟一声。

“嘿！”他说，再次用力敲着窗户，“嘿，听我说，我很急！”

理察兹推开隔板：“又怎么啦？”

“听着，”葛瑞说，把头伸过狭小的空间，他压低声音，让其他人听不见，“我没办法。真的。我没办法用那个瓶子，你一定要停车。”

“忍一下，行行好吧。”

“我是说真的。我求你。我没办法……我没办法这样撑下去，我有健康问题。”

理察兹愤愤地哼了一声，他俩的眼神在后视镜中短暂交会，葛瑞很怀疑他是不是知道。“待在我看得见你的地方，别东张西望的，我是说真的。”

他把车停在路边，葛瑞低声咕哝：“快啊，快啊……”门打开了，他快步冲离车灯的照射范围，跌跌撞撞越过路肩，仿佛两腿之间有个倒数计秒的炸弹。葛瑞已经置身草地上，天上挂着银色的月亮，草尖闪着冰冷的银光。他至少得离开十六七米远，他想，或许还要更远，才能好好释放一下。虽然有膝盖的毛病和膀胱的压力，但他还是跑到篱笆边上，快手快脚地翻了过去。他听见理察兹在他背后扯开喉咙大叫，要他停下："给我停下来，真该死。"然后他又听见理察兹对着另两个人吼，叫他们也下车。沾着露水的草叶刷着他的裤管飒飒作响，弄湿了他的鞋尖。前方的田野有道红光来回扫射，天晓得那是什么东西。他闻得到牛的味道，感觉得到它们就存在于田野的某处。一股惊慌突然攫住了他：要是它们在看怎么办？

但是来不及了，他非得要解决不可了，不可能再多撑任何一分钟了。他停在原地不动，拉开拉链，对着漆黑的夜色用力尿出来，如释重负地呻吟一声。没有微温的金色弧形水柱，尿直接从他身上喷出来，宛如爆裂的消防栓。他尿了又尿，再尿更多。全能的上帝，这是天底下最痛快的感觉，像这样尿出来，像有个大塞子从他身上拔掉，他几乎要庆幸自己忍了这么久。

尿完了，水库没水了。他站了一会儿，感受那凉爽的夜风拂过光裸肌肤的感觉。他沉浸在无垠的平静之中，有种近乎远离尘世的幸福。周围的田野向远处延伸，仿佛广袤的地毯，有蟋蟀鸣叫的声音。他从衬衫口袋掏出一根百乐门点着，把烟吸进肺里时，微微歪头望着地平线。他之前没注意到月亮，一弯亮光，宛如一片剪下的指甲，挂在山峦顶上。天空满是星星。

他转身回望自己的来处，他看得见停在路边的那辆厢型车的车灯，穿着运动服的理察兹在那里等着，手里不知有什么东西亮闪闪的。葛瑞翻过围篱的时候，正好看见杰克也从田野里冒出来，接着就瞥见山姆从公路的另一侧越过车道过来。他们几乎分秒不差地同时回到厢型车旁。

理察兹站在车头灯圆锥形的灯光里，双手叉腰。不管他刚才手上拿的是什么东西，现在都看不见了。

"谢了。"葛瑞在引擎空转的声音中拔高嗓音说，他抽完最后一口烟，把烟蒂丢在路面，"我真的非下车不可。"

"去你的。"理察兹说，"你搞不清楚啊。"杰克和山姆都低头看着地上，理察兹头一偏，指着厢型车敞开的车门，"全都给我进去，别再啰唆。”

他们挨了骂，默默坐在座位上。理察兹启动引擎，将车开回车道。葛瑞就是这时顿悟的，他不必看着他们也能知道。另外两个人，杰克和山姆，他们就和他一样。不仅如此，理察兹原本握在手里的东西，葛瑞猜现在不是插在他运动服的裤腰里，就是塞在手套箱里；草地上跃动着的小小银光，宛如一滴血。

再多走一步，葛瑞知道，理察兹就会开枪打他。

葛瑞每个月打一次得普乐，每天早上吃一小颗星形的安体舒通[①]。葛瑞这样吃药打针已经六年了，这是他获释的条件。

事实上，他根本不在意。他不太需要常刮胡子，也不会在意安体舒通是一种抗雄性激素的药，会缩小睪丸。自从开始服用之后，他可以每隔两三天才刮一次胡子，头发变得像婴儿头发一样又细又软，皮肤也变得更光滑更柔嫩，虽然烟还是抽得这么凶。当然也有所谓的“心理益处”，就像监狱里的心理医师说的。他感觉变得和以前不一样了，那种在心里纠成一团、好像吞下了一片玻璃，总要难过上好几天的感觉已经没有了。他睡得像块石头，从来不记得做过什么梦。不管那天让他停下车子的原因是什么——十五年前的那天，一切开始的那天——都早就不见了。无论何时，只要回想起那天，回想起他人生的那个时期与之后所发生的一切，他还是会觉得很难受，虽然他的感觉并不直接，而且画面也模模糊糊的。那种难受就像碰上雨天的感觉，没人帮得了忙。

不过，得普乐把他的膀胱折磨得很惨，因为那是利尿剂。不想让任何人看见他的这种心情，是他现在整天挂在心上的念头。心理医师是告诉过他，但就像其他事情一样，他听了就丢到了脑后。其实也并没有太大的麻烦，可是葛瑞花了很多时间来回避这些。比方说小孩，这也是他在钻油平台适应得那么好的原因。孕妇，高速公路休息站，这些东西大多会出现在电视上——他以前想也不想就看的节目，不只

① Spironolctone，一种抗雄性激素，可用于利尿，治疗多毛症与青春痘等。

是性感的东西，还有拳击，甚至新闻什么的。他被禁止靠近学校或幼儿园两百码之内，这对他来说没问题——只要可以，他绝对不在下午三点到四点之间开车，或者会绕道好几个街区，免得碰上校车。他甚至不喜欢黄色。整件事都很怪异，肯定也没办法说给任何人听，只是这的确比待在监狱里强，不仅如此，也比他过往的人生好，比他老是觉得像颗即将爆炸的炸弹的那个人生好。

要是他父亲能看见今天的他就好了。有了吃这些药之后的感觉，葛瑞或许会找出办法来宽恕他当年所做的事。牢里的魏尔德心理医师嘴上老是挂着宽恕。“宽恕”差不多是他永远最爱的两个字。“宽恕，”魏尔德说，“是漫漫长路的第一步，复原的漫漫长路。那是一条长路，有时又是一扇门；只有穿过这扇门，你才能和你的过去和平共处，面对内心的恶魔，那个躲在‘善良的你’心中的‘恶劣的你’。”魏尔德讲话时常动手指，在空中比出引号。葛瑞认为魏尔德基本上是满嘴屁话。他八成对每个人都搬出同样的一套胡说八道，但是葛瑞不得不承认，魏尔德说的那个“恶劣的你”有几分道理。恶劣的葛瑞是真的存在，而且有段时间，老实说是他这一生大部分的时间，那个恶劣的葛瑞是唯一存在的葛瑞。所以这是吃药最大的好处，也是他之所以决定终其一生继续吃药的原因，就算过了法庭强制的十年效期之后，也还是照吃不误：没有人想再见到那个恶劣的葛瑞。

葛瑞快步穿过风雪回宿舍，在小卖部吃了一个墨西哥卷饼之后，他回到房间。星期二是宾果之夜，可是葛瑞鼓不起兴致：他去玩过几次，输了至少二十块钱，赢的老是当兵的，他觉得其中有鬼。反正那是个蠢游戏，只能算是个光明正大抽烟的借口，可是他在房间里也可以抽啊，还不花一毛钱呢。他躺在床上，用好几个枕头垫高头部，烟灰缸摆在肚子上，打开电视。好几个电视台被封锁了，没有美国有线电视新闻网，没有微软全国广播公司，没有政府网络电视，也没有音乐电视或其他！——其实他也不再看那些电视台。播出广告的时候，屏幕会有一两分钟变成蓝色，直到节目重新开始。他转来转去，找到一个有兴趣的节目，是战争网的一个关于盟军进攻法国的节目。葛瑞向来喜欢历史，以前在学校的时候，历史就是他的拿手科目。他很会记日期和名字，仿佛只要把这些信息牢记在脑海里，其余答案也就能自然浮现。葛瑞穿着连身工作服瘫躺在床上，一面看电视，一面抽烟。屏幕上，小艇运送美国大兵到沙滩上，爆炸四起，他们一面躲避炮弹，一面丢出手榴弹。背后，巨炮在海面上开火，如雷的炮火落在纳粹占领的法国礁岸上。葛瑞想，这就是战争。旧影片大半时间画面都在跳动，焦距不清，但是有个镜头葛瑞却看得一清二楚，那是一条手臂——纳粹的手臂——从碉堡狭长的窗户里伸了出来，而某个美国好小子正拿着喷火器对着碉堡喷射。那条手臂被烧焦了，冒着黑烟，活像被遗忘在烤肉架上的鸡翅。葛瑞的父亲两度到越南当军医，他很好奇，父亲如果看到这个画面会怎么说。葛瑞有时会忘记父亲是医生，因为葛瑞小时候，他连帮儿子膝盖贴创可贴都不会，一次都没帮过他。

他抽掉最后一根烟，关掉电视。两天前，叫杰克和山姆的那两个家伙偷偷溜走了，没告诉任何人，所以葛瑞答应多值一次班，他早上六点就得回到第四层去。真是不要脸，那两个家伙就这样一走了之。除非工作满一年，否则薪水会被没收。理察兹毫不掩饰地把话讲得一清二楚，这件事搞得他很不爽。“要是再有人想溜，最好再认真想想——非常用力认真地想。”他说。目光缓缓扫射室内一圈，活像该死的体育教师。他是早餐时间在餐厅发表这段小演说的，葛瑞从头到尾都低头盯着他的炒蛋。他知道杰克和山姆的事与他无关，不管怎么样，理察兹的警告也用不到他身上：不只因为他哪里都不去，也因为那两个人并不是他的朋友，并不算是。他们聊过这些那些的，但只是打发时间而已，更何况他们走了，这表明葛瑞赚的钱增多了。多值一个班可以拿到五百块，一个星期多值三班，他们还会再加发一百块钱的奖金。只要钱进来，让账户上的零不停增加，像卡通里的蛋那样排成一列，葛瑞就会安安稳稳坐在山顶上，直到最后一刻。

他脱掉身上的工作服，熄了灯。一团团雪花敲着他的窗户，声音听起来像在纸袋中飒飒作响的沙子。每隔二十秒，就有一道炫目的光线亮起，那是位于西侧围墙的灯塔光线穿透玻璃的缘故。有时药物会让葛瑞骚动不安或让他的腿抽筋，但是几颗布洛芬[1]通常就能搞定。虽然他有时半夜会起来上厕所或抽烟，但通常都是一觉睡到天亮。躺在漆黑中，他试着让心绪平静下来，却发现自己又再次想着零号。或许是那条烧焦的纳粹手臂作祟，他没办法把零号的影像从心头赶走。零号也算是某种囚犯吧。他的餐桌礼仪实在让人不敢恭维，而且对付兔子的模样也惨不忍睹。然而食物就是食物，零号却什么都不吃。他就只是挂在那里，像睡着的样子，但葛瑞认为他根本就没睡。零号脖子上的芯片会把所有的数据传送到主控台，有些葛瑞可以理解，也有些令他摸不着头绪，但他知道睡觉是怎么回事，应该和醒着时有所不同。零号的心跳速率始终一样，每分钟一百零二下，顶多差个一两下。进到控制室来看数据的技术人员向来不置一词，就只是点点头，在手机上的表格里打钩，但在葛瑞看来，一百零二下应该是醒着的状态。

除此之外，零号感觉上应该是醒着的。葛瑞又想到零号给他的感觉，虽然这想法听起来有点疯狂，但确实如此。葛瑞向来不喜欢猫，而零号给他的感觉恰恰像猫。睡在台阶上的猫并不是真的在睡觉，它们就像一根卷起来的弹簧，随时准备跳起来逮住老鼠。零号在等着什么呢？说不定，葛瑞想，他只是吃腻了兔子。说不定他想要吃巧克力饼、牛肉三明治或火鸡肉焗烤意大利面。就葛瑞判断，那家伙八成连木头都可能吃。有那样的牙齿，大概没有什么东西是不能一咬就断的。

哦，葛瑞打了个寒战，心想，**那牙齿**。他这时才意识到，自己根本无法入睡，就只能躺在这里饱受思绪的煎熬。已经午夜了，六点钟很快就会不知不觉地到来。他起床，吞了几颗布洛芬，抽根烟，解净小便，然后溜进被子里。聚光灯照亮窗户，一次，两次，三次。他努力闭上眼睛，想象着自动手扶梯。这是魏尔德教他的方法。葛瑞是魏尔德所谓的“可受暗示”的病鬼，也就是说他很容易被催眠，而手扶梯就是魏尔德用来催眠的手段。你想象自己在手扶梯上，慢慢往下。

① Ibuprofen，一种非类固醇消炎止痛药。

手扶梯在什么地方都无所谓，机场、购物中心或其他地方都可以，而葛瑞的手扶梯并没有特定的地方。重点在于那是一部手扶梯，而你在手扶梯上，独自一人，手扶梯一直往下，往下，再往下，往底部走，那并不是一般所说的底部，不是某个地方的终点，而是一个有着冰冷蓝光的地方。有时候是单独一部手扶梯，有时候是好几部较短的手扶梯，一次只下一层楼，中间还拐个弯。今天晚上只有一部。他脚底下的机器在微微咔嗒作响，橡胶扶手摸起来光滑冰凉。搭着手扶梯，葛瑞感觉得到那片湛蓝就在底下等着他，但他并没有转移视线去看，因为那并不是你可以看见的东西，那来自你的内在。等它把你撑满，攫住你，你知道你就会沉沉睡去。

葛瑞。

此刻，他身体里面有光，但不是蓝色的。还真是诡异。光是温暖的橘色跳动着，就像心脏一样。他脑袋的一部分说，你睡着了，葛瑞；你睡着了，你在做梦。但是另一部分，真正在梦里的那一部分，反倒没有多想，他穿过那跃动的橘光。

葛瑞，我在这里。

光又变了，现在是金色的。葛瑞在谷仓里，在稻草堆上。一个梦就是一段记忆，但也不尽然：他在稻草堆上打滚，稻草沾满全身，戳着他的手臂，他的脸和头发，还有另一个男生，那是他的表弟洛伊。洛伊不是他真正的表弟，但他总是这么叫洛伊。洛伊也被埋在稻草堆里，哈哈大笑。他们一直滚来滚去的，有点像在打架，接着，感觉突然一变，就像一首歌突然转了个调子似的。他闻到稻草的香味，以及他的汗水混着洛伊汗水的气味，在他的意识里，这一切调和成了他童年夏季午后的味道。洛伊悄悄地说："没问题的，脱掉牛仔裤，我也会脱掉我的，没有人会来。学我这样做，我会让你知道这是怎么回事。这是天底下最棒的感觉。"葛瑞跪在他背后的稻草堆上。

葛瑞，葛瑞。

洛伊说得没错，那是最棒的感觉。就像在体育课攀绳那样，只是感觉更棒，仿佛身体里面打起一个大大的喷嚏，从最底下慢慢往上爬，经过他身体里面的所有走廊、通道和管线。他闭上眼睛，让这感觉升起。

噢，好，葛瑞，听着，我要来了。

但是和他在一起的不只是洛伊，不再是了。葛瑞听到一声咆哮，接着是梯子上的脚步声，就像曲子又变了调。他从眼角瞥了洛伊最后一眼，却惊讶地发现洛伊变成了他的爸爸。他爸爸拿着沉重的黑色皮带，他不必看就知道。他把脸埋进稻草堆里，皮带落在他赤裸的背部，一次，一次，又一次……使劲鞭打，皮开肉绽。接着，不是鞭打，而是其他更深沉的东西，从身体里面撕裂他。

你喜欢这个，这就是你喜欢的，我让你瞧瞧。给我闭嘴，好好接招。

这个人——不是他爸爸。葛瑞现在记起来了。他不只记得用来鞭打他的皮带，也记得挥着皮带的那个人并不是他爸爸；他爸爸被这个人取代了，**这个叫寇特的人是你的爸爸了，**那个让他从内心撕裂的感觉，也就是他真正的爸爸在某个下雪的清晨，坐在卡车前座把自己轰成碎片的感觉。事发的时候，葛瑞大概不到六岁。那天早上，他在其他人醒来之前就起了床，房间里映满明晃晃的白光，他马上就知道是什么声音唤醒了他，是夜里落下的雪。他把被子掀开，拉开窗帘，被铺满整个世界的柔和光彩照得直眨眼。雪！这里从来不下雪，得州是不下雪的。有时候会结冰，但是结冰和下雪不一样，不像他在书上或电视上看到的那种雪，那洁白无瑕的雪毯，可以搭雪橇和滑雪的白雪，可以堆雪天使、雪城堡和雪人的白雪。他的心雀跃狂跳，因为那惊叹、纯粹的可能性与新鲜感，因为那不可思议、不可能的天赐礼物就在窗外等着他。他摸着玻璃，感觉到冰冷跃上他的指尖，突然一阵刺痛，他仿佛碰到了静电。

他匆忙转身离开窗户，迅速套上牛仔裤，光脚穿上运动鞋，甚至连鞋带都懒得系。要是屋外真的有雪，他一定得冲到雪地上去。他溜出房间，走下楼梯到起居室。这是星期六的早晨。前一天晚上有场派对，家里到处是人，他从房间里听到许多人在交谈，大声喧哗，烟味此时都还流连不去，仿佛是油腻腻的烟云。楼上，他爸妈还要睡上好几个小时呢。

他打开前门，走到门廊上。空气冰冷而静寂，有一股衣服刚被洗干净的味道。他深吸了一口气。

葛瑞，看着。

就在这时他看见了爸爸的卡车，车像平常那样停在车道上，但有点不对劲。葛瑞看见了一摊暗红，宛如一大摊喷溅的油漆，喷在驾驶座的车窗上，衬着白雪，显得更暗更红。他思索着自己看见的东西，仿佛是某种恶作剧——好像是他爸爸故意要嘲弄他似的，在和他玩游戏，给他一些好玩又奇怪的东西，让他在其他人起床之前就能看见。他走下门廊的台阶，穿过院子。雪片溜进了他的运动鞋里，但他的眼睛还是牢牢盯着卡车。他现在有点担心了，担心把他从睡梦中唤醒的并不是雪，而是其他东西。车的引擎还在运转，在积雪的车道上喷出灰色的废气。他看得出来，一个暗色的身形靠在车窗上，就在那一片暗红之上。他的手很小，力气不大，但他还是设法办到了，拉开了卡车的车门。门一开，爸爸就从他身边跌出来，坠落在雪地上。

葛瑞，看啊，看着我。

尸体仰天躺着。一只眼睛盯着葛瑞，但其实什么都没看见。葛瑞马上就明白了。另一只眼睛不见了，还有他的半边脸，好像有什么东西把那半张脸全给砸烂了。葛瑞知道死亡是什么。他看过动物——负鼠、浣熊，偶尔还有猫，甚至狗——在路边腐烂、被分解，眼前的情景就像那样。一切都完了。枪还握在他爸爸手里，手指弯曲穿过枪柄上的小洞，就像那天他在门廊上做给葛瑞看的那样。**现在看好啊，看看有多重？绝对别再拿枪乱指。**血到处都是，混着其他东西，有一点肉，还有一些白色糊状的东西，流得爸爸满脸都是，夹克、座椅和车门内侧都是，葛瑞嗅了嗅，味道好呛，仿佛有颗药丸溶化了，他的嘴巴里一片苦味。

葛瑞，葛瑞，我在这里。

接着场景又开始改变了，葛瑞觉得周围的一切都在移动，仿佛地球不断向外延展。那雪变得不太一样了，雪开始移动，等他仰头一看，那已经不是他原本看见的雪，而是兔子：成千上万只毛茸茸的白兔，全世界所有的兔子紧紧地贴在一起，让人可以脚不踏地地穿过院子。院子里全是兔子。它们温驯地仰头看他，知道他做了什么，不是对洛伊，而是对其他人，那些背着背包放学回家的小男生，那些落单的人，独自往来的人。就在这时，葛瑞知道躺在血泊中的那个人，不再是他爸爸了，那是零号，到处都是零号，零号在他内心，撕开他，扯裂他，像对付兔子那样掏空他的五脏六腑，然后他张开嘴嘶喊，但却没发出声音来。

葛瑞葛瑞葛瑞葛瑞葛瑞葛瑞。

理察兹在他位于第二层的办公室里，坐在终端机前面，心思深陷在接龙游戏里。第三万六千五百九十二号牌局，他不得不承认，真的是让他踢到铁板了。他已经玩了十几次，眼看就要成功了，但还是搞不懂该如何把牌叠成一串，如何在需要的时候抓出所有的A，让红色的8解套。在这方面，这一局让他想起第一万四千七百一十二号牌局，也都卡在红色的8，害他多花了一天的工夫才破解。

可是，每一个牌局都是可以赢的，这就是接龙游戏的美妙之处。这些牌都是可以应付的，只要你看的角度正确，只要你的动作正确，迟早都会赢。胜利的鼠标一按，所有的牌全叠成一串。理察兹怎么玩都不腻，这样很好，因为他还有九万一千零四十八个牌局要破解，包括眼前这个。华盛顿州有个十二岁的孩子声称按顺序破解了所有的牌局——包括第六万四千五百二十三局，新接龙的死亡骷髅头——只花了不到四年的时间。也就是说每天玩八十八局，一年三百六十五天，包括圣诞节、元旦、国庆节，全无例外。因此，假设这孩子偶尔休息一天，去玩点孩子的游戏，或只是因为重感冒起不了床，每天玩的牌局数目可能破百。理察兹不知道这怎么可能。他难道不用上学吗？他难道不用写功课？这小浑蛋难道不睡觉？

和营区里所有的地下空间一样，理察兹的办公室差不多就是个荧光灯箱，所有的东西都靠泵来过滤，甚至连灯光看起来都像是循环使用的。此时刚过夜里两点半，很多年来，理察兹已经习惯每天的睡眠不睡超过四小时，所以他一点都不在乎。在工作台上方的墙面，有三十六部监视器，显示营区每一个角落的动静：从大门口屁股冻得结冰的警卫，到饮料调配员打瞌睡的空荡荡的餐厅；再到关着那些通体发光，具有传染性的对象的两层楼底的拘禁区域；再到穿过十六七米深岩块的那几间核能室。核能室负责供应所有的电力，可以足足撑上一百年（误差顶多为十年上下吧）有电灯亮、有燃料可用的日子。理察兹喜欢一眼瞥见的所有东西，一切就像看见计算机上的扑克牌那样。大约在清晨五点到六点之间，他们会把人送进来，他知道自己熬一整夜不睡，八成就是为了这件事。对象处理的过程顶多几个钟头，如果有必要，处理完之后他可以在办公桌瞌睡一会儿。

这时，在计算机屏幕上，他看见了答案。那张他要移动J所需要的黑皇后就在6下面，然后2就可以挪到上面，牌局就打开了。再按几下鼠标，就结束了。屏幕上的扑克牌一张张飞起来，宛如钢琴家的手指滑过键盘。

再玩一次吗？

你说对了，他要再玩一次。

因为游戏就是世界的自然状态，因为游戏就是战争，向来如此。什么时候会没有战争，会让理察兹这样的人没有工作可做？过去这二十年，他日子过得还真不错，在牌桌上玩了好久，什么都没输，不停地拿到好牌。萨拉热窝、阿尔巴尼亚、车臣、阿富汗、伊拉克、伊朗、叙利亚、巴基斯坦、狮子山、乍得，还有菲律宾、印度尼西亚、尼加拉瓜与秘鲁……

理察兹还记得那辉煌又可怕的一天——看着飞机撞进塔楼，那影像无休无止地反复播映。那火球，那坠落的人体，十亿吨钢铁与水泥化为液体，那铺天盖地的烟云。新千禧年的伪高潮，一天二十四小时一周七天的真人秀。事情发生的时候，理察兹人在雅加达，可是他不记得为什么去。当时，他认为那没什么不对；不，他是觉得正确得一塌糊涂，是纯粹、不容置疑的正确。你总得让军队有点事情可做，否则他们就只好你打我我打你，但从那天之后，搞定事情的老方法已经成为过去了。战争——真正的战争，已经进行了千年也将再继续千年的战争——**我们**与**其他人**之间的战争，**拥有一切**与**一无所有**的人之间的战争，我的神与你的神之间的战争，不管你是谁——会由像理察兹这样的人来执行战斗：长着一张你不会注意也不会记得的脸，穿得像公交车司机、出租车司机或邮差，袖子里塞着消音器的人。战斗的还有在娃娃车里装着四公斤多重C4炸药的年轻妇女，凯蒂猫背包里藏着沙林毒气去搭地铁的女学生。战争会从卡车的底盘、机场附近某家不知名旅馆的房间、荒芜之地的山洞中发起；会在火车月台、邮轮、购物中心、电影院和清真寺里发动，在乡间在城市，在黑夜在白昼。会奉安拉或库尔德民族主义、犹太人归主运动、纽约洋基之名而发动——主旨其实永远不会改变，向来如此。剥掉那些外表的屁话之后，就会发现全都和某人的每季收入报表有关，和什么人坐什么位子有关——但现在战争无所不在，宛如上百万个疯狂的细胞在地球上疯狂蔓延，每个人都无法置身事外。

所以这也就是诺亚计划一开始会显得颇有道理的原因，理察兹从一开始就加入这个计划，从他接触柯尔——愿你安息，柯尔，你这个小浑蛋——第一次接触之后就加入。五年前，柯尔专程到安卡拉去找他的时候，他就知道这是很重大的计划。当时理察兹坐在靠窗的桌子旁，柯尔晃了进来，手里提着一个公文包，里头很可能除了手机和一本外交护照外，什么都没有。他穿着卡其西装，配上夏威夷花衬衫，帅啊，活像从格雷安·葛林小说里走出来的人物。理察兹差点笑了出来。他们点了一壶咖啡，柯尔开始讲，细皮嫩肉的脸掩不住兴奋。柯尔出生佐治亚州小镇，但在安多华和普林斯顿混了这么多年之后，他下巴的肌肉变得结实了，宛如鲍比·肯尼迪加上李小龙。这家伙有一口漂亮的牙齿，常春藤盟校的牙齿，直得像栏杆，白得让你夜里不开灯都看得见。“哎，”柯尔说，“想想看原子弹，想想看只要拥有一颗就能带来多大的改变。苏联人在一九四九年自己弄出一颗之前，这世界全是我们的天下，我们爱干吗就干吗，整整四年的时间是‘美国和平’。拜拜啦。当然，现在随便哪一个人或大叔都可以在自家地下室搞一个，还有好几百个旧弹头在市场上公开流通，这还只是我们知道的数目呢。巴基斯坦和印度更是铆足了劲儿地搞——真是感激不尽啊，这些家伙，反恐战争办公室的一道命令随便一天就可以把上万个人烧成灰。”

“可是这个，”柯尔说，喝一口咖啡，“没有人能搞这个。这是新的曼哈顿计划，这比曼哈顿计划还劲爆。我不能详述细节，还不行，但为了做背景说明，想想看人类本身吧，把人变成武器。想想看真正长期的美国主宰，永远主宰。”

这就是柯尔来找他的原因，他需要一个像理察兹这样的人，不掉书袋的，不仅如此，某个务实的人，有真正实务技巧的人。人际技巧，也可以这么说。虽然人不用马上到位，但也就在最近几个月，等各个部分整合完成之后就需要。安全是至高无上的，安全绝对列在柯尔优先次序的最顶端。所以他才会穿着可笑的夏威夷衫，千里迢迢来到这里，来搞定买卖，把这一片拼图牢牢钉死。

如果一切照计划进行，那就会天下太平，但事与愿违，一切麻烦都从柯尔死的那一刻开始了。死了一大堆人，其中几个很难解释是什么人。只有三个人活着离开丛林，不包括范宁，因为他已经快变成……呃，变成什么？远远超出柯尔的预期，绝对是，或许有其他的生还者，但“特殊武器部”下达的命令很清楚：没能撑到最后的人就没有用。呼啸着飞过山头的导弹贯彻命令，使命必达。理察兹很好奇，想知道如果柯尔自己没办法撑过来，该会怎么说。

当时——在范宁安全地被关起来之后，黎尔驻扎在科罗拉多，而南美洲发生的一切都被从系统里抹除——理察兹已经知道那是怎么一回事。VSA，非常缓慢的老化。不管痴心妄想构思出这种事情来的是哪个家伙，理察兹都不得不佩服。VSA，非常蠢的缩写。某种病毒，或者应该说是一个病毒群，藏在世界的某个角落，躲在鸟类或猴子身上，甚至窝在某个脏兮兮的马桶垫上。这种病毒只要经过适度提炼，就能让胸腺恢复完整且正常的功能。理察兹读过黎尔最初那几篇吸引柯尔注意的文章，第一篇刊载在《科学杂志》，第二篇登在《古病毒期刊》，该文假设有一种可以显著延长人类寿命与提升健壮程度的媒介存在，而且在人类历史的某些特定时刻，已发挥功效。理察兹不必有微生物学的博士学位也知道，这是高风险的东西——像吸血鬼的东西，虽然特殊武器部没人用这个词。这个理论如果不是出自黎尔这样有地位的科学家，货真价实的哈佛微生物学家，看起来想必很像《世界新闻周报》之类小报上的消息，但是，这个理论还是引起了高度的兴趣。小时候，理察兹也读过类似的故事，不只是《无限战栗》[①]《黑暗阴影》[②]以及其他的漫画，他还读过原版的布莱恩·史托克[③]作品以及类似的电影。一大堆愚蠢的情节和拙劣的性爱场面，连当年年纪还小的他都看得出来。只是眼前的局面难道没有几分似曾相识，难道没有触动他记忆深处的某些东西？那牙齿、嗜血、永远与黑暗为伍——如果这些东西不是幻想，而是某种记忆，甚至是某种本能，长久以来铭刻在人类DNA上的感觉，隐藏在人类身上的黑暗力量，又该怎么办？如果有某种可以重新活化，重新精进，掌控一切的力量？

这是黎尔所相信的，柯尔也相信。正是这种深信不疑让他们远赴玻利维亚丛林，去找一群死掉的观光客。结果呢，一群未死的观光客——理察兹不喜欢这个词，但又想不出来更好的——被杀害了——其实是被开膛破肚了，整个研究团队只剩下黎尔、范宁、一个士兵以及一个名叫佛斯特的年轻研究生。如果不是范宁，整件事就全毁了。

你不得不同情黎尔这个家伙，他八成以为自己是在努力拯救世界，但从与柯尔和特殊武器部同床共枕的那一刻起，他的梦想就付诸东流了。老实说，很难看出来黎尔这段时间在想什么，那家伙从来不离开第四层，睡在实验室里那张满是汗臭的小行军床上，拿加热器热东西吃。他大概一年没见到太阳了吧。事情刚开始时，理察兹做了一点额外研究，找到了一些有意思的花絮，展品A是黎尔太太在《波士顿地球报》上的讣闻——日期是在柯尔到安卡拉找他的六个月前，也就是玻利维亚惨剧发生的一周年之前。伊丽莎白·马康·黎尔，四十一岁。史密斯学院学士，柏克莱硕士，芝加哥大学博士。波士顿学院英语教授，《文艺复兴季刊》副总编辑，著有《莎士比亚的妖怪：兽性转型与初期的现代运动》（剑桥大学出版，2009年）。和

---

① *Tales form the Crypt*，美国恐怖漫画，以地窖墓园为场景，曾改编为电视剧与电影。

② *Dark Shadows*，美国恐怖漫画，以吸血鬼为背景，曾改编为电视剧与电影。

③ Bram Stoker（1847—1912），爱尔兰作家，以吸血鬼小说《德古拉》（*Dracula*）著称。

淋巴瘤的长期抗战……上面也有一张照片。理察兹不能说伊丽莎白是倾国倾城的绝色，但算是够漂亮的了，稍微有点营养不良的样子。一个认真的女人，有着认真的想法，还好没有小孩。说不定是化疗、放射线什么的，让她不能生小孩。

所以，说真的，归根到底：诺亚计划的实施到底有几成是因为一个悲痛欲绝的男人坐在地下室努力想挽回妻子的死亡？

现在，经过了五年，不知在老鼠坑里丢进了多少亿之后，他们拿得出来的成果就只有三百只死掉的猴子，天晓得多少只狗和猪，六个流浪汉，还有十一个前死刑犯。和猴子一样，最初的那批人类研究对象，几个钟头就死去了，发高烧，血喷得像消防水柱一般。但是，第一个送进去的死刑犯——巴柏寇克却活下来了。吉尔斯·巴柏寇克是天底下最疯狂的王八蛋，第四层的每个人都叫他长舌鬼，因为他连一秒钟都不肯闭嘴，之前和之后都一样——接着是莫里森、查维兹和巴菲斯，每一次的提炼都让病毒变得更弱一些，他们的身体就更可以与之对抗。十一个吸血鬼——用这个名词有何不可？——就理察兹来看，对谁都没有太大的好处。席克斯坦承，他甚至不确定是不是真能杀掉他们，比方拿肩式火箭筒轰掉他们喉咙之类的。VSA，吸血鬼，笑一个。病毒把他们的皮肤变成了一种蛋白质的外甲，非常硬，相较之下，凯夫勒强化纤维简直是松饼面糊。只在胸骨部位上方，有一块直径大约十厘米的打击区，外甲比较薄，可以穿透。话虽如此，这仍然只是个理论。

这些家伙身上满是病毒，六个月之前，有个技术人员被感染，没人搞得清楚他到底是怎么被感染的。前一分钟他还好好的，后一分钟就对着控制面板大吐特吐，倒在控制室的地板上。要不是理察兹从监视器上看到他在抽搐，马上封锁整个楼层，天晓得会出什么乱子。他唯一能做的就是封死那个控制室，眼睁睁看着那个人死掉，然后叫人来清理。他想，那个技术员的名字是山缪，还是山森。清理员来清除病毒，经过七十二小时的隔离之后，理察兹才重新开放那个楼层。

只要那一刻来临，他连一秒钟都会毫不犹豫地终止一切。伊丽莎白守则：不管是谁发明了这个名词，理察兹都不得不佩服，听起来好像是某人开的玩笑。不过，当然，理察兹心里其实一点都不怀疑，那个人是谁。想得出这种名字，是百分之百的柯尔作风——陈年老酒柯尔，你或许会这么说，因为柯尔已经不是柯尔了。在虚情假意的乡村俱乐部外表之下，总是藏着一颗如假包换的马基雅弗利式诙谐的心。**伊丽莎白**，拜托啦。只有柯尔才会拿那个家伙死去老婆的名字来用。

理察兹可以感觉得到整件事都虚无缥缈，一部分问题出在这件事本身的无聊透顶上。你不能把八十个人丢到山上，让他们整天无所事事，光在那里数兔子皮，还叫他们不准轻举妄动，一辈子闭嘴。

而且，还有那些梦。

理察兹也做了那些梦，或者是他以为自己做了。他向来不太记得。可是偶尔醒来时，会觉得夜里好像发生了什么奇怪的事，仿佛经历了一趟意外的旅行，刚刚回来。这就是那两个不告而别的清洁工碰上的事。找去世的家伙是理察兹的点子，有一段时间运作得很好；你这辈子再也碰不到一群那么温顺的男人，每个都像佛陀那么平静友善，等这一切结束之后，没有谁会怀念哪一个人。那两个清洁工，杰克和山姆，躲进垃圾箱里离开营区。第二天早上理察兹追查到他们的下落——藏身在二十里外的州际公路旁的红屋顶旅馆，简直是等着被抓嘛——他们说个不停的，就是那些梦。橘色的光，牙齿，在风中唤着他们名字的声音。这些梦让他们好烦。有那么一会儿，他就只是坐在床沿，听他们说个没完：两个中年人，皮肤光滑得像丝绸，睪丸小得像葡萄干，双手掩面抽抽噎噎的，像孩子那样哭诉。从某个方面来看很让人心软，但你听这些鬼话听得也太多了。“时间到了，孩子，”理察兹说，“没关系，没人生你们的气。”然后他把车开到一个他知道的地方，一个可以眺望河景的、风光明媚的地方，让他们看看他们即将告别的世界，然后一枪打中他们的眉心。

黎尔想要个小孩，小女孩。这连理察兹都愣了一下，想想看。流浪汉和死刑犯是一回事，理察兹只考虑人的回收再利用——但是，小孩？席克斯解释过，这和胸腺有关。他对理察兹说过，年纪越轻，越能对抗病毒，可以让胸腺呈现一种静滞的状态。这是黎尔一直在研究的方向——只有好处，而没有令人不快的副作用。令人不快的副作用！理察兹想了就好笑。管他们还活得像人的时候是什么德行，这些发光棒个个都是像巴柏寇克这样的人，为了巴士钱割断妈妈喉咙的家伙。所以，或许问题也就出在这里：黎尔想要一块干净的黑板，一个脑袋还没塞满垃圾的人。理察兹想，他下次就会开口要一个婴儿。

而且理察兹搞到他要的货了，几个星期的搜寻之后，他找到了合适的人选：白种人，女无名氏，年约六岁，八成被嗑药嗑到精神恍惚的妈妈给丢在了孟菲斯修女院里，活像甩掉包袱似的。**不留痕迹，**席克斯对他说："这个女孩，年约六岁的女无名氏，不会惊动一丝微风。不过，到了星期一，她会接受社会福利机构的安置，你就只能看着她六岁的背影飞吻道别了。这留下了四十八小时的空隙可以逮人，假设那个妈妈没回来找她，像找遗失的行李那样。至于那些修女，华格斯特会有办法搞定的。那家伙到癌症病房推销太阳灯都能卖得掉，他早就证明自己的能耐了。"

理察兹的视线从自己的计算机屏幕转到监视器上，所有的孩子都稳稳地窝在自己的床上。巴柏寇克像往常一样嘴里叽叽咕咕不知讲着什么，喉咙像癞蛤蟆那样上下滑动。理察兹转开声音，听了一分钟的嗒嗒嘟嘟和咕噜咕噜，像平常那样纳闷，那人说的会不会是："放我出去！"或"我现在想再来几只兔子！"或"理察兹，我一离开这里就去找你算账，老兄！"理察兹自己可以说十几种语言——不只是普通的欧洲语言，还会讲土耳其语、阿拉伯语、俄语、印度语，甚至还会讲一点非洲的斯瓦希里语——有时候，透过监视听着巴柏寇克的声音，他本能地觉得那是某种语言，片片断断混在一起，只要他能训练自己的耳朵听懂就能明白，但是此时此刻，他听见的只有噪声。

"睡不着？"

理察兹转头看见席克斯站在门口，手里端着一杯咖啡。他穿着制服，但是领带松开，外套没扣纽扣。他用手梳着日渐稀疏的头发，转过一把椅子坐上去，面对着理察兹。

"是啊，"席克斯说，"我也是。"

理察兹想要问他做什么梦，但决定还是不问：这个问题太没意义了，他从席克斯脸上就看得出答案。

“我不睡，”理察兹说，“不太喜欢睡觉。”

“是啊，很好，”席克斯耸耸肩，“你当然不睡啦。”理察兹没搭腔，他侧着头看监视器，“楼下都没事吧？”

理察兹点点头。

“还有其他人想到月光底下去散步吗？”

他指的是杰克和山姆。挖苦人不是席克斯的作风，但他的确有理由生气。“垃圾箱，老天哪。哨兵应该检查进出的所有东西，可是他们都还只是年轻的孩子，说真的，只是一般招募入伍的士兵。个个言行举止像还在念高中一样，他们也只会那样做。你得管好他们啊。”但是理察兹什么都没说。

“我找值班人员谈过了，我说的话他肯定一辈子都忘不掉。”

“你大概不会告诉我那两个人的下落吧？”

这件事理察兹没什么可说的，席克斯需要他，但是他绝不会让自己喜欢他，就此事而言，更不必取得他的认可。

席克斯站起来，走过理察兹身边，走到监视器前面。他调整对准零号的镜头，拉近，放大。

“他们以前是朋友，你知道吗，”他说，“黎尔和范宁。”

理察兹点点头：“我也这么听说。”

“是啊。”席克斯深吸一口气，眼睛依旧牢牢盯着零号，“真是见鬼了，这样对待朋友。”

席克斯转头看着仍然坐在终端机前面的理察兹，席克斯好儿大没刮胡子的模样，那双在荧光灯下眯起来的眼睛蒙着一层阴影。有那么一瞬，他看起来就像个不知自己身在何处的人。

“我们呢？”他问理察兹，“我们是朋友吗？”

噢，这个问题理察兹倒没想过，席克斯做的梦显然比他原本以为的更惨。朋友！谁在乎啊？

“当然啦，”理察兹说，勉强挤出一个微笑，“我们当然是朋友。”

席克斯又盯着他看了一会儿。“再想想，”他说，“这或许不是什么高明的主意。”他把这个想法抛开，“不过还是谢谢你。”

理察兹知道困扰席克斯的是什么：那个小女孩。席克斯自己有好几个孩子——两个已经长大的儿子，都追随老爸的脚步念西点军校，一个在五角大楼做情报之类的工作，另一个随沙漠装甲部队被派驻沙特，而且搞不好还有孙子孙女呢。席克斯八成顺口提过，但这不是他们通常会聊的话题。不管怎么说，牵涉到小女孩的这件事，绝对不会让他好受。老实说，理察兹对于黎尔想要什么并不在乎，不管他要的是什么。

“你应该歇一下。”理察兹说，“人就要送到了，再……”他看了一下手表，“再过三个钟头。”

“说不定就不睡了。”席克斯走向门口，再次转头用担忧的眼神看着理察兹，“可以私下问你一个问题吗，如果你不介意的话？你怎么那么快就能把他弄来？”

“不难啊。”理察兹耸耸肩，“我让他搭军用运输机离开瓦可机场。是要经过好几个后备军管辖区，不过这算是联邦运输通道，刚过午夜就抵达丹佛了。”

席克斯皱起眉头：“不管是不是走联邦运输通道，还是太快了，你知道为什么要这么急吗？”

理察兹也说不上来，命令是由特殊武器部的联络处直接下达的。如果非猜不可，他会猜是和那张满是汗臭的行军床、溅满汤汁的加热器、一年不见天日没有新鲜空气的生活、噩梦、红屋顶以及其余的一切有关。真是该死，要是你仔细看看眼前的情况——他很久之前就再也不费这种劲了——这一切很可能都会归结到那位书卷气的美女伊丽莎白·马康·黎尔身上，和癌症长期抗战，等等。

“我找人帮忙，让兰利搞定了清理的工作。整个系统，从头到尾都清理干净了。从系统的角度来看，卡特已经差不多什么人都不是了，他连买一包口香糖都不行。”

席克斯眉头紧蹙：“没有人会什么都不是，总会有人感兴趣的。”

“或许吧，但这个家伙差不多已经什么人都不是。”

席克斯又在门口逗留了一会儿，什么都没说，两人都知道这沉默代表了什么。“好吧，”他最后说，“我还是不喜欢，我们制定守则不是没有原因的。三个囚犯，三十天，然后再带他进来。”

“这算是命令吗？”开玩笑。席克斯没资格对他下达命令，不算有资格。他只能在理察兹愿意容忍的时候假装他可以。

“不是，当我没说。”席克斯说，手背遮口打了个哈欠，“我们能怎么办，把他退货吗？”他用手拍拍门的侧边，“车子到的时候，打电话给我。我会在楼下，不睡。”

诡异的是，席克斯走了之后，理察兹竟然发现自己希望他留下来。或许他们是朋友，在某种意义上而言。理察兹以前做过许多龌龊的工作，他知道气氛会在一瞬间转变，就像牛奶在处理台上摆了太久似的。你会发现自己说得一副没什么大不了的样子，一副整件事已经落幕的样子。一旦你开始真的喜欢上某人，这会是个大问题。因为在这之后，一切很快就会四分五裂。

卡特不是什么与众不同的人，只是个一无所有，只剩下生命可以拿来做交换的罪犯。但是那个女孩……黎尔要个六岁的小女孩干吗？

理察兹把注意力转回监视器上，拿起耳机。巴柏寇克又回到角落里，嘴里嘀嘀咕咕的。真是诡异：巴柏寇克身上不知有些什么老是折磨着他。仿佛理察兹就是他，仿佛巴柏寇克拥有一部分的他，他甩不掉这种感觉。理察兹可以坐在这里看着、听着这家伙，一坐就是几个钟头。有时候他会在监视器前面睡着，头上还戴着耳机。

他再次看看手表，知道不应该，但却克制不了自己。才刚过三点。他没心情再玩一局牌，也不想理会西雅图的那个小家伙，等待厢型车开进营区的这几个钟头突然在他面前敞开，宛如一张可以将他整个人吞噬的大嘴。

不必抵抗。他调整音量，靠在椅背上聆听，很好奇他所听见的声音到底想告诉他什么。

6

雨声吵醒了蕾西，它们滴滴答答落在她窗外的树叶上。

艾美。

艾美呢？

她猛然起身，披上晨袍，冲下楼梯。但是一到楼梯底层，她的惊慌就平息了。那孩子一定只是爬下床去找早餐吃，或去看电视，或只是到处逛逛。在厨房里，蕾西看见小女孩坐在餐桌旁，还身穿睡衣，叉起烤松饼往嘴巴里送。克莱儿修女坐在大餐桌的桌首，身穿运动服，刚从沃佛顿公园晨跑回来，端着一杯冒热气的咖啡在看《曼斐斯商情报》。克莱儿修女还不是真正的修女，只是见习生。她的毛衣肩上沾着雨滴，脸孔湿润泛红。

她放下报纸，对着蕾西微笑："很好，你起来了。我们已经吃完早餐了，对不对啊，艾美？"

小女孩点点头，嘴还嚼个不停。立誓加入修女院之前，克莱儿修女原本是在西雅图卖房子，蕾西在餐桌找位子坐下时，看见克莱儿正在看房地产版。要是艾涅特修女看见了一定会很恼火，甚至还会当场来一段物质生活如何惹人分心的即兴演说。但是炉子上的时钟超过了八点，也就是说其他修女都在隔壁望弥撒。蕾西顿时心生困窘，她怎么睡过头了？

"我去望过弥撒了。"克莱儿仿佛回应她心思地说。克莱儿修女参加完六点钟的弥撒之后才去晨跑，她总是说她是去拜访"脑内啡圣母"。其他修女都终其一生献身神职，但克莱儿修女却不同，她在立誓前许多事都经历过：结过婚，赚过钱，有过财产，比方说公寓、名牌鞋和本田雅阁汽车。快四十岁的时候，她和她口中"天底下最糟糕透顶”的老公离婚之后，才听到上帝的召唤。没人知道具体细节，或许只有艾涅特修女知道，但是克莱儿的生活总是让蕾西觉得很好奇。一个人怎么可能拥有如此截然不同的双重人生？克莱儿有时候会说什么“这双鞋很时髦”或“只有佳酿公园算得上是西雅图真正高级的饭店”之类的话，霎时，所有的修女都惊讶得说不出话来，半是不以为然，半是嫉妒。去帮艾美采购东西的是克莱儿，不言而喻的意思是，她是她们之中唯一一个知道该怎么采购的人。

“要是你快一点，还赶得上八点那场。”克莱儿说，当然是来不及啦，蕾西知道，克莱儿是别有所指，“我可以照顾艾美。”

蕾西看看小女孩。她头发睡得乱七八糟的，但是皮肤与眼神都明亮无比，这说明她休息好了。蕾西的指尖摸着小女孩的刘海儿。“你真是太好了。”蕾西说，“或许今天，就这么一次，因为艾美在这里……”

“别说了，”克莱儿修女举起手指制止蕾西继续往下说，“我会掩护你。”

眼前的一天逐渐在蕾西心中成形。坐在餐桌旁，她想起要去动物园的计划。几点开门？雨会停吗？她想，最好是趁其他修女还没回来之前先出门。不只是因为她们会纳闷蕾西为什么没去望弥撒，也因为她们或许会开始追问艾美的事。到目前为止，谎言都还能搪塞得过去，但是蕾西感觉到那说辞的软弱无力，就像踩在脚下腐烂的木头地板。

艾美吃完松饼，喝掉一大杯牛奶之后，蕾西带她回楼上，迅速换好衣服：一条崭新的牛仔裤，一件印着 SASSY 标牌的 T 恤，字母还镶着亮片。只有克莱儿修女才有勇气选择这样的衣服。艾涅特修女不会喜欢这件 T 恤的，一点都不会——要是被她看见了，八成会像以往那样叹气、摇头，把一屋子的气氛都搞坏——可是蕾西知道这件 T 恤很漂亮，是小女孩喜欢穿的款式。亮片让 T 恤显得很特别，这就是上帝希望艾美这样的小女孩拥有的：一些幸福快乐，不论有多微小。在浴室里，她帮艾美擦掉沾在脸颊上的枫糖浆，帮她梳梳头。搞定小女孩之后，她也换上平常穿的灰色百褶裙、白衬衫，戴上头巾。屋外，雨已经停了，温暖的阳光徐徐照在外面的院子里。这天会很热，蕾西猜，带来彻夜清雨的冷风一过，接着就是南方吹来的暖气团了。

她有一些现金可以买门票和吃的东西，而动物园那么近，走路就可以到。她们走到门外，迎面而来的是刚开始洋溢着热气与湿润草地甜味的气息。教堂整点的钟声响起，弥撒随时会结束。她带着艾美穿过庭院大门，穿过微带酸味的香草和露意丝修女精心照料的迷迭香、龙蒿、罗勒等，一直走到公园里。已经有很多人在享受春天的温暖了，他们沐浴在阳光里，让皮肤感受到太阳的和煦：带着狗和飞盘的年轻人，沿着小径气喘吁吁跑步的慢跑者，扛着遮阳餐桌和烤肉架出来的家庭……动物园在公园的北面，紧临一条大马路。在远远的那端，旧城区的豪宅与宽阔优美的草地早就被遗忘了，取而代之的是门廊破旧的狭长小屋，以及丢在泥土院子里风吹日晒雨淋后半解体的汽车。年轻男子像鸽子一样在街道上来回穿梭，在这个或那个角落窝一下，继续移动，无所事事的呆滞气息四处弥漫，隐隐有几分不祥。蕾西应该对这个小区比较有好感，但住在这里的黑人和蕾西不一样，蕾西没有经历过穷苦的生活，至少不会像这样的穷苦。在狮子山，她的父亲在政府部门工作，母亲有车有司机，可以载她到自由城去购物，到体育场去看马球赛，有一回她在晚宴上还与总统本人共舞了一曲华尔兹呢。

到了动物园附近，气氛突然变了，空气里有了花生与动物的气味。门口排着长长的人龙。蕾西买了门票，把找回来的钱数清楚，然后再次拉起艾美的手，带她穿过入口。小女孩背着那个装有彼得兔的背包，蕾西建议她把背包留在家里时，小女孩的眼里迅速闪过一抹神色，仿佛这是根本连问都不必问的问题——背包是她绝对不能抛下的。

“你想看什么？”蕾西问。离入口六七米处，她们看到一幅大地图，用不同颜色标出不同的栖地与物种。一对白人夫妇正在研究地图，男的脖子上挂着相机，女的轻轻推着婴儿车前后晃动，而裹在粉红色布料里的婴儿睡着了。那女的瞄了蕾西一眼，用怀疑的眼光打量着她：黑人修女怎么会带着一个白人小女孩呢？但接着她又露出微笑，似乎在道歉，在撤回自己的怀疑，虽然这微笑有点太过勉强，夫妇俩沿着人行道往前走去。

艾美看着地图，蕾西不知道她识不识字，不过文字后面都有图。

“我不知道，”她说，“熊？”

“哪种熊？”

女孩想了想，来回看着图片：“北极熊。”说话时，她的眼睛里闪着期待的温暖光芒。来到动物园，亲眼看到动物，这是她俩此时此刻可以共同分享的东西，这正是蕾西所希望的。她们站在地图前面的时候，有更多人走进动物园，突然之间，动物园已经挤满游客了。“还有斑马、大象和猴子。”

“太好了。”蕾西微笑说，“我们全部都去看。”

她们在零食摊买了花生，往动物园深处走去，走到各种声音与气味混合的区域。走近北极熊的笼栏时，她们听见了笑声、泼水声以及歇斯底里的惊叫声，男女老少的声音混杂在一起。一直抓着蕾西手的艾美突然放开手，往前冲去。

蕾西挤过围在北极熊笼栏前面的人群，她看见艾美站在最前面，脸都快贴在玻璃上了。隔着玻璃，可以看见北极熊栖地水面下的景色：漆成浮冰颜色的岩块，以及北极冰蓝的深水池。在孟菲斯的高温下，看见这个场景还真是怪异。三只北极熊在晒太阳，似乎瘫在那里，活像壁炉前的巨大毛皮地毯。第四只在水里划动。艾美和蕾西看着它朝她们游过来，整个身体沉在水里，鼻子撞在玻璃上。周围的人惊呼失声；一阵愉悦的恐惧蹿过脊椎，直到她的双脚与指尖。艾美往前靠靠，摸了摸冒着水珠的玻璃，离熊的脸只有几米的距离。那只熊张开嘴巴，露出粉红色的舌头。

“小心哪。”背后有个男的出言警告，“它们看起来或许很可爱。可是对它们来说，你只是一顿午餐呢，小女孩。”

蕾西一惊，连忙转头，想找出说话的人。这人是谁，竟然这样吓唬小孩？可是背后的脸孔没有对着她看，每个人都面带微笑地在看那几只北极熊。

“艾美，”她轻声说，手搁在女孩的肩头，“最好别逗它们。”

艾美似乎没听见，她的脸往前更贴近玻璃。“你叫什么名字？”她问那只熊。

“好了，艾美。”蕾西说，“别太靠近了。”

艾美摸着玻璃：“它有个熊的名字，可我不会念。”

蕾西迟疑了一下，这是游戏吗？“这只熊有名字？”

女孩抬起头，眯着眼睛，脸上有一抹自信知晓一切的光彩：“它当然有名字啦。”

“它告诉你了？”

水池溅起巨大的水花，大家猛然倒抽了一口气。第二只熊跳到了水里，游过一片湛蓝的水，来到艾美面前。现在有两只熊和她面对面了，彼此隔着玻璃相望。它们的身躯大得像部汽车，毛皮随着池面下的水流轻轻波动。

“你看看。”有人说，是蕾西在地图前碰到的那个女子。她站在她们旁边，肘弯抱着的小婴儿竖直起来，像举起娃娃玩具似的。这个女子把一头长发紧紧扎成了马尾，穿着短裤、T恤和夹脚拖鞋。透过T恤的褶皱，蕾西看得出来她怀孕时隆起的肚皮还松垮垮的。她丈夫站在她身边，手里拿着照相机，看着没人坐的婴儿车。

“我想它们喜欢你。”她对艾美说，“看，小宝贝。”她哼着，逗得小婴儿咯咯笑，两条手臂挥啊挥的，像只小小鸟，“看熊熊。看熊熊啊，小宝贝。老公，照张相吧。照张相。”

“不行，”那人说，“这个角度不对，把她转过来。”

那女子没好气地嚷道：“拜托，就趁她笑的时候拍一张嘛，有这么难吗？”

蕾西看着他们时，又来了第二阵水花，在她还来不及转头的刹那，第三阵水花就来了。一个浪头翻过玻璃上缘，往下坠去，每个人都知道会发生什么情况，但都无力行动。

“小心！”

冰冷的水越过玻璃朝蕾西袭来，带着盐味灌进她的鼻子、嘴巴和眼睛，她像狠狠挨了一巴掌。周围惊叫声四起。她听见宝宝在哭，妈妈在叫着：“闪开！闪开！”人群推搡碰撞着她。蕾西知道自己闭上了眼睛，想躲开刺痛的咸水。她跌跌撞撞往后退，腿被撞到，被绊倒在一群人的身上。她等着听见玻璃破碎的声音，听槽里的水奔涌而出的声音。

“艾美！”

她睁开眼睛，看见有个男的在看她，脸凑得好近。是那个带照相机的男子。她周围的人群一片静默，玻璃终究还是没破。

“对不起，”那男子说，“你没事吧，修女？我一定是被绊倒了。”

“该死！”站在他们上方的女子衣服和头发全湿透了，宝宝在她肩头放声尖叫着，她一脸怒火，“你那个小孩干的好事！”

蕾西知道她是在对**她**讲话。

“对不起……”她说，“我不……”

“你看她！”

所有的人都往后退，离开水槽，每一双眼睛都在盯着那个背着背包、蹲在水槽前面的小女孩。她双手贴在玻璃上，四只熊的脸也靠着玻璃。

蕾西站起来，快步走过去。小女孩低着头，水还滴答滴答从她的头发落到膝盖上。蕾西看见她的嘴唇在动，仿佛在祷告。

“艾美，怎么回事？”

“那个女孩在和熊讲话！”有个人嚷了起来，人群立时响起一阵惊叹，“看哪！”

相机开始咔嚓咔嚓响起来。蕾西蹲在艾美身边，手指拨开垂在小女孩脸上的黑色发丝。她脸颊上淌着泪，混杂着水槽里溅出来的水。

“告诉我，孩子。”

“它们知道。”艾美说，双手依然贴在玻璃上。

“熊知道什么？”

女孩扬起脸。蕾西吓呆了，她从来没在孩子脸上看过这样哀伤的神情。然而，望着艾美的眼睛，她却看不见恐惧。无论艾美知道了什么，她都已经接受了。

“知道我是谁。”她说。

艾涅特修女坐在修女院的厨房里，决定要采取行动。

九点，九点半，然后十点。蕾西和那个小女孩艾美不管去了哪里，都没回来。最后克莱儿修女和盘托出：蕾西没去望弥撒，她们两个出去了，小女孩背着背包。克莱儿听到了她们出门的声音，从窗户看见她们穿过后门到公园去了。

蕾西在盘算着什么，艾涅特修女早该知道的。

那小女孩的故事经不起检验，她一听就知道；或者应该说，就算不是真的知道，也感觉得出来，一颗怀疑的种子在一夜之间发芽长大，她确知事有蹊跷。就像玛德琳故事集里的那个克拉薇修女，艾涅特修女**知道**。

而现在，也和故事书里的情节一样：有个小女孩不见了。

其他修女都不知道蕾西真正的身世。连艾涅特修女也是接到总会长办公室转来的心理评估报告，才知道事情的全貌。艾涅特记得曾在很多年以前的新闻上听到过一点消息，这类的事情不是老在某个地方发生吗，特别是在非洲？那些可怕的小国家，人命似乎一文不值，是上帝的旨意中最奇特最难以洞悉的国家。那些事情令人心碎，骇人听闻，但一个人的心需要装下的事情实在太多了，可以装下太多这类故事，所以艾涅特早就忘记了。而今蕾西来了，在她的照应下，没有其他人知道真相。她不得不承认，从各个方面来看，蕾西都是个模范修女，只是有一点自我压抑，她的虔诚奉献有一点太过神秘。蕾西说（而且大家也都不怀疑），她的爸妈和姐妹都还在狮子山，每天去参加王宫舞会，打马球。自从联合国维和部队找到藏身在田野中的她并将她交给修女之后，蕾西从没改变过说辞。这是上帝的垂怜啊，当然；上帝慈悲为怀，让蕾西可以忘记发生在她身上的事。士兵杀害她的家人之后，并没有一走了之；他们和蕾西一起在田野里待了好多个钟头，最后被抛下来等死的小女孩，如果不是上帝垂怜，或许真的会死，好在她遗忘了所有的事情。在那个瞬间，上帝选择不带她走，正是上帝旨意的显现，这不容艾涅特质疑。知道事情的原委以及随之而来的忧心，处处都是负担，但艾涅特只能默默承受。

但又有个小女孩被扯进来，这个艾美，有礼貌得简直过分，又安静得像个鬼魂，整个情况岂不是太不对劲了？整个不可置信。想想看，蕾西的说辞没有一点道理。小女孩的妈妈是她的朋友？不可能。

除了每天的弥撒之外，蕾西根本难得出大门一步。她怎么可能和这个女人交上朋友？更不要说那个女人把女儿托付给她了。艾涅特无法解释，因为根本就没得解释，整个故事通篇都是谎言。而现在，这两个人又不见了。

十点半钟，坐在厨房里，艾涅特修女很清楚自己该做什么。

但她该怎么说？该从哪里说起？艾美的事？其他修女似乎完全不知情。那女孩来的时候，只有蕾西一个人在，像平常一样。艾涅特修女平时也试过很多次，想劝蕾西出门，去小区厨房或去郊游，去商店或随便她想去哪里，但蕾西总是拒绝。在那一瞬间，她的脸会散发出某种欣喜的茫然神色，让这个问题瞬间告终。**不，谢谢你，修女，或许改天吧。**三四年来都是这样，现在不知从哪里冒出来一个小女孩，蕾西却说是她认识的孩子。所以，如果她打电话报警，故事的源头就必须回到蕾西身上，她知道，这又会回到田野上发生的事。

艾涅特拿起电话。

“修女？”

她转头一看，是克莱儿修女。克莱儿，刚踏进厨房时还穿着运动服的克莱儿，不是早该换上正常的装束了吗？克莱儿，以前做房地产的克莱儿，不只结过婚还离了婚，在衣柜里藏了一双高跟鞋和一件小礼服。不过那完全是另一个问题，不是她现在思索的问题。

“修女，”克莱儿说，语气中满是忧心，“车道上有辆车。”

艾涅特放下电话：“是谁？”

克莱儿略有迟疑：“他们看起来……像警察。”

艾涅特走到门口的时候，门铃正好响起。她掀开侧窗的窗帘往外看：两个男的，一个大约二十几岁；另一个年纪大一点，但也还算年轻。两人都穿着深色西装，打领带，就像殡仪馆的人。警察，可是也不见得。事态有点严重，涉及官方的事。他们顶着太阳站在台阶底下，离门口有段距离。年纪较大的那个看着她，露出微笑，但没说什么。他长得不错，但没什么特色。身材修长，有张五官端正、令人赏心悦目的脸。太阳穴两边有一抹灰，在阳光下微微闪着汗光。

“我们应该开门吗？”站在她后面的克莱儿问。露意丝修女听到门铃声，也下楼来了。

艾涅特深吸一口气，让自己镇静下来："当然啦，修女。"

她打开门，但没拉开纱门和摘下门链，那两名男子走上前来。

"有什么我可以帮忙的吗，两位？"

年纪较大的那个伸手到胸前口袋，掏出一个小皮夹。他打开皮夹，她一眼就看见三个缩写字母：FBI。

"女士，我是特别探员华格斯特，这位是特别探员铎伊。"就这样，皮夹一晃就消失了，又回到他的西装口袋里。她看见他的下巴有道伤疤，他刮胡子的时候刮伤的。"很抱歉在星期六早上打扰您……"

"是艾美的事吧？"艾涅特说。她无法解释，这句话竟然就这样脱口而出，仿佛不知怎的就让她这么做似的。他没搭腔，所以她继续追问："是吧，对不对？是艾美的事？"

年纪较大的那个探员——她已经忘了他叫什么了——目光越过艾涅特，看着她背后的露意丝修女，迅速露出一抹要她安心的微笑，然后才又看着艾涅特。

"是的，女士，没错，是艾美的事。我们可以进来吗？请教您和其他几位女士几个问题？"

就这样，他俩站在慈悲修女院的起居室：两个身穿深色西装的大男人，散发着阳刚的汗味。他们庞大的身躯让房间的气氛为之一变，空间也变得更小了。除了偶尔有修理工或教区神父来访之外，没有其他男人踏进过这里。

"对不起，警官，"艾涅特说，"能再说一遍你们的名字吗？"

"当然可以。"又是那种微笑，自信讨喜的微笑，"我是华格斯特探员，这位是铎伊探员。"他环顾室内，又说，"艾美在吗？"

克莱儿修女插嘴说："你们为什么要找她？"

"我恐怕没办法告诉各位详情。不过为了你们的安全，你们应该知道艾美是联邦证人，我们是来带她去接受保护的。"

联邦保护！艾涅特的心口猛然被揪紧。这比她原本料想的还糟。联邦保护！就像电视上演的，那些警匪影视剧她并不爱看，但偶尔还是看，因为其他修女喜欢看。

“蕾西做了什么？”

那探员很感兴趣地挑起眉毛：“蕾西？”

他想假装自己知情，让她继续说，好从她口中套出情报。艾涅特心知肚明。可是她当然还是照做，她告诉他们蕾西的名字。除了艾涅特之外，没有其他人提到过蕾西，她可以感觉到背后那些修女的沉默重重地压着她。

“蕾西修女，”她解释，“她告诉我们说，艾美的妈妈是她的朋友。”

“原来如此，”他瞟着另一个探员，“或许我们也该和她谈谈。”

“我们有危险吗？”露意丝修女说。

艾涅特修女转头蹙起眉头，要她闭嘴：“修女，我知道你是好意。可是请让我处理，拜托。”

“我不会说有危险，不算有。”那位探员说，“可是我想我们最好和她谈谈。她现在在吗？”

“不在。”克莱儿修女说，她一副挑衅的模样，双手环抱在胸前，“她们走了。至少一个小时了。”

“你知道她们去哪里了吗？”

有那么一会儿，屋里没有人说话。接着，里屋深处，电话铃响了。

“不好意思，两位。”艾涅特说。

她回到厨房，心脏狂跳。她很高兴有电话来，仿佛因此可以有时间思考似的。但是 拿起电话，话筒传来的却是她不认得的声音。

“是修女院吗？我知道我在那边看过你们。请原谅我冒昧打电话过来。”

“请问是哪位？”

“对不起。”他的语气好急，有点心不在焉，“我叫乔·墨菲，我是孟菲斯动物园的安全主任。”

他那边隐隐有些骚动。有一会儿，他对另一个人说：**打开大门就是了，**他说，**照我的话做，快去。**

然后他又回到电话上：“您知不知道有位修女带个小女孩到这里来了？黑人修女，和你们一样的打扮。”

一阵目眩耳鸣，仿佛有一群蜜蜂包围着艾涅特修女。在这个美丽的早晨，有恐怖的事情发生了。厨房的门被推开，两名探员走进来，后面跟着克莱儿修女和露意丝修女，所有的人都瞪着她看。

“是的，是的，我认识她。”艾涅特想压低嗓音，可是她知道这样一点意义都没有，“怎么啦？怎么回事？”

有一会儿工夫，电话那头的声音被压住了，动物园的那个人用手掩住话筒。他放开手之后，她听见孩子们大声哭喊的声音，背后还有其他动物的声音：猴子、狮子、大象的嘶吼和鸟禽的尖鸣。艾涅特过了好一会儿才意识到，她不只是通过电话听到那些声音，声音也从敞开的窗户传进来，飘过公园，清清楚楚地传进厨房来。

“怎么回事？”她哀求地问。

“你最好过来一趟，修女。”那人说，“我从没见过这种该死的事。”

蕾西浑身湿透，气喘吁吁地奔跑着。她抱着艾美，把小女孩搂在胸前，女孩的腿紧紧夹着她的腰。她们两个在动物园里迷失了方向，迷失在那迷宫似的小径之间。艾美在哭，脸贴在蕾西的衣服上抽噎——**我是谁？我是谁？**——其他人也都在奔跑。一切都从北极熊开始，它们的动作变得越来越狂乱，直到蕾西把艾美从玻璃前面带走。接着，在她们背后，海狮开始疯狂地在水里跳进跳出；等她们回头冲向动物园中央时，那些草原动物——瞪羚、斑马、短颈鹿和长颈鹿，也都开始狂绕圈圈，疾奔冲撞围栏。都是因为艾美——蕾西知道，是艾美身上的某些东西。发生在北极熊身上的事，也正在其他动物身上发生，不只是动物，也包括人。混乱蔓延到整个动物园。经过大象前面时，她立即感觉到它们的体积和力量，它们抬起巨大的脚用力跺着地面，举起长鼻对着热气蒸腾的孟菲斯吼叫。一头犀牛冲撞栏杆，发出如汽车碰撞在一起的巨大声响，接着愤怒地用大角撞墙。空气中突然充满各种声音，又响又恐怖，弥漫着惊慌，大家也开始哭喊，叫唤自己的孩子，又推又挤又拉，众人让道给蕾西往前跑。

“就是她！”有个声音喊，那句话从蕾西背后传来，像一支箭射中了她。蕾西转头看见那个带相机的男子，伸长手指着她。他旁边站着一个身穿淡黄色运动衫的警卫。

蕾西紧紧抱着艾美，转身就跑，一路经过猴子尖声怪叫的牢笼、天鹅拍着庞大而无用的翅膀嘎嘎叫的人工湖、丛林鸟类高声鸣叫的高大鸟笼……惊恐的观众蜂拥逃出爬虫馆。一群身穿红色T恤、惊慌失措的孩子挡在蕾西前面，她蛇行绕过他们，差点跌倒，但还好勉强保持住了平衡。她前面的地上满是观众逃跑丢下的垃圾余屑、导览手册、衣服小配件、粘在纸上糊成一团的冰激凌。一群人从她身边狂奔经过时，气喘吁吁，其中一个扛着来复枪。不知从什么地方传来了机械的平静的声音："动物园现在关闭。请尽快从最近的出口离开，动物园现在关闭……"

蕾西绕着圈子，想找到离开的道路，却找不到。狮子在吼，狒狒、狐獴以及她夏天夜里通过敞开的窗子听见的那些猴子的声音也从四面八方传来，宛如合唱在她心中回荡。那些声音轻轻跳跃，宛如枪炮开火的声音，宛如田野上的枪声，宛如她妈妈在门口的叫喊声：**快跑，快跑，快点跑。**

她停下脚步。这时她感觉到了，感觉到他。那阴影，那个不在那里却在这里的男人。他是来找艾美的，蕾西知道，动物要告诉她的就是这件事。那个黑暗的男人要来把艾美带到田野上，带到小树丛里，那个蕾西盯着看了无数个钟头的小树丛，她曾躺在那里看着天色从漆黑泛白到黎明，听着发生在她身上的声音她嘴里发出的哭喊；但是她让自己的心远远飘离开身体，飘得越来越高，高过树丛，飘向天堂，到达上帝的所在。在田野上的女孩是别人，是她不记得的人，整个世界围裹着一圈温暖的光线，让她永远安全无虞。

她嘴里有苦苦的咸味，那不只是水槽里溅出来的水的味道。这时候她哭了，透过闪闪发亮的泪珠，她看着路，紧紧抱着艾美往前跑。她看见刚才她买花生的零食摊宛如灯塔出现在她面前，摊位后面，出口处的大门仿佛敞开的大嘴般矗立着。穿着浅黄运动衫的警卫拿着通话器大吼大叫，挥手要大家快点出去。蕾西深吸一口气，朝群众的方向跑动，同时把艾美抱在胸前。

离出口只有几米的距离了，突然有一只手抓住她的手臂。她猛然转身，看到抓住她的是一个警卫。他的另一只手指着蕾西给某人看，力量稍微放松了些。

蕾西，蕾西。

“女士，请跟我来……”

她一刻也不等，猛力一推，铆足仅余的力气往前冲，感觉到周围的人在东摇西晃。她听见背后有抱怨和喊叫的声音，是被她推得倒地的人们，还有喊着要她别动的警卫。可是她们冲出大门了，蕾西沿着人行道跑到了停车场，警铃的声音越来越近。她浑身大汗，气喘吁吁，知道自己随时会跌倒。她不知道自己要到哪里去，但那不重要。**躲开**，她想，**躲开。尽快跑，孩子。躲开军队，躲开。**

在她背后，动物园的某处，传来一声枪响。枪声划破空气，让蕾西顿时动也不能动。在随之而来的片刻静默中，一辆厢型车开过来，猛然打滑停在她们面前。艾美浑身乏力地贴在蕾西胸前。这是她们的车，蕾西知道，是修女开去小区厨房、开去到处逛的那辆蓝色大厢型车。开车的依旧是穿着运动服的克莱儿。就在艾涅特修女跳下前座的时候，另一辆黑色的房车也在厢型车后面停下来。周围的人潮川流不息，各种车辆忙着驶出停车场。

“蕾西，到底怎么回事……”

两个男的从第二辆车上下来，黑暗随着他们降临。蕾西的心猛地一揪，声音宛如卡住的瓶塞，在喉咙里说不出话。她不必看就知道他们是什么人。**来不及了**！**全盘皆输**！

“不！”她往后退，“不！”

艾涅特抓着她的手臂：“修女，克制一下自己吧！”

大家都在拉扯她，伸出一只只手想把小孩抱走。蕾西用尽全部力气把艾美紧紧抱在胸前。“别让他们过来！”她大喊，“帮我！”

“蕾西修女，这两位是FBI的探员，照他们说的话做，拜托！”

“别抓走她！”蕾西跌坐在地上，“别抓走她！别抓走她！”

最后还是艾涅特修女把艾美从她的臂弯里抱走。仿佛回到了田野那般，蕾西拳打脚踢，尖声喊叫。

“艾美！艾美！”

她痛哭失声，身上最后一丝力量已经离她而去。艾美离开时，她顿时感觉周围的空间变得虚空起来。她听见小女孩微弱的哭喊声：**蕾西，蕾西，蕾西**。接着是车门关上的声音，艾美被关进车里了。她听见引擎启动，车轮转动，车子高速驶离。她把脸埋在双手里。

“别抓走我，别抓走我，”她抽抽噎噎地说，“别抓走我，别抓走我。”

克莱儿来到她身边，伸手揽住她抖动的肩膀：“没事了，你很安全。”

可是不对，她并不安全。没有谁是安全的，蕾西、克莱儿、艾涅特，甚至那个带着宝宝的女人或那穿浅黄色衣服的警卫都不安全。蕾西此时此刻明白了。克莱儿怎么能告诉她一切都没事了？事实不是那样子的。这就是这些年来那个声音一直想告诉她的，从她还是小女孩躲在田野的夜里就开始对她说话的声音。

蕾西·安东尼特·库杜托，听哪，看哪。

透过心灵之眼，她看见了，终于看见了：蜂拥而来的军队；战场的火焰；坟墓、土坑以及数亿生灵的垂死哭喊；黑暗蔓延扩展，宛如巨大的黑色翅膀掩住整个地球；残暴悲痛的痛苦时刻；恐怖的最终奋战；死亡主宰一切，最后，空无一人的城市陷入百年的静默沉寂……这些事情已经开始发生了。蕾西哭了又哭。因为坐在田纳西州孟菲斯的路边，她也看见艾美了。她的艾美，她无法拯救的艾美，正如她无法拯救自己一样。艾美，无名无姓，漫步在黑暗无光、被遗忘的世界里，永远孤独，永远无声，只说着这句话：

我是谁？我是谁？我是谁？

7

在某个很冷的地方，这是卡特可以分辨出来的第一件事。他们先带他下飞机——卡特这辈子还没搭过飞机，他很想坐在靠窗的座位，但是他们把他塞在了机舱后部，和行李挤在一起，左手腕铐在一根管子上，还有两个士兵看守他——踏上阶梯走下跑道时，寒意迎面袭来，宛如一巴掌打在了他的肺部。卡特以前不是没有挨过冻，一月天睡在休斯敦高速公路的底下，他怎能不知道寒冷的滋味？可是这里的冷不一样，很干燥，他感觉到自己的嘴唇都干裂了。眼泪似乎也被堵住流不出来。天很晚了，但机场亮得像牢里的院子一样，不知道到底有多晚。站在阶梯顶端，卡特数出十几架肥肥大大的飞机，飞机尾部大大的门掀开，活像小孩的睡衣。堆高机在跑道上来来回回，卸下盖有迷彩布的行李柜。他很想知道，他们是不是打算把他变成某种士兵，如果这是他用自己的性命交换来的条件的话。

华格斯特，他还记得这个名字。他发现自己竟然信任这个人，实在很诡异。很久很久以来，卡特已经不信任其他人了，但是华格斯特身上有某些特质，让他觉得这个人了解他的处境。

卡特戴着手铐和脚镣，慢慢走下阶梯，小心保持着平衡。一个士兵走在他前面，另一个在后面。他俩都没和他说半句话，甚至就卡特所知，他俩彼此也没交谈。他在运动服外面套上连帽外套，但因为戴手铐的原因，拉链没被拉起来，风就很容易灌进来。他们带着他穿过停机坪，来到一座光线明亮的机棚。有辆厢型车等在那里，他们一走近，车门就开了。

第一个士兵用来复枪戳戳他：“进去。”

卡特照他的吩咐做了，接着他听见马达轻响，车门在背后关上。

车上的座椅很舒服，不像飞机上的那种硬板椅。唯一的光源来自车顶上的小灯泡。他听见车门砰砰响了两声，然后厢型车就上路了。

他在飞机上打了个盹儿，这会儿并没有累得想睡觉。因为没有窗户，也没办法知道时间，他无从得知距离与方向。他已经乖乖等待了一辈子，再多等几个小时也不碍事。他让心思放空一会儿。时间流逝，他感觉到车子速度变慢了。他与驾驶座之间隔了一道墙，从墙的另一边传来模糊不清的讲话声。卡特不知道他们在说什么。厢型车往前走，然后又停下来。

车门拉开，出现两个站在寒风中的士兵。两个白人小伙子，身穿野战服，外罩连帽外套。在他们背后，一片灯光明灿的绿洲在阴暗中浮现，是麦当劳。卡特听见车辆呼啸而过的声音，知道他们必定是在某处的高速公路旁。虽然天色仍然很暗，但是天空隐隐感觉像清晨。他的双腿和双臂坐得都发僵了。

“拿去，”其中一个士兵丢给他一个袋子，他这才注意到另一个士兵正张口咬最后一口三明治，“早餐。”

卡特打开袋子，里头有一个用纸包起来的汉堡包和薯饼，以及装在塑料杯里的果汁。因为冷的关系，他的喉咙干得发紧，真希望能多一点果汁，甚至只是白开水也好。他马上就喝光了，果汁甜得让他的牙齿痛。

“谢谢。”

那士兵掩着嘴巴打哈欠。卡特想不通他们怎么会对他这么好，他们一点都不像掐人鬼和其他人。他们随身佩带武器，但是表现得一副没什么的样子。

“我们还要开好几个钟头。”卡特吃完之后，那个士兵说，“你需要上个厕所吗？”

卡特下了飞机之后就没小便过，可是他口干舌燥，知道自己没有什么尿。他向来都这样，可以忍好几个钟头，又好几个钟头。可是他想到麦当劳，想到里面的人、食物的气味以及明亮的灯光，他很想去看一看。

“我想是。”

士兵爬上厢型车，厚重的靴子踩得金属地板咣当作响。他在狭小的空间里猫着腰，从腰带上的一个小袋子里拿出一把闪亮的钥匙，打开镣铐。安东尼很清楚地看见他的脸，他有一头红发，年纪顶多二十岁上下。

“不准搞花样，了解吗？”他对安东尼说，“我们其实不应该这么做的。”

“不会，长官。”

“喏，把拉链拉起来，外面冷得要死。”

他们一人一边带他穿过停车场，但没抓着他。他已经想不起自己上一次走到某个地方而没有其他人的手摆在身上的某个地方是什么时候了。停车场上的车子大多挂的是科罗拉多车牌。空气闻起来很干净，很像松香清洁剂，他感觉到环绕的群山朝他压近。地上有雪，在停车场周围堆得高高的，上面一层冰。他这辈子只看过一两次雪。

两个士兵敲敲洗手间的门，没人回应，才让卡特进去。一个跟进去，一个看着门。里面有两个小便池，卡特用一个，跟他进去的士兵用了另一个。

“双手摆在我看得见的地方。”那个士兵说，然后笑起来，“开玩笑的啦。”

卡特尿完后，到洗手台洗手。他记得休斯敦的麦当劳很脏，特别是洗手间。以前住在街上时，他会不时利用位于蒙特罗斯的那家麦当劳梳洗，直到后来被店经理逮到，把他赶跑。可这家麦当劳很漂亮、很干净，水槽边还摆着花香洗手皂和小盆栽。他慢慢洗着手，让温水淌过他的皮肤。

“现在麦当劳也摆盆栽啦？”他问那个士兵。

那士兵不解地看他一眼，然后大笑起来：“你离开多久啦？”

卡特不知道什么事这么好笑：“几乎大半辈子了。”

离开洗手间之后，第一个士兵正在排队，所以他们三个一起等。没人把手摆在他身上。卡特缓缓打量了室内一圈：几个男的独自坐着，一两个家庭，一个妇女带着一个玩掌上电脑的十几岁男孩。他们全都是白人。

他们到了柜台前面，那个士兵点了咖啡。

“你还需要什么吗？”他问卡特。

卡特想了想问：“他们有冰红茶吗？”

“你们有冰红茶吗？”士兵问柜台后面的女孩。

她耸耸肩，大声嚼着口香糖：“热红茶。”

士兵看看卡特，卡特摇摇头。

“咖啡就好。”

两个士兵叫鲍森和戴维斯。回到车上之后，他们做了自我介绍。一个从康涅狄格州来，另一个来自新墨西哥州，卡特虽搞不清哪个是从哪里来的，不过他觉得没什么不同，反正那两个地方他都没去过。戴维斯是那个红头发的。其余的车程，他们都让隔开驾驶座与后座的小窗户开着，也没再给他戴镣铐。他们在科罗拉多州，和他猜想的一样，只要经过路标，那两个士兵就叫他蒙住眼睛，然后哈哈笑得像听见什么可笑的笑话一样。

一段时间之后，他们驶离州际公路，开上一条乡间公路，紧紧贴着山蜿蜒而上。坐在乘客舱的第一排座位，卡特可以通过挡风玻璃看见窗外掠过的世界。雪在路边堆得高高的。卡特极目远眺，看不见任何城镇，只是偶尔有一辆车迎面驶来，错车而过时，先是一阵强光，接着就溅起融化的雪花。他从没看过这种地方，人这么少的地方。仪表板上的时钟显示，现在刚过清晨六点钟。

“这里好冷。”卡特说。

鲍森开车，戴维斯在看漫画书。

“你可说对了，”鲍森说，“比贝丝·波普的背抱起来还冷。”

“贝丝·波普是谁？”

鲍森耸耸肩，握着方向盘瞄他一眼：“我高中认识的小妞，她有叫什么脊椎侧弯的病。”

卡特不知道那是什么，但鲍森和戴维斯觉得这很好笑。要是华格斯特给他的差事是和这两个家伙一起工作，那他十分乐意。

“是《水行侠》吗？”卡特问戴维斯。

戴维斯从一摞漫画书里抽出几本给他，一本《复仇联盟》和一本

《X战警》。光线很暗，没办法读上面的字，但是卡特喜欢看图片，反正漫画本来就是看图说故事的。金刚狼是个讨人厌的家伙，卡特却向来喜欢他，也一向同情他。骨头里有金属怎么可能好受？而且他在乎的人不是快死了就是被杀了。

又过了大约一个钟头，鲍森停下车子。“抱歉，老兄，”他对卡特说，“我们得再把你铐起来了。”

“没问题，”卡特点点头说，“我已经很感激了。”

戴维斯从前座下车，绕到后面去。门一开，灌进一阵冷风。戴维斯重新扣上镣铐，把钥匙收进口袋。

“舒服吗？”

卡特点点头：“我们还要开多远？”

“不太远了。”他说。

他们继续开，卡特可以察觉到车子正在往上爬。他看不见天空，但猜想时间应该接近中午了。他们放慢速度驶过山脊时，强风朝车子袭来。

车子翻过山顶到另一边时，鲍森透过后视镜迎上他的目光：“你知道，你和其他人不太一样。”他说，“你到底干了什么？你不介意我这么问吧？”

“什么其他人？”

“你知道的啊，其他像你这样的家伙，罪犯啊。”他转头看戴维斯，“记得那个家伙吗，巴柏寇克？”他摇摇头，笑起来，“老天爷啊，那差事真是要命。”他又看着卡特，“他和你不一样，那个家伙。我看得出来，你不一样。”

“我没疯，”卡特说，“法官说我没疯。”

“可是你干掉了某个人，对吧？否则你现在就不会在这里了。”

卡特不知道对话是不是他非做不可的事，不知道是不是条件的一部分。“他们说我杀了一位女士，可我不是故意的。”

“她是什么人？老婆、女朋友之类的？”鲍森还是透过后视镜对他咧着嘴笑，眼里闪着意兴盎然的神色。

“不是，”卡特吞了下口水，“我替那位女士割草。”

鲍森哈哈大笑，又瞟了戴维斯一眼："听听看哪，他替那位女士割草。"他透过后视镜看着卡特，"你个子这么小，怎么有办法做啊？"

卡特不知道要说什么，他现在有很不好的感觉，仿佛他们之前对他好，只是为了要把他的脑袋给搞糊涂。

"别这样嘛，安东尼。我们给你买了汉堡包啊，对不对？带你去上厕所？你可以告诉我们的。"

"你行行好，"戴维斯对鲍森说，"闭嘴！我们就快到了，你到底想干吗啊？"

"我想干吗？"鲍森吸了一口气说，"我想知道这个家伙干了**什么事**，他们全都干了些事情。快点，安东尼，你的故事是什么样的？你干掉她之前先搞了她？是不是这样？"

卡特觉得自己的脸因羞愧而发热。"我绝对不会做那种事。"他挤出了这几个字。

戴维斯转头看卡特："别听这个浑蛋胡说八道，你什么事都不必说。"

"少来，这家伙很迟钝，你看不出来吗？"鲍森透过后视镜，一脸期待地看着卡特，"我敢说事情就是这样，对不对？我敢说你一定先搞了那个你帮她割草的漂亮白妞，对不对啊，安东尼？"

卡特感觉到空气刺痛了他的喉咙："我没……别……别再说了……"

"你知道他们要怎么对付你吗？"鲍森问，"你以为这只是免费搭便车啊？"

"该死！闭上你的嘴巴！"戴维斯说，"理察兹会揍我们一顿的。"

"是的，去他的！"鲍森说。

"那人……说我有份工作。"卡特勉强开口，"说是很重要的工作，说……我很特别。"

"特别，"鲍森对这两个字嗤之以鼻，"你很特别，好吧。"

他们默默开车，卡特瞪着车厢的地板，觉得头晕，恶心想吐。他真希望刚才没吃那个汉堡包。他开始哭，他不知道上回哭是什么时候。没人提过强暴那个女人的事，他记得没有。他们问过那个小女孩的事，但他总说没有，这是千真万确的，他发誓。那小家伙顶多五岁吧，他只是要给她看他在草地上找到的癞蛤蟆。他以为她会喜欢看这样的东西，小小的东西，像她那么小。他想做的就只有这样，表达善意。他还是个小男生的时候，没人这样对待过他。**过来吧，小可爱，我有个东西给你看，一个小东西，像你一样小。**

至少他还知道特勒尔是什么地方，知道他在那里会碰上什么事，没人提到强暴伍德太太的事。那天在院子里，她发了疯似的对他尖声怪叫、拳打脚踢，叫那个小女孩快跑。她跌下去不是他的错，他只是想让她平静下来，告诉她什么事都没发生。如果她希望他离开，他就离开不再回来。对这件事，对其余的事，他都觉得无所谓。可是华格斯特跑来告诉他说，他不必打毒针，让卡特的心又兜转到其他地方去了，结果看看他现在落到什么处境了。这一点道理都没有，这让他想吐，让他全身打哆嗦。

他抬起头，看见鲍森冲着他咧嘴笑，眼白变得好大。

噗！鲍森拍了方向盘一掌，哈哈大笑，仿佛刚说了他这辈子最好笑的笑话。然后唰的一声，把窗户关起来。

华格斯特和铎伊这时在南孟菲斯的某处，穿过住宅区迷宫似的小街道，正在驶离这座城市的郊区地带。整件事从一开头就不对劲。华格斯特搞不清楚动物园里到底发生了什么事，整个地方一团狂乱，接着是那个叫艾涅特的老修女，几乎一把抓住那个叫蕾西的修女，想把小女孩抢走。

那个小女孩，艾美，无名氏，年纪顶多六岁。

华格斯特已经准备要出面制止，但她突然放手，老修女接过小女孩后交给了铎伊。华格斯特还来不及说话，铎伊就把孩子抱到了车上。之后，他们唯一要做的就是尽快离开，免得本地警察来了问东问西。天晓得那里有多少个目击者，一切都发生得太快了。

他得把车丢掉，得打电话给席克斯。他得把他们弄出田纳西，他得一件一件依序马上搞定。艾美横躺在后座，脸扭向一边，怀里搂着她从背包里拿出来的绒毛兔子。老天爷啊，他到底干了什么好事？一个六岁的小女孩！

车子开进一个单调的小区，两旁都是公寓和成排的商店，华格斯特转进一家加油站，熄掉引擎。他转头看着铎伊，两人从离开动物园后就没说过半句话。

“你到底搞什么啊？”

“布莱德，听我说……”

“你疯了吗？看看她，她只是个孩子。”

“事情就这样发生了啊，”铎伊摇摇头，“每件事都很疯狂。好吧，或许我搞砸了，我承认，可是我能怎么办呢？”

华格斯特深吸一口气，想让自己平静下来：“等我一下。”

他下了车，按了席克斯保密电话的号码：“我们有问题了。”

“你们弄到她了？”

“是的，我们弄到她了，她是个孩子啊，搞什么啊？”

“探员，我知道你很生气……”

“你说对了，我是很生气，而且我们大概有五十个目击者，从那些修女开始算起，我很想把她丢到最近的一所警察局去。”

席克斯沉默了一会儿：“我需要你集中精神，探员。我们先把你们弄出那个州，再来搞清楚接下来怎么办。”

“接下来不会怎么办，我的工作没包括那一部分。”

“我听得出来你很沮丧，你是有沮丧的权利，你们现在在哪儿？”

华格斯特深吸一口气，控制住心中的怒火：“在加油站，南孟菲斯。”

“她还好吧？”

“四肢健全。”

“别做蠢事。”

“你这是在威胁我？”但就在说出这句话时，华格斯特心里顿时明白过来眼前是什么情况了。脱队的时机已过，在动物园的时候就已经过了，他们现在是逃犯了。

“我不必威胁你，”席克斯说，“等我的电话。”

华格斯特挂掉电话，走进加油站。看店的是个看起来干干净净的印度人，缠着头巾，坐在防弹玻璃后面，正在看电视。小女孩八成饿了。华格斯特挑了一些花生酱饼干和巧克力牛奶拿到柜台。他抬头注意到摄像机，就在这时，挂在腰间的手机开始嘀嘀响了起来。他迅速付了钱，走到店外。

“我可以派辆车从小石城过去，”席克斯说，“你给我地址，当地分处的探员会过去找你。”

小石城到这里起码要两个小时，太久了。两个穿西装的男人，一个小女孩，一辆黑色房车，再显眼不过了，而且那些修女还可能提供车牌号码呢，他们不可能逃得过桥上的扫描仪。如果那小女孩被通报为绑架受害者，琥珀警示系统就会启动。

华格斯特环顾四周。越过大街，他看见一家二手车行，一条条绳索上挂着五颜六色的小旗子迎风招展。大部分车都是破铜烂铁，都是喝油喝得凶，再也没人养得起的老式汽车。街道对面停了辆旧款的雪佛兰太浩，起码有十年了吧。挡风玻璃上贴了一行字——“贷款轻松”。

华格斯特把自己的打算告诉了席克斯。回到车上，他把牛奶给铎伊，把饼干给艾美，然后快步越过大街。走近那辆太浩时，一个戴超大眼镜、头发侧梳盖住秃顶的男子从活动屋里走出来。

“这辆不错，对吧？”

他让那个男的降价到六千，差不多就是他身上仅有的现金。席克斯也应该会想到现金的问题。因为这天是星期六，那辆太浩的文件要到星期一早上才会送达监理单位的计算机。那时，他们早就离开了。

铎伊跟在他的车后，开到约五百米外的一个公寓小区。铎伊把车停在后面，远离路边，抱着艾美坐在这辆太浩上。虽然算不上完美，但只要席克斯在今晚以前找人把这辆车的记录销毁，就不会有人追查到他们的下落。太浩车里有股浓烈的柠檬空气芳香剂的味道，除此之外，车里很干净也很舒服，仪表板上的里程看来还不赖，一万四千多公里。

“你有多少现金？”他问铎伊。

他俩把钱凑在一起，只有三百多一点。加满油箱起码要花两百美元，但可以让他们撑到阿肯色州西部，甚至还可以到俄克拉何马。有人会带着现金在那里等他们的，当然还有一辆新车子。

他们折回密西西比，转西朝河边开去。天气晴朗，天空仅仅点缀着几朵白云。后座的艾美像块石头一样，动也不动。她没碰那些吃的东西。她就只是个小东西，一个小宝宝。整件事情让华格斯特胃部翻搅，恶心想吐——这部车子就是移动的犯罪现场。但眼前最重要的是把他们弄出州界。再来呢，华格斯特也不知道。

接近那座旧桥的时候，已经快下午一点了。

“你想我们会没事吧？”铎伊问。

华格斯特眼睛盯着正前方：“等一下就知道了。”

大门敞开，警卫亭没有人。他们轻易过关，越过宽阔的泥泞河面时，河面因春季雨水汇流而涨起来不少。下方，长长的一排平底货船在泛着泡沫的河流中逆流北上。扫描仪会登录他们的汽车资料，但车子目前还登记在车商名下。要花上好多天把情况搞清楚之后，才能一一查对汽车录像，把他们和小女孩以及那辆车扯上关系。远远那一端，道路微微向下倾斜，车向西部冲积平原充满湿气的开阔田野开去。华格斯特仔细思考过路线：在接近小石城之前，不要开进任何大城镇。他把车速保持在每小时八十八公里，这是法定的车速上限。再次往北开去的同时，他心中不禁好奇，如果席克斯知道他做了什么会怎样。

载着卡特的厢型车停进营区时，理察兹趴在办公桌上睡着了。是对讲机的声音把他吵醒的，警卫室告诉他鲍森和戴维斯在外面。

他揉揉眼睛，让精神集中起来：“直接带他进来。”

他决定让席克斯继续睡。他站起来伸伸懒腰，叫来几个医护人员和一组安全护卫，穿上外套后，爬楼梯来到地面。卸货平台在建筑后侧，朝南，面对着一片树林及树林后面的河谷。这个营区原本是某种疗养中心，是企业主管与政府官员休养的地方。理察兹对这里的历史并不是很清楚。在特殊武器部接管之前，这个地方至少已关闭了十年。柯尔下令把这座农庄建筑拆得片瓦不留，清空较低的楼层，盖好电力厂，然后再重建外观，弄得和原貌几乎一模一样。

理察兹迎着寒风踏进幽暗之中。宽阔屋顶的延展遮住了水泥平台，雪飘不进来，营区的其他地方也看不见这里。他看看手表，七点十二分。他猜，这时安东尼·卡特的精神状态应该极为脆弱。其他对象都有时间调整心情，可是卡特在不到一天的时间里，直接从死牢被运到此地，他的心一定像烘干机那样搅动不安。接下来的两个钟头，最重要的就是让他保持镇静。

驶近的厢型车车灯照亮了整个空间，理察兹走下台阶，那一组安全护卫，两个携带武器的士兵跑过雪地迎面而来。理察兹要他们先站开，别拔出武器。他看过卡特的档案，不太相信他会使用暴力，这家伙基本上温驯得像只羊。

鲍森熄掉引擎，下了车。厢型车的侧门有个锁，他按下号码，理察兹看见车门缓缓打开。

卡特坐在第一排椅子上，他的头往前倾，但理察兹看得出来他眼睛是睁开的，铐着手铐的双手摆在膝上。理察兹看见他脚边有个揉成一团的麦当劳纸袋，至少他们还喂他吃了东西，驾驶座与后座之间的窗户关着。

"安东尼·卡特？"

没回应，理察兹再叫一遍他的名字，还是没有反应，连抽动一下都没有，卡特看起来完全陷入了恍惚状态。

理察兹离开车门，把鲍森拉到一旁。"好吧，告诉我，"他说，"怎么回事？"

鲍森假惺惺地做了个"为什么是我"的耸肩动作："考倒我了，这家伙也不知怎么搞的。"

"别糊弄我，小子。"理察兹把注意力转到红头发的戴维斯身上，他手里拿了一摞漫画。漫画，天哪！理察兹想过上千遍：这些都还只是**小孩子**。

"你呢，小兵？"他问戴维斯。

"长官。"

"别耍白痴，你有话要说吗？"

戴维斯的眼睛瞄向鲍森，然后又回到理察兹身上："没有，长官。"

他待会儿再来处理这两个小子吧，理察兹再次走向厢型车。卡特浑身的肌肉连动都没动，理察兹看见他在流鼻水，脸颊满是泪痕。

“安东尼，我叫理察兹，我是这里的安全主管。这两个小子不会再烦你了，你听见我说的话了吗？”

“我们什么都没做。”鲍森求饶，“只是开个玩笑而已。安东尼，你不能开玩笑吗？”

理察兹猛然转身面对他们：“你们脑袋里没有声音叫你们闭嘴吗？你该好好听听那个声音！”

“哎，拜托。”鲍森嘀咕说，“这家伙脑袋有问题呢，谁都看得出来。”

理察兹感觉自己的最后一丝耐性消失了，就像篮子里的最后一滴水溜走了。真是该死，他一句话都没说，就拔出插在后腰脊椎骨底部处的武器，长枪管的点四五手枪。这把枪常是拿来做做样子的，一把很吓人的大枪。枪虽然大，却携带方便，在卸货区破晓前的光线里，镀钛的表面闪着不怀好意的光芒，展现出完美的机械效能。理察兹一气呵成地用拇指打开保险，把枪转了一圈，一把抓住鲍森的皮带口，拉到跟前，枪口抵住鲍森下巴下方那柔软的“V”字形部位。

“你不知道吗，”理察兹很快地说，“为了让那个人露出微笑，我会马上杀了你？”

鲍森全身僵硬，他想把目光转到戴维斯身上，甚至那两个安全护卫身上，但他的脸却朝向了什么也看不见的另一边。“搞什么鬼？”他喉咙发紧的肌肉挤出这句话，并且很困难地吞下口水，喉结抵着枪口，不住地上下滑动，“我很好，我很好啊。”

“安东尼，”理察兹说，眼睛还是盯着鲍森，“听你吩咐，我的朋友。你告诉我，他很好吗？”

厢型车里一阵漫长的沉寂，然后有了很快的一句：“是的，他很好。”

“你确定？要是他不好，你就麻烦了。我要你现在就告诉我，你说了算。”

安东尼顿了一下：“他很好。”

“你听到了吗？”理察兹对鲍森说，他放开那士兵的皮带，把他的武器拿开，“那人说你很好。”

鲍森一副快要哭着喊妈的样子，站在卸货平台上的安全护卫爆出笑声。

“钥匙。”理察兹说。

鲍森从皮带上拿出钥匙，交给理察兹。他双手颤抖，呼出的气息有呕吐的味道。

“快滚吧，”理察兹说，瞥了一眼满手拿着漫画书的戴维斯，“你也是，小子。你们两个快滚吧。”

他们跌跌撞撞地跑过雪地，厢型车停进来才不到几分钟，太阳已经从山峦后面探出头来，晨光熹微。理察兹弯身探进厢型车里，解开卡特的镣铐。

“你还好吗？那两个小子有没有伤害你？”

卡特擦擦被泪打湿的脸：“他们没有恶意。”他在椅子上动动腿，弯弯僵硬的身体，然后眨着眼睛看看四周，“他们走了？”

理察兹说他们走了。

“这是哪里？”

“好问题。”理察兹点点头，“你总会知道的。饿了吗，安东尼？”

“他们给我吃东西。麦当劳。”卡特看着站在平台上的那两个安全护卫，理察兹没能从他脸上看见任何心绪，“他们是干吗的？”

“他们是来等你的，你是我们的贵客啊，安东尼。”

卡特眯起眼睛看理察兹：“要是我说杀了他，你当真会杀了那个家伙？”

卡特身上有点什么让他想起席克斯，那个站在办公室门口，问他们算不算朋友的席克斯。

“你想呢？你想我会动手吗？”

“我不知道该怎么想。”

“好吧，就只有你知我知。我不会，我只是在捉弄他。”

“我还以为你会动手。”卡特咧开嘴笑，“不过，想想还真可笑。你只是给他点颜色瞧瞧。”他摇摇头，笑了笑，又四下打量一番，“现在呢？”

“现在呢，”理察兹说，“我们要带你进去，里面比较暖和。”

8

夜幕低垂的时候，他们已经开过俄克拉何马市二十多公里外了，往西越过广袤的大草原，驶向一大片春季的雷雨地带。从地平线升腾而起的雷雨墙，宛如摄影里的繁花盛放。铎伊在前座睡着了，头抵着椅背和窗户之间的空隙，垫着一件卷起来的夹克，以避免路面颠簸。在这样的时刻，华格斯特会发现自己很嫉妒铎伊，嫉妒他随时可以沉沉入睡，像个十岁孩子那样，灯一熄，头一靠，随便在哪里都睡得着。华格斯特的疲累很深很沉，最聪明的做法就是把车停下来，换手，让自己歇一会儿。他一路从孟菲斯开到这里，只有感觉到手里握着方向盘，才能让自己保持清醒。

自从打电话给席克斯之后，他们唯一的接触是在小石城外的卡车休息站，有个外勤探员在那里等他们，带着一个装现金的信封——三千美元，全是二十美元和五十美元面额的钞票——以及一辆新的车子。但华格斯特已经打定主意，他喜欢这辆太浩车，想要继续开。他喜欢充满阳刚气的八汽缸大引擎，时髦的操控装置和弹性十足的悬吊系统。他已经很多年没开这样的车子了，把这部车压成废铁实在太可惜。外勤探员把房车钥匙交给他的时候，他想也不想就断然拒绝了。

“无线电上有人提到我们吗？”他问那名探员——新进的菜鸟，一张脸粉红得像片火腿。

那探员困惑地皱起眉头：“我什么都不知道。”

华格斯特略加思索：“很好。”最后他说，“你最好什么都不知道。”

那探员带他绕到房车的行李厢处，厢盖弹起后，看到里面有个黑色的尼龙旅行袋。他没提出这个要求，但还是预期到他们会准备。

“留着吧。”他说。

“你确定？我应该要交给你的。”

华格斯特转头看看那辆太浩，它停在停车场边缘，夹在两辆拖挂卡车中间。通过后窗，他可以看见铎伊，但看不见小女孩，因为她躺在后座上。他真的很希望能继续上路，无论怎么做算是对，留在这里不走绝对是错的。至于那个袋子，或许需要，也或许不需要。后来他决定，还是不要带吧。

“随便你怎么跟局里说吧。”他说，“我真正用得着的是着色本。”

“不好意思。”

华格斯特说不定会哈哈大笑，如果他有那个心情的话。他把手放在行李厢盖上，往下一压关上。“别放在心上。”他说。

袋子里有枪，当然也有弹药，说不定还有几件防弹背心。很可能有一件是给小女孩的。俄亥俄州有家公司生产儿童用的防弹衣，自从明尼阿波利斯发生骇人事件之后，华格斯特有一回在《今日》节目上看到过，他们甚至还生产防弹的婴儿连身衣。这是什么世界啊？他想。

现在，小石城已远在背后六个小时的车程之外了，他很庆幸自己拒绝了那个袋子。无论发生什么事，他都希望就此停止。出了小石城，他加速到了八十迈，心中隐隐知道自己在打什么主意——他渴望有某个州警，甚至是某个坐在大型广告牌后面的当地警察，能让整件事情就此画下句点。但是，铎伊叫他减速——**嘿，老大，你是不是该放松一下油门啊？**——他马上就又集中精神了。他已经在心中看见那个场景了：一闪一闪的闪光灯，尖锐鸣叫的警笛；把车停靠路边，双手放在方向盘上，抬起眼睛透过后视镜看着警察用无线电回报车牌号码。两个成年男子带个小孩，开一辆挂田纳西临时车牌的车子：花不了多少工夫就可以把整件事情拼凑起来，可以把他们和那些修女、和动物园扯上关系。每回想象这个场景，他都只能想到这里，想到警察一手拿着麦克风，一手握着枪柄这一幕之后，他就想象不出来了。席克斯会怎么做？他会承认他认识他们吗？不，他和铎伊会被喂进碎纸机，就像安东尼·卡特一样。

至于这个小女孩，他就不知道了。

他们沿着俄克拉何马市的市界向东北开，避开四十号州际公路的检查哨，走一条不知名的乡间马路横切过第三十五号州际公路，远远躲开任何一部摄像机。这部太浩没有GPS定位系统，可华格斯特的手机有。他一手握方向盘，另一手用麻木的手指按着小小的手机按键，让路线不断延伸，行经各式各样的县道、州道、碎石子路，甚至只是填得硬硬的泥土路。他们一路不断往北或往西。现在，在他们与科罗拉多州界之间，只剩下几个有着诸如守夜、跳弹、鹿角之类名字的小镇了，行走于半荒废的绿洲以及一望无际的大草原中，没什么可观之处，只有一所小超市、几座教堂、一架谷物升降梯以及其间连绵数里的开阔平野。飞越之地[①]，他唯一想得到的形容词是"永恒"。他猜这里看起来和过去一模一样，而未来，也还会是永远一模一样。任何人都可以在这里不费吹灰之力地销声匿迹，过上一辈子也不会有人注意到他的存在。

华格斯特想，这一趟结束之后，说不定他还会回来，说不定他需要一个这样的地方。

后座的艾美好安静，若不是发生在她身上的事情这么不对劲，大家很可能会完全忘记她的存在。六岁的小女孩。该死的席克斯，华格斯特想。该死的调查局，该死的铎伊，而参与其中的自己，更是该死。艾美横躺在宽阔的后座，头发披散在脸颊，看起来像在睡觉，华格斯特却觉得她没睡。她在装睡，像只猫似的观察他。无论人生经历了什么样的事情，她都学会了等待。每回华格斯特问她要不要上厕所或吃东西——她碰也没碰饼干和已经变热发酸的牛奶，她的眼皮会随着唤她名字的声音快速一掀，在镜子里迎上他的目光，仅仅一秒，但却像一根一米长的冰柱刺穿他，然后她又再度闭上眼睛。从离开动物园开始，将近八个钟头了，他再没听到她发出任何一点声音。

蕾西，那个修女叫蕾西。她曾紧抱着艾美，仿佛紧抱着死亡似的。华格斯特想到停车场上的喧闹场面，每个人都在惊叫呐喊，回忆在他胸膛间翻搅着，他感觉到一股真真实实的痛。**嘿，丽拉，你猜怎么着？我今天偷了一个小孩。现在我们各有一个，如何呢？**

---

① Flyover Country，指位于美国东西两岸之间的中西部地带。

铎伊在前座醒来，他坐直身子，揉揉眼睛，一副茫然无措的样子。华格斯特知道，他的脑袋正在回想他此刻人在何处。他很快地回头看了艾美一眼，然后又转回来看着正前方。

“看来前面天气不太好。”他说。

雷雨云层翻腾着，遮蔽住太阳，天气提前陷入黑暗之中。地平线那边，层层乌云之下，一片雨幕穿透金色的阳光，落在田野上。

铎伊往前倾，透过挡风玻璃观察着天色，他的声音很平静：“你觉得距离有多远？”

“我猜差不多两公里吧。”

“或许我们应该开到路边，”铎伊看看他的手表，“或暂时往南走。”

开了一公里之后，他们经过一条没有路标的泥土路，两旁围着倒刺篱笆。华格斯特停车，倒退。这条路微微上斜，消失在一排三角叶杨后面。越过山丘八成有条小河，至少有条山沟。华格斯特查看他的GPS，上头没这条路。

“我不知道。”华格斯特指给他看时，铎伊说，“或许我们该找条别的路。”

华格斯特转动方向盘，往南开去。他不认为这是条死路，如果是死路，前面岔口应该有指示牌才对。开了两百多米之后，路变窄了，只剩坑坑洼洼的一条小道。穿过那排树木之后，他们开过一座老旧的木桥，底下是华格斯特早有预感的小溪。傍晚的光线带着黄绿色，透过后视镜，他可以看见暴风雨正在从地平线升起。小路两旁的草叶在摇动，他知道风暴紧追在他们背后。

又开了五公里之后，雨开始落下。他们没经过任何一处房舍或农田，因而身处一片荒芜之中，无遮无掩。开始只是几滴雨，但没几秒，就变成了倾盆大雨，雨点密得让华格斯特什么都看不见。雨刷一点用都没有，一阵强风袭来，强迫他把车停在水沟旁边。

“现在怎么办，老大？”铎伊在狂风暴雨中问。

华格斯特看看艾美，她还躺在后座假装睡觉。头顶上雷电交加，她一点都不怕。“只能等，我想，我趁机休息几分钟。”

华格斯特闭上眼睛，倾听大雨打在车顶的声音。他让自己沉浸在雨声之中。这是和伊娃相处的那短短几个月里学会的本领，休息，但不让自己真的睡着，以便在她醒来的第一时间起身冲到摇篮边。零碎的记忆开始在他心中聚拢，从人生其他时期席卷而来的画面与感觉：丽拉在樱桃溪那幢房子的厨房里，那是他们买下它不久的一个早晨，正在把牛奶倒进一碗麦片里；他从库斯湾码头一跃而下，冰冷的水发出嘭的一声，上方有朋友们吵吵嚷嚷的笑声与催促声；他还很小很小时候的感觉，大概还是个小婴儿吧，周遭世界的吵嚷和光线，都让他知道自己很安全。他踏进睡眠的前厅，梦与回忆交融混杂，各自陈述着古怪的故事……然而，部分的他却还坐在车里，聆听雨声。

“我要去……”

他的眼睛猛然睁开，雨停了。他睡了多久？车里很暗，太阳下山了。铎伊扭过腰，转头面对后座。

“你说什么？”铎伊问。

“我要去……”那小女孩说，经过几个钟头的沉默之后，她的声音听来很惊人，清晰而有力，“去厕所。”

铎伊紧张地看着华格斯特。“要我带她去吗？”他说，虽然华格斯特知道他不想去。

“不要你。”艾美说。她坐了起来，抱着兔兔。那只毛茸茸的小东西被抱得脏兮兮的。她从镜子里望着华格斯特，举起手，往前一指说：“他。”

华格斯特解开安全带走下车。空气凉爽无风，在东南方，他看见暴风雨已经消散，留下干燥无雨的天空蓝得像墨水一样，很深很深的蓝黑色。他按下遥控钥匙，打开车门，艾美爬了出来。她拉上前襟的拉链，把外套的帽子拉起来戴在头上。

“还好吗？”他问。

“我不要在这里。”

华格斯特没说什么别跑远之类的话，因为没有必要。她能跑到哪里去呢？他带她离开小路，往下走了大约十六七米，离开车子的灯光。她站在水沟旁脱下牛仔裤的时候，华格斯特转开视线。

“帮我。”

华格斯特转头。她面对着他，牛仔裤和内裤被脱到脚踝上。他觉得自己的脸在困窘得发烫。

“你要我帮什么忙？”

她伸出双手，在他手中，她的手指显得纤小，掌心带着孩子潮湿的热气。她整个人往后靠的时候，他得把她抓牢，才能让她蹲下来，身体往外伸，悬空跨在沟上，宛如吊在起重机上摇晃的钢琴。她在哪里学会这个动作的？她还曾经对谁这样伸出过双手？

方便完之后，华格斯特转过身，好让她可以拉上裤子。

“你不必害怕，宝贝。”

艾美什么都没说，也没打算挪动脚步回到车上。在他们四周，田野空荡荡的，空气完全静止，仿佛突然屏住了呼吸。华格斯特可以感觉到田野的空荡，从他们身上向四面八方延展到方圆数千里空间。他听见太浩的车门打开，接着砰的一声关上，铎伊肯定也在下来小解。远远的南方，他听见雷声翻腾的遥远回响，还有雷雨过后的乡间传来的新声音——某种当当响的声音，像是钟声。

“如果你愿意的话，我们可以当朋友。”他试探说，“可以吗？”

她是个奇怪的女孩，他又想，她为什么没哭？离开动物园之后她就没哭，也没吵着要找妈妈，没说她想回家，甚至没说要回修女院。她的家在哪里？孟菲斯，可他感觉不是，没有地方是。无论在小女孩身上发生了什么，都已经把家这个东西从她身上夺走了。

“我并不害怕，我们可以回车上，如果你想要上车的话。”

有那么一会儿，她就只是看着他，用那种鉴定似的眼光看着他。他的耳朵已经调整得适应沉默了，但这时他确信自己听见的是音乐，因距离而变得模糊扭曲的音乐，他们走的那条路上，有人在放音乐。

“我是布莱德。”这个名字在他的嘴里显得乏味而沉重。

她点点头。

“另一个？他叫菲尔。”

“我知道你们是谁，我听见你们说话。”她挪动重心，“你们以为我没在听，可是我在听。”

古灵精怪的小孩，的确很聪明。他可以从她的嗓音里感觉出来，从她打量他的眼睛里看得出来，她用沉默在评估他，引他出来。他感觉自己仿佛在和一个老得多的人讲话，虽然也不见得，他说不上来到底是哪里奇怪。

“是科罗拉多吗？我们要去的地方，我听你提到过。”

华格斯特不确定该透露多少：“这个嘛，那里有位医生，他想看看你，就像身体检查。”

“我没生病。”

“所以才要看啊，我想……嗯，其实我也不知道。”这个谎言让他的心揪了一下，“你不必害怕。”

“别再说这句话。”

她的直截了当让他一惊，有一会儿说不出话来：“好吧，那就好，很高兴你不害怕。”

“我不害怕，”艾美说，回头向车灯走去，“害怕的人是你。”

开了几英里之后，他们看见前方有一个灯光闪亮的区域，等车开近后才发现，灯光来自一个个循轨道运行的光点，仿佛一组星座紧绕着地平线旋转。就在华格斯特想搞清楚眼前所见的是什么时，小路也在一个交叉路口走到了尽头，他打开车顶灯查看 GPS。一长排小汽车与载货卡车穿过公路，数量比过去几个钟头看到的总数还多，全朝着同一个方向前进。他打开车窗，迎进夜晚的气息，音乐声变得清晰可辨。

“那是什么？”铎伊问。

华格斯特没回答，他转向西方，加入那一长排车阵之中。前面那辆卡车的载货平台上，有一群青少年，大约六七个吧，坐在一捆捆稻草上。车子经过一个告示牌，上面写着：荷马，俄克拉何马州，人口一千二百三十二。

“别挨得太近，”铎伊说，指的是那辆卡车，“我不喜欢这个样子。”

华格斯特没理他，有个女孩透过挡风玻璃盯着华格斯特的脸，对他挥挥手，头发被风吹得盖住了脸。此时，嘉年华会的灯光变得更清楚了，而文明的迹象也是：公路旁边有高脚支柱架着水槽；一家打烊的农具用品店；还有一幢低矮的现代建筑，八成是退休小区或健康中心。那辆卡车停在一家杂货店前，停车场上满是车辆与人群，车都还没停稳，那几个青少年就站起来跳下车，忙着去找朋友了。车开进一个小镇之后，路上的车速变慢了。艾美在后座坐起来，看着窗外繁忙的景象。

铎伊转头说："躺下来，艾美。"

"没关系，随她啦。"华格斯特提高音量，好让艾美听见，"别理菲尔。你爱看什么就看，宝贝。"

宝贝，这是什么跟什么啊？街道上人流不断，全都朝同一个方向走，每个人都带着毯子，提着保温箱和休闲躺椅。许多人手里牵着小孩或推着婴儿车：农田的人，牧场的人，穿着牛仔裤和连身工作服的人，全都脚穿靴子，有几个还戴着阔边高顶帽。华格斯特不时看见地面上有一摊摊的积水，但是天空看起来晴朗干爽。雨早已过去了，嘉年华会要开场了。

华格斯特随车阵开进一所高中，一个像剧院门口的牌子上写着："布兰屈县联合高中：活力四射，迎春祭！三月二十至二十二日。"一个身穿橘色反光背心的男子挥手要他们开进停车场，之后又有一个男子指引他们停在泥泞空地上的临时停车场。华格斯特熄掉引擎，从后视镜看着艾美。她的注意力全在窗外，望着嘉年华会的灯光，听着热闹的声响。

铎伊清清嗓子："你在开玩笑，是吧？"

华格斯特扭身望着后座："艾美，菲尔和我要下车谈一下，可以吗？"

小女孩点点头，突然之间，他俩有了某种默契，是铎伊不能了解的默契。

"我们马上就回来。"

车外，铎伊和他一起站在车子后方。"我们不能这样做。"他说。

"有什么关系？"

铎伊压低声音："我们现在还没碰上本地警察，算我们运气好。想想吧，两个穿西装的男人和一个小女孩——你以为我们看起来不显眼啊？”

“我们分开走，我带艾美。我们可以在车里换件衣服。给你自己弄瓶啤酒，找点乐子。”

“你没想清楚，老大，她是犯人啊。”

“不，她不是。”

铎伊叹口气：“你知道我指的是什么。”

“是吗？她只是个孩子啊，菲尔，是个小女孩！”

他们站得非常近，华格斯特闻得到铎伊在车上窝了好几个钟头之后的疲惫气味。一群青少年走过，他们沉默了一会儿，停车场快停满了。

“听着，我也不是铁石心肠。”铎伊平静地说，“你以为我不知道这件事有多该死吗？可是我也只能强忍着，不对着窗外大吐特吐。”

“你看起来挺放松的。从离开小石城之后，你一路睡得像个小宝宝。”

铎伊自卫似的皱起眉头：“好啊，那把我毙了啊。我很累，可是我们不会带她去游乐场玩，游乐场不是计划的一部分。”

“一个钟头，”华格斯特说，“你不能把她关在车里一整天，连歇一下都不让。让她稍微玩一玩，放松一下。席克斯不必知道这件事，然后我们就继续上路，她八成会一路睡到底的。”

“要是她跑了呢？”

“她不会的。”

“我不知道你怎么敢肯定。”

“你可以跟着我们，要是出事了，我们两个人可以联手。”

铎伊怀疑地皱起眉头：“听着，负责的人是你。这是你的任务，可我还是不喜欢这个点子。”

“六十分钟，”华格斯特说，“然后我们就离开。”

在太浩的前座，他们扭动身体换上运动衫和牛仔裤。艾美等着他们。然后华格斯特告诉艾美，他们打算怎么做。

“你要跟紧我，”他说，“别和任何人讲话，你答应吗？”

“为什么我不能和任何人讲话？”

“这是规则，如果你不答应，我们就不去了。”

女孩想了想，然后点点头：“我答应。”

他们走向嘉年华会入口时，铎伊落在后面。空气里飘着油炸食物的味道，甜甜的。通过广播系统，有个单调得像俄克拉何马平原的男声喊着宾果的号码：B……七，G……三十，Q……十六。

“听我说，”华格斯特确信铎伊听不见时，对艾美说，“我知道这听起来很奇怪，可是我希望你假装一下，你可以帮我这个忙吗？”

他们停在步道上。华格斯特看见小女孩的头发乱糟糟的，他蹲下来，用手指尽可能把她的头发弄整齐，拨开垂在她脸上的发丝。她的上衣印着“SASSY”，字母还镶了一圈亮片什么的。他帮她拉起拉链，以抵御夜晚的凉意。

“假装我是你爸爸，不是你真正的爸爸，就只是假装。要是有人问起，就说我是爸爸，好吗？”

“可是我不该和任何人讲话，是你自己说的。”

“没错，可如果我们非说不可的时候，你就这么说。”华格斯特越过她的肩头，望见铎伊站在后面，手插在口袋里。他在Polo衫外面罩上了防风夹克，拉链拉到盖住下巴。华格斯特知道他还带着武器，枪在腋下的枪套里。华格斯特自己的武器则留在车上的手套箱里。

“好，那就来试试看。和你在一起的这位是谁啊，小女孩？”

“我爸？”女孩试探地说。

“听起来真的很假。”

“我……爸爸。”

很逼真，华格斯特想。这孩子应该去演戏。“好女孩！”

“我们可以去玩那个转圈圈吗？”

“转圈圈，哪个转圈圈啊，亲爱的？”宝贝，亲爱的，他似乎无法克制自己，这些话自动从他嘴巴里跳出来。

“那一个。”

华格斯特看艾美所指的方向。在票亭上方，他看见一个庞大的机械装置，每条手臂底端都有转动的圆盘，章鱼形状，让乘客坐在色彩鲜艳的车厢里往外旋转。

“当然可以啦。”他说，察觉到自己露出了微笑，“你想坐什么都可以。”

他在入口处付了费，然后到第二个票亭排队买搭乘券。他想她可能要吃东西，但决定还是待会儿；他怕她吃了东西坐旋转章鱼会吐。他发现自己很喜欢这样思考，想象她会有的经验，想象会让她快乐的东西。就连他都感觉得到嘉年华的欢乐气氛。一堆破破烂烂的游乐器材，大部分还可能危险得不得了，可是有什么关系呢？他刚才干吗要说只待一个钟头呢？

“准备好啦？”

排队坐旋转章鱼的队伍很长，但移动得很快。轮到他们上去的时候，操作员举起一只手挡住他们。

“她几岁？”

那人抽着烟，怀疑地眯起眼睛，赤裸的前臂上刺了一条紫色的蛇。华格斯特还来不及开口，艾美就往前一步：“我八岁。”

这时华格斯特才看见那个竖在折叠椅上的告示：七岁以下不准搭乘。

“她看起来不像八岁。”那人说。

“呃，她是八岁。”华格斯特说，“她和我一起的。”

操作员上下打量了艾美一圈，耸耸肩。“你说了算。”他说。

他们登上摇摇晃晃的车厢，刺青操作员把安全杆压到他们肚子上。车厢往前一动，开始爬升，然后突然又一停，让后面的人可以上车。

“怕不怕？”

艾美紧贴着他，上衣拉起来遮住脸抵挡寒风，双手抓紧安全杆，眼睛睁得好大好大。她断然摇头：“不怕。”

又走走停停了四次，到了顶点，整个嘉年华场地一览无遗：高中、停车场、更远处的小镇荷马，一条条亮灯的街道交织成棋格状。车子川流不息地从乡村道路上拥进来。从这么高的地方往下望，车辆仿佛射击场上移动缓慢的枪靶。华格斯特正低头张望寻找铎伊时，突然感到车厢又往前一冲。

“抓紧！”

他们一面旋转一面下降，急速俯冲，身体紧紧抵住安全杆。空中充满愉快的尖叫声。随着往下冲的重力，华格斯特闭上眼睛。他已经有好多年没玩嘉年华的游戏了，那猛烈的威力实在惊人。他感觉到艾美压在他身上的重量，因为车厢旋转坠落的离心力而往他身上压。等再睁开眼睛，他们已经快接近地面了，滑落到离铺水泥的地面只有几米了，嘉年华会的灯光在周围闪耀着，宛如一场流星雨；接着他们又再次跃飞上升。转了六圈，七圈，八圈，每一圈都宛如波涛般起浮涨落。时间仿佛永恒无尽，却突然在一瞬间停止了。

车厢开始走走停停放乘客下来，华格斯特低头看艾美的脸，还是那双看不出情绪、在打量评估的眼神。但再仔细一看，她眼睛的瞳孔深处，却有一抹快乐的温暖光芒。他心中浮现了一种新的感觉：从来没有人送给她这样的礼物。

“再来一次吗？”他问，咧着嘴对她笑。

“这真酷。”艾美马上仰起脸，“我要再玩一次。”

操作员拉开他们身上的横杆，他们又回到队伍的尾端。排在他们前面的是个身穿花布家常洋装的高大妇人和她的丈夫，一个身穿牛仔裤与紧身西部衬衫、饱经风霜的男人，嘴里叼着一截粗粗的烟卷。

“你好可爱呀。”那妇人嚷着，友善地看着华格斯特，“她几岁？”

“我八岁。”艾美说，手悄悄滑进华格斯特手里，“他是我爸爸。”

妇人笑起来，眉毛扬了起来，仿佛降落伞被风灌得膨胀了起来。她脸上的腮红没涂匀。“他当然是你爸爸啦，宝贝。谁都看得出来，你们的鼻子长得这么像。”她碰碰丈夫的手肘，“她好可爱，是不是，厄尔？”

那人点点头：“当然啦。”

“你叫什么名字，宝贝？”那妇人问。

“艾美。”

妇人再次抬起目光看华格斯特：“我有个侄女也差不多这个年纪，可是话说得还没她一半好呢，你一定觉得很自豪。”

华格斯特惊喜得不知道该如何回答，他觉得自己仿佛还坐在章鱼车上，心和身体都迎上了某种强大的重力。他想起铎伊，不知道他是不是躲在人群中看着这一幕。可是他这时知道自己并不在乎，铎伊爱看就看吧。

“我们要开车去科罗拉多。”艾美又说，密谋似的捏捏华格斯特的手，“去看我奶奶。”

“真的啊？噢，你奶奶命真好，有你这么可爱的女孩去看她。”

“她病了，我们要带她去看医生。”

妇人的脸浮现同情的神色。“真是遗憾哪，”她很真诚地对华格斯特说，“希望一切都没事，我们会替你祷告。”

“谢谢你。”他勉强挤出这句话。

他们又坐了三次旋转章鱼，在嘉年华会里到处找晚餐吃的时候，华格斯特看不见铎伊的影踪。他若非跟踪技巧高超，就是决定不理他们了。这里有很多漂亮的女孩，或许，华格斯特想，他心有旁骛了。

华格斯特帮艾美买了热狗，两人一起坐在野餐桌旁。他看着她吃，三四口就吃光了。他又给她买了一份，吃完后，她又吃了一个撒满糖粉的油炸甜饼和一盒牛奶。不算营养超级丰富的一餐，但至少她喝了牛奶。

“接下来呢？”他问她。

艾美脸颊沾上了糖粉和油渍，她伸手想用手背去擦，但华格斯特制止住她：“用纸巾。”他递给她一张纸巾。

“旋转木马。”她说。

“真的吗？坐过章鱼车之后，旋转木马好像太不刺激了吧？”

“这里有吗？”

“一定有，我确定。”

旋转木马，华格斯特想。理所当然，章鱼车反映了一部分的她，那个长大成熟的部分，那个可以观察、可以等待、可以对着排队的妇人自在要可爱扯谎的部分。而旋转木马反映的是艾美的另一部分，这个才是她本色的小女孩。在夜晚灯光喧哗的魔咒下，排队搭了四次旋转章鱼还有点反胃的那个他，很想问她问题：她到底是谁，她妈妈和爸爸（如果有的话）的下落，她从哪里来，还有那个修女蕾西以及动物园里发生的事，停车场的一团狂乱……你是什么人，艾美？为什么你会到这里来？为什么你会到我身边来？你为什么知道我害怕，知道我一直都很害怕？走路的时候，她再次拉着他的手。她的手掌抵着他的掌心，那感觉简直像触电，他俩手牵手走路的时候，似乎有一道源源不断的暖流传到他全身。她看着旋转木马亮晶晶的台子上那一匹匹彩漆的马时，他真真实实感觉到她的喜悦从她身上传导到他身上。

丽拉，他想，丽拉，这就是我想要的。你知道吗？这就是我唯一想要的。

他把票交给操作员，艾美挑了位于外圈的一匹白色马，马咧着嘴，露出一口亮闪闪的陶瓷牙齿，正举步跳跃。几乎没有其他人坐木马；已经九点多了，年纪小的孩子都回家了。

“站在我旁边。”艾美要求他。

他照做。一手抓着柱子，一手拉着马鞍，仿佛牵着她的马走。她腿太短，够不到马镫，垂在那里晃啊晃的，他叫她抓紧了。

就在这时，他看见了铎伊站在不到三十米远的地方，就在越过啤酒帐篷外面那一排标示界线的稻草堆的不远处，兴致勃勃地和一个红发女子在说话。他在讲故事，华格斯特看得出来，他用手里的杯子做手势强调重点，或添些画龙点睛的效果，扮演那个来自印第安纳波里斯的英俊光纤业务员——就像刚才艾美排队时应付那个妇人一样，编出科罗拉多的奶奶生病的故事。就是这么回事，华格斯特想，只要你开始编故事说你是什么人，很快，谎言就会变成你的一切，你就会变成那个人。在他的脚下，旋转木马的木板平台随着齿轮咬合轻轻颤动；头顶上的扩音器传出音乐，木马开始移动。那女子有了明显的调情动作，头一仰笑了起来，同时伸出手，很快摸了铎伊的肩膀一下。旋转木马的平台开始转动，他们俩从华格斯特的视线里消失。

华格斯特这时想到了什么，有几句话在他心里清清楚楚地浮现出来，仿佛白纸黑字：

走吧，带艾美走吧。

铎伊搞不清楚时间了，他心有旁骛，动手吧。

救她。

他们转了一圈又一圈，艾美的马像活塞似的一上一下移动。短短几分钟，华格斯特觉得他的想法已经形成了具体的计划。等坐完木马，他会带她溜进暗处，溜进人群之中，远离啤酒帐篷，走出大门；

等铎伊明白发生了什么事时，他们早就走了，只剩下空无一物的停车场。他们会在这方圆一千英里广袤无边的空间里消失无踪。他很厉害，对自己要做的事很拿手。他明白，他之所以留着太浩，就是为了这个原因；即便在当时，站在小石城的停车场里，这想法的雏形也已经在他心里形成了，仿佛等待发芽的种子。他不知道该如何找到小女孩的妈妈，但这可以稍后再想。他从来没有过这样的感觉，如此清晰透彻。他的一生似乎就只为这一刻，这个单一的目的。其余的，调查局、席克斯、卡特，其他人，甚至铎伊，都是谎言，是遮掩住他真实自我的面纱。他真实的自我，躲在面纱背后的真实自我等着要重见天日，这一刻来临了；他唯一要做的就是跟着直觉走。

旋转木马开始慢下来，他甚至没抬眼望向铎伊的方向，他不希望招来恶灵，吓跑这崭新的感觉。等完全停下来之后，他抱艾美下马，然后蹲下来凝视着她。

“艾美，我要你帮我一个忙，我要你注意听我说的话。”

小女孩点点头。

“我们现在要离开，就我们两个。跟紧我，一句话都别说。我们要走快一点，可是不要跑。听我的，一切都会没事的。”他看着她的脸，想知道她到底明不明白，“了解吗？”

“我不可以跑。”

“没错，我们走吧。”

他们走下平台，躲进远离啤酒帐篷的那一端。华格斯特动作迅速地抱她越过旋转木马四周的栅栏，然后抓着一根金属柱让自己先翻过去。似乎没有人注意到——说不定有人注意到，但他没迎向他们的目光。他拉着艾美的手，脚步轻快地走向嘉年华会场地的后方，以避开灯光。他的计划是绕道到主大门，或另找其他的出口。如果动作够快的话，铎伊绝对不会及时注意到他们不见了。

他们来到一处围着铁链的高大围篱，围篱外是一排阴暗的树木，再过去是公路的灯光，南面则是高中的运动场。这里没办法出去，唯一的通道是绕过场地边缘，沿着围篱走回主入口。他们穿过没修整过的杂草地，暴风雨留下的水渍弄湿了他们的鞋子与长裤。他们又回到刚才吃东西的熟食摊与野餐桌附近。华格斯特从这里可以望见，出口就在三十米外。他的心脏狂跳，他停下脚步迅速环顾四周，没看见铎伊的影子。

“直接走到出口。”他告诉艾美，“别抬头看。”

“嘿，老大！”

华格斯特僵住了，铎伊小步跑着追上他们，指着手表说：“我以为我们说好一个钟头的。”

华格斯特看着他那张温和的中西部脸孔。“我还以为和你走散了。”他说，“我们正要去找你呢。”

铎伊转头飞快地瞥了啤酒帐篷一眼。“噢，你知道的，”他说，“我和人聊天去了。”他的微笑里带着一丝罪恶感，“这里的人都很不赖，很能聊。”他指着华格斯特溅了水的长裤，“怎么回事？你都湿了。”

有那么一瞬，华格斯特什么都没说。“水坑。”他竭力不转开视线，牢牢看着铎伊，“雨啊。”说不定还有一线机会，如果在走回车上的途中，他能想办法分散铎伊注意力的话。可是铎伊比较年轻，也比较强壮，而且华格斯特的枪留在车上。

“雨啊。”铎伊重复一遍，他点点头。华格斯特在这个比他年轻的家伙脸上看出来了：他知道。他一直都知道。啤酒帐篷只是一个测试，一个陷阱。他和艾美从没离开铎伊的视线，一秒钟都没有。“原来如此。我们还有工作要做，对不对啊，老大？”

“菲尔……”

“别说，”他的声音很平静，不带胁迫，单纯只是就事论事，“一个字都别说。我们是搭档，布莱德，我们该走了。”

华格斯特所有的希望在心里崩溃了，艾美的手还握在他手里，他连看她一眼都受不了。**对不起，**他想，通过他的手传递这个信息，**对不起**。铎伊跟在他们背后五步之处，三人一起穿过出口，走向停车场。

没人注意到那个刚下班的州警，这名州警两个钟头前打卡下班，到高中来和妻子碰面，看孩子玩碰碰车，但就在下班之前，他看见传真发送的通告：有个小女孩在孟菲斯动物园被两个白人男子绑架。他的目光紧紧追随着他们。

9

我叫……范宁。

一整天，这句话都在他嘴边。

从早上八点起床，漱洗，穿衣，吃早餐，葛瑞坐在自己房间的床上，频道转来转去，他抽着百乐门，等待黑夜降临。一整天，他都听见这句话：

范宁，我以前叫范宁。

这句话对葛瑞没有任何意义，就他的记忆所及，他没听过这个名字，也从没见过任何名叫范宁的人，或任何名字近似范宁的人。然而，就在他睡觉的时候，这个名字占据了他的脑袋，仿佛听着某首一再播放的歌曲入睡一样，这歌词在他脑袋里轧出了一条车辙，此刻，他的部分心思还陷在那条车辙里出不来。范宁？搞什么鬼啊？这让他想起监狱里的那个魏尔德心理医师，以及他用笔在桌上敲出缓慢的嗒嗒嗒的声音，这声音潜进葛瑞心里，带着葛瑞踏进比睡眠更深沉的状态，那个他称之为宽恕的房间。现在，葛瑞不管拿起遥控器，还是搔着头，甚至点起烟，都会听到那个句子，一个字一个字的节奏成为他每个动作的节拍。

我（点）——**叫**（火）——**范**（吸气）——**宁**（吐气）。

他坐着抽烟，等待，再抽一根。到底是怎么搞的？他感觉怪怪的，不太妙的改变。焦虑难安，自我失调。他向来都可以坐着一动也不动，什么都不做，就这样让时间过去——他在毕维尔学会了这个本领，让一整天的时间就这样无事可想、无迹可寻地悄悄溜走。但今天却不行。今天，他像掉进油锅里的虫子那样跳个不停。他尝试看电视，但那声音和画面却似乎连不到一起。屋外，在架着铁栅的窗户之外，下午的天空看来像一块旧塑料，呈现出饱经风霜的灰色，灰得像葛瑞一样[①]。很适合睡上几个钟头的日子，但他却坐在这里，坐在没整理的床沿上，等着下午过完，内心像有个纸口琴在不停地吹。

他也觉得自己像彻夜没合眼似的，虽然他一直睡到五点钟闹钟响了都没起床，甚至还误了早上值班的时间。还好那是额外的加班，所以他可以编个借口，说他搞混了或就只是忘了。不过无论如何，他还得被训一顿。晚上十点又要值班。他真的需要睡一下，闭上眼睛储存一些时间，来熬过八个钟头看着零号盯着他的时间。

下午六点，他穿上连帽外套，穿过营区到食堂去。太阳还要一个小时才下山，但云层很低，吸收了最后的一丝光线。食堂是一幢圆柱形的建筑，看起来像仓促之间草草盖好的。穿过宿舍和食堂中间的开阔空地时，一阵潮湿的冷风朝他袭来。他完全看不见山脉，在像这样的日子里，葛瑞会觉得营区仿佛是一座岛——整个世界停止转动，倾覆坠入虚无的、远在漫漫长路尽头的黑色汪洋。车辆来来去去，载货卡车、小厢型车和军方载运补给品的五吨卡车，这些车驶返的地方无论在哪里，对葛瑞来说都与在月球上无异。就连记忆中的世界也开始褪色消失，他已经有六个月没有踏出围墙了。

这个时间的食堂应该很忙碌才对，通常有五十个甚至更多的人挤在一起，弥漫着噪声与热气。但当葛瑞踏进门口、拉开外套拉链、跺脚抖掉鞋底的雪并四下张望时，却发现屋里只有很少的人散坐在几张桌子上，有独自一人的，有两三成群的，总共大约只有十来个。从每人身上的衣服可以分辨出大致的分工——医护人员穿着手术袍和橡胶鞋；军人穿着冬季迷彩服在埋头苦吃，舀起食物拼命往嘴里塞，活像是农田苦力；清洁工穿的则是像 UPS 快递公司的褐色连身工作服。餐区后面还有一间休息室，里面有乒乓球桌和桌上曲棍球台，可是没人在玩，也没人在看那台大屏幕电视。屋子里静悄悄的，只有偶尔几句低语以及玻璃与餐具相碰的咣当声。曾经有段时间，休息室里有几张

① 葛瑞（Grey）与灰色（gray）同音。

桌子摆着崭新的 vMacs 计算机，可以用来收发电子邮件什么的。但夏季里某天吃早餐的时候，一个技术人员用手推车把它们全推走了。有些士兵抱怨过，但没用，那些计算机再也没有出现过，只剩下一大堆垂在墙上的电线证明它们曾经的存在。把计算机收走代表了某种惩罚，葛瑞想，可他不知道是为什么，反正他本来就不为计算机的事烦心。

尽管身体有种紧张的感觉，但食物温热的气味仍然让他觉得饿——得普乐让他的食欲好得不得了，所以他很纳闷自己为什么没发胖——排队把盘子装满的时候，他的心思不停在即将入口的餐点上打转：一碗意大利蔬菜浓汤，撒了面包丁与奶酪的色拉，马铃薯泥和腌甜菜，一片火腿上摆了一块圈状的菠萝，宛如戴上了水果头冠。他在上面又叠上一块柠檬派，倒了一大杯冰水，端到角落的一张空桌子。大部分清洁工都像他这样独来独往，他们获准可以谈的事情并不多。有时候整个星期，除了和看守第三层管制室进出的哨兵哼哈几声之外，葛瑞没和其他人说过半句话。有一段时间，其实也才几个月之前，技术人员和医护人员会问他问题，关于零号、兔子和牙齿的问题。他们认真听他的回答，点头，有时也在手机上记一些东西。但现在，他们就只是闷不吭声地拿起报告，仿佛零号的问题全搞定了，已经没有什么新的信息需要知道了。

葛瑞依序吃掉盘子上的食物，一道接一道。范宁的事情还在他心里盘旋，仿佛某个新消息在骚动，进食似乎可以让心思稍稍安静下来，因为有好几分钟，他几乎完全忘了那件事。他正好吃完最后一口派的时候，有人走到他的桌子旁，一个士兵。葛瑞记得他的名字好像叫鲍森，葛瑞见过他，虽然这些士兵看起来全都一个样，个个都穿迷彩服、T 恤和铿亮的靴子，头发都理得短短的，露出一对突出的耳朵，仿佛有人恶作剧地拿黏土塑两只耳朵贴在他们头的两侧似的。鲍森的头发剪得好短，葛瑞简直看不出来他头发的颜色。他坐在葛瑞的对面，把椅子转过来，跨上去，冲着葛瑞微笑，葛瑞觉得那不是友善的微笑。

“你们这些家伙真的很喜欢吃，对吧？”

葛瑞耸耸肩。

“你叫葛瑞，对吧？”那士兵眯起眼睛，“我见过你。”

葛瑞放下叉子，吞下一口派：“是啊。”

鲍森若有所思地点点头，仿佛思索这是不是个好名字似的。他看起来一副气定神闲的样子，却好像不怎么自然。有那么一会儿，他的眼睛瞥着挂在头顶墙角里的摄像头，然后才又转回到葛瑞脸上。

“你知道，你们这些家伙不太讲话。”鲍森说，“实在有点让人发毛，我这么说希望你别见怪。”

发毛，鲍森哪里懂得什么叫发毛？葛瑞没回答。

“介意我问你一个问题吗？”鲍森对着葛瑞的盘子扬了扬下巴，“别让我打断你吃东西。我们谈话的时候，你可以继续把东西吃完。”

“我吃完了。”葛瑞说，“我得去工作了。”

“派呢？”

“你要问我派的事？”

“派？不是。”鲍森摇摇头，“我只是想要表现得有礼貌一点，这是所谓的闲聊。”

葛瑞很想知道他到底要干吗，士兵从来不找他说话的，而这个叫鲍森的家伙，却在这里给他上礼仪课，难道不知道摄像头对着他们照吗？

“不错。”葛瑞勉强说，“我喜欢柠檬派。”

“别再谈派了，我才不在乎这些派呢。”

葛瑞端起托盘。“我得走了。”他说，可是刚要起身，鲍森就伸手拉住他的手腕。仅仅这么一碰，葛瑞就知道这人有多强壮，他的手臂简直像根铁杆。

“坐下，你给我坐下。”

葛瑞坐下，突然觉得整个房间都空了。他的目光越过鲍森，发现房里差不多真的没人了，大部分的桌子都空了。另一头只有个技术人员，端着纸杯在喝咖啡。大家都到哪儿去了？

“你知道，我们对你们这些家伙清楚得很，葛瑞。”鲍森语气坚定地说，他倾身越过桌面，手仍然抓着葛瑞的手腕，“我说啊，我们知道你们干了什么好事。小男孩，还有其他的。我说呢，上帝保佑，人各有所长。不分男女一视同仁哪，你懂我的意思吗？”

葛瑞没回答。

“不是每个人的想法都和我一样，可我是这么想的。据我所知，这应该还是个自由的国家。”他在椅子里挪动了一下，把脸凑得更近，“我在高中认识一个家伙，他喜欢把饼干团抹在腿上，让狗去舔。如果你喜欢搞小男生，就尽管去吧。我个人是不会做这种事的，可你家的事就是你家的事。”

葛瑞觉得想吐。“对不起，”他勉强说，“我真的得走了。”

“你得去哪里啊，葛瑞？”

“哪里？”他努力吞下口水，“去工作啊，我得去工作。”

“不，你不必。”鲍森终于松开葛瑞的手臂，从葛瑞的托盘上拿起汤匙，用食指指尖在桌上转动，“你的班还要三个钟头才开始。我看得懂时钟的，葛瑞。我们要在这里聊一聊，该死。”

葛瑞看着汤匙，等着鲍森继续往下说。突然之间，他身上的每个细胞都需要抽根烟，一股仿佛着魔的需求。“你到底要干吗？”

鲍森让汤匙转了最后一圈。“我要干吗，葛瑞？这是个问题，对吧？我是想要某些东西，你说得没错。”他挨近葛瑞，用食指做了个“靠近一点”的手势。再开口时，他的声音低得像耳语：“我要你告诉我第四层的事情。”

葛瑞感觉自己的内心在往下坠，仿佛一脚踩在并不存在的台阶上。

“我只负责打扫，我是清洁工啊。”

“不好意思，”鲍森说，“你不是，我才不信你这些鬼话。”

葛瑞又想到那些摄像头：“理察兹……”

鲍森哼了一声：“噢，去他的。”他抬头看摄像头，微微挥手，然后慢慢转动手，把手指缩起来，只剩中指。他就这样竖着中指，停了好几秒钟。

“你以为真的有人在看这些东西啊？一整天，每一天，听我们说话，看我们在做什么？”

“下面什么都没有，我发誓。”

鲍森缓缓摇头，葛瑞又看见他眼里的狂野神色。“我们都知道这是屁话，所以拜托你好吗？我们就实话实说吧。”

“我只负责打扫。”葛瑞无力地说，“我只是去那里工作。”

鲍森没说话，房里好安静，葛瑞可以听见自己的心跳声。

“告诉我吧，你睡得好不好，葛瑞？”

“什么？”

鲍森的眼睛恶狠狠地眯了起来：“我问你，你睡得好吗？”

“我猜是吧，”他勉强说，“当然，我会睡。”

鲍森笑起来，带着几分听天由命的意味。他往后靠，眼睛往上翻，瞪着天花板。“你猜，你猜。”

“我不知道你为什么要问我这些事。”

鲍森突然呼了一口气：“**梦**啊，葛瑞。”他把脸凑近葛瑞，“我谈的是**梦**。你们这些家伙也做梦，对吧？嗯，我当然也做梦。整个要命的晚上，一个接一个，我梦见一大堆疯狂的东西。”

疯狂，葛瑞想，这一来情况就清楚了，清清楚楚的。鲍森疯了。轮子不在路上滚动，船桨露出了水面。在山里住了这么多月，或许，寒冷下雪的日子太多了。葛瑞在毕维尔见过这样的人，刚进来的时候好好的，结果过不了几个月，就连要说两个意思清楚的句子都有困难了。

“想知道我梦见了什么吗，葛瑞？快嘛，再猜猜看。”

“我不想猜了。”

“该死的，**给我猜猜看**。”

葛瑞低头盯着桌子，他可以感觉到摄像头在看，可以感觉到理察兹在某个地方把一切看在眼里。他想：拜托。看在老天爷的分上，别再问了。

“我不……知道。”

“你不知道。”

他摇摇头，目光还是躲开：“不知道。”

“那我来告诉你。”鲍森冷静地说，“我梦到你。”

两个人沉默了一晌。鲍森疯了，葛瑞想，疯了疯了疯了。

“对不起，”他结结巴巴地说，“下面真的什么都没有。”

他再次起身准备离开，等着感觉鲍森的手拉着他的手肘，制止他。

“很好，”鲍森说，手轻轻挥了挥，“我暂时问完了，滚吧。”他在椅子里扭过身体，抬头看端起托盘站着的葛瑞，“不过，我要告诉你一个秘密，你想听吗？”

葛瑞摇摇头。

“你认识那两个走掉的清洁工吗？”

“谁？”

“你认识那两个家伙的。”鲍森皱起眉头，“那两个胖子，那个笨蛋和他朋友。”

“杰克和山姆。”

“没错，”鲍森的眼神慢慢飘远，“我一直不知道他们的名字，我猜名字不是秘密吧？”

葛瑞等着鲍森再继续说，问：“他们怎么了？”

“这个嘛，我希望他们不是你的朋友，因为我有消息要宣布。他们死了，”鲍森站起来，眼睛没看葛瑞，“我们都死了。”

很暗，卡特很害怕。

他在地下很深的地方，他之前在电梯里看见四个按钮，数字的顺序颠倒，像是地下车库的按钮。等他们让他躺到轮床上，他觉得昏沉沉的，感觉不到痛——他们给了他某个东西，某种针剂，让他想睡却又没真的睡着，所以他稍稍有一些感觉，感觉得到他们在他脖子后面动手。切开一个伤口，放进某个东西。他的手脚都被绑住了——让他舒服一些，他们说。然后他们推他进电梯，他最后记得的就只有那些按钮，以及某人按了 L4 那个钮。带枪的那个人，理察兹，没照约定再回来。

现在他醒了，虽然也不太确定，他感觉自己在地下某个洞里的深处。他的手腕和脚踝依旧绑着，说不定腰也是。房里很冷、很暗，可是他看见某个地方有灯光在闪，但说不上来那有多远，也听见电扇转动吹气的声音。在他们带他下来之前，他和那些人的对话，他已经记不太清楚了。他们替他量体重，卡特记得，还做了任何医生都会做的事情，量血压，要他尿在一个杯子里，用小锤子敲敲他的膝盖，检查他的鼻腔和嘴巴。他们把管子插进他的手背——很痛，痛得要死，他还记得自己说了声"该死"，然后管子被接到吊在架子上的一个袋子，其余就一片模糊了。他记得有一盏奇怪的灯，在笔的顶端射出红光。围绕在他身边的人全都戴着面罩，其中一个，他分不清是哪一个，说："这只是激光，卡特先生。你可能会觉得有点压力。"此时，在黑暗之中，他记得在脑子变成糨糊、什么都不知道之前，他还想，说不定这是上帝对他开的最后一个玩笑，搞到最后，他终究还是难逃挨毒针的命运。他不知道自己是不是会很快见到上帝，或者伍德太太，甚至是魔鬼。

可是他没死，他只是睡着了，虽然他并不知道自己睡了多久。他的心思游荡了好一会儿，从某种黑暗到另一种黑暗，仿佛穿过一幢没有灯火的房子，既没有东西可看，也找不到自己的方位。他分不清楚上下。他浑身都痛，舌头像一团袜子塞在嘴巴里或是某种毛茸茸的奇怪动物躲在里面。颈背上，连接肩胛骨的地方在隐隐作痛。他抬起头看看四周，只看见小小的红色光点，就像那支笔顶端的光一样。他说不上来那光距离他有多远或有多大。他猜那也可能是远处城市的灯火。

华格斯特，这名字从黑暗中浮现在他心头。华格斯特，是华格斯特说过的话，说什么无穷无尽的时间，以及他要给的东西。**我可以给你世界上所有的时间，**安东尼，无穷无尽的时间。仿佛他洞悉卡特内心的最深处，仿佛他们不是刚见面，而是认识了好多年。就安东尼记忆所及，没有人这样对他说过话。

这让他回想起这一切开始的那一天，仿佛两件事是同一件事似的。当时是六月，他记得，六月高速公路下的风热气蒸腾，卡特站在一方脏乱的阴影里，把一张硬纸板举在胸前：**饿，请帮我，上帝保佑你**。他看着一辆黑色的戴纳利车停到路边，前排乘客席的窗户打开。这次不像平常那样只开一个小缝，只够让车里的人塞给他几个硬币或一张折起来的纸钞，手指连碰都不碰他一下；这辆车的窗户一路顺畅地开到底，让卡特映在黑色窗户上的倒影仿佛倒拉的窗帘那样一路下滑——世界仿佛开了一个洞口，让他窥见里面的秘密房间。当时正值中午，平面道路上挤满午餐时间的车潮，西环高架道路也是，他头顶上发出砰砰的紧凑节奏，仿佛有一长排货柜车咣咣当当地经过。

“嗨？”开车的人叫他，是女人的声音，嗓门拔得很高以压过汽车的轰隆声与高速公路下震耳欲聋的回音，“嘿？先生！不好意思，先生！”

走近敞开的车窗时，卡特感到车里的冷气迎面扑来；他闻到了新皮椅甜甜的烟熏味，再靠近一点，就闻到了那女子身上的香水味。她倾身靠到乘客席的窗边，身体紧抵着安全带，太阳眼镜架在头顶上。当然是一个白种女人，他不必看就知道。烤漆亮晶晶的，庞大的水箱罩隐隐闪光的黑色戴纳利。圣菲利普东向的车道，从葛拉利亚通往豪宅林立的橡河。可这女人很年轻，开这样的车，他没想到会是这么年轻的女人，顶多三十岁，身上穿的像是网球装，白色的裙子与相衬的上衣，皮肤润泽闪亮。她的手臂细瘦而强壮，被太阳晒成古铜色。一头直发，金色之中夹杂着几缕颜色较深的发丝，头发往后梳，露出了前额、细致的鼻子和线条优美的颧骨。他唯一能看见的首饰是一枚戒指，镶了一颗大得像牙齿的钻石。他知道自己不该再看得更仔细，但却不由自主：他让自己的目光扫过车子后座。他看见一张儿童安全椅，空的，挂着色彩鲜艳的绒布玩具，旁边有一个纸质的大购物袋，看起来却像金属的。袋子上印着店名：诺斯崇。

“请行行好吧。”卡特喃喃说，“上帝保佑你。”

一个鼓鼓的皮包摆在她膝上，她开始掏出皮包里的东西放到椅子上：一管口红，一本电话簿，一部宛如珠宝的精巧电话。“我要给你一点东西。”她开始说，“二十块钱够吗？大家都这么做的吗？我不知道。”

“上帝保佑你，”卡特知道，灯就要变了，“你给什么都可以。”

她拉出钱包时，同时听见背后传来不耐烦的喇叭声。那女子随着喇叭声迅速转头，然后抬头看到绿灯亮了。“噢，该死，该死。”她手忙脚乱地翻着大得像本书的钱包，有纽扣和拉链，还有一格格塞着纸条的空间，“我不知道。”她说，“我不知道。”

更多的喇叭声响起来，随着一声咆哮，停在后面的那辆红色奔驰猛地切进中间的车道，挤到一辆旅行车前面。旅行车司机猛踩刹车，拼命按喇叭。

“对不起，对不起。”那女人一直说个不停，她翻找钱包，好像那是一扇上锁的门，而她找不到钥匙开似的，“都只有信用卡，我还以为我有一张二十块钱，或许有张十块钱，噢，该死，该死……”

“喂，王八蛋！”两辆车之后，有个男的从一辆大卡车的车窗探头出来，“你看不懂红灯啊？快滚开！”

“没关系，”安东尼退开说，“你该走了。”

“你听见没？”那个男的大吼，更多长长的喇叭声响起，他从窗口伸出赤裸的手臂，“快滚开！”

那女人伸长脖子看后视镜，眼睛睁得好大。“闭嘴！”她恨恨地喊，双手握拳拍着方向盘，“给我闭嘴！”

“小姐，开车啊！”

“我要给你一点东西，我只是要这样。为什么这么**困难**？就光做这**一件事**，我想要**帮忙**……”

卡特知道他这时该跑了，他可以想到接下来会发生什么事：车门突然打开，怒气冲冲的脚步声冲着他来，一张男人的脸凑近卡特冷笑说——**你在烦这位小姐？你以为你在干吗，小子？**——接着会有更多的人，天晓得会有多少个，这种时候永远不缺人，无论那个女人怎么说，也都帮不了他，他们只看见自己想看见的事：一个男的黑人和一个车上有婴儿椅、购物袋，钱包摊开在膝上的白人女子。

“拜托，”他说，“小姐，你该走了。”

卡车的门被用力打开，跳下来一个红脸的大块头男人，身穿牛仔裤和T恤，一双手大得像捕手手套。他可以像捏死虫子那样捏碎卡特。

“喂，”他指着卡特大叫，圆形的大皮带扣在阳光中闪闪发亮。

那女人抬眼从后视镜看看发生了什么：那个男人拿了一把枪。“噢，我的天哪，我的天哪！”她大叫。

“他在打劫！这个小子要抢走她的车！”

卡特一动也不能动，周遭的一切慢慢迫近：愤怒的咆哮，整个世界的喇叭按个不停，全都来追杀他了，终于都来追杀他了。那女人很快地越过乘客席，打开车门。

“上车！”

他还是无法动弹。

“快！”她高喊，“快上车！”

不知为什么，他照做了。他丢下硬纸板，迅速上车，用力关上车门。那女人猛踩油门，闯过由绿再次转红的信号灯。他们快速冲进十字路口时，四周的车子全忙着闪躲。有那么一瞬间，卡特觉得他们一定会撞车，所以他把眼睛闭得紧紧的，双手环抱，准备迎接撞击，但什么事都没有，所有的车都闪开了。

这真是要命，他想。他们从高速公路底下钻出，重新回到阳光里。那女人开得好快，仿佛已经不记得他在车上。他们撞上火车轨道，戴纳利弹得好高，他的头撞到了车顶。这好像也吓到她了；她猛地踩下刹车，踩得太猛，又让他往前一冲，撞上了仪表板。接着方向盘一转，她停进一个停车场。这里有家干洗店，还有一家希普利甜甜圈店。她没看安东尼一眼，也没说半句话，就趴在方向盘上哭了起来。

他从没在这么近的距离看过白种女人哭，只在电影和电视上看过。在封闭的空间里，他闻得到她泪水的味道，很像化了的蜡，也闻得到她头发干净的气味。这时他突然发现，他也闻得到自己的味道，他已经很久很久没闻到过了，那味道实在不好闻，很臭，真的很臭，就像坏掉的肉和酸掉的牛奶。他低头看看自己的身体、脏兮兮的双手和手臂，以及穿了好多天的同一件T恤和牛仔裤，觉得很羞愧。

过了一阵子，她从方向盘上抬起头，用手背抹抹鼻子：“你叫什么名字？”

“安东尼。”

有那么一会儿，卡特怀疑她是不是打算开车把他直接送到警察局去。这车这么干净，这么新，让他觉得坐在这里就是一种玷污。可是，就算她闻到了他的气味，也没表现出来。

“我可以在这里下车。”卡特说，“对不起，刚才给你惹麻烦了。”

“你？什么？你什么都没做。”她深吸一口气，头往后靠在椅子的头枕上，闭上眼睛，“天哪，我老公一定会杀了我。天哪，天哪。蕾秋，你脑袋瓜在**想**什么啊？”

她似乎很生气，卡特猜她是在等他自己离开。这里往南几条街就是里士满，他可以在那里搭公交车回到他睡觉的地方，西公园回收中心旁边的一块空地。那个地点很好，向来没碰上麻烦，下雨时，回收场的人会让他睡在空车库里。他身上有十块钱多一点，是早上在六百一十号公路下方乞讨到的几张纸钞零钱——够他搭车回家，再买点东西吃。

他手搭在车门上。

“不。”她马上说，“别走。”她转头面对他，那双哭得肿肿的眼睛盯着他的脸看，“你得告诉我，你是不是认真的。”

卡特一头雾水：“什么？”

“你写在牌子上的那句话，你说的话，‘上帝保佑你’，我听到你那么说。问题是，”那女人不等他回答就说，“我不觉得上帝保佑我，安东尼。”她不安地笑了笑，露出一排珍珠似的细小牙齿，“很奇怪吧？我应该是被保佑的，但没有。我觉得糟透了，我总是觉得糟透了。”

卡特不知道该说什么，像这样的白人小姐怎么可能觉得糟透了？他从眼角瞥见后座的婴儿椅和那排鲜亮的玩具，他很好奇小孩现在在哪里。或许他该告诉她说，她有个宝宝，对她来说一定很棒。就他的经验，大家总是喜欢宝宝，尤其是女人。

“没关系啦。”那女人说，眼神空洞地透过挡风玻璃瞪着甜甜圈店，“我知道你在想什么，你什么都不必说，我看起来八成就像那些疯女人一样。”

“我觉得你看起来很好。”

她又笑起来，是那种苦涩的笑：“嗯，问题就在这里，不是吗？问题就在这里。我**看起来**很好。你可以随便找一个人问，蕾秋·伍德拥有其他人所能拥有的一切，蕾秋·伍德看起来好得不得了……”

有那么一分钟，他们就这样坐着。那女人静静地哭，悲伤地凝望着前方，卡特还在疑惑自己该不该下车。可这位小姐这么沮丧，就这样丢下她好像很不应该。他很疑惑，不知道她是不是希望他替她觉得难过。蕾秋·伍德，他猜这是她的名字，她刚才讲的就是她自己，可他也不确定。说不定蕾秋·伍德是她的朋友，或是替她照顾宝宝的人。他知道自己迟早得离开。影响她情绪的无论是什么，都会消散，到那时她就会回过神来，恨不得摆脱这个坐在她车里的臭气熏天的黑鬼。只是此时此刻，仪表板出风口的冷气吹到他脸上的感觉，以及这女人奇怪且哀伤的沉默，已足以让他留在原地不动。

“你姓什么，安东尼？”

他不记得有任何人问过他这个问题。“卡特。”他说。

她接下来做的事，比截至目前发生过的所有事更让他吃惊。她在座位里转身，清朗的眼神直视他，伸出手来让他握。

“这样啊，”她说，声音中仍有掩不住的哀伤，“你好，卡特先生。我是蕾秋·伍德。”

卡特先生——他喜欢这个称呼。她的手很小，握手时却像个男人一样有力。他觉得——可是他无法形容那种感觉，他等着看她会不会把手搓干净，但她没有。

“噢，我的天哪。”她的眼睛因为惊诧而睁得大大的，“我老公一定会心脏病发作，刚才发生的事你不能告诉他，你绝对不能告诉他。”

卡特摇摇头。

“我是说，他也不想当个彻头彻尾的浑蛋。只是他看事情的角度和我们不一样，你一定要答应我，卡特先生。”

“我什么都不会说。”

“很好，”她轻快地点头，很满意，目光再次移向挡风玻璃外，平滑的额头若所思地蹙起来，“甜甜圈。唉，我不知道我干吗挑这个地方停下来。你大概不想吃甜甜圈，对不对？”

光是“甜甜圈”三个字就让他嘴巴里不停冒口水，他感觉到肚子咕噜咕噜叫。“甜甜圈不错啊。”卡特说，“咖啡很好。”

“可是那不算正餐，对不对？”她语气坚定，做了决定，“你现在需要一顿正餐。”

这时卡特才明白他的感觉是什么，他觉得自己**被看见了**，仿佛一直以来他都是鬼魂而不自知。突然之间，他知道她打算带他一道走，带他回家。他听说过有这样的人，但从来就不相信。

“你知道的，卡特先生，我认为上帝今天让你站在高速公路底下，一定是有原因的，我想他是想告诉我一些道理。”她发动戴纳利汽车，“你和我会成为朋友，我可以感觉得到。”

他们一度是朋友，就像她当时说的。这还真是有意思，他和这个白人女士，伍德太太——还有她的老公——老得足以当她老爸，虽然卡特几乎从没见过他。她有幢高大橡木遮阴、浓密草皮与树篱为界的豪宅，那两个小女儿——不只是那个宝宝，还有个比较大的女孩，和妹妹一样可爱得像只小瓢虫，两个都像图画里的人物，他从骨子里、打内心深处感动。他们是朋友，她为他做了从来没有人对他做的事；仿佛她为他打开车门之后，就让他踏进一个大房间里，房里有人，有唤着他名字的声音，有东西让他吃，有床让他睡，还有其他的一切。她给他工作，不只是她家的院子，还有其他人的家；无论他走到哪里，大家都叫他卡特先生，问他今天是不是可以做点额外的工作，因为他们需要人帮忙：扫掉露台的树叶，漆几把椅子，清掉水沟里的落叶或偶尔遛一下狗。**卡特先生，我知道你一定很忙，可是如果不太麻烦的话，能不能**……他总是说好，而摆在门垫或花盆底下的信封里，他们总是多塞个十块或二十块钱，他连开口要求都不必。他喜欢这些人没错，可事实是，他们对他来说一点都不重要；他所做的一切都是为了她。星期三，一星期之中最棒的一天，是她的日子。他从车库推着割草机出来的时候，她会从窗口对他招手；有时候，很多次，他割完草清理干净的时候，她会从屋里出来——不会像其他人那样，把钱留在门垫底下，而是放进他手里，甚至还会在阳台上和他一起休息片刻，喝杯冰红茶，对他谈起她的生活，但也问他的情形。他们坐在阴凉处，像一般人那样聊天。**卡特先生**，她对他说，**你是上帝的恩赐。卡特先生，没有你，我什么都做不成，你就是我遗失的那片拼图。**

他爱她，这是事实。这是个谜，最悲伤与哀痛的谜。此时此刻躺在黑暗和冰冷之中，他感觉到泪水涌出，从他的内心深处涌出来。他爱她如此之深，怎么有人能说他对她做了任何事情呢？他知道，虽然她浅笑、大笑，整天忙个不停——逛街、打网球、上美容院，但她内心其实一片空虚，他从第一次坐上她车的那天就明白了，他感同身受，仿佛只要愿意，他就可以为她填补虚空。随着时日消逝，她没出现在院子里的日子越来越多，有时候他会瞥见她坐在沙发上，一坐就是好几个钟头，宝宝尿湿或饿了哭个不停时，她也不管，连动一下都不动，仿佛身上所有的力气都没有了。有时候他连她的影子都见不着，他猜她在屋子深处独自哀伤。在那些日子里，他会额外多做些工作——修剪树篱，拔掉步道上的杂草之类的，希望待得够久，能看见她端着茶出来。茶代表她一切安好，代表她像平常一样已经熬过感觉糟糕透顶的日子了。

然后，那天下午在院子里——那个可怕的下午——他看见小女孩哈莉一个人待在院子里。那时是十二月，冷风里夹带着湿气，游泳池里漂满冬日的落叶。那个念幼儿园的小女孩穿着蓝色制服短裤和领子上衣，连鞋子都没穿，就那样一个人坐在露台上，怀里搂着一个芭比娃娃。她今天不必上学吗？卡特问她，她摇摇头，没看他。她妈妈在吗？“爸爸去墨西哥了。”那女孩说。在冷风中直打哆嗦。和他女朋友去的。她妈妈不肯起床。

他推推门，但门锁上了。他按了门铃，又对着窗户喊，但是没人回答。他不知道这个小女孩怎么会这样一个人在外面，但像伍德家这样的人有太多让他不明白的地方，他们做的事不是每一件他都能想得通的。他只能把自己脏兮兮的毛衣给那个女孩，她接受了，像条毯子那样裹在了身上。他开始割草，心想，割草机的声音说不定会吵醒伍德太太，让她想起女儿一个人待在院子的游泳池边，想起她不知怎么无意间锁上了门。**卡特先生，我不知道怎么回事。我睡着了，谢天谢地，还好你在这里。**

他割完草，那小女孩抱着娃娃静静看他割完。他到车库去拿网子来清理游泳池，就在这时，他看到了步道边缘有一只蜗牛宝宝。差不多只有硬币大小的蜗牛。算它运气好，没被割草机吃掉。他弯腰抓起蜗牛，蜗牛在他掌心轻若无物。如果不是双眼看见，他一定会说手上什么东西都没有，真是太轻了。或许是因为小女孩在露台上看着他，再不然就是因为伍德太太在他背后的屋里睡觉；无论如何，当时似乎就是那样，似乎一只小小的蜗牛就能让情况好转，蜗牛，草丛里的那只小东西。

“来，”他对小女孩说，“过来，我给你看个东西。只是个小东西，哈莉小姐，像你一样的小东西。”

他一转身，看见伍德太太站在他后面的院子里，不到三米的距离。她一定是从前门出来的，因为他没听见她的声音。她穿了一件看起来像睡衣的大T恤，头发乱七八糟地盖在脸上。

“伍德太太，”他说，“你为什么在这里？很高兴看到你起来了。我只是要给哈莉看这个。”

离她远一点！

那不是伍德太太，不是他认得的那个伍德太太。她的一双眼睛透着疯狂的凶光，一副不认得他是谁的样子。

“伍德太太，我只是要给她看个好东西。”

滚开！滚开！跑啊，哈莉，快跑！

他还来不及再开口，她就很用力地推他，铆足力气地推。他踉跄后退，脚绊到了他摆在池边地面上的网子上。他条件反射似的双手伸前，指尖抓住了她的前襟；他感觉到自己的抓力让她向他倒过来；他支撑不住，两个人一起跌入水里。

水冲过来，像被一拳打中，他的鼻子、眼睛和嘴巴里都是水。水带着可怕的化学药剂味儿，仿佛恶魔呼出的气息。他们一路下沉，她忽而在上，忽而在下，忽而无所不在，他们的双臂双脚交缠如网，他努力想挣脱，但是她抓得好紧，拼命把他往下拉。他不会游泳，连划水都不会，如果非做不可，他是可以勉强摆动一下身体的，可是他连这样都怕，他没有力气制止她。他伸长脖子，看见亮闪闪的水面，那里有空气，可是距他像有一英里远。她拉着他往下沉，沉到寂静的世界里，仿佛水池是一片颠倒过来的天空，这时他才明白，那就是她想要去的地方。自从那天她在高速公路底下停了车，叫他名字的那天起，她就一直在往那个世界去。无论把她留在水面上的世界里的是什么，都啪一声断了，仿佛风筝断了线，这世界上下颠倒，断了线的风筝开始往下坠。她把他拉进跟前抱住，下巴抵着他的肩膀，在那一瞬间，他透过旋转的水花瞥见了她的眼睛，那双眼睛里充满了恐怖至极的黑暗。噢，拜托，他想，让我来吧。如果你要我死，我就死，如果你要求，我可以为你而死，让我替你死吧。他要做的就只是吸气。他清清楚楚地知道，就像知道自己的名字一样。但是尽管拼命尝试，他却没办法让自己这么做，他活得太久了，没有办法单凭意志就放弃生命。随着闷闷的砰的一声，他们撞上了池底。伍德太太仍然抓着他，他感觉到她的肩膀抽搐了一下：她吸了第一口气。她又吸一口，再一口，她肺部的最后一丝空气化成泡泡，围绕在他耳边，宛如轻声诉说的秘密：**上帝保佑你，卡特先生**。然后，她放手了。

他不记得是怎么爬出游泳池的，或怎么对那个小女孩说的。她放声大哭，然后就停了。伍德太太死了，她的灵魂已经不在了，她空壳似的身体却慢慢浮上水面，漂在他原本应该清干净的落叶之间。万事万物突然有一种平静，一种令人心碎至极的平静，仿佛某个持续太久的事情突然找到了方法终止。仿佛他又开始消失。不知是过了几个钟头还是几分钟，隔壁的女士过来，接着是警察，但那时他已经知道，他绝对不会告诉任何人发生了什么事，他听见与看见的事。那是她送给他的秘密，关于她是什么人的终极秘密，他打定主意要保守秘密。

卡特觉得没关系了，此时此刻将要发生在他身上的事，感觉他根本躲不掉。华格斯特或许骗他，也或许没有，但是卡特人生的任务已经结束了。他此时知道。没有人会再问他伍德太太的事。她只存在于他心里，仿佛一部分的她离开人世之后进到他心里，他绝对不会把这件事告诉任何人。

周围的空气带着嗖嗖声，仿佛轮胎漏气似的，对面墙上原本的红灯变成了绿灯。一扇门打开，整个房间沐浴在淡蓝色的光里。卡特看见自己躺在轮床上，身上穿着袍子。管子还插在他手上，一看见管子贴着胶布戳进皮肤的地方，他就又是一阵剧痛。房间比他原来揣测的更大，纯白的墙壁表面什么都没有，只有一扇门开启，露出对面墙上那些他一个也不认得的机器。

门口站了一个人。

他闭上眼睛，往后靠，心想，没事了，没事。我准备好了，让他们进来吧。

“我们有情况了。”

时间刚过晚上十点，席克斯就出现在理察兹办公室的门口。

“我知道，”理察兹说，“我正在处理。”

状况是那个无名氏女孩，她不再是无名氏了。理察兹在九点多时从执法部门的信息公告上得到消息，那女孩的妈妈是一宗枪击案的嫌疑人，在兄弟会会馆发生的枪击案件，她杀的那个男生是联邦巡回法官的儿子。她留在现场的枪让当地警察根据线索找到优雅园附近的一家汽车旅馆，前科累累足以写满两页纸的旅馆经理从照片中指认出那个小女孩——警方周五在她妈妈丢下她的修女院帮她拍的照片。修女们也有一套说辞，而且还扯出了一些连理察兹都不知道该怎么解释的事情——在孟菲斯动物园的骚动，其中一个修女在五十五号州际公路巴吞鲁日检查哨前一夜的监控录像带中认出铎伊和华格斯特。当地的电视台及时得到消息在晚间新闻播出，琥珀色警报已经发布。

就这样，全世界都在找两个联邦探员和一个名叫艾美·贝拉芳德的小女孩。

“他们现在在哪里？”席克斯问。

在终端机上，理察兹叫出卫星监测系统，把接收器指向田纳西与科罗拉多之间的那几个州。华格斯特的手机有发射器。理察兹在那个区域看见十八个热点，然后找到与华格斯特追踪码相符的那一个点。

“西俄克拉何马。”

席克斯站在他后面，越过他的肩头看：“你想他知道了吗？”

理察兹重新调整接收器，拉近。

“我想是。”他说，给席克斯看上面的数据。

目标速率，一百二十公里每小时。

然后，过了一会儿之后：

目标速率，一百三十三公里每小时。

他们在逃，理察兹必须找到他们。情况牵涉到当地警察，说不定还有州警。就算及时找到他们，场面也会很难看。直升机已经从卡尔森堡飞回来，席克斯通知他们了。

他们走后面的楼梯到地下一层，站在外面等。太阳下山之后温度升高了些。浓雾盘旋上升，在停车环道的灯光下形成一个个松散的圈圈，宛如摇滚演唱会上施放的干冰。他们并肩站在一起，一句话都没说，没什么可说的。事情彻头彻尾搞砸了。理察兹想到那张照片，在计算机上到处发布的那张照片。艾美·贝拉芳德：**美丽的喷泉**。一头黑色直发垂在肩上——看起来湿湿的，好像走在雨中似的——还有那张光滑稚嫩的脸，脸颊还有着鼓鼓的婴儿肥，而眉毛下方的那双眼睛，带着洞悉了然的深邃。她穿着牛仔裤，运动外套的拉链拉到脖子上，一手抱着某种毛绒玩具。说不定是只狗。但那双眼睛：理察兹的目光不停回到那双眼睛上。她直直盯着镜头，仿佛在说：**明白了吗？你认为我是谁，理察兹？你以为天底下没有半个人爱我？**

就在那一秒钟，仅仅一秒钟，他思索着。宛如一阵风拂过心头：他希望自己是个完全不同的人，那孩子的眼神对他来说别具深意。

五分钟之后，他们听到直升机的声音，粗嘎的声音以稳定的节奏低低地越过东南方的树墙。直升机转了一个弯，拖着一束灯光，以导弹般精准的准确度朝停车场下降，螺旋桨下刮起了一阵令人发颤的冷风。配备全副武装的UH-60黑鹰适合执行夜间侦察任务。光为了一个小女孩，这阵势好像太过分了。可是他们现在得面对这个不得不解决的状况。他们举手遮住眼睛，挡住强风、噪声与卷起的雪花。

直升机落地之后，席克斯抓住理察兹的手肘。

“她只是个孩子，”他在嘈杂声中说，“好好处理！”

管他是什么意思！理察兹想，快步走向开敞的机门。

10

他们快速移动，华格斯特开车，坐在身边的铎伊手指拼命按着手机。铎伊要打电话通知席克斯，让他知道现在谁当家做主。

“没信号！”铎伊把手机丢到仪表板上。他们离开荷马五十里，朝西走。在星辰密布的天空下，开阔的田野无垠地往前伸展。

“我告诉过你了，”华格斯特说，“这里背对月亮啊。还有，你嘴巴可不可以放干净一点？”

铎伊不理他。华格斯特很快地抬眼瞥一下后视镜，发现艾美也正看着他。他知道她也感觉到了，他们现在是一体了。从走下旋转木马的那一刻起，他就和她同舟共济了。

“你了解多少？”华格斯特问，“我想，你现在告诉我应该没关系了吧？”

“和你差不多，”铎伊耸耸肩，“说不定多一点，理察兹认为你可能会有点问题。”

他们什么时候谈过了？华格斯特纳闷。他带艾美去玩的时候？在汉特斯维尔的那个晚上，华格斯特回饭店打电话给丽拉的时候？或者更早以前？

“你应该小心一点，我是说真的，菲尔，像那种人。私人安全承包商。他不只唯利是图而已。”

铎伊生气地哼了一声：“你知道你的问题在哪儿吗，布莱德？你不知道谁和你是同一国的。我原本还姑且相信你。你说你会带她回车上，而你该做的就只是言而有信，你没看清楚情况。”

“我已经看够了。”

前方出现一个加油站，在黑暗中闪亮如绿洲。车子驶近时，华格斯特停下来加油。

“天哪，别停，”铎伊说，“继续开。”

“没有油我们开不了多远的，油箱的油只剩四分之一了。要再走好一段路才有加油站。”

要是铎伊打算当家做主，华格斯特想，起码得表现得像样一点吧。

“好吧，只准加油，你们两个都待在车上。”

他们停在加油机前面。华格斯特熄掉引擎之后，铎伊就越过座位，拔掉钥匙，然后打开手套箱，拿出华格斯特的枪。他取下弹匣，塞进外套口袋里，然后把空枪放回手套箱。

“待着。”

“你或许也该看一下机油。”

铎伊嚷了起来：“天哪，还有什么啊，布莱德？”

“我只是说说嘛，我们可不想在半路上抛锚。”

“好，我会看，留在车上。”

铎伊绕过车子后面，开始给油箱加油。华格斯特争取到一点思考的时间，可是没武器、没钥匙，他也很难做什么。部分的他早就决定不把铎伊当回事了，但暂时还只能接受眼前的状况。他拉了仪表板下方的控制杆，铎伊走到车子前方，掀起引擎盖，顿时看不见车里的情况。

华格斯特转头面对艾美：“你还好吗？”

小女孩点点头，她把背包抱在膝上，毛绒兔子被摸得平秃光滑的耳朵从开口露了出来。借着加油区的灯光，华格斯特看见她脸颊上还沾着些糖粉，宛如雪花的糖粉。

“我们还是要去看医生吗？”

“我不知道，再看看吧。”

“他有枪。”

“我知道，宝贝，没关系的。”

“我妈也有枪。”

华格斯特还来不及有反应，引擎盖就砰的一声关上了。他吓了一跳，猛然回头，就看见三辆州警的警车，亮着警灯，从反方向穿过加油区。

太浩的乘客席车门一开，一阵潮湿的空气灌进来。“见鬼了。”铎伊把钥匙交给华格斯特，转头看那三辆警车开过，“你想他们是来找我们的吗？”

华格斯特偏着头，从侧边的后视镜观察那三辆警车。车速起码八十迈，搞不好更快。可能是什么稀松平常的车祸或火灾什么的，但他直觉地认为不是。他倒数计时，看着警车灯消失在远处。数到二十的时候，他很肯定他们正要掉头回来。

他转动钥匙，感觉引擎轰隆隆地活过来了。

“是我们没错。”

十点钟，艾涅特修女睡不着，她连眼睛都没办法闭上。

噢，可怕，真是可怕，整件事情都很可怕——先是那两个男的来找艾美，竟然骗了她，骗了每个人，虽然艾涅特修女还是搞不懂，他们怎么可能既是联邦探员，又是绑匪；接着是动物园的那场混乱，尖叫嘶吼，所有的人都在奔逃，蕾西把艾美搂得紧紧的，不肯放手；还有她们在警察局度过的那几个小时，耗掉了一天的时间，虽然没被当成嫌犯，可那些人讲话的语气也不是艾涅特修女平常习惯的态度。警探问她们同样的问题，问了一遍又一遍，再来就有了屋外那些站在封锁线外面的记者和摄影机了。夜色降临之后，巨大的聚光灯照得前窗明晃晃的，电话铃声响个不停，直到克莱儿修女想到拔掉电话线这个办法为止。

女孩的妈妈杀了一个大男生，名叫杜普雷的警探是这么告诉她的，这个留着尖尖小胡子的年轻人对她讲话很客气，微微带着新奥尔良口音，这表示他很可能是个天主教徒。他叫她亲爱的和甜心，可那两个人出现在门口时，艾涅特修女是怎么想的？华格斯特和那个比较年轻，长得很好看的那个？她在杜普雷给她看的颗粒粗大的影片上又看到那两张脸，是在密西西比的某处拍的，她猜是他们以为没人在看的时候被拍下的，因为他们长得好看，她就觉得他们是好人？还有那个妈妈，杜普雷警探告诉她，那个妈妈是个妓女。“妓女是深坑，她们埋伏像强盗，寻找某个对妻子不忠的受害者。”《圣经·箴言》上说：“淫妇的嘴滴下蜂蜜，她的口比油还滑；但至终却苦似黄连，快如两刃的刀。她的脚下入死地，她的脚步踏向阴间。”

踏向阴间。这几个字让艾涅特修女在床上打了个寒战。阴间是真实存在的，这是事实，那是个实实在在的地方，饱受酷刑的灵魂会永远不得解脱。蕾西竟然让这样的女人踏进厨房，在不到三十六个钟头之前站在这幢屋里：一个**踏向阴间**的女人。这女人诱骗了那个男生——艾涅特不愿意去想象那个情景——然后杀了他，用**枪**射穿了他的**头部**，然后把女儿——谁知道有什么心眼的女儿——交给蕾西，自己去逃命。不过这倒是事实：女孩身上有种怪怪的感觉。这么想不太厚道，可却是事实，否则怎么解释动物园里发生的事——所有的动物奔逃，所有的人陷入恐慌？

整件事都可怕透顶，可怕可怕可怕。

艾涅特试着入睡，但却徒劳无功。她还听见那些汽车引擎的轰隆隆响，透过闭上的眼皮还看得见车头灯贪得无厌的闪光。她知道如果打开电视会看见什么：拿着麦克风的记者语气激昂地指着他们背后的房子，也就是艾涅特和其他修女此时躺在里面试图入睡的房子——犯罪现场，他们这么说，谋杀与绑架头条新闻的最新发展，而且还涉及联邦探员——虽然杜普雷禁止，绝对禁止修女们对任何人谈及这个部分的情节。修女们搭着送她们去警局的那辆厢型车回到修女院时，筋疲力尽说不出话来的她们看见电视转播车，起码有十几辆，像马戏团货车那样停放在修女院前的路边。克莱儿修女发现来的不只是孟菲斯本地的电视台，还有来自纳什维尔、帕杜卡、小石城，甚至圣路易斯的。厢型车一转进车道，记者就蜂拥而上包围了车子，灯光、摄影机、麦克风全递了过来，抛出各种语气激昂、难以理解的问题。这些人一点礼貌都没有：艾涅特修女吓得开始颤抖。后来要靠两名警员的帮助才把记者赶出前院——**你们不知道她们是修女吗？怎会有人这样骚扰修女的？你们全退出去，马上**——就这样，修女们才能安全返抵屋内。

没错，阴间是真实存在的，而且艾涅特知道阴间在哪里。她现在就身处阴间，此时此刻。

之后，她们所有人一起坐在厨房里，大家都不饿，只是需要聚在一起——除了蕾西，克莱儿直接送蕾西上楼回房间休息。奇怪的是，她们之中，蕾西似乎是受到下午事件惊吓最小的一个。她好几个钟头一声不吭，不和其他修女讲话，也不和杜普雷讲话，就只是盯着摆在膝上的双手，脸颊两行清泪。当警员给她们看在密西西比拍的录像带时，杜普雷让画面定格在那两名男子的镜头，蕾西走上前去，很仔细地看着屏幕。艾涅特已经告诉杜普雷，这两个男的就是他们，她看得很清楚，心中没有一丝怀疑，知道屏幕上的这两个男人就是到修女院来带走小女孩的那两个人。但蕾西脸上的表情似乎很意外，又不完全是——艾涅特想到的形容词是“惊诧”——他们全在等着她开口。

“我错了。”最后蕾西说，“不是……他，他不是那个人。”

“哪个他，修女？”杜普雷很温和地问。

她伸出手指，指着两个探员中年纪较大的那个，负责谈话交涉的那一个——虽然艾涅特修女记得，是年轻的那个动手抱走艾美，放进车里的。在这个画面里，他直视镜头，手里端着纸杯。屏幕右下角的时间显示，是他们来到修女院的那天早上六点零一分。

“他。”蕾西说，手指碰着屏幕。

“他没带走那个小女孩？”

“他当然有啦，警探。”艾涅特说，她转身看着露意丝修女和克莱儿修女，她们全都点头赞同，“我们都认为蕾西修女只是太伤心了。”

但是杜普雷不为所动：“蕾西修女？你说他不是那个人，什么意思？”

她的脸亮了起来，带着坚定不移的神情。“这个人，”她说，“你们看见了吗？”她转身面对所有的人绽开微笑，“你们看见了吗？他爱她。”

他爱她。这是怎么回事？就艾涅特所知，蕾西对这件事只说了这几句话。她的意思是华格斯特认得那个女孩？他是艾美的爸爸？是这么回事吗？这远不能解释动物园发生的恐怖的事——有个孩子在混乱中被踩伤，目前正在医院救治；猫和猿两只动物被枪杀了——这也不能解释念大学的男孩或其他一切。然而，后来在警察局里耗掉的整个下午，不同的警察进进出出，听她们的陈述，蕾西就只是静静坐着，脸上挂着奇怪的微笑，仿佛知道其他人所不知道的事。

艾涅特相信，这一切都得回溯到蕾西好久以前发生的事，她小时候在非洲发生的事。坐在厨房里等着挨到就寝时间的那段空当，艾涅特把事情原原本本告诉了其他修女。或许不应该，但她还是不得不把原委告诉杜普雷；一回到修女院里，这些话就一股脑儿地脱口而出。像这样的经验不可能真正忘怀，每个修女都同意：这样的伤痛会深埋在心里，永远挥之不去。克莱儿修女——当然是克莱儿修女啦，念过大学，在衣橱里收着漂亮衣服和高级鞋子，仿佛随时可能应邀去参加时髦派对的克莱儿——甚至知道这个问题有个名字：创伤后压力失调。“这样说来就有道理了，”克莱儿修女说，“这很吻合。”这可以解释蕾西对小女孩的保护心态，可以解释她为什么足不出户，为什么明明和她们生活在一起却又显得离群索居，仿佛有部分的她始终在其他地方。可怜的蕾西，内心怀抱着这样的回忆。

艾涅特看看时钟，十二点零五分。汽车发动机轰隆轰隆的声音终于消失，摄影记者都回家去了。她拉开窗帘，烦心地叹口气。不可否认，这一切是蕾西的错。要不是她一开始骗了大家，艾涅特说什么也不会把小女孩交给那两个男的；而这会儿，蕾西睡得安安稳稳的，躺在床上睡不着的反而是她自己。其他修女也明白这点吗？她们八成也睡了，只有她，被罚一整夜在内心深处踱步。

她很担心，非常深沉的忧心。有些事情不太对劲，不管克莱儿修女怎么说。**他不是那个人，他爱她**。蕾西唇边那抹奇怪的、似乎知情的微笑。杜普雷很仔细地问蕾西，她指的到底是什么意思，但蕾西就只是微笑，重复说着那几句话，仿佛那就足以解释一切。只是事实摆在眼前，华格斯特就是**那个人**，所有的人对这一点都没有异议。华格斯特和另外那人抱走了小女孩，艾涅特记得另一个叫铎伊，菲尔·铎伊。他们把小女孩带到哪里去了？又是为什么？唉，没有人对艾涅特透露任何事情。她察觉到杜普雷也是一头雾水，看他那样子就知道：一再反复问着同样的问题，咬着笔，不可置信地蹙眉、摇头、打电话、喝了一杯又一杯咖啡。

虽然挂心的事情这么多，艾涅特却觉得自己的心开始放松，这一天的种种影像宛如线团在她心里慢慢松开，拉着她踏进睡梦。**再跟我们说一遍停车场的事，修女。**艾涅特在那个有镜子的房间里，可那不是镜子——她知道。**说说那两个男的，告诉我们蕾西的事。**艾涅特面对玻璃，越过杜普雷的肩头，她看见自己的脸映在玻璃上，一张因岁月与疲乏而苍老的、布满皱纹的脸，围着的灰色头巾看起来仿佛飘在空中，没和身体连在一起；在那张脸背后，在玻璃的另一面，在她上下四周，她感觉到一个黑暗形体在注视着她。在她脸后的是什么人？她这时听见蕾西的声音了，蕾西在停车场，疯狂的蕾西，和她们似乎远远保持距离的蕾西，坐在地上，死命搂紧那个小女孩。艾涅特站在她上方，蕾西和那个小女孩在哭。**别抓走她。**她的心随着蕾西的声音，回到了停车场。

别抓我，别抓我，别抓我……

一阵焦躁不安袭上胸口，她猛然坐起来，速度好快。房里的空气似乎变得更轻，仿佛所有的氧气都漏光了。她的心怦怦狂跳。她刚才睡着了吗？她在做梦吗？到底怎么回事？

这时她知道了，明明白白地知道了。她们深陷险境，恐怖的险境。有什么事情就要来临，她不知道是什么。某种黑暗的力量就要肆虐世界了，这股力量朝着她们而来，所有的人都躲不过。

但是蕾西知道，蕾西，在野地里躺了好几个钟头的蕾西，知道恶魔是什么。

艾涅特走出房间，踏进走廊。六十八岁了，竟要承受此等恐惧！她将生命奉献给上帝，奉献给她所爱的和平，最后竟然落到这个地步！独自在黑暗中与恐惧共眠！离蕾西的门只有十几步的距离。艾涅特试着转动门把手，但却打不开，门从里面锁上了。她用拳头敲门。

“蕾西修女！蕾西修女！开门啊！”

克莱儿此时来到她身边，身上的T恤似乎照亮了整条阴暗的走廊，她的脸上涂了一层蓝色的乳霜。“怎么了？怎么回事？”

“蕾西修女，快开门啊，快啊！”远远的那端沉默，静寂。艾涅特抓住门把手，拼命地不停晃动。

灯光亮起，有开门声，有讲话声，周遭突然一片混乱。其他修女都来到走廊，眼睛惊慌圆睁，每个人都同时开口：

“怎么回事？”

“我不知道，我不知道……”

“蕾西还好吗？”

“快去打911！”

“蕾西，”艾涅特喊着，“快开门！”

一股强大的力量攫住她，把她拉开。克莱儿修女从背后抓住艾涅特，拉住她的手臂。她感觉到自己消失于无形，她的力气与克莱儿修女相比，轻若无物。

“看——修女受伤了——”

“亲爱的上帝啊！”

“看看她的手！”

“拜托，”艾涅特哭着说，“请帮我。”

克莱儿修女放开她，她们突然陷入敬畏的沉默。鲜红的彩带从艾涅特的手腕垂下。克莱儿抓起艾涅特握紧的拳头，轻轻打开，掌心全都是血。

“看，是她的指甲。”克莱儿拉起手来让她们看，“她用指甲掐自己的掌心。”

“拜托，”艾涅特哀求，泪水滑下脸颊，“请打开门看看吧。”

没人知道钥匙在哪里，后来是崔西修女想到从厨房水槽底下的工具箱里拿来螺丝起子，塞进锁孔里，但就在忙着撬开门的当下，艾涅特修女已经猜出她们会发现什么了。

床没有人睡过。窗户敞开，窗帘在夜风中飘动。

门打开，房间空无一人，蕾西修女离开了。

夜里两点，这天晚上的时间慢得像蜗牛在爬。

对葛瑞来说，这晚从一开始就不顺。在食堂和鲍森不欢而散之后，葛瑞回到营舍。到他当班之前还有两个钟头要打发，时间绰绰有余，足以让他思索鲍森提到的杰克与山姆的事。这唯一的好处是让他可以分散心思，暂时抛开在心中回荡的那些声音，光是坐在这里担心就很不好受。终于熬到九点四十五分，他吓了一跳，穿上连帽外套，穿过院子到木屋去。在停车区的灯光底下，他让自己享受最后一根百乐门。大口吸了一口烟时，他看见几个医生和实验室技术人员，在手术袍外面罩上厚重的冬季外套，从屋里出来，登上他们的车，开走了，没有人费事对他挥手招呼。

大门地板因为融雪很滑，葛瑞把靴子跺干净，走向办公桌，值班的警卫接过他的胸章，用扫描仪扫了一下，打发他去搭电梯。进了电梯，他按下 L3 的钮。

“等一下。”

葛瑞的五脏六腑全跳起来，是理察兹。一会儿之后，他步伐轻快地走进电梯，尼龙外套上犹带着屋外的寒意。

“葛瑞，”他按下 L2 的按钮，很快地瞟了一眼手表，“你今天早上干什么去了？”

“我睡过头了。”

门关了，电梯开始缓缓下降。

“你以为这是度假啊？你以为你可以爱来才来啊？”

葛瑞摇摇头，垂下眼睛盯着地板。只有这个人的声音能让他的心像拳头一样揪成一团，葛瑞没办法看着他。

“哦，不。”

“你没别的话要说？”

葛瑞闻得到自己身上冒出了紧张汗水的腐臭味，好像是在蔬果盒里摆了太久的洋葱。

“我想是吧。”

理察兹哼了一声，没说什么，葛瑞知道他在盘算着什么。

“我要扣掉你两个班的薪水，”最后理察兹说，眼睛直视前方，“一千两百块。”

门在地下第二层打开。

“别再犯了。”理察兹警告说。

他出了电梯，阔步走开。门在他背后关上，葛瑞呼出了他一直屏在胸口的一口气。一千两百块——很多。可是理察兹带给葛瑞的感觉不是只有心惊肉跳而已。特别是现在，在鲍森发表了那场小小的演说之后。葛瑞开始想，说不定杰克和山姆出了什么事，他们并不是单纯的逃跑。葛瑞想起田野上跳跃的红色闪光，一定是真的有事情发生了，理察兹才把红光对准杰克和山姆。

门在地下三层打开，一眼就能看见保安的细节，两个士兵戴着值班的橘色臂章。他已经在地下了，每回刚踏进来时总让他觉得有点幽闭恐惧症。办公桌上有个大大的告示：**未经许可勿入。生化核子有害物质。禁止饮食抽烟。如有下列症状请告知值日官**。下面是一张清单，列有严重肠胃型流感，以及更严重的发烧、呕吐、眩晕、癫痫。

他把胸章交给他认得的士兵戴维斯。

“嘿，葛瑞。”戴维斯接过他的胸章，在扫描仪下扫了一下，连看都懒得看屏幕一眼，“我讲个笑话给你听，换个电灯泡需要几个注意力缺损的小孩？”

“我不知道。”

嘿，你想骑自行车吗？戴维斯拍着膝盖大笑，另一个士兵皱起眉头，葛瑞认为他也不知道这个笑话哪里好笑，“你听不懂吗？”

“因为他喜欢骑自行车？”

“是啊，因为他喜欢骑自行车，他有注意力缺损症，所以他没办法集中注意力。”

“哦，我懂了。”

“这是个笑话，葛瑞，你应该笑的。”

“很好笑，”葛瑞勉强说，“可是我得去工作了。”

戴维斯重重叹了一口气：“好吧，别急。”

葛瑞和戴维斯一起走回电梯，戴维斯从脖子上拿下一把长长的银钥匙，插进 L4 按钮旁边的锁孔。

“在下面好好玩吧。”戴维斯说。

“我只打扫。”葛瑞紧张地说。

戴维斯蹙眉，摇摇头：“我什么都不想知道。”

在地下四层的更衣室里，葛瑞脱掉连身工作服，换上手术服。另外还有两个像他一样的清洁工，一个叫裘德，一个叫义格纳西欧。墙上有一块大白板，列出每一个班的工作清单。他们一声不吭地换好衣服，离开那个房间。

葛瑞抽到好签：他负责给走廊拖地，清掉垃圾，其余时间就只要看着零号，看他有没有吃东西。他从储物柜拿出拖把和用具，开始工作；到了午夜，他已经做完了。然后他走到第一条走廊尽头的门那里，拿卡在扫描仪上刷了一下，进到里面。

这个房间大约有六七平方米，空荡荡的。左侧有个两段式的气闸，通向隔离室。要进到里面起码要花十分钟，出来的时候更久，因为还要淋浴。空气锁的右边是控制面板。上面有一大堆灯、按钮和开关，大部分葛瑞都不懂也不该碰。再上面是一整面墙黑黢黢的强化玻璃，对着那间隔离室。

葛瑞在面板前坐下，检查红外线。零号窝在角落里，离上一班工作人员送兔子进来之后留着没关的门远远的。镀锌的推车还在里面，摆在房间正中央，装着十个敞开的笼子。其中有三只兔子还在。葛瑞看了房间一圈，发现其他的兔子都四散各处，毫发未伤。

夜里一点多，通往走廊的门打开了，一个技术人员走进来，他叫浦霍。他对葛瑞点点头，看着监视器。

"还是没吃？"

"嗯。"

浦霍在手机屏幕上做了个记号，他的长相让他看起来老是好几天没刮胡子的模样，就算刮了也一样。

"我有点想不通，"葛瑞说，"他们为什么不吃第十只？"

浦霍耸耸肩："我怎么知道？说不定他们只是留着晚点儿吃。"

"我有只狗就是这样。"葛瑞主动说。

浦霍在手机上做了更多记号。"是啊，嗯。"他耸起一边宽阔的肩膀，这个消息对他来说无关紧要，"如果他决定吃东西了，打电话通知实验室。"

浦霍走了之后，葛瑞很后悔没多问几个心中的问题。比方说，为什么喂兔子？零号为什么有时粘在天花板上？又为什么光是坐在那里就让他浑身起鸡皮疙瘩？因为问题出在零号，而不是其他的那些对象。和零号在一起，感觉像是与一个真人同在房间里。零号有心智，你可以感觉到他的心智在运转。从葛瑞进来之后，又五个钟头过去了，零号一厘米都没移动。红外线下方的数据显示，他的心跳维持在每小时一百零二下，和他活动时一样。葛瑞真希望自己刚才带了本杂志或填字游戏本，使他可以保持警醒，可鲍森搞得他心情大乱，害得他忘记了。他也很想抽烟。不少人在厕所里偷抽，不只是清洁工，也有技术人员，甚至还有一两个医生。如果你非抽不可，而且可以在五分钟之内抽完，那么通常是不会有问题的，只是葛瑞不想把运气赌在理察兹身上，尤其是在电梯里的风波过后。

他靠在椅背上。再过五个钟头。他闭上眼睛。

葛瑞。

葛瑞睁开眼睛，坐直起来。

葛瑞，看我。

这不是他耳朵里听见的声音，不算是。这些字句在他的脑袋里，简直像是他用眼睛读进去的东西。那些话是别人的话，但声音却是他自己的声音。

“什么人？”

监视器上，零号闪闪发光的形体。

我叫范宁。

这时葛瑞看见了，仿佛有人在他的脑袋里打开了一扇门。一座城市。一座灯光闪耀的城市，灯光如此繁多，仿佛夜空落在地面，覆盖了所有的建筑、桥梁与街道。他正穿过那扇门，感觉到自己置身何处，闻到脚下坚硬的路面、废弃的泥土与石头的味道。冬季寒风灌过建筑物之间的空隙，让人觉得脸上不时有风拂过。可这不是达拉斯，不是他曾经去过的任何一个城市。这是某个比较古老的地方，时值冬季。部分的他坐在地下四层的控制面板前，另一部分的他却在另一个地方。他知道自己的眼睛已经闭上了。

我想回家，带我回家，葛瑞。

一所大学，他知道，可他怎么会这样想，他怎么会知道自己看见的是一所大学？他又怎么知道这是纽约，这座他从没去过、只看过照片的城市？他怎么知道他现在看见的建筑是大学里的建筑：办公室和教室，宿舍和实验室。他沿着一条人行道在走，不是真的走，就是沿着那条路往前移动，周围人来人往。

看看她们。

女人。年轻的女人，裹着厚重的羊毛大衣，围巾拉得高高的包住了脖子，有些人把帽子拉得低低的盖住了头，丰茂的青春秀发从压得紧紧的帽子底下倾泻而出，宛如真丝披肩垂在平滑圆润的肩膀上，迎向冬季的纽约寒风。她们的眼睛闪耀着生命的光彩。她们笑着，书本夹在腋下或抱在纤巧的胸前，以生气蓬勃的嗓音彼此交谈着，虽然他听不见她们在聊什么。

她们好漂亮，她们是不是好漂亮，葛瑞？

她们是，她们是很漂亮，葛瑞为什么从来都不知道？

她们走过身边时，你感觉不到她们、闻不到她们吗？她们的味道我百闻不厌。她们一走过，背后的气息多么甜美啊。我常常就这样站着，用力闻。你也闻得到她们的味道，对不对，葛瑞？就像那些男生一样。

那些男生。

你还记得那些男生，对不对啊，葛瑞？

他记得那些男生，那些从学校放学走回家，热得满身大汗，肩上背着书包，湿湿的裤子糊在腿上的男生。他记得他们头发与皮肤的汗味与香皂味儿，记得书包压在他们衬衫上、在后背留下那道湿湿的半月形。还有那个落在后面、抄捷径穿过巷子的男生，皮肤被晒成古铜色，黑发贴在颈背上，眼睛看着人行道，用地上的裂缝玩着某种游戏。起初他没注意到葛瑞缓缓地跟在后面，后来停下来的卡车。他看起来那么孤单……

你想要爱他，对不对，葛瑞？让他感觉到你的爱？

他感觉到某个庞大沉睡的东西在他身体里面苏醒了，那个旧的葛瑞，惊慌充满他的喉咙。

我不记得。

不，你记得，可是他们在你身上动了手脚，对不对啊，葛瑞？他们把那部分的你给夺走了，感觉得到爱的那个部分。

我不……我不行……

那还在，葛瑞，只是躲着你而已。我知道，因为那个部分也藏在我身体里，在我成为现在的我之前。

现在的你。

你和我，我们都是一样的。我们都知道我们想要什么，葛瑞。想付出爱，想感觉爱，女人男人都一样。我们想要爱他们，因为他们需要有人爱。你想要吗，葛瑞？你想再有那种感觉吗？

他想，他这时知道他想。

是的，那是我想要的。

我必须回家，葛瑞。我要带你和我一起走，让你看看。

葛瑞又看见了，在他的心灵之眼中，那座伟大的城市纽约环绕着他。四周轻轻低吟，嗡嗡回荡，那活力穿透每块石头与砖块，顺着看不见的连线灌进他的脚底。很黑，他感觉到那黑暗是某种精彩的东西，某种他身之所属的东西，灌进他的身体，冲进他的喉咙，进到肺部淹没了他，强大而令人舒畅。他既无所不在，又哪里都不在，不在地表之上移动，而是穿过其间的一景一物，进进出出，吸纳这黑暗的城市，而这黑暗城市也同时吸纳了他。

就在这时，他看见她了，她在那里。一个女孩，独自一人走在步道上，两旁是学校建筑——充满学生笑声的宿舍；走廊静悄悄的图书馆，宽阔的窗户雾蒙蒙的；一间空的办公室，有个清洁女工戴着耳机听音乐，弯腰在装轮子的水桶里浸湿拖把。他对这一切了然于胸，他听得见笑声，悄悄阅读的声音，数着书架上的书的动静，他听得见带水桶的女人轻轻哼唱的歌词：只要你靠近……哦哦……我就听见交响乐——还有那个女孩，走在前面的步道上，孤独的身影微光闪烁，生命力跳跃。她直直朝他走来，在风中微微偏侧着头，肩膀在厚重的外套下形成精巧的拱形，让他知道她怀里搂着东西。这女孩急着回家，她这么孤单，在外面待到很晚，读她怀里抱着的那些书，现在她觉得害怕。葛瑞知道他有话要对她说，在她溜走之前对她说。**你喜欢这个，这是你喜欢的，我会让你看看。**他浮了起来，往上飘，他俯冲向她……

爱她，葛瑞，带她走。

他觉得想吐，他在椅子里往前一晃，一口把胃里的东西全吐在地板上：汤和色拉，腌甜菜，薯泥和火腿。他头埋在双膝之间，一条长长的口水从唇间摇摇晃晃垂下来。

要命了，真是该死。

他缓缓地直起身体，思绪开始变得清晰了。L4，他在地下四层。有事情发生了，可他不记得是什么事。很可怕的梦，关于飞行的梦。他在梦里吃了一些东西，那味道还在他嘴巴里，像血的味道，他就这样吐了。

吐了，他觉得胃往下沉——非常糟糕。他知道他应该要被列为观察对象的。呕吐，发烧，抽搐，连不知从何而来的大喷嚏都不能掉以轻心。告示贴得到处都是，不只在木屋里，宿舍、餐厅，甚至厕所里都有："如有下列症状请立即通知值日官……"

他想到理察兹和他那跳跃的小光束，以及叫杰克与山姆的那两个人。

噢，要命，要命，要命，要命。

他动作得快，不能让人发现地板上这一大堆呕吐物，他告诉自己要冷静。静下来，葛瑞，静下来。他看看表，两点三十一分。他不能再等三个半小时。他站起来，绕过那堆脏东西，悄悄开了门。迅速瞥一眼走廊，看不见半个人。速度，最重要的是速度：他要赶快处理好，然后脱身。别管摄像机了，鲍森八成说得没错——怎么可能有人没日没夜每分每秒都盯着看？他从储物柜里拿出拖把，在水槽里给水桶装满水，倒进一杯漂白剂。如果被人看见了，他可以说打翻了汽水或咖啡什么的。真是太惨了，他会这么说。

他也不觉得自己真的病了，他感觉得出来，不像告示上写的那样。他的身体在衬衫底下冒汗，但这只是因为惊慌。他看着水满起来，发出氯气的臭味，然后从水槽深处把水桶提起来。他的身体以肯定的语气告诉他，他之所以吐是因为别的因素，是因为梦里的某个东西。他的嘴里还充满那个感觉，不只是那个味道——某种太过温暖黏稠的甜味似乎裹着他的舌头、喉咙和牙齿——还有他的下巴咬进软肉的那种感觉，充满汁液的感觉，仿佛咬了一口烂水果。

他从纸巾架上拉下纸巾，从柜子里拿出垃圾袋和手套，然后把所有的东西一起推进房间。那团秽物实在太多，光用拖把无法清干净，他只得跪下来，用纸巾尽量擦，把比较大块的东西堆成一堆，用指尖拎起来。所有的东西被丢进袋子，被紧紧绑起来，然后洒水、擦地板，转着圈圈擦。他的拖鞋上有些脏东西，他也抹掉了。嘴巴里的味道不同了，好像是腐烂臭掉的东西，让他想起“棕熊”，“棕熊”呼出的气息有时就是这种味道。那是它唯一讨人厌的地方，有时会带着撞死一周的小动物的臭味回到拖车，把脸凑近葛瑞的脸，绽开微笑，张大嘴巴，露出臼齿。葛瑞不能怪它，它只是只狗啊。可他一点都不喜欢那个味道，更不要说是在自己嘴巴里了。

他在更衣室里迅速换好衣服，把手术服塞进洗衣篮里，搭电梯到地下三层。戴维斯还靠坐在椅背上，脚跨在桌上，正在看一本杂志。他的耳朵上塞着耳机，脚上的靴子随着音乐节奏敲啊敲的。

“你知道吗，我不知道我干吗要看这种东西？”听着音乐的戴维斯大声说，“有什么意义啊？我根本就出不了这座冰山！”

戴维斯把脚放到地板上，举起杂志的封面给葛瑞看：两个裸女扭着身体抱在一起，张开嘴巴，舌尖碰舌尖。这杂志叫《热力四射》。就葛瑞看来，她们的舌头像两片肉，就是熟食摊摆在冰上的那种肉，他一看到就又涌上一阵恶心。

“噢，是啊，”戴维斯一看见葛瑞的表情就说，他拔掉塞在耳朵里的耳机，“你们这些家伙不喜欢这个。抱歉。”戴维斯身体往前挺，皱起鼻子，“老兄，你好臭，怎么回事？”

“我想我是吃坏东西了，”葛瑞谨慎地说，“我得去躺一下。”

戴维斯警觉地一惊，马上离开办公桌，拉开与葛瑞的距离：“别糊弄我。”

“我发誓，就只是吃坏了肚子。”

“老天啊，葛瑞。”那士兵的眼睛睁得大大的，满是惊慌，“你要害死我啊？你有没有发烧什么的？”

“我只是吐在垃圾桶里了，我想我是吃太多了，我只是需要出去走一走。”

戴维斯想了一秒钟，很紧张地打量葛瑞：“是啊，我见识过你吃东西的德行，葛瑞，你们每个人都不该那样把东西往嘴里猛塞的。我说啊，你看起来不太妙。别见怪，你看起来一团糟，我真的应该汇报这个情况的。”

他们必须封锁这个楼层，葛瑞知道，这就表示戴维斯也会被困在这里。至于自己会碰上什么事，他就不得而知了，他不想去考虑这个问题。他并没真的生病，他很清楚。可是他有点不太对劲。他以前做过噩梦，但从没弄到要吐的地步。

“你确定？”戴维斯逼问，“我是说，如果你真的有什么不对劲的地方，一定要告诉我啊。”

葛瑞点点头，一滴汗顺着他的躯干淌下。

“老兄，今天真是见鬼了。”戴维斯叹口气，让步了，“好吧，撑着点。”他把电梯钥匙丢给葛瑞，解下他皮带上的对讲机，“可别说我没关照你，好吗？”他对着话筒说，“这是三层的岗哨，我们需要替班的工人……”

但是葛瑞没留下来听，他已经进了电梯，离开了。

11

在俄克拉何马州兰德尔镇以西，距堪萨斯州州界南方几里处，华格斯特决定投降。

他们停在一家洗车场，就在一条他早就忘了是几号的村道旁边。天快亮了，艾美很快就睡着了，像只小熊那样缩成一团窝在车子后座里。结结实实开了三个小时的车，铎伊照着从GPS下载的路径指示方向，一排车灯在远远的后方闪烁，有时车一转弯就不见了，但总是很快又出现，紧随他们背后。刚过夜里两点的时候，华格斯特看见了这家洗车场。他冒险试着开了进去。他们坐在漆黑的夜色里，听着巡逻车呼啸而过。

“你想我们应该等多久？”铎伊问，他的气势全不见了。

“等一会儿吧。”华格斯特说，“让他们跟我们的距离拉远一点。”

“那会让他们有时间在州界设路障，或在知道跟丢之后又掉头回来找。”

“你要是有更好的点子，我洗耳恭听。”华格斯特说。

铎伊想了想，巨大的刷子挂在挡风玻璃上，让车里的空间感觉上更窘迫。“没有，并没有。”

他们坐在车里等。华格斯特觉得洗车场随时会灯光大亮，会有扩音器传来州警的声音叫他们高举双手下车，但是并没有。他们的电话有信号了，但这是模拟线路，而且没有加密，所以没有道理让其他人知道他们人在哪里。

“听我说，”铎伊说，“刚才发生的事，我很抱歉。”

华格斯特累得没力气理他，嘉年华会好像已经是几天前的事了。“别提了。”

“你知道，问题是我真的很喜欢我的工作。调查局，真的，这是我一直想做的工作。”铎伊深吸一口气，指尖碰着凝结在乘客席车窗上的水珠，“你想后来会怎样？”

“我不知道。”

铎伊苦涩地皱起眉头：“你是对的，那个家伙，理察兹，你说得一点都没错。”

洗车场的窗户开始泛白了，华格斯特看看手表，快要六点了，他已经等得够久了。他转动钥匙，倒车离开洗车场。

艾美醒过来，她坐起来揉揉眼睛，环顾四周。“我饿了。”她说。

华格斯特转头看铎伊：“怎么样？”

铎伊迟疑着，华格斯特看出来他心中的想法正逐渐成形。他知道自己真正说的是：结束了。

“可以啊。”

华格斯特把车子掉头，朝来的方向往回开，进到兰德尔镇上。主街道不算太长，大概只有六七个路口吧。街上散发着一股废弃的气息，大部分的窗户都糊着报纸或被抹上了肥皂。不远处八成开了一家沃尔玛，华格斯特想，或是类似的大卖场，马上就会让兰德尔这种小镇从地图上消失的大卖场。街尾，一束灯光洒在人行道上，五六辆小货卡停在路边。

“早餐。”他说。

餐馆是个窄窄的单间房，塌落的天花板因多年的烟雾与油渍而斑斑点点。长长的柜台占掉房间的一侧，面对着一排高背软垫的雅座。空气中弥漫着煮咖啡与煎奶油的味道。几个穿工作衫与牛仔裤的男子坐在柜台前面，驼着宽阔的背埋头在吃蛋喝咖啡。他们三个坐进靠后侧的雅座。一个中等身材、灰色双眸目光清澈的中年女服务生带着咖啡和菜单过来。

“两位先生要来点什么啊？”

铎伊说他不饿，只要咖啡。华格斯特抬头看看女服务生，她的号码牌上写着“萝安”。“什么好吃，萝安？”

“如果肚子饿，什么都很好吃。”她不置可否地笑了笑，“玉米粥还不错。”

华格斯特点点头，把菜单交给她：“听起来不错。”

那女人看看艾美：“这小家伙呢？你要吃什么，亲爱的？”

艾美从菜单里抬起头：“松饼？”

“还有一杯牛奶。”华格斯特补上一句。

“马上就来，”那女人说，“你一定会喜欢的，亲爱的，厨师会给你弄个特别的松饼。”

艾美带着她的背包下车，华格斯特陪她走到女厕去梳洗：“你要我陪你进去吗？”

艾美摇摇头。

“洗洗脸，刷刷牙，”他说，“也把头发梳好。”

“我们还要去看医生吗？”

“我想不会，再看看吧。”

华格斯特走回座位。“听着，”他悄悄对铎伊说，“我不想冲过路障，情况可能擦枪走火。”

铎伊点点头，意思非常明了。在交火之下，任何事情都可能发生。等你回过神来，车辆已经浑身弹孔，没人活命了。

“威奇塔的分处呢？”

“太远了，我看不出来我们怎么到得了那里，而且在这个节骨眼上，我想也不会有人承认他们认识我们，这件事完全没报备。”

铎伊瞪着他的咖啡杯，垮着脸，很丧气的样子，华格斯特顿时涌起一股怜悯之情，他说什么都没想到会有这种下场。

“她是个好孩子。”铎伊说，鼻子用力呼了口气，“真是瞎扯。”

“最好找本地警察，我想。你决定要怎么做吧。我可以把车钥匙给你，如果你想要的话。我要把我所知道的全告诉他们，这是我们最好的机会，我想。”

“是她最好的机会，你说得是。”铎伊并没有指控的意思，他只是陈述事实。

“是的，她最好的机会。”

早餐送上桌的时候，艾美也从洗手间回来了。厨师用生奶油把松饼涂得像张小丑脸，添上蓝莓当眼睛和嘴巴。艾美在上面倒满枫糖浆，埋头苦吃，咬一大口，灌一口牛奶，看她吃东西的模样还真好。

吃完之后，华格斯特离开座位，往后走到洗手间外面的那条小走廊。他不想用自己的手机，反正那也丢在太浩车的后备厢里。他之前看到有部公用电话，一件老古董。他拨了丽拉在丹佛的号码，铃声响了又响，等转到语音信箱，他又想不出要说什么，于是挂掉了，反正如果戴维听到留言也会删掉。

回到座位时，女服务生正要端走他们的盘子。他拿起账单，走到收银台付账。"这儿附近有警察局吗？"他把钱交给那女人的时候问，"警长办公室之类的？"

"往下走三条街就到了。"她说，把钱放进收款机里，"可你不必跑那么远。"她叮咚一声用力关上收款机的抽屉，"坐在那边的寇克是副警长。对不对啊，寇克？"

"喂，别嚷嚷了，萝安，我在吃东西！"

华格斯特顺着长长的柜台望下去。叫寇克的人正在吃一盘法国吐司。他下巴一圈赘肉，有双厚实饱经风霜的手，穿着打扮和平民无异，一条贴身牛仔裤系在肚子底下，搭一件颜色像烤焦吐司的夹克。像这样的小镇，他八成身兼三份工作。

华格斯特走向他："我要通报一桩绑架案。"

那人从凳子上转过身，用餐巾擦擦嘴，不可置信地看着华格斯特："你在说什么？"他没刮胡子，呼出的气息有啤酒的味道。

"看见那边的小女孩没有？她就是大家都在找的女孩。我猜你大概在电报上看到这个消息了吧？"

那人瞥着艾美，然后转回来看华格斯特，眼睛睁得大大的："该死！你唬我吧？从俄克拉何马来的那个？"

"他说得没错。"萝安愉快地说，她指着艾美，"我在新闻上看到，就是那个女孩！你就是那个女生，对吧，小可爱？"

"这下可惨了。"寇克从凳子上下来，房里突然变得静悄悄的，所有的人都在看，"州警到处在找她，你在哪里找到她的？"

"其实呢，我们就是带走她的人。"华格斯特解释说，"我们是绑架她的人。我是特别探员华格斯特，那个是特别探员铎伊。打个招呼吧，菲尔。”

铎伊从位子上无精打采地挥挥手：“你好。”

“特别探员？你是说FBI？”

华格斯特抽出证件，放在柜台上让寇克看：“一言难尽。”

“你们绑走了那个女孩？”

华格斯特又说一遍：“我们要向你投案，副警长，等你吃完早餐之后。”

柜台上有个人轻轻笑了起来。

“噢，我已经吃完了。”寇克说，他还把华格斯特的证件拿在手里，仔细翻看，仿佛无法相信自己眼中所见的一切，“惨了，真是该死！”

“快点嘛，寇克。”另一个男的大笑说，“他们想要投案，就逮捕他们啊。你还记得该怎么做，对吧？”

“急什么啊，法兰克，我正在想。”寇克温顺地看着华格斯特，“对不起，我好一阵子没做了，最近我大部分时间都在挖井。这附近没什么大不了的事，只是偶尔有人喝酒闹事，而且那多半是我，我没有手铐什么的。”

“没关系，”华格斯特说，“我们可以借你几副。”

华格斯特叫他扣押那辆太浩车，但寇特说他晚点儿再回来处理车子。他们交出武器，全挤进寇特那辆小货卡的前座，然后开到三条街外的镇公所。镇公所是一幢两层楼的砖造建筑，大门口有个大大的粗黑的年份标志：一八五四。太阳已经高挂天际，整个小镇沉浸在寂静无垠的光亮中。走下卡车时，华格斯特听见鸟儿在一棵刚冒出嫩芽的杨树上鸣唱。他感觉到一种轻盈的快乐，他知道这就是如释重负的感觉。搭车过来的路上，挤在小货卡里，他把艾美抱在膝上。现在，他在她身边蹲下来，双手搭在她肩上。

“不论这个人叫你做什么，我都希望你照做，好吗？他会把我关进牢里，我大概会有一阵子见不到你。”

“我想和你待在一起。”她说。

看见她眼里噙着泪水，华格斯特感觉到喉咙里哽着东西，但他知道自己做得正确，一旦寇克通报了逮捕的事，州警马上就会蜂拥而至，然后艾美就安全了。

“我知道，”他说，尽力挤出微笑，“现在全都没事了，我保证。”

警长办公室位于地下室，寇克没给他们上手铐，因为看得出来他们有多合作。他带他们绕到建筑侧面，走下楼梯，到一间天花板很低的房间。房里摆着几张金属办公桌，一个摆满猎枪的枪柜，墙边一排档案柜。仅有的光线来自一扇面向外侧的高窗，窗台塞满了枯叶。办公室里没人，负责接电话的女职员要八点才会进来，寇克一面解释一面开灯。至于警长呢，天晓得他在哪里，八成开车在什么地方转吧。

“老实说，”寇克说，“我连要怎么登记扣留你们都没把握，我最好还是用无线电通知他吧。”

他问华格斯特和铎伊，介不介意在牢里等一下。他们有间牢房，塞了一大堆硬纸箱，不过空间还够让他们两个待一会儿。华格斯特说没问题。寇克带他们到后面的牢房，打开门锁，华格斯特和铎伊走进去。

“我也要进牢房。”艾美说。

寇克不敢相信地皱起眉头：“我从没听过这么诡异的绑架案。”

“没关系的，”华格斯特说，“她可以和我一起在这里等。”

寇克想了想：“好吧，我想没问题，起码等到我姐夫来。”

“你姐夫是谁？”

“约翰·普莱斯，”他说，“这里的警长。”

寇特用无线电呼叫，十分钟之后，一个身穿合身卡其制服的男子穿门进入办公室，直接朝牢房走来。他个子很小，有着男孩似的纤瘦矫健身材，站在那里看来顶多一米六三，甚至还没扣掉他的鞋跟的高度呢。华格斯特觉得那双靴子很花哨——可能是蜥蜴皮或鸵鸟皮。他之所以穿这双鞋，八成是想给自己添点高度吧。

“嘿，哇！”他的嗓音意外的低沉，双手叉腰看着他们，下巴贴着一小块纸，可能是匆忙刮胡子时割伤了自己，“你们两个是FBI？”

“没错。”

“这什么乱七八糟的，”他转头对寇克说，“这小女孩在牢里干吗？”

“她说她要待在里面啊。”

“老天啊，寇克，你不能把个小女孩关在里面，你给那两个办了登记手续了吗？”

“我想等你来再说。”

普莱斯气呼呼地叹口气。“你知道，”他翻着白眼说，“你做事情得拿出自信来啊，寇克。我们已经讨论过了，你让萝安和其他那些家伙骑到你头上了。”寇克没答话，他继续说，“好吧，我们最好赶快通报吧，我知道他们上天下地拼命在找这个小家伙。”他看着艾美，“你还好吧，小妞？”

和华格斯特一起坐在水泥长凳上的艾美轻轻点头。

“她说她想要待在里面的。”寇克又说了一遍。

“我不管她怎么说，”普莱斯从扣在皮带上的小袋子里掏出钥匙，打开牢门，“过来吧，小妞。”他伸出手说，“你不该待在牢里的，我们给你吃点爆米花什么的。寇克，打电话给玛维丝，好吗？告诉她说，我们要她马上过来。”

两人再次独处，铎伊瘫坐在水泥长凳上，头往后仰，闭上眼睛。“天哪，”他呻吟说，“简直像《绿色田野》[①]里的情节。”

过了大约半个钟头，华格斯特听见寇克和普莱斯在另一个房间里说话，讨论该怎么做，该先打给谁。州警？检察官办公室？一直到现在，他们都还没办登记手续，可是没关系，还是会按程序来做的。华格斯特听见开门的声音，接着有个女人的嗓音对艾美说话，说她有多可爱，还问她兔兔叫什么名字，想不想吃冰激凌，转角那家店再过几分钟就开了，她很乐意去帮艾美买杯冰激凌。这一切都和华格斯特预想的一样，当他坐在车里，待在黑黢黢的洗车场，下决心自首的时候，已经预想到这一幕了。他很高兴自己这么做，高兴的程度让他自己都感到意外。这间牢房，他想是他这辈子要待的许多牢房的第一间，其实也还不坏。他很好奇，这是不是安东尼·卡特当时的心情，

① *Green Acres*，美国CBS电视台于1965—1971年所播映的影集，描述一对夫妇从纽约市搬到乡间农田的故事。

仿佛他对自己说：**这就是我自此往后的生活。**

普莱斯回到牢房，手里拿着钥匙。"州警上路了。"他说，站在鞋跟上左摇右晃，"听起来你们真的是搞得天翻地覆了。"他把两副手铐丢进栏杆里，"我想你们知道怎么用这东西。"

铎伊和华格斯特给自己戴上手铐，普莱斯打开牢房，带他们回办公室。艾美在接待桌旁边，坐在一张金属折叠椅上，背包搁在膝上，吃着三明治冰激凌。一个身穿绿色裤装，看起来像个老奶奶的妇人坐在她旁边，给她看一本着色本。

"他是我爸爸。"艾美对那个妇人说。

"这一个？"那妇人转头说，她眉毛又黑又长，一头浓密如头盔的黑发一看就是假的，她很不解地看着华格斯特，又回头看艾美，"那个人是你爸爸？"

"没事了。"华格斯特说。

"他是我爸爸。"艾美又说一遍，她口气坚定，一副要纠正他们的样子，"爸爸，我们得马上离开。"

普莱斯已经拿出一套盖指纹的工具，在他们背后，寇克正忙着架设背板和照相机，准备帮他们拍档案照片。

"这是怎么回事？"普莱斯问他。

"说来话长。"华格斯特勉强挤出这句话。

"爸爸，**现在**就走。"

华格斯特听见他们背后响起开门声，有人打开办公室的门。那妇人抬起头："有什么事吗？"

"嗨，早安。"是个男人的嗓音，听起来有点耳熟。这时普莱斯正抓着华格斯特的右手腕，把他的手指压在印泥上。华格斯特看见铎伊脸上的表情，于是明白了。

"这里是警长办公室吗？"理察兹说，"嘿，大家好。哇，这是真的吗？枪还真多。喏，我有个东西给你们瞧瞧。"

华格斯特一转头，恰恰看见理察兹对着那妇人的额头开枪。一枪，近距离，因为装上消音器，只发出闷闷的砰的一声。她在椅子里往后一倒，眼睛还瞪得大大的，头上的假发歪了。一摊鲜血像蕨叶那样染红了她背后的地板。她手臂举起、垂下，然后静止不动。

“对不起，”理察兹不为所动地说。他绕过办公桌。房里弥漫着弹药酸臭的气味。普莱斯和寇克吓得一动也不动，站在原地，嘴巴张得老开。但也或许他们感觉到的并不是惊恐，而是因为无法理解而哑口无言，仿佛他们踏进了一部电影之中，一部全无道理可言的电影。

“嘿，”理察兹说，举枪瞄准，“别动，就像这样，大傻蛋。”理察兹也杀了他们。

无人动弹，这一切宛如奇异梦境的慢动作，但仅仅发生在一瞬间。华格斯特看看那个妇人，看看地板上的两具尸体，寇克与普莱斯。死亡多么让人意外，多么断然，多么无可挽回，死亡本身多么沉重啊。坐在接待桌旁边的艾美，眼睛盯着死去妇人的脸。理察兹射杀她的时候，艾美就坐在旁边，约有一米的距离。她嘴巴张得大大的，仿佛有话要说；鲜血从额头淌下，顺着脸上深刻的皱纹往两旁扩散，宛如一个河流三角洲。艾美手中捏着那个吃了一半开始融化的三明治冰激凌，可能还有一口冰激凌含在她嘴里，给她的舌头裹上了一层甜腻。好奇怪，但是华格斯特想，终此一生，冰激凌的味道会永远让她想到此时此刻的画面。

“搞什么啊？”铎伊说，“你干掉他们了！”

普莱斯面朝下躺在他办公桌后面的地板上，理察兹蹲下来，拍着他身上的口袋，找到手铐的钥匙，丢给华格斯特。他有气无力地举枪对铎伊挥了挥，铎伊正看着摆枪的玻璃柜。

“我不得不这么做。”理察兹警告说，铎伊坐下来。

“你不会杀掉我们吧？”华格斯特松开手说。

“现在不会。”理察兹说。

艾美开始哭，气哽在胸口咯咯响。华格斯特把钥匙给铎伊，然后抱起艾美，紧紧将她搂在胸前。她虚软地靠在他身上。“对不起。对不起。”他想不出来别的话可说。

“还真是感人哪。”理察兹说，把艾美的小背包交给铎伊，“如果我们不马上离开，我就得再多宰掉几个人，可我觉得今天早上已经够了。”

华格斯特想到那家咖啡馆，那里的人很可能也都死了。他胸前的艾美还在打嗝，他感觉到她的泪水浸湿了他的衬衫。“该死，她只是个小女孩！”

理察兹皱起眉头：“干吗每个人都不停地说这句话？”他用手里的枪指着门，“走吧。”

那辆太浩车在晨光中等着他们，就在普莱斯那辆巡逻车旁边。理察兹叫铎伊开车，自己和艾美一起坐进后座。华格斯特觉得全然无助，在做了这么多的事情、做了千百个决定之后，此时却无能为力，只能服从。理察兹带路，要他们开出小镇，到一片开阔的野地，一架没有任何标志的瘦长黑色直升机等在那里。一等他们抵达，直升机宽阔的螺旋桨就开始转动。华格斯特听见远处警车的警笛越来越近。

“动作快一点。”理察兹挥着他的枪说。

他们登上直升机，几乎马上就升空了，华格斯特紧紧抱着艾美。他觉得自己仿佛灵魂出窍，仿佛在梦中——恐怖得难以言喻的梦，在梦中，他这一生所想要的每一个人都被带走了，而他能做的就只是眼睁睁地看着。他以前做过这样的梦，在梦中他一心求死，却死不了。直升机陡斜上升，开阔湿润的田野一览无遗，远远地，在田野边缘，一排警车飞快驶来。华格斯特数了数，总共九辆。坐在前座的理察兹指着挡风玻璃，不知对驾驶说了什么，让他把直升机转了个方向，然后在空中盘旋。这时巡逻车更接近了，离那辆太浩不到几百米。理察兹做了个手势，要华格斯特戴上耳机。

“看好了。”他说。

华格斯特还来不及回答，就有一道炫目的闪光，好像一部巨大的摄影机爆炸。一阵天摇地动的轰隆声，让直升机也晃动起来。华格斯特抓紧艾美的手腕，稳住身体。等他再次望向窗外，太浩车原本所在之处只剩下一个冒烟的坑洞，大得足以塞进一栋房子。他从耳机里听见理察兹的笑声。直升机再次升起，加速的力量让他们紧紧贴在椅子上，带着他们远离。

12

死亡是一个不容否定的事实，华格斯特接受死亡，就像接受大自然的所有事实一样。等一切结束时——无论用什么方法结束——理察兹会带他到某处的一个房间，给他冷冷的最后一瞥，和他给普莱斯和寇克的眼神一样，像个准备执行某种精准动作的人，比方摆好台球母球，或把一小沓纸丢进垃圾桶里，一切就这样结束了。

理察兹也可能带他到外面去了结，华格斯特希望如此，希望在理察兹赏他脑袋一颗子弹之前，他能看见树木，能感觉到阳光晒在他皮肤上，或许他会开口要求。你介意吗？他会说，如果不太麻烦的话，我想看着树。

他已经在营区里待了二十七天了，依他计算，这天应该是四月的第三个星期。他不知道艾美在哪里，也不知道铎伊的下落。直升机一降落，他们就被带开了。理察兹和一组武装士兵带走了艾美，华格斯特和铎伊也有自己的一组卫队，但他们两人被隔开了。没人盘问他，华格斯特一开始觉得很奇怪，但随着时间过去，他知道原因了。正式来说，这些事根本没发生。没有人会来盘问他，因为他的故事就只是故事。他唯一觉得不解的是，理察兹为什么没第一时间就杀了他。

关他的这个房间很像廉价汽车旅馆的房间，只是更简陋：地上没铺地毯，唯一的窗户没挂窗帘，笨重的家具摆在地上。小小的浴室地板冷得像冰。墙上有一团电线的地方，是原本摆电视的位置。通往走廊的门很厚重，要从外面用开关才打得开。仅有的访客是送餐进来的人，一语不发、体形庞大、身穿没有标志的褐色工作服，把装着餐点的托盘留在桌子上。这张小桌子是华格斯特打发一天大部分时间的地方，坐在那里呆呆地等着。铎伊八成和他一样，如果理察兹还没杀了他的话。

窗外的景色没什么可看的，只有空荡荡的松林，但华格斯特有时一站就是几个钟头，盯着屋外看。春天来了，林木披着融化的雪花苍翠欲滴，到处都有流水的声音——从屋顶和枝头滴下，从排水管淌过。如果踮起脚，华格斯特就恰恰可以越过那排树木望见围墙以及走动的人影。被拘禁的第四个星期刚开始的晚上，下了一场大暴雨。风雨大得惊天动地，闪电整夜在山头闪个不停，到了早上，他望向窗外，看见冬天已经结束了，一夜的暴雨把冬天冲刷得不留一丝痕迹。

除了每天送餐之外，每隔一天，也会送进来一套干净的手术服和拖鞋让他换上。有一阵子，华格斯特试着想和送东西的人讲话，甚至只是问问他们叫什么名字，但没有人搭腔。他们脚步沉重，动作笨拙马虎，总是一脸茫然、不为所动的样子，像老电影里的僵尸。死尸群集在农舍外面，呻吟，跌跤，身上穿着生前皱巴巴的制服。他小时候很爱看这种电影，根本不懂那有多贴近事实。华格斯特想：如果僵尸隐喻的是中年人的一连串丑行陋举呢?

这是可能的，他明白，一个人的一生有可能只是一长串的错误，到了结局到来的那一刻，只不过是一连串错误抉择的又一个例子而已。事实是，大部分的错误其实都是从其他人身上借来的。你得知其他人的坏点子，然后不知基于什么原因，就变成你自己的主意。这是他和艾美一起坐旋转木马时体会到的，虽然这个想法已经在他心里有好一阵子了，差不多有一年了。现在，华格斯特的时间多得是，可以反复思索。你不可能直视像安东尼·卡特这样的人的眼睛，却不明白这是怎么一回事。仿佛这么多年以来，在俄克拉何马的那个晚上，自从丽拉和伊娃的事情以来，他才第一次想清楚。但是伊娃已经死了，在刚过完第一个生日后的三个星期就死了。自那之后，他在世间行走宛如僵尸，或形同鬼魂，怀里空荡荡的，原本搂着伊娃的地方什么都没有了。也就因为这样，他才能这么从容自如地应付卡特和其他人：他就和他们一样。

他很想知道艾美在哪里，发生了什么事。他希望她不孤单，不害怕。他不只是希望，他拼命祷告，紧抱着这个想法不放，希望能用心灵的力量让一切成真。他很想知道，自己能不能再见她一面。这个想法让他从椅子里站起来，走到窗边，仿佛这样就能看见她，在晃动的树影之间再看见她。就这样又挨过了更多个钟头，时间的流逝只能通过光线的变幻以及送餐来去的人们而得知。那些餐点他大多碰都没碰。一整夜，他睡着无梦的觉，到早晨醒来头晕眼花，腿沉重如铁。他很想知道自己还有多少时间。

第三十四天的早晨，有人来看他，是席克斯，可是他看起来不太一样。他一年前见到的那个人光鲜整洁。而这个人，虽然穿着相同的制服，看起来却像睡在高速公路的路桥底下似的。污渍斑斑的制服皱巴巴的，脸颊和下巴的胡楂儿闪着油光，眼睛布满血丝，仿佛是打了几回合兵败如山倒的拳击手。他重重地往华格斯特坐着的桌边一坐，双手抱胸，清清嗓子，开口说话。

“我来请你帮个忙。”

华格斯特已经好多天没说过半句话，试着想回答的时候，他的气管仿佛半塞，因为长时间没用而变厚了，发出的嗓音也像哽咽。

“我的忙都帮完了。”

席克斯长呼一口气，身上散发一股腐臭的味道，是干掉的汗味和陈旧的人造丝的味道。有那么一瞬，他就只是打量着这间小小的房间。

“这一切或许有点……讨厌，我承认。”

“去你的。”华格斯特说出这句话，觉得非常爽。

“我来是为了那个小女孩，探员。”

“她的名字，”华格斯特说，“叫艾美。”

“我知道她的名字，她的事我很清楚。”

“她六岁，她喜欢松饼和嘉年华，她有只叫彼得的玩具兔。你是个没心没肺的家伙，你知道吗，席克斯？”

席克斯从外套口袋里掏出一个信封，摆在桌上。里面有两张照片。一张是艾美的，华格斯特想，大概是在修女院拍的，很可能就是随着琥珀色警报散发的那一张照片。第二张是高中毕业纪念册的照片，照片里的人显然是艾美的妈妈，同样的黑发，同样细致的脸骨，同样深邃的黑色眼睛，在快门一闪的那一瞬间，散发出充满期待的温暖光彩。这女孩是谁？她有朋友、家人和男朋友吗？在学校里最喜欢什么科目？最喜欢也最擅长的运动？她有秘密，有没人知道的故事？她对自己的人生有什么期待？她以四分之三的斜角侧对镜头，望向右肩，身上穿的像舞会礼服，淡蓝色的，露出光裸的肩膀。照片下方有一行大写字："艾奥瓦州，麦森联合高中"。

"她妈妈是个妓女，她把艾美丢在修女院的前一夜，在一个兄弟会前面的草坪上开枪杀了一个嫖客，先说给你让你知道。"

华格斯特想说：**那又怎样？**这又不是艾美的错。但照片里的那个女人——根本还算不上是个女人，只是个女孩——遏止了他的怒气。说不定席克斯说的根本不是事实。他放下照片问："她怎么了？"

席克斯耸起肩膀："没人知道，跑掉了。"

"修女呢？"

一抹阴影掠过席克斯的脸，华格斯特看得出来，他无意间正中要害了。老天哪，他想。连修女也是？是理察兹还是其他人呢？

"我不知道。"席克斯回答说。

"看看你，"华格斯特说，"你明明就知道。"

席克斯没再说什么，他的沉默让华格斯特知道，这个话题到此结束。他揉揉眼睛，把照片放回信封，摆在一旁。

"她人呢？"

"探员，事情是……"

"艾美在哪里？"

席克斯再次清清嗓子。"这就是我来找你的原因，你知道。"他说，"请你帮忙，我们觉得艾美说不定快死了。"

他们不准华格斯特问任何问题，不准他和任何人讲话或四下张望，或离开席克斯的视线。两个一组的士兵领着他在潮湿的晨光中穿过营区。空气闻起来、感觉起来都像春天。在房间里待了将近五个星期之后，华格斯特发现自己饥渴地呼吸着，阳光射进眼里很痛。

进到木屋之后，席克斯带他搭电梯下了四层。走出电梯，他们踏进一条空荡的、朴素的白色走廊，这地方看起来像医院。华格斯特猜他们可能在地下十六七米，搞不好更深。不管席克斯的人在下面藏了什么，他们显然都希望和地上的世界隔着越多泥土越好。他们来到一扇标示着“主实验室”的门口，但是席克斯连脚步都没放慢就走了过去。更多门之后，才来到席克斯要进的那一扇门。他拿卡刷了一下卡片阅读机，把门打开。

华格斯特发现自己置身在某种观察室里，隔着宽阔的窗户，在幽幽的蓝光里，艾美小小的身躯躺在一张病床上，独自一人。她吊着点滴，但没有别的了。在她床边有张空的塑料椅，从天花板的轨道上垂下多条颜色不同的管子，卷成一团，很像修车厂里充气用的管子。除此之外，房里没有别的东西。

“就是他？”

华格斯特转身看见一个他之前没注意到的人，这人身穿绿色手术服，和华格斯特自己一样，但外面套着白色实验袍。

“华格斯特探员，这位是佛斯特博士。”

他们点点头，没握手。佛斯特很年轻，甚至不到三十岁。华格斯特不知道他是医生还是什么。就像席克斯一样，佛斯特看起来筋疲力尽，浑身乏力，皮肤泛着油光，需要剪头发刮胡子。脸上的那副眼镜看来已经一个月没擦过了。

“她身上植入了一个芯片，会把她的生命现象传送到这个面板上。”佛斯特指给他看：心跳，呼吸，血压，体温。艾美体温三十九点二摄氏度。

“在哪里？”

“什么在哪里？”那位博士带着迷惑的眼神问。

“芯片在哪里？”

“噢，”佛斯特看看席克斯，席克斯点点头，佛斯特指着他自己的颈背，“在第三和第四节颈椎之间的皮下。电力来源非常精巧，真的，一个微小的原子核电池，像卫星用的那种，只是更小。”

精巧。华格斯特打了个冷战。艾美脖子里有个原子核电池。他转头看席克斯。席克斯带着谨慎的表情看着他。

“其他人也是这样，卡特和其他人？”

“他们是……预做准备。”

“替什么预做准备？”

他顿了一下：“替艾美。”

佛斯特解释目前的情况：“艾美昏迷了。没有人料想到她发高烧，而且烧得太久了，她的肝肾功能都在衰竭。”

“我们希望你可以和她讲话。”席克斯说，“这对长期意识昏迷的病鬼有时有用。铎伊告诉我们说她……她和你很亲。”

进到艾美房间，要经过两段式的气闸。席克斯和佛斯特带他先进到第一个舱房。墙上挂着一件橘色的生化防护衣，空荡荡的头盔往前倾，活像个扭断脖子的人，席克斯说明操作的方式。

“你先穿上这件衣服，然后用胶带把所有的缝隙贴起来。头盔底部的活塞连到天花板上的那些管子，有颜色区别，所以很明显。出来以后，你必须先穿着衣服冲一次澡，然后脱掉衣服再冲一次。墙上有说明。”

华格斯特坐在长凳上脱脚上的拖鞋，却突然停住。

“不。”他说。

席克斯看着他，皱起眉头：“又怎么了？”

“不，我不要穿这个。”他转头，和席克斯面对面，“要是她醒过来，看见我穿着这身宇航服，绝对不会好过。你要我进去，我就这样进去。”

“这不是好主意，探员。”席克斯警告他。

他已经下定决心：“不换衣服，否则就拉倒。”

席克斯瞥了佛斯特一眼，佛斯特耸耸肩：“这可真是……有意思。理论上来说，病毒应该已经没有活性了。可是另一方面，也还是可能有。”

“病毒？”

“我想你会发现的。”席克斯说，“让他进去，就说是我下的命令。还有，探员，你一旦进去，就进去了。之后的事，我什么也无法保证，清楚吗？”

华格斯特说他很清楚。席克斯和佛斯特离开气闸。华格斯特知道自己根本没预期到他们会答应。最后一刻，他从背后叫住他们："她的背包呢？"

佛斯特和席克斯又偷偷交换了眼神。"等一下。"席克斯说。

几分钟之后，他带着艾美的背包回来了。神力女超人总共有三个，华格斯特始终没仔细看过这个图案，她们的图像是粘在粗帆布袋上的某种塑料，高举拳头，往上飞。华格斯特拉开拉链，有些艾美的东西已经不见了，比如梳子，但彼得还在里面。

他盯着佛斯特看："我要怎么知道病毒是不是……还有活性？"

"噢，你会知道的。"佛斯特说。

他们封闭他背后的那一道门，华格斯特感觉到气压骤降。第二道门上方的灯由红转绿。华格斯特转开门把，走了进去。

第二个房间比第一间长一些，地板上有条胖胖的排水管，向日葵似的莲蓬头连在金属链上。这里的光线也不一样，蓝蓝的，宛如秋日的微曦。墙上的告示牌写着席克斯之前提过的指示：一长串的步骤之后，全身赤裸站在排水管上，冲洗嘴巴、眼睛，然后漱洗喉咙，把水吐掉。一架摄影机从天花板角落里望着他。

他在第二道门口停了一下，头顶上的灯是红色的，墙上有一个数字键板。他该怎么进去？这时灯由红转绿，就像第一道门一样——席克斯从外面监控系统。

打开门之前，他顿了一下。这门看起来很重，是闪亮亮的钢门。很像银行金库或潜水艇上的东西。他说不上来为什么坚持不穿生化防护衣，现在想想还真是仓促的决定。就像他说的，是为了艾美？还是为了想从席克斯嘴里套出一些情报，无论多么微不足道的情报？不管是哪个理由，他都觉得理所当然。

他转动门把手，耳朵再次感觉到压力下降。他吸饱一口气，走进门去。

葛瑞不知道是怎么回事，一天又一天，他报到值班，搭电梯下到地下四层——第一个晚上过后风平浪静；戴维斯替他掩护——在更衣室换衣服，做分内的工作，打扫走廊和浴室，然后进到监控室，六个小时之后出来。

一切都正常得不得了，只是那六个小时一片空白，仿佛脑子里的一个空抽屉。他显然做完了该做的工作，填了报告，做好备份，把兔子笼摆进去、拿出来，甚至和浦霍或是进来的其他技术员讲几句话。只是他什么都不记得了。他刷卡进了观察室，接下来知道的就是自己值完班，从另一边回来。

只有一些零星的琐事——飞掠而过的事情，微小但却很亮，细细碎碎的记录数据反射着光线，宛如五彩碎纸从天而降——在他心里飞舞。那不是照片，不是那么清晰直接的东西，不是他能握在手中的东西。但是他坐在食堂，或回到自己房间，或跨过院子到木屋时，喉咙里总会涌起一股泡沫的味道，牙齿之间有种怪异多汁的感觉。有时候那感觉好强烈，害他突然一动也不能动。碰上这样的情况，他就会想点好玩的事，不相干的事，多半是和"棕熊"有关的事。嘴里的味道仿佛会触动按钮，让他想起他的老狗，老实说，直到不久以前，他都还很少想到那只狗。他已经好多年没想到"棕熊"了，直到那天他在监控室做梦，吐得地板上到处都是。

"棕熊"和它恶臭的口气，"棕熊"拖来某只死掉的负鼠或浣熊之类的，拖到前门台阶上。那一次它在拖车后找到一窝兔子，那还是一团团蜜桃色的小肉球，甚至连毛都还没长齐，然后一只只地咬，小小的头颅在它臼齿之间弹动，就像坐在电影院里的孩子拿着一个大汉堡包一样。

好玩的是，他不确定"棕熊"真的**做过**这件事。

他怀疑自己是不是病了，地下三层哨站的告示让他非常紧张，他从来没这么紧张过。那些警告文字仿佛是冲着他来的：如有以下症状……一天早上，吃完早餐回来，他觉得喉咙有点痒痒，就像着凉那样；还来不及有反应，就对着手用力打了个喷嚏。之后，他就开始有点流鼻水。接着春天来了，夜里还有点冷，但是下午温度回升到十到十五摄氏度，所有的树都开始开花，一层朦胧的绿色迷雾，山峦上宛如喷溅了漆彩。他向来就会过敏。

到处一片静寂，葛瑞过了好一阵子才注意到，没有人说什么话——不只是一开始就不太说话的清洁工，连技术员、士兵和医生都是。这不太可能突然发生，在一天或一个星期之间，但是慢慢地，随着时间推移，寂静笼罩了这个地方，像个盖子似的封住了一切。葛瑞自己本来就是个只听不说的人——魏尔德，牢里的那个心理医师，就曾经说他“你是个好听众啊，葛瑞”。魏尔德这么说自然是一种恭维，但其实他多半只是太喜欢自己的声音，所以很高兴能有听众。然而，葛瑞还是很想念别人说话的声音。有天晚上在食堂里，他数了数，共有三十个人埋头吃饭，但没有半个人讲话。有些人甚至连吃都不吃，光是坐在椅子里，搅着一杯咖啡或茶，瞪着前方，仿佛半睡半醒。

但葛瑞在宿舍里睡得很好，他睡啊睡啊，等闹钟在清晨五点响起时，他才翻身下床，从床头柜拿起烟点一根，好几分钟静止不动，试着厘清自己做没做梦，他想他并没有做梦。

有天早上，他在食堂坐下来吃早餐——法国吐司涂上奶油，几个蛋，三根香肠，旁边还有一碗玉米粥——要是他病了，肯定会一点胃口都没有——抬起头正要咬第一口，滴着油的吐司马上要入嘴的时候，他看见鲍森了。鲍森坐在他正对面，隔着两张桌子。自从上回交谈过后，葛瑞瞥见过他一两次，但是没靠近，不像现在这么近。鲍森面前放着一盘蛋，碰也没碰。他看起来一团糟，脸上的皮肤绷得紧紧的，底下的骨头棱角分明。有那么一瞬间，仅只一瞬间，他们的眼神交会。

鲍森转开视线。

那天晚上，值班报到时葛瑞问戴维斯：“你认识那个叫鲍森的家伙吗？”

戴维斯这阵子不像平常那么快活，他的笑话、色情杂志和不时流泻出音乐声的耳机也都不见了。葛瑞很狐疑，戴维斯一整个晚上坐在这里要怎么打发时间，不过，葛瑞也不知道自己整个晚上的时间是怎么打发的。

“他怎么了？”

可是葛瑞问不下去了，他想不出来有什么其他要问的。

“没有，只是想说你和他熟不熟。”

“帮你自己一个忙，离那个浑蛋远一点。”

葛瑞到楼下开始工作。直到后来，他在地下四层拿着刷子刷马桶的时候，才想到他原本要问的问题。

他在怕什么？

大家都在怕什么？

他们叫他十二号，不是卡特或安东尼，也不是小尼仔，但是他病得很厉害，独自躺在漆黑之中，这些名字和他们所指的人似乎是另一个人，不是他。一个已经死掉的人，只留下这病，以痛苦的形式取代了他的存在。

这病感觉上似乎是永恒的，这病让他想到的就是“永恒”两个字。不是说这病会持之以恒，不只是指他生病的时间。仿佛时间的概念就在他体内，在他身体的每一个细胞里。时间不是汪洋，不像以前某人对他说的那样；时间是上百万个细小的焰火灯芯，永远不会熄灭的灯芯，那是天底下最惨的感觉。有人告诉他，他很快就会觉得好多了，好得很多很多。他相信那人的话，相信了好一阵子。但是他现在知道，那只是谎言。

他隐约感觉身边有人走动，穿着宇航服的人来来去去，对他又戳又刺。他想要喝水，只要一点水稍稍解渴，但当他开口要的时候，却发现嘴里没有声音，除了耳朵里的呼呼与嗡嗡声之外，什么声音都没有。他们抽了他的血，感觉像抽掉了整整一加仑。那个名叫安东尼的人偶尔卖血；他捏着球，看着袋子里装满血，那血的浓度，那深沉的红色，那充满生命力的感觉让他啧啧称奇。从不超过一品脱，然后他们会给他一些饼干、一卷钞票，打发他走。可是现在，这些穿宇航服的人装满一袋又一袋，而且这血也不一样了，虽然他也说不上来怎么不一样。他身体里的血是活的，可他认为那不再只是他自己的血；那血属于别人，属于别的东西。

现在死掉最好。

伍德太太，她很清楚。不只清楚她自己，也清楚安东尼，这么想的时候，在一瞬间，他又是安东尼了。死掉很好，死亡有光，有自由，就像爱一样。

他想抓住这想法，让他依然是安东尼的想法，但这想法一点一滴地溜掉了，像条绳子缓缓地从他手里松掉。到底过了多少天，他说不上来；他身上发生了一些事情，但对那些穿宇航服的人来说，发生的速度还不够快。他们不停地谈这件事，刺了又刺，戳了又戳，抽了他更多的血。他也听见别的轻柔的呢喃，宛如人声，但不是从那些穿宇航服的人身上发出来的。那声音似乎来自遥远的地方，但同时也来自他心里。不是他所懂的语言，而是无意义的词语；是他这时正侧耳聆听的语言，有次序，有意义，也有心灵，但是不止一个心灵，是十二个。但有个声音比其他声音更突出，不是更大声，而是更突出。先是一个声音，然后浮现了其他声音，总共十二个。他们在对他说话，呼唤他，他们知道他在这里。他们在他的血液里，而且永恒存在。

他想回答他们。

他睁开眼睛。

“门放下来！”有个声音嚷道，“他起来了！”

绑住他的束带根本是小意思，像纸一样。桌子的铆钉崩开来，飞冲到房间的各个角落。先是他的手臂，接着是他的双腿。房里很暗，但什么都逃不过他的眼睛，因为黑暗已经是他的一部分了。在他体内很深很深的地方，强大贪餍的饥渴扩展开来。吃掉这世界，全吞到肚子里，吃得饱饱的，让自己变得完整。让这世界永恒不灭，就像他自己一样。

有个人往门口逃。

安东尼飞快地扑到他身上，由上而下。一声惨叫，那人再也没有声音，变成了地板上一团湿乎乎的碎片。是血，温暖甜美的血！他喝了又喝。

那个告诉他说他很快就会觉得好很多的人，终究说对了。

安东尼·卡特这辈子从没觉得这么爽快过。

浦霍，那个迟钝的笨蛋，死掉了。

三十六天，卡特花了三十六天才开始起身，是他们之中时间最久的一个，但卡特应该是最温和的一个，在病毒转化成最后形式之前的最后阶段，也就是那个小女孩正在经历的阶段。

理察兹并不在乎那小女孩到底会怎样，她要么能撑过来，要么不能。她要么永生不死，要么活不过五分钟。随着情势的发展，就特殊武器部而言，小女孩已经变得无关紧要了。他们让华格斯特进去陪她，和她讲话，想让她醒过来。到目前为止他都还好，可如果小女孩死了，情况也不会有什么不同。

浦霍的脑袋瓜到底在想什么啊？大门好几天前就该关了，至少他们现在了解这些东西的能耐了。尽管玻利维亚的报告写得很详尽，但亲眼目睹又是另一回事，透过摄影机看见卡特，这个正常状态智商不到八十，害怕自己影子的小个子，腾空跃过六七米，速度之快简直不像是穿越空间，而是扭转空间，把一个人活生生地从胯下到下巴撕成两半，就像迫不及待地撕开一封信一样。等一切结束时——共约二十秒——他们不得不用强光照射卡特，把他逼回角落里，才能关下大门。

现在总共有十二个了，把范宁算进来就有十三个。理察兹的任务结束了，或者应该说差不多结束了。任务已经完成，“诺亚计划”已经转化成“启动行动”。一个星期之内，他们会把这些“荧光棒”移送到新墨西哥州的白沙。之后，就不是理察兹分内的事了。

终极的碉堡克星，柯尔是这么说的，很久很久以前，远在这一切都还只是理论之时——远在玻利维亚，范宁和其他人出现之前。光是想想这些东西能发挥什么作用吧，比方说，在巴基斯坦北部的山洞里，或伊朗的东部沙漠，或车臣历经炮火摧残的建筑。就当成是洗肠吧，理察兹，从内部好好清洗干净。

或许到头来柯尔还是说对了，只是他人不在，这个想法好像自己有了生命。不管这样违背了多少条国际公约（光是理察兹想到的就有六七条），也不管这是他这辈子听过最蠢的点子。很可能是虚张声势，但就算是虚张声势也总能唬人吧。只要有人认真想一想，想个该死的一秒钟就好，你要怎么把这些东西限制在巴基斯坦北部的山洞里？

他为席克斯感到难过，但是并不担心。那家伙没救了，从特殊武器部的命令传达下来之后，就几乎没到过他的办公室来。理察兹问他黎尔是不是知道，席克斯大笑，那声音好可怕。**可怜的家伙，**他说，**他还以为他是在拯救世界呢。照这情况发展下去，说不定这世界到头来还真需要拯救呢。就算还只是计划阶段，我也没办法相信。**

武装卡车会把“荧光棒”载到大强克逊，从那里再用火车运到白沙。至于理察兹，等一切都按程序结束之后，他考虑要买处地产，比方说在加拿大之类的。

清洁工将会第一批离开。技术员和大部分的医生也是，还有那些惹出最多麻烦的人，譬如鲍森。在卸货平台那天的事情过后，理察兹查过人事档案。德瑞克·鲍森，二十二岁，从康涅狄格州葛拉斯顿贝利的高中毕业之后直接入伍，在沙漠待了一年，然后调回本土。没有任何不良记录，这家伙很聪明，智商一百三十六。他原本一定可以进大学或是美国海岸防卫队。他已经在这里服役二十三个月，被逮到两次值勤时睡觉，一次违法使用电子邮件，但就只有这些。

让他困扰的是，鲍森**知道**，或相信自己知道，理察兹马上察觉到了这一点。不是因为鲍森说的或做的任何事情，而是理察兹打开厢型车车门时，卡特脸上的神情——像个见到鬼的可怜家伙，甚至更惨。除了科学人员和清洁工之外，没有人到过地下四层。除了站在雪地里之外无事可做，这些士兵难免有些无聊的想法，在餐桌上胡扯。但理察兹从心眼里感觉到，鲍森说的绝对不只是那些无聊的八卦。

说不定鲍森做梦，说不定他们**每一个人**都做梦。

这阵子以来，如果理察兹有梦，梦见的都是那些修女，他不太喜欢那个场面。很久以前，远在仿佛前生的时期，他上过天主教学校。一大堆形容枯槁的臭婆娘动不动就打人，赏人耳光，可是他很尊敬她们。她们言行如一。所以，射杀修女非他所愿。她们大部分都在睡梦中死去，但是有一个醒来，她睁开眼睛的模样，让他觉得她仿佛在等他。他已经干掉两个了，她是第三个。她在床上睁开眼睛，透过窗外照进来的淡淡光线，他看见她和前两个不一样，不是干枯的海马，是个年轻的修女，而且长得还不错，然后她闭上眼睛，嘴里念念有词，很可能是祷告吧，理察兹压着枕头开枪杀了她。

结果少了一个修女，蕾西·安东尼特·库杜托，发疯的那个。没人会相信她说的故事，就算有人相信好了，俄克拉何马西部几个被FBI坏探员给射杀的警察，以及那辆车龄十年、需要好几把镊子和几千年时间才能拼凑出原貌的太浩，也让线索全断了。

然而，他还是不喜欢对着修女开枪。

理察兹坐在自己的办公室里，看着监视器。时间是二十二点二十六分。清洁工带着兔子笼在监控室里进进出出，可是没人吃兔子。最开始是零号，然后在卡特出现之后，或许是几天之后，迅速蔓延到其他人。这实在很棘手。但不管怎么样，要是特殊武器部有办法应付，这些“荧光棒”很快会再开始进食。理察兹希望届时他已经在哈得孙湾冰钓或挖雪盖冰屋了。

他看着艾美那个房间的监视器，华格斯特坐在她床边。他们架了一间有尼龙帘幕的流动厕所和一张他可以栖身睡觉的行军床。但他完全没睡，一天又一天，就只是坐在艾美床边的椅子里，摸她的手，和她讲话。他们到底说些什么，理察兹没兴趣知道。然而他还是发现自己盯着他们看，一看就是几个钟头，几乎和他观察巴柏寇克的时间一样多。

他把注意力转回巴柏寇克的房间，一号。巴柏寇克倒挂在栏杆上，他诡异的橘色眼睛直直盯着镜头，颌部悄悄动着，嚼着空气。**我是你的，你是我的，理察兹。我们都是为了某个人而存在的，而我之所以存在，是为了你。**

是啊，理察兹想，去你的。

理察兹的对讲机在腰间响着。

“正大门呼叫，”另一端的声音说，“这里有个女人。”

理察兹查看监视器，屏幕上照出的是警卫亭。两个哨兵，一个对讲机贴在耳朵上，另一个已经拔出武器。那女人站在小屋周围的那圈光线之外。

“然后呢？”他说，“把她赶走。”

“问题是，长官，”那哨兵说，“她不肯走，她看起来不像有车的样子，我想她是步行来的。”

理察兹用力瞪着屏幕，他看见那名哨兵把对讲机丢在地上，拔出武器。

“嘿！”理察兹听见他说，“退回去！别动，否则我要开枪了！”

理察兹听见武器开火了，另一个哨兵跑进漆黑之中。又两声枪响，通过丢在泥地上的对讲机，枪声听起来闷闷的。过了十秒，二十秒，他们又再回到光线里。理察兹从他们的肢体语言看得出来，他们没抓到她。

第一个哨兵捡起对讲机，抬头看着镜头。

“对不起，她跑掉了，你要我们去找她吗？”

老大哪，这还真是理察兹所需要的。“她是什么人？”

“黑人，讲话有点口音。”哨兵说，“说她要找一个叫华格斯特的人。”

他没死，没马上死，一天挨过一天，也都没死。到了第三天，他说故事给她听。

“以前有个小女孩，”华格斯特告诉她，“比你还小的小女孩，她叫伊娃，她爸爸和妈妈都好爱她。她出生之后的那天晚上，在医院里，大家都睡着之后，爸爸从病房的婴儿床上把她抱起来，她光裸的皮肤抵着他，从那一刻起，她就在他里面，真真实实的。这小女孩在他里面，在他心里面。”

或许有人在看，在听。摄影机就在他肩膀上方，他不在乎，佛斯特进来又走了。他给她抽血，换了袋子，华格斯特开口讲话，从第三天开始讲个不停，把所有的事情全告诉艾美，他从没告诉过其他人的故事。

“然后发生问题了，是她的心脏。她的心脏，你知道的，”他指着自己胸膛，让她看心脏所在的位置，“开始萎缩。她的身体慢慢长大，但是心脏没有，后来其他的部分也不再长了。如果可以，他愿意把自己的心脏给她，因为是她的心脏让他的生命开始，一直都是，始终都是因为她，但是他没办法替她做到，他什么都没办法做，没有人有办法，最后她死了，他也跟着她一起死了。原本的那个他已经死了，那男人和那女人无法再彼此相爱了，因为他们的爱只剩下哀伤，只剩下对女儿的思念。”

他把故事告诉她，全部告诉她。故事说完的时候，这一天也结束了。

“然后你出现了，艾美，”他说，“然后我找到了你，你明白吗？就像她回到我身边一样。回到我身边，艾美。回来，回来，回来。”

他抬起头，他睁开眼睛。

艾美也睁开眼睛。

13

蕾西在树林里蹲伏着前进，从这棵树躲到那棵树，和士兵之间保持着距离。空气冷而稀薄，她的肺部刺痛。她背靠一棵树站着，让自己喘过气来。

她不害怕，士兵的枪弹不算什么。她听见子弹穿过低矮的枝叶，但是从未逼近身边。而且那么小的子弹，那么小的东西怎么伤得了人？她走过这么漫长的路途，克服了这么多困难，他们怎么能希望用这么微不足道的东西吓跑她呢？

树干粗得像水桶，她环顾四周，透过矮树丛，看见警卫亭的灯光，听见那两个人在交谈，他们的声音在无月的夜里很轻易地传开来：**黑人，讲话有点口音**。另一个则一遍又一遍地说：**惨了，他会把我们给宰了。我们怎么会没逮到她呢？**

不论和他们打电话的是谁，他们都很怕他。可是这个人——蕾西知道他不算什么，谁都不重要。这些士兵就像小孩一样，没有自己的心灵。就像多年前在野地上的士兵一样。她还记得，在那漫长的时间里，他们怎么一做再做。他们以为从她身上夺走了什么东西——她可以从他们嘴边挂着的黑色微笑看出来，从他们脸上酸臭的气息里尝出来——没错，他们的确夺走了某些东西，但此时此刻，她宽恕他们，把东西拿回来，她拿回来的就是蕾西自己，而且还有别的东西，她闭上眼睛。**可是主啊，你是我的盾牌**，她想。

你是我的荣耀，只有你可以使我抬起头来。

我向主呼求，他从耶路撒冷的圣殿中回应我。

我躺下来就安然睡着，醒来的时候也平静安稳，

因为主看顾我。

纵有千万仇敌环绕着我，我也不会惧怕。

因为当我呼求说“主啊，求你起来！我的上帝，快来救我”，

他就要掴他们的脸，

打掉他们的牙齿。[①]

她再次在林木中前进，和哨兵打电话的那个人要派更多的士兵来抓她。然而，她心中却有一股近似喜悦的感觉——某种灵敏的新活力，比她这一生所体会过的感觉更饱满、更深沉。就在这几个星期，她一路走到这里来的漫漫长途中——哦，这里是哪里？她不知道这里的地名。在她心中，这里就只是艾美所在的地方。

她搭了几趟巴士，也坐过某人卡车的后座，和两条拉布拉多犬，以及一笼小猪崽坐在一起。有几天，她一早醒来就知道今天就只能步行。她偶尔吃点东西，如果感觉对的话，就敲某家的门，问能不能给她一张床睡觉。来开门的女人——无论蕾西敲的是谁家的门，来开门的始终是女人——会说好，当然可以，请进，然后带她进到房间，有张床已经铺好被子等着她，就这样，没再多说半句话。

然后有一天，她爬上一条长长的山路，阳光里满是上帝的荣光，照耀四周。她知道自己到了。

等等，那声音说，**等到日落，蕾西修女，道路会自然引领你的方向。**

果真如此，道路会自然引领方向，更多人来追她了。每一个落下的脚步，每一根折断的树枝，每一个呼吸都像枪声，大声告诉蕾西他们人在哪里。他们六个一列散开来，跟在她背后，用枪指着漆黑，指着空无，指着蕾西原本站着现在却已不在的地方。

她来到树林的一个缝隙，一条路左边的两百码外，那里有一间警卫亭沐浴在光晕之中。右边的路转进树林，陡峭下坡。远远的下方，有河流的声音。

她不知道这个地方对她来说有什么意义，但她知道自己必须等待。她低下身体，把肚子贴在林地上。士兵在她背后，四十米，三十米。

---

① 《圣经·诗篇》第三篇第三至第七节。

她听见柴油引擎低沉费力的声音。车子的音调变低了，是司机换低速挡驶最后一段上坡路。慢慢地，车子的灯光与噪声离她越来越近。车灯越过山顶照过来时，她从地上爬起来蹲着。是辆军用卡车。引擎声音又变了，司机换了挡开始加速。

现在?

那声音说：**现在。**

她爬起来，铆足全力奔跑，瞄准卡车背后。那是一条很宽的保险杠，上面是个开敞的载货区，盖着随风晃荡的帆布。有那么一会儿，她跑得似乎太慢了，卡车好像要走远了，但她一加紧速度就追上了。她双手抓住载货平台的门盖，一只脚再一只脚地离开了路面。蕾西·安东尼特·库杜托飞了起来，她撑起身体，翻过去，溜上车去。

她的头撞上载货区的底板，砰的一声。

箱子，卡车上载满箱子。

她挣扎着往前挤，挤到驾驶座后面的那道板子边。驶近警卫亭的时候，卡车再次放慢速度，蕾西屏住呼吸。现在不管将要发生什么事，她都无能为力了。

刹车发出嗞嗞的声音，卡车摇摇晃晃停下来。

“请出示货单。”

是第一个哨兵的声音，叫蕾西别动的那个哨兵，拿着枪的娃娃兵。从他声音的角度判断，她知道他站在车侧的踏板上。空气里马上飘来烟味。

“你不该抽烟的。”

“你是谁，我妈啊？”

“看看你自己的货单吧，你载了很多弹药，够把我们炸到火星去。”

乘客席传来一阵窃笑。

“这是你的葬礼，你在路上看见什么人了吗？”

“你是说，死老百姓？”

“我还说喜马拉雅山雪怪呢。没错，老百姓。一个黑女人，大概一米六七，穿裙子。”

“你说笑啊，”对方顿了一下，“我们谁都没看见，天很黑，我不知道。”

哨兵从车侧踏板下来：“等等，我要检查后面。”

别动，蕾西，那声音说，**别动**。

帆布掀开，盖上，又掀开。一束光线扫进卡车后面。

闭上眼睛，蕾西。

她照做，她让手电筒的灯光扫过她的脸，一次，两次，三次。

主啊，你是我的盾牌……

她听见卡车车身被砰砰用力敲了两下，就在她耳朵后面。

“好了！”

卡车开走了。

理察兹一点都不开心，那个疯掉的修女——她到底跑这里来干吗？

他决定不告诉席克斯，等把状况搞清楚了再说。他派出六个人。六个！只为了干掉她！可他们两手空空地回来了。派他们再去，绕着围墙找。找到她！喂她一颗子弹！有这么难吗？

华格斯特和那个女孩的事拖得太久了，而铎伊为什么还活着？理察兹看看手表，十二点零三分。他从办公桌底层的抽屉拿出枪，查看弹匣，然后插在腰后。他离开办公室，走后面的楼梯下到地下一层，穿过卸货平台出去。

铎伊被藏在平民宿舍里死掉的那个清洁工的房间，门口的哨兵坐在椅子上打瞌睡。

“起来。”理察兹说。

吓得醒过来的士兵眼里一片迷茫，好像不知道自己身在何处。看见理察兹站在面前看着他，他马上跳起来立正：“对不起，长官。”

“开门。”

士兵输入密码，然后闪开。

“你可以走了。”理察兹说。

“长官？”

“要是你想睡，就回营房去睡。”

士兵露出如释重负的表情：“是的，长官。对不起，长官。”

士兵小跑着冲过屋外平台，离开了。理察兹推开门。铎伊坐在床尾，双手交叉在膝上，看着墙上那处原本摆电视的空间。托盘摆在地板上，上面的餐点原封未动，隐隐散发着鱼腐臭的味道。铎伊仰起脸，唇边泛起淡淡的微笑。

“理察兹，你真是浑蛋。”

“走吧。”

铎伊叹口气，拍拍膝盖：“你知道，他说你还真说对了，我指的是华格斯特。我刚才坐在这里想，我的老朋友理察兹什么时候才要来看我呢？”

“要是我自己可以决定，我会早点来的。”

铎伊一副就要笑出来的样子，明知道自己会有什么下场，心情却还能这么好，理察兹还真没见过这种人。铎伊懊悔地摇摇头，脸上依旧挂着微笑：“我当时应该去拿那几把猎枪的。”

理察兹抽出武器，打开保险：“没错，那就可以节省很多时间。”

他带着铎伊穿过院子，走向木屋的灯光。铎伊可能逃走吗？可是他又能逃多远？而且，理察兹很纳闷：他为什么没问起华格斯特和那个小女孩？

“告诉我一件事。”穿过停车区时，铎伊说，还有很多车停在这里，是实验室值晚班的人，“她在这里吗？”

“谁在这里？”

“蕾西。”

理察兹停下脚步。

“所以她来了。”铎伊说，自己轻笑起来，“理察兹，你应该看看自己的脸。”

“你知道多少？”

很怪。铎伊眼里似乎射出一道冷冷的蓝光，即使是在停车场昏暗的光线下，理察兹还是看得见，就像在快门一闪的那一瞬间，望见了镜头里面。

“很诡异，可是你知道吗？”铎伊说，抬眼望着林木暗黑的树影，“我听见她来了。”

葛瑞。

他在地下四层，监视器屏幕上，零号闪闪发光的形体。

葛瑞，时候到了。

他想起来了，终于想起了一切：他的梦，以及在监控室度过的那些个夜晚，看着零号，听着他的声音，听着他说的故事。他想起纽约和那个女孩，以及其他的人，每晚一个新的对象；他想起漆黑夜色穿过他的感觉，以及唇齿之间那柔软的喜悦，就在他朝她们飞扑而下之时。他是葛瑞，但也不是葛瑞；他是零号，但也不是零号；他无所不在，又无所在。他起身，面对玻璃。

时候到了。

还真有意思，葛瑞想。不是那种逗人发笑的有意思，而是古怪得有意思，时间的整个概念。他以为时间是某种东西，结果却是完全不同的东西。时间并非一条直线，而是一个圆圈，甚至不止一个圆圈。许多圈圈组成多个圈圈，再组成一个大圈，一个叠着一个，所以一个时刻挨着一个时刻，同时运转。一旦你知道了这个真相，就再也无所不知了。就像现在，他看见所有的事件在眼前展开，仿佛早已发生过了，因为事实正是如此。

他打开气闸，他的防护衣软软地挂在墙上。他必须关上第一道门，才能打开第二道门，关上第二道门，再打开第三道门，可是其他的都无关紧要了，比方说换上防护衣啦，比方说他独自一人啦。

第二道门，葛瑞。

他走进内舱室。在他头顶上，莲蓬头像一朵怪兽花的脸。摄影机盯着他，但是另一端并没有人。他知道。他又听见其他的声音了，不只是零号，而且他知道他们是什么人。

第三道门，葛瑞。

噢，多么快乐啊，他想，这种如释重负的感觉，这种松手放开一切的感觉。这种放下重担在一旁的感觉。一天天，他感觉到事情正在发生，好的葛瑞与坏的葛瑞合而为一，形成某种新的不可避免的东西。下一个新的葛瑞，一个可以宽恕的人。

我原谅你，葛瑞。

他转动大大的门把手，门开了。黑暗中，零号在他面前挺直身体，葛瑞感觉到他呼出的气息喷在自己眼睛上、嘴巴上和脸颊上。他感觉到自己怦怦狂跳的心脏。葛瑞想到父亲，在雪地上。他在哭，快乐地哭，恐惧地哭，哭了又哭。当零号张口找到他脖子上血液流动的柔软部位时，他终于知道第十只兔子是谁了。

第十只兔子就是他。

14

事情发生得很快，一个世界毁灭，另一个世界诞生，只需要三十二分钟。

“你说什么？”理察兹说，这时他听见——他们两个人都听见——警报的声音。永远绝对不该响起的警报，惊心动魄的警铃声在开阔的营区回荡，一时之间，仿佛从四面八方同时响起。

理察兹迅速转头看木屋并下决定，他马上转身，把枪口对着铎伊站着的地方。

铎伊跑了。

“该死，”他大声说，“该死！”现在有两个人逃掉了。他很快扫视停车场一圈，希望碰上好运。四面八方的灯光亮起，营区笼罩在刺眼的人造白光里；他听见宿舍里的喊叫声，士兵们在奔逃。

没空理铎伊了。

他加快脚步跑到木屋，经过一个哨兵身边，那个小兵对他大喊，说什么电梯怎样之类的。他跑下楼梯到地下二层，脚步快得几乎都没碰到楼梯板。他办公室的门开着，他马上查看一个个屏幕。

零号的房间是空的。

巴柏寇克的房间是空的。

所有的房间都是空的。

他打开扩音器：“哨兵，地下四层，我是理察兹，回答。”

没有回答，连一个声音都没有。

“主实验室，回答，谁来告诉我下面出了什么事。”

佛斯特惊恐的声音传来：“有人把他们放出来了。”

“谁？谁把他们放出来？”

静电噼啪响，理察兹透过扩音器听到第一阵惨叫声，还有枪声，以及更多的惨叫——是人死到临头的时候发出的惨叫声。

“该死！”又一阵静电，“他们全都跑出来了！那些该死的清洁工把他们全放出来了！”

理察兹马上查看地下三层哨兵站的监视器屏幕。墙上一大摊血；那个叫戴维斯的士兵瘫倒在满是血迹的地板上，脸贴着瓷砖，仿佛挖着地板想找回失去的通信信号。第二个士兵走进镜头，理察兹发现那是鲍森，手里拿着点四五手枪。在他背后，电梯门开着。鲍森直直盯着镜头，把枪塞回枪套里，从口袋里掏出手榴弹，接着又掏出两个。他用牙齿咬起拉绳，丢进电梯。这时，他又瞥了理察兹一眼。理察兹看见他空洞的眼神，看见他拿出点四五手枪，举到自己头侧，扣下扳机。

理察兹拼命找开关，想封锁那一层楼，但来不及了。他听见爆炸声贯穿电梯井，接着又一声巨响，是电梯厢残骸掉落底部的声音，这时，所有的灯都熄灭了。

起初华格斯特不知道自己听见的是什么声音，警报声来得如此突然，如此怪异，一时间把一切都掩盖了。他从艾美床边的椅子里站起来，拉门，但那门当然打不开，被从里面封死了。警铃响了又响。火灾？不是，他推想，除了耳朵里的嘈杂声之外，还有其他更惨的东西。他抬头看挂在墙角的摄影机。

“佛斯特！席克斯，该死！开门啊！”

他听见自动步枪开火的砰砰声，透过厚厚的墙听起来闷闷的。有那么一会儿，他满怀希望，以为得救了。可是，当然不是这么一回事，谁会来救他们？

在他还来不及有其他想法之前，就传来一声震得头晕的轰然巨响，以及恐怖的咆哮，接着又是一声轰然巨响，比第一声更响，带着共鸣的低沉颤音，仿佛地震了似的，房间霎时陷入黑暗。

华格斯特整个人呆住了。这黑暗如此彻底，连一丝光都没有，让人顿时失去所有方向。警铃声停了。他有一股盲目的冲动，想拔腿逃走，但没有地方可去啊。房间仿佛在不断扩大，却又同时朝他压缩过来。

“艾美，你在哪里？出声让我找到你！”

静寂，华格斯特深吸一口气：“艾美，说话啊，说话吧。”

他听见，在他背后有微弱的呻吟。

“就是这样，”他转身，更用力听，想测量距离和方向，“再来一次，我会找到你的。”

他的心思开始聚焦，最初的惊慌已经不见了，取而代之的是一种使命感，一种任务在身的感觉。又一声呻吟，几乎听不见。这房间很小，大约六七平方米，在黑暗之中，艾美怎么可能离他这么远呢？他没再听见枪声，外面一点声音都没有，只有艾美轻轻呼吸的鼻息在召唤着他。

华格斯特摸到床脚，顺着铁栏杆往前走时，紧急照明灯亮了起来，门上方的天花板墙角射出两束光，还是很难看得清楚，但足够了。不管外面发生了什么事，房间里还是一模一样，还没影响到他们。他坐在艾美床边，摸摸她的额头，还是热热的，但温度下降了，皮肤有点潮湿。因为停电，所以她的点滴注射器也停了。他不知道该怎么做，后来决定拔掉。这么做说不定是错的，可他不觉得。他看过很多次佛斯特和其他人换点滴，知道程序。他调整点滴开关，不让输入液再流下来，然后从插进她皮肤底下的管子顶端的橡胶栓里抽出长长的针。既然点滴拔掉了，就没有必要把针管插座留着，所以他也轻轻拔掉了插座。伤口没流血，但为了保险起见，他从药品车上拿来纱布和胶带贴上。然后等待着。

时间一分一分过去，艾美虚弱地在床上翻个身，仿佛在做梦。华格斯特突然有种奇怪的直觉，觉得自己如果能看见她的梦，就会知道外面出了什么事。但是部分的他也觉得，这根本无关紧要。他们待在地下，和外面隔离开来，说不定他们根本就被关在坟墓里。

华格斯特已经认命接受他们被抛弃的事实，却突然听见背后有气压的嘶嘶声。他燃起希望，终于有人来了。门敞开来，出现一个身影，背着光，脸罩着阴影，身上穿的是普通的便服。这人来到紧急照明灯底下时，华格斯特发现他从没见过这个人。这陌生人留着长发，头发乱七八糟的，夹杂着一丝丝灰发，粗粗的胡子爬满半个脸颊，实验袍皱巴巴、脏兮兮的。他走近艾美床边，失神的模样活像意外事故的受害者，或是目睹恐怖灾难的人。他行尸走肉似的，甚至没注意到华格斯特的存在。

“她知道，”他瞪着艾美，喃喃自语，“她怎么会知道？”

“你到底是谁啊？外面出了什么事？”

那人还是不理会华格斯特，他整个人散发出一种超脱尘世的感觉，一种近乎生死由命的平静。“很奇怪，”他过了一会儿之后说，他深深叹口气，摸着胡子，眼睛扫过空荡荡的房间，“这一切，这就是……我希望的吗？我希望能有一个，你知道。一旦我明白，一旦我知道他们在计划什么，知道这一切会怎么结束，我就只希望至少能有一个。”

“你在讲什么啊？席克斯呢？”

这句话起码让陌生人注意到他了。他仔细打量华格斯特，蹙起眉头，整张脸绷得紧紧的：“席克斯？噢，他死了。我宁可认为他们全死了，你呢？”

“你说死了是什么意思？”

“死了，完了，八成碎尸万段了。反正呢，那些幸运的家伙。”他不可置信地轻轻摇头，“你应该看看的，他们从树上扑下来的样子，像蝙蝠一样，我们真的早就该预见到会这样。”

华格斯特一头雾水：“拜托，我不知道……你在说什么。”

那陌生人耸耸肩：“嗯，你会知道的。很快，这么说实在很遗憾。”他再次看着华格斯特，“我的模样。请原谅，华格斯特探员。我已好一阵子都是这样了，我是乔纳斯·黎尔。”他露出苦笑，“你可以说我是这个地方的负责人，也可以说不是。按照目前的情况来看，我宁可认为再也没有人负责了。”

黎尔，华格斯特搜寻记忆，可怎么都想不起这个名字。“我听到爆炸……”

“没错。”黎尔打断他，“爆炸的是电梯。我猜可能是某个小兵，可我被关在冷冻库里，所以没看见那个部分。”他重重叹口气，抬起眼睛再次环顾四周，“没机会表现大英雄主义，对不对啊，华格斯特探员？把自己关在冷冻库里？你知道，我真希望这里能多一把椅子。我好想坐下，你不知道我已经多久没坐下了。”

华格斯特马上站起来：“天哪，坐我的椅子吧。拜托，告诉我到底是怎么一回事。”

但是黎尔摇摇头，油腻腻的头发随之摇晃。“没时间了，恐怕我们得走了。全结束了，对不对啊，艾美？”他看着女孩沉睡的身躯，轻轻摸她的手，“终于结束了。”

华格斯特再也受不了了：**什么东西结束了？**

黎尔抬起脸，眼中满是泪水。

“一切。”

黎尔带着他们穿过走廊，华格斯特抱着艾美。空气里飘着焦煳味，像是塑料熔化的味道。转过墙角朝电梯去的时候，华格斯特看见第一具尸体。

是佛斯特，残骸并不太多。他的身体被撕裂，像被某个庞然巨物攻击并拖行。一大摊血，在紧急照明的灯光下闪闪发亮。佛斯特后面还有另一具尸体，至少华格斯特是这么认为的。他花了一会儿工夫才明白，他看见的是佛斯特的残骸，他尸体的另一个部分。

艾美眼睛闭着，但华格斯特还是想尽办法掩住她的眼睛，让她的脸紧紧贴在他胸前。除了佛斯特之外，还有两具尸体，或是三具，他分不清楚。地板上到处是血，黏糊糊的，血多到让他觉得自己的脚打滑，脚上全都是人类残骸的油脂。

电梯已经被炸掉了，只剩下一个大洞，黑黢黢的洞里只有断掉的电缆晃着亮光。沉重的铁门被炸飞到走廊的另一头，嵌在墙里。借着紧急照明的幽光，华格斯特又看到两具士兵的尸体，被门的碎片给压死了。第三个小兵靠在墙边，像个坐着睡午觉的人，只不过他是坐在自己的血泊中。他垂下的脸被撕裂了，制服松松垮垮地挂在身上，仿佛大了一号。

华格斯特转开目光：“我们要怎么离开这里？”

“这边。”黎尔说，他身上的那团迷雾消散了，浑身散发着紧迫气息，目标明确，“快点。”

穿过另一条走廊，整条走廊的每一道门都是敞开的——全是沉重的铁门，和通往艾美房间的那道门一模一样。走廊的地板上有更多尸体，但是华格斯特没有计算，也没办法计算。墙上布满弹孔，弹壳散落一地，黄铜壳面闪闪发光。

这时，有个人从门里走出来。不是走出来，而是踉踉跄跄地跌出来。一个温顺的大块头，就像帮华格斯特送餐点的那些人，不过他的脸很陌生。他一手捂着脖子上一个很深的伤口，血不停地涌出来，压着伤口的手指上全是血。他的衬衫，医院人员穿的白色套头上衣，和华格斯特穿的一样，整片亮亮的血迹。

“嘿，”他说，他看着他们三个，然后朝走廊左右张望，他似乎没注意到血，或者是注意到了，但不在乎，“灯怎么灭了？”

华格斯特不知道该说什么，像这样的伤口——这人早就该没命了，华格斯特不敢相信他还能站着

“哦——”流血的人双腿摇摇晃晃地说，“我得坐下来，”

他重重地滑坐下来，整个身体仿佛嵌在地板上，像个没有钉牢的帐篷。他深吸一口气，仰头看华格斯特，身体因为严重抽搐而颤抖。

“我……睡着了吗？”

华格斯特没说话，他觉得这问题莫名其妙。

黎尔碰碰他的肩膀：“探员，别管他。没时间了。”

那人舔着嘴唇，他失血太多，已经开始脱水了。他的眼睛不停眨动，手松软得像个空手套，垂在他身边的地上。

“因为我是要来告诉你们，我做过天底下最要命的梦。我对我自己说，葛瑞啊，你做了全天底下最恐怖的梦啊。”

“我想这并不是梦。”华格斯特说。

那人想了想，摇摇头：“我就怕是这样。”

他又再抽搐，很严重，好像碰到一股电流似的。黎尔说得没错，他们不能帮他做什么了。从他脖子流出来的血颜色变暗，成了很深很深的蓝黑色，华格斯特得把艾美弄出去。

“对不起，”华格斯特说，“我们得走了。”

“你以为你很遗憾。”那人说，仰头靠在墙上。

“探员……”

但是葛瑞的心思似乎已经飘远了。“不只是我。”他闭上眼睛说，“是我们每一个人。”

他们加快动作，进到一间有储物柜与长凳的房间。死路一条，华格斯特想，但黎尔从口袋里掏出一把钥匙，打开标示着“机房”的门。

华格斯特走进去。黎尔跪在地上，用一把小刀撬开一块金属板。板子靠着两个铰链拴住。华格斯特弯腰看里面，打开的开口不到一米。

“直走大约十米，会走到一个岔口。那里有一条通道直直往上。通道里面有个维修保养用的梯子。从那里可以一直爬到顶端。”

起码有十六七米，在伸手不见五指的黑暗里，怀里抱着艾美爬上梯子，华格斯特不知道自己怎么做得到。

“一定还有别的路。”

黎尔摇摇头：“没有。”

华格斯特钻进通风管里的时候，黎尔帮他抱住艾美。他坐下来，头弯得低低的，才能揽住艾美的腰，拉住她。华格斯特双腿伸直之后，才又直起身来，艾美夹在他和黎尔之间。她似乎就快要有意识了。透过薄薄的睡衣，华格斯特仍然感觉得到她皮肤所散发出来的发烧热度。

“记住我说的话，十米。”

华格斯特点点头。

“小心点。”

“杀了这些人的到底是什么东西？”

可是黎尔没回答。“照顾好她，”他说，“她就是一切，快走吧。”

华格斯特开始往前走，一手揽着艾美的腰，一手摸索着往通风管更深处前进。一直到那块金属板再次在他背后被封起来时，他才明白，原来黎尔始终没打算和他们一起离开。

现在“荧光棒”四处流窜，营区里到处都有，理察兹听见惨叫和枪声。他从办公桌上抓起备用的弹匣，跑上楼到席克斯的办公室。

办公室里没有人，席克斯哪里去了？

他们必须筑起防火墙，把“荧光棒”赶回木屋，启动开关。理察兹离开席克斯的办公室，举起枪。

走廊里有东西在走动。

是席克斯，等理察兹跑到他身边时，他已瘫坐在地板上，背靠着墙，胸口像短跑选手那样剧烈起伏，脸上汗光淋漓。他抓着手臂上的一道大伤口，就在手腕上方不远处，血不住地流出来。他的点四五手枪躺在地板上，在他朝上翻开的手掌旁边。

“他们到处都是。”席克斯说，吞了一下口水，“他为什么不杀了我？那个狗娘养的家伙盯着我看。”

“哪一个？”

“是哪一个有什么关系啊？”席克斯耸耸肩，“你的那个家伙。巴柏寇克。你们两个是怎么回事？”他打了个冷战，浑身不住抖动，“我觉得不太舒服。”接着，他吐了。

理察兹跳开，可是迟了一步。空气中满是胆汁的臭味，还有某种化学元素与金属的味道，仿佛刚翻过的泥土。理察兹感觉到他的裤子和袜子湿湿的，不必看也知道，席克斯吐出来的东西里满是鲜血。

“该死！”

他举枪对着席克斯。

“拜托。”席克斯说，意思是不要，但也可能是要，不管怎么样，理察兹都觉得他这么做是帮席克斯一个大忙。他举枪瞄准席克斯的胸口那柔软的致命部位，然后扣下扳机。

蕾西看见第一个人从上面的窗户出来。好快！像光一样！怎么有人动作可以快得好像他就是光一样！仅仅一瞬间，那东西就飞跃而起，从屋顶凌空穿越营区，落在百米之外的树梢上。一闪一闪发光的人形，宛如流星。

卡车一开进营区，她就听见警铃了。驾驶座的两个人争吵了一分钟——是不是该掉头开走？——蕾西利用这个空当爬下车，躲进树林里。就在这时，她看见那个鬼东西从窗户飞出来。他落下的那个枝头，因为承受的重量而晃动起来。

蕾西知道大概发生什么事了。

卡车司机打开卡车的后门。弹药，刚才哨兵说——枪？卡车载满了枪。

树梢又动了，一条绿影压在他身上。

噢！蕾西想，噢！噢！

接着又有更多的人从建筑里出来，穿过窗户与门，腾空冲出来，十个，十一个，十二个。士兵也一样，到处都是，奔跑叫喊，枪火四射，但是他们的子弹一点用都没有，这些鬼东西动作太快了，再不然就是子弹对他们没用。一个接一个，这些鬼东西扑到士兵身上，他们就死了。

这就是她来到此地的原因——从这些鬼东西手里救出艾美。

快点，蕾西，快点！

她走出树林边缘。

“站住！”

蕾西一动也不动。她该举起手吗？那个士兵也从藏身的树林里走出来。好孩子，做他觉得自己分内该做的事，努力想让自己不害怕，虽然他也是很怕，她可以感觉到他身上淌出来的恐惧，宛如一股股热浪。他不知道自己会碰上什么事。她对他有着温柔的怜悯。

“你是什么人？”

“我什么人都不是。”蕾西说。这时，那鬼东西扑到他身上——他甚至还来不及举起枪，还来不及说他正打算说的话，就死了——蕾西冲进那幢建筑里。

沿着通风管来到那条通道底端时，华格斯特已经满身大汗，气喘吁吁。头顶上透进来一丝微弱的光线。远远的上方，他看见有两个紧急照明灯，再往上，是停止不动的巨大风扇扇叶——中央通风井。

“艾美，亲爱的。”他说，“艾美，醒醒啊。”

她的眼睛睁开来，然后又闭上。他拉起她的手臂环在他脖子上，站起来，感觉到她的脚夹在他腰上。他知道，她还是没有力气。

“你一定要撑下去，艾美，求你，你一定要撑下去。”

她身体用力一缩紧，当成是回答，但他还是必须用一条手臂撑住她的体重，所以他只剩一只手可以用来抓着梯子往上爬，老天哪。

他转身面对梯子，脚踩上第一根横杆。这简直像标准化测验的问题：布莱德·华格斯特手里抱着一个小女孩，他必须在光线不足的通风井里，爬上十六七米长的梯子。这女孩的意识顶多只能算是半清醒，布莱德·华格斯特该如何拯救他们两人的生命？

这时他知道该怎么做了，一次只踏一级，先用右手把他们两人撑起来，然后将右手手肘穿过梯子中间的空隙，让艾美在他的膝上保持平衡，再利用这个时候换手，继续往上一级前进。左手，再右手，依序替换，轮流撑住艾美，一阶一阶，直到顶端。

她有多重？二十多公斤？在他换手的那一瞬间，她的体重全靠他单手撑住。

华格斯特开始往上爬。

理察兹从惨叫和枪声知道，那些“荧光棒”在外面。

他知道席克斯碰上了什么事，而且那可能也会发生在自己身上，因为席克斯已经感染的血吐得他身上到处都是，可他怀疑自己能不能活到那些秽物发生作用。嘿，柯尔，他想，你这个老滑头，你这个小浑蛋。这就是你念念不忘的计划？大美国和平？因为在这里我只看见这个后果。

此时此刻，理察兹只想要一个东西。想要干干净净地退场，想要到最后还保有颜面。

度假木屋的正大门全都是碎玻璃与弹孔，门板半挂在铰链上，呈对角线地荡着。地板上躺着三个小兵的尸体，看来全都是在混乱之中死于同僚枪下。搞不好他们是有意射杀彼此的，好让事情赶快过去。理察兹举起手，看着那把春田手枪——他怎么会觉得这东西有任何用处呢？那些士兵的来复枪也同样没用。他需要火力大一点的家伙。军械库在院子的另一头，在宿舍后面，他得跑过去拿。

他望向门外，目光越过营区宽敞的空地，起码灯还亮着。很好，他想。要做就趁现在，因为很可能已经没有以后了。他开始往外冲。

到处都是四散奔逃的士兵，拿枪乱射，互相开火。甚至没打算假装还是一支有组织的防御武装，更不要说抵抗对木屋的攻击了。理察兹铆足全力往前跑，心想自己或许会被枪打到。

理察兹穿过半个院子之后，看见那辆卡车，随意停在停车场边上，车门敞开。他知道车里有什么东西。

或许他终究不必穿越整个营区。

“铎伊探员。”

铎伊微笑：“蕾西。”

他们在木屋一楼，一间塞满办公桌与档案柜、拥挤不堪的房间里。自从枪击开始之后，铎伊就一直躲在办公桌后面等待，等待蕾西。

他站起来。

“你知道他们在哪里吗？”

蕾西顿了一下，她的脸上和脖子上有些刮伤，头发里也夹了些树叶。

她点点头：“知道。”

“我……听见你，”铎伊说，“这几个星期以来一直听见，”有某个庞大的东西在他心里迸裂开来，他哽咽着说，“我不知道怎么会这样。”

她拉起他的手：“你听见的不是我，铎伊探员。”

还好华格斯特没办法低头看，他大汗淋漓，一步步往上爬的时候，抓在梯子上的掌心和手指都很滑。他的手臂因为使劲而颤抖；换手时撑在梯子上的肘弯感觉像骨头都瘀青了。他知道，熬到某个时间点，他的身体就会到临界点，到一条一旦跨过就再也不能回头的界线。他丢开这个念头，继续往上爬。

艾美的手臂揽住他的脖子，抓得紧紧的。他们一起往上，一级，一级，又一级。

电扇更近，华格斯特可以感觉到一丝隐约的微风，凉凉的，带着夜晚的味道，吹到他脸上。他伸长脖子，看着井道四周，找寻出口。

他看见了，再往上三四米，就在梯子后面，有一个敞开的通风管口。

他得先把艾美推过去。他必须想办法让他俩在梯子上维持平衡，然后把艾美往上推出通风管口，自己再爬出去。

他们爬到了管口处，通风井顶端的电扇比他原本以为的还高，至少比他们头顶再高个十米。他猜他们大概是在木屋一楼的某处。说不定他应该再爬得更高一些，找到另一个通风口，可是他的力气已经差不多用尽了。

他弯起右膝，撑住艾美的重量，然后伸出左手。他的手指碰到一面平坦冰冷的金属墙，平滑得像玻璃一样，但接着，他就碰到了管口的边角了。他缩回左手。还要再爬三级才行。他深吸一口气，往上爬，让两个人都超过通风管口的高度。

“艾美。”他哑着嗓子说，嘴巴和喉咙都干得像骨头一样，“醒醒。想办法醒过来，亲爱的。”

他感觉到靠在他颈部的她呼吸改变了，努力想清醒过来。

“艾美，待会儿我叫你放手的时候，你就要放手。我会抱住你，墙上有一个管口，我需要把脚伸进去。”

女孩没回答，他希望她听见他说的话。他试着想象要怎么才能做到，仔细地想——他该怎么把她放进管口，然后自己爬进去——但是没办法，可也别无选择。要是再等下去，他就会没有力气，什么都做不成了。

就是现在。

他用膝盖一顶，把艾美往上举。她的手从他脖子上松开，他用空出来的那只手抱住她的腰，让她像个钟摆那样悬在管口上方，这时他知道可以怎么做了：他放开另一只手，利用她身体的重量把他往左边一拉，挨近管口，这时她的脚伸进管口，整个人滑进通风管里。

他开始往下掉。他一路往下坠落。但是一感觉到双脚离开了梯子，他的手就狂乱地抓着墙面，手指抓到了通风管的边缘，一圈细细隆起的金属刺进他的皮肤。

“哇！”他大叫，声音在整个通风井里回荡。他似乎仅凭意志力挂在井里，双脚旋空晃荡。“哇！”

他是怎么办到的，连他自己都说不上来。肾上腺素吧，艾美。他不想死，还不想。他铆足全力往上抬，手肘缓缓弯曲，拼命把自己往上抬——先是头，再是胸，接着是腰，最后是身体的其他部分，滑进通风管里。

有那么一会儿，他一动也不动地趴着，拼命把空气吸进肺部。他抬起脸，看见前面有光——通风管底板上的某个开口。他扭着身体翻过来，像之前那样抱着艾美，搂住她的腰，仰躺着往前滑。灯光越来越强，因为他们越来越靠近了，最后来到一个细铁条的格栅。

封死了，从外面用螺丝固定住了。

他好想哭，就快完成了！就算他的手指可以想办法伸出细细的格栅，找到螺丝，他也没有工具可以松开，而再回头已经不可能。他最后的一丝力气都用尽了。

他听见下方有某种东西移动的声响。

他抱紧艾美，他想到他们看到的那些人——佛斯特，躺在血泊里的士兵，还有那个叫葛瑞的，这可不是他所希望的死法。他闭上眼睛，屏住呼吸，希望他俩能绝对寂静无声。

这时有个人讲话了，悄悄地在探询：“老大？”

是铎伊。

一个上锁的箱子已经摆在卡车后面的地上了，看起来像是有人搬了下来，但在惊慌之中就又丢下跑掉了。理察兹很快地搜寻载货平台，找到一根卸轮胎的撬棍。

清脆的一声，锁链断了。柜子打开来，两支 RPG-29 火箭筒裹在泡棉里。拿开筒架之后，他在底下找到火箭：鳍状的圆柱形，大约半米长，附有串联式反坦克高爆弹头，足以贯穿现代作战坦克的装甲。理察兹以前见识过它们的威力。

搬迁“荧光棒”的命令下来时，他申请了这些装备。强化安全总比事后懊悔来得好吧，他当时想。**吸血鬼，哈哈笑吧。**

他把第一发火箭弹装上发射器，轻轻一转，发出了令人满意的嗖的一声，表示弹头已经装好了。几千年的科技进展，整部文明发展史，似乎都浓缩在这个声音里，反坦克高爆弹头装好的声音。RPG-29可以重复使用，但理察兹知道他只能射一发。他把火箭筒举到肩上，瞄准器推到正确位置，然后离开卡车。

“嘿！”他大声喊，几乎就在这一瞬间，随着他的喊叫声散发到幽暗之中，一阵恶心的冷战从他腹中涌起。他脚下的大地摇晃，仿佛站在船只甲板上，在海上飘荡。汗珠从全身上下各处冒出。他忍不住想眨眼，一股大脑传来的冲动。就是这样啦。事情发生得比他预期中快。他用力咽下口水，又踏前两步走向灯光，把火箭筒转而对准树梢。

“嘿，小猫咪，猫咪！”

熬过焦躁不安的一分钟，在不同抽屉翻来找去的铎伊终于找到一把小刀。站在椅子上，他用刀刃松开螺丝。华格斯特把艾美放进铎伊怀里，然后自己也跌落在地板上。

他起初没认出来自己看见的是谁。

“蕾西修女？”

她把睡着的女孩抱在胸前。“华格斯特探员。”

华格斯特看着铎伊：“我不……”

“不懂？”铎伊挑起眉毛，他和华格斯特一样，也穿着手术袍，衣服太大，松垮垮地挂在身上，他轻笑几声，“相信我，我也搞不懂。”

“这里到处是死人。”华格斯特说，“有什么……我不知道，有爆炸。”他说不清楚。

“我们知道，”铎伊点头说，“我们该走了。”

他们走出房间到走廊，华格斯特猜他们是在木屋靠后面的部分。周遭静悄悄的，虽然外面有枪炮的声响。他们一句话都没说，很快来到前门入口。华格斯特看见到处有士兵的尸体。

蕾西转头看他。“抱她，”她说，“你抱艾美。”

他照做，手臂仍然因为爬梯子而虚软无力，但还是把她用力搂在胸前。她喃喃呻吟，想要醒过来，和拉着她在阴阳之间徘徊的力量搏斗。她必须再进医院，但就算他可以送她到医院，他又该怎么说呢？又该怎么解释这一切呢？门口附近的空气带着冬天的寒意，穿着单薄睡衣的艾美在他胸前颤抖。

“我们需要车子。”华格斯特说。

铎伊潜出门口，一分钟之后，他带着一串钥匙回来，还有一把不知道从哪里弄来的点四五手枪。他带着华格斯特和蕾西到窗边，指给他们看。

“在那边，停车场边上的那辆银色的雷克萨斯，看见没？”

华格斯特看见了，那辆车至少有一百米远。

“那种车很好开，”铎伊说，“你想司机大概不会把钥匙藏在遮阳板底下吧。”铎伊把钥匙塞进华格斯特手里，“拿好，是你的了，以防万一。”

华格斯特好一会儿才明白，那车是给他和艾美的。“菲尔……”

铎伊举起手：“事情一定得这样办。”

华格斯特看看蕾西，她也点头。然后她走到他面前，亲吻艾美，摸摸她的头发，然后也亲了他的脸颊一下。从她亲吻他的地方似乎涌出一股深沉的平静与确定的感觉，散发到他全身，他以前从未有过这样的感觉。

铎伊领头，带他们离开门口。在建筑物的掩护之下，他们一起迅速行动，华格斯特几乎跟不上。他又听见更多枪声，不知从什么地方响起，但似乎并不是冲着他们来的。枪好像是往上、往远处射击，对着树林与屋顶随意乱射，好像某种凶神恶煞的庆祝会似的。每回枪声一响，他就听见一声惨叫，一阵沉寂，然后枪声再次响起。

他们来到建筑的墙角，华格斯特可以看见再远一点的树林。另一个方向靠近营区有灯光的区域，就是停车区。雷克萨斯停在尽头处，面对另一端，周围没有其他车辆掩护。

“我们得跑过去，”铎伊说，“准备好了？”

华格斯特气喘吁吁，竭尽所能地点头。

于是他们开始冲向那辆车。

理察兹还没看到他之前就感觉到了，他转身，火箭筒像座教堂拱顶的尖塔那样一扬。

不是巴柏寇克。

不是零号。

是安东尼·卡特。

他的姿态像蹲着，在六七米外。他扬起脸，扭着头，意兴十足地打量着理察兹。那模样有点像狗。卡特的脸，爪子似的双手，还有一排排剑似的牙齿全都闪着血光，喉咙里有种咔嗒咔嗒的声音。缓缓地，他带着慵懒的快感开始起身，理察兹瞄准卡特的嘴巴。

“张开，”理察兹说，“开火。”

他知道，甚至在弹药射出炮管，震得自己往后倒退的那一刻，他就知道自己没射中，卡特原本站的位置已经空无一物。卡特在空中，卡特在飞，然后往下坠，扑到理察兹身上。榴弹炸开，炸掉了木屋的正大门，但是理察兹只隐隐约约听见爆炸声——噪声慢慢隐去，隐遁到某个不可能的远处——他体会到这感觉，这前所未有的感觉——被撕裂成两半的感觉。

爆炸像一道白光朝华格斯特袭来，一道炽热的光墙像拳头一样狠狠打上他的左脸。整个人飞了起来，他感觉到艾美离开了自己的怀抱。他摔落在柏油路面上，滚了一圈又一圈，才终于停下来，仰躺着。

耳朵嗡嗡叫，呼吸像卡在管子里似的，在胸膛的深处出不来。上方，他看见整片黑丝绒般的夜空，还有成千上万颗星星，有些星星正在坠落。

他想：坠落的星星。他想：艾美。他想：钥匙。

他抬起头，艾美躺在几米之外的地上。空气中烟雾弥漫。在木屋燃烧的闪烁火光中，她看起来仿佛在沉睡，像童话故事里的人物，无法苏醒的沉睡公主。华格斯特翻身趴在地上，拼命拍着地面找钥匙。他感觉得出来自己有只耳朵遭殃了，好像有块布帘盖在他的左脸，吞噬了所有的声音。钥匙，钥匙，这时他才意识到钥匙原来还在自己手里，打一开始就没松手。

铎伊和蕾西呢？

他挨近艾美躺着的地方，就他所能判断的，跌落或爆炸好像都没让她受伤。他手穿过她手臂底下，把她扛在肩上，然后尽快跑向那辆雷克萨斯。

他弯腰把艾美放进车里，横躺在后座上，然后自己也上了车，转动钥匙，车灯照亮了营区。

有个东西跳上引擎盖。

某种动物，不，是某种怪物，闪着惨绿光芒的怪物。但他看着那只怪物的眼睛，看见它的眼神，他知道引擎盖上这奇怪的东西就是安东尼·卡特。

华格斯特找到排挡，挂了倒挡，加快油门。这时卡特往上一弹，掉到车下。借着雷克萨斯的车灯，华格斯特看见他在地上翻滚了几圈，然后，以一连串快速到几乎看不清的动作，整个人凌空跃起，走了。

这是怎么……

华格斯特用力踩下刹车，使劲把方向盘往右打，车子旋转再旋转，然后停下来，面对车道。乘客席的车门突然打开，蕾西迅速上车，一句话都没说，脸上、衬衫上都有一条条血迹。她手里拿着枪，但一脸迷惑地看了看，把枪丢到地板上。

“铎伊呢？”

“我不知道。”她说。

他把车开回车道，踩下油门加速。

这时他看见铎伊了，他从角落里朝雷克萨斯跑过来，挥着手里一把点四五手枪。

“快走！”他大喊，“走！”

车顶上轰隆一声巨响，华格斯特知道那是卡特，卡特在雷克萨斯的车顶。华格斯特再次踩下刹车，身体往前冲。卡特也跌到引擎盖上，但稳住了。华格斯特听见铎伊开枪，连着三响。华格斯特看见一颗子弹击中卡特的肩膀，爆出一阵转瞬即逝的火光。但卡特好像根本没注意到。

“嘿。”铎伊扯开喉咙，“嘿！”

卡特转过脸，看见铎伊。就在铎伊开最后一枪的时候，他身体一缩，腾空跃起。华格斯特转头，恰恰看见那个原本是安东尼·卡特的怪物扑到他搭档身上，像个巨大的嘴巴吞噬了他。

仅只一瞬间就结束了。

华格斯特踩下油门，非常用力。车子飞快驶过一片狭长的草地，车轮吃土旋转，轰隆一声，又再次回到路面。他们疾驰前冲，远离起火燃烧的木屋，穿过林木夹道的车道，车外的一切快速后退。时速五十里，六十里，七十里。

"这到底是怎么回事？"华格斯特对蕾西说，"什么东西？"

"停车，探员。"

"什么？你不是说真的吧？"

"他们会来抓我们，他们会跟着血迹来，你一定要马上停车。"她手搭在他的手肘上，抓得牢牢的，非常坚持，"拜托，照我说的做。"

华格斯特把雷克萨斯停到路边，蕾西转头面对他。华格斯特看见她手臂上的伤口，一个干净利落的弹孔，就在三角肌下方。

"蕾西修女……"

"不打紧的。"蕾西说，"就只是血肉而已，但我不能和你们一道走，我现在明白了。"她再次搭着他的手，绽开微笑，带着感恩祝祷的最后微笑，既哀伤又快乐。那是经历漫长旅程的试炼，终于走到终点的微笑。

"好好照顾她，艾美是你的，你会知道该怎么做的。"她说完就下车，在华格斯特还来不及说话之前就摔上车门。

他抬眼看后视镜，看见她朝他们来的方向回头跑，双臂高举挥动。是警告？不，她是要他们扑向她。她才跑了三十多米，树林之间就突然射出一道光，接着又一道，第三道，多到让华格斯特不得不转头。他踩下油门，尽快开走，再也没回头看一眼。

第二卷　零年

来，让我们到牢里去吧。
就我们两个，像鸟儿关在笼里，
你请我祝福时，
我会跪下，
求你宽恕。

——莎士比亚《李尔王》

15

所有的时间结束之时，这世界丧失了全部的记忆，过去的那个他已逐渐从视线中隐去，宛如一艘扬帆远航的船，把过去的人生锁在船舱里，绕过地表的弧线。当回旋的星辰俯瞰这一片空无，那一弯银月不再记得他的名字，一切只剩下饥渴的汪洋，让他永远漂浮其间的汪洋——然而，在他内心最深处，还有这两个字：一年。那山峦，那流转的季节以及艾美，艾美和零年。

他们在漆黑之中抵达营地，最后一公里华格斯特开得很慢，跟随车灯的光束，在林木之间穿梭，踩下刹车慢慢驶过地上冬天雪水留下的深坑。车子往前开，露珠欲滴的细小树枝一路刮擦过车顶与车窗。这车是辆破铜烂铁，年代久远的柯乐娜，车轮圈巨大，烟灰缸里塞满泛黄的烟蒂。华格斯特在拉勒米镇外的活动车屋区偷来这辆车。他留下了雷克萨斯，钥匙插在车上，仪表板上留了张纸条：留着吧，这车是你的了！有只老狗绑在狗链上，连吠叫的力气都没有，意兴阑珊地看着华格斯特撬开发动装置，然后把艾美从雷克萨斯上抱到柯乐娜上，让她横躺在堆满垃圾食物包装袋与空香烟盒的后座。

有那么一会儿，华格斯特真希望自己能目睹那位车主一觉醒来，发现自己的旧车换来一辆价值八千美元的跑车时脸上的表情，就像灰姑娘的南瓜变成马车一样。华格斯特这辈子没开过像这样的车。他真希望新车主，不管是什么人，都能在设法把车悄悄处理掉之前，至少开上一回。

那辆雷克萨斯是佛斯特的车，**以前**是。华格斯特提醒自己，因为佛斯特已经死了，詹姆斯·B. 佛斯特。华格斯特看到行车执照才知道佛斯特名叫詹姆斯，上面有马里兰州的地址，八成是美国陆军传染病医学研究中心或者是国家卫生研究院。华格斯特把驾照丢出车窗，丢在科罗拉多和怀俄明边界的某片野地上，但他留下了在驾驶座地板上找到的皮夹里头的东西：大约六百块钱的现金及一张 Visa 卡。

但这已经是好多个钟头之前的事了，时间的流逝因为车行的距离而被放大。科罗拉多、怀俄明、爱达荷，最后这个州完全是在漆黑的夜色里经过的，只借着柯乐娜车灯的光束略微一瞥而已。第二天早上破晓时，他们驶进俄勒冈，迎着白昼，跨越这高原起伏的贫瘠内陆。放眼望去皆是空无一人的田野，受强风吹袭的金色山丘，点缀着紫色的花。为了保持警戒，华格斯特开着车窗，让车里弥漫着甜美的芳香：孩提时光，家的味道。下午两三点，他感觉到车子的引擎有点吃力，他们终于开始爬坡了。夜幕低垂之际，喀斯特山脉横亘在面前迎接他们，庞大的山形宛如锯齿切割了夕阳的光芒，在西边的天空拼贴出各种色泽的艳红灿紫，仿佛一大片染色玻璃墙。高高耸起的山顶还有冰雪闪耀。

“艾美，”他说，“醒醒，亲爱的，你看！”

艾美横躺在后座，身上盖着棉毯。她还很虚弱，这两天差不多都在睡觉，但是情况已经好转了。她的皮肤看起来好多了，因高烧而像蜡般惨白的脸色已经不见了。这天早上，华格斯特在超市买了蛋堡和巧克力牛奶，她还想办法咬了几口，喝了一些。奇怪的是：她对光线很敏感。光线不仅会让她眼睛不舒服，好像也会让她肢体疼痛。她缩起整个身体以躲开阳光，仿佛躲开电击似的。在一家休息站，他帮她买了一副太阳眼镜——像电影明星戴的那种粉红色眼镜，是店里唯一适合她娇小脸蛋的眼镜——以及一顶有约翰迪尔[1]商标的卡车司机泡棉帽，把帽子拉得低低的盖住眼睛。尽管戴上帽子和眼镜，她的头差不多还是成天躲在毯子里。

在他的呼唤下，她从阵阵袭来的睡意中醒来，顺着他的目光望向挡风玻璃外。她戴着粉红色的太阳眼镜，在光线中眯起眼睛，双手围拱在太阳穴，遮住阳光。风灌进敞开的车窗，把几缕长发吹到她

① John Deere，美国农机与工程机械制造公司，历史悠久，规模庞大。

脸上。

“这儿……好亮。”她静静地说。

“山。”他说。

最后几公里，他完全凭着直觉，开上没有标志的道路，越发深入森林浓密的山区。一个隐秘的世界，他们要去的地方没有城镇，没有房舍，没有人。至少他记得的是如此。空气清凉，闻起来有松香，油表已经差不多显示零了。车子行经一间黑黢黢的杂货店，华格斯特隐隐约约有印象，虽然店名很陌生——弥尔顿干货／狩猎钓执照，然后车子开始最后一段上坡。过了三个岔路口之后，他开始有点心慌，觉得自己可能迷路了，但就在这时，一连串的小细节仿佛从过往的记忆中来到他面前：小路的某一段陡坡，绕过一段弯路时瞥见的星空，车轮底下传来的回声提醒他们正在越过一条河。和他小时候一模一样，和爸爸坐在身边，开车载他上山到营地来的情景一模一样。

过了不久，他们来到森林的一个缺口。路边有个饱经风霜的告示牌，写着“熊山营地”，下方用两条生锈的链子挂着另一个牌子——“待售”，还有不动产经纪商的名字，以及一个萨勒姆的电话号码。这个告示牌和华格斯特沿路所看见的其他告示板一样，都布满弹孔。

“就是这个地方。”他说。

营地的车道有一公里多长，沿着高高的河堤上方前进，然后右转绕过露出地表的岩块，进到树林里。他知道这个地方已经关闭多年了。建筑物还会在吗？还能用吗？被大火给烧了？冬雪毁蚀压垮了屋顶？但车子开出树林之后，营地又浮现在眼前：孩子们称之为老木屋（因为当时就已经很老了）的建筑物，以及散布周围与背后的附属建筑与小木屋，总共大约有十二间。越过这群建筑是更多的林木，还有一条下坡的步道通向湖边，面积两百英亩的湖面平静如镜，有一个土坝拦住，形状像一颗肾豆。接近老木屋时，明晃晃的车灯划过正面的窗户，霎时创造了屋里亮起灯光的错觉，仿佛有人等待着他们的到来——仿佛他们不是跨越了大半个国土，而是穿越了时间本身，跨越了三十年的岁月，回到华格斯特的童年时光。

他把车停在门廊前面，熄掉引擎。华格斯特有种奇怪的冲动，想要祷告一声表示感谢，感谢他们终于到了，但他已经有很多年没祷告了——太多年了。他下车踏进冷得惊人的夜寒里，呼出的气息在脸庞周围凝结成马匹呼出的那样的白气。五月初，空气里似乎还留着冬日的记忆。他绕到后备厢，用钥匙开锁。他在洛克泉西边的沃尔玛超市头一次打开后备厢时，看见里面塞满空的油漆罐。现在却装满了日用品——两人的衣服、食物、卫浴用品、蜡烛、电池、野营炉、几瓶丙烷，以及几件显然用得到的工具，一个急救箱，两个羽绒睡袋。够他们在这里栖身，虽然他很快就必须下山。在后备厢的小灯照耀下，他找到了他要找的东西，踏上门廊。

大门的锁用轮胎撬棍用力一撬就开了，华格斯特打开手电筒，走进屋里。要是艾美醒过来发现自己一个人，说不定会害怕，但他还是想要很快地查看一圈，确定这个地方安全无虞。他试着按门边的电灯开关，但是灯下亮，电力当然已经切断了。说不定有个备用的发电机在什么地方，但他得要先放进燃料才能启动，就算如此，天晓得那东西是不是还能用。他挥着手电筒的灯光环顾屋内：一堆乱七八糟的木桌木椅，一座锻铁柴炉，一张金属办公桌靠在墙边，上面几乎什么都没有，只有一沓纸，因为岁月久远而蜷缩起来。窗户没装上窗板，但玻璃还在。这地方封得严密干燥，只要柴炉一点燃，很快就会暖起来。

他的灯光照亮了公布栏，**欢迎营队员，二〇一四年夏季**。公布栏上的那张纸底下是名单，写满整张纸的名字——普通的雅各布、乔舒亚和安德烈，也有奇特的名字像萨恰，甚至阿沁——每个名字后面都有分配到的小木屋编号。华格斯特曾经来参加过三年的营队，最后一次——他满十二岁的那年夏天——是来当营队辅导员，和一群小男生一起睡在小木屋里，他们好多个都想家想得厉害，搞得浑身乏力，简直像生病一样。在整夜哭个不停的小孩和半夜起来捉弄别人的孩子之间，华格斯特一整个夏天几乎都没合眼。但他从没那么快乐过；那些日子，从很多方面来看，都是他童年最美好的时光，黄金岁月。事实上，就在那年秋天，爸妈带他到得州，所有的麻烦就此开始。这个营地以前的老板叫哈尔先生——是个高中生物教师，嗓音低沉，以前是橄榄球中后卫，所以体形魁梧。他是华格斯特父亲的朋友，但就华格斯特印象所及，他从未因为他们的友谊而给华格斯特任何特殊待遇。

夏季期间，哈尔先生和太太就住在楼上的某种公寓里，那正是华格斯特此时正在寻找的地方。他从公共区域穿过一扇推门，发现自己在厨房里：腐坏的松木橱柜，一个钉板上挂着被氧化了的汤锅与平底锅，水槽装有旧式的水泵，还有一个炉子以及门半开敞的冰箱，房间正中央是一张宽阔的松木原木餐桌。所有的东西都裹着一层厚厚的灰尘。炉子是老式的商用炉具组，白色不锈钢，炉面有个时钟，指针停在三点零六分。他转动其中一个炉火旋钮，听见瓦斯的嗞嗞声。

从厨房有道窄窄的楼梯通到二楼，在低矮的屋梁底下，一排狭小的房间大部分都是空的，但是其中两间摆着几张小床，床垫翻起来靠在墙面。还有其他的：其中一个房间靠窗摆了一张桌子，上头一部有转盘和旋钮的机器，他觉得那像是短波收音机。

他回到车上，艾美还窝在毯子底下睡觉，他轻轻摇醒她。

她爬起来，揉揉眼睛："这是哪里？"

"家。"他对她说。

上山之后的最初几天，他发现自己想着丽拉。说来奇怪，他一点都没想到世界，没想知道山下发生的一切。他整天都在处理日常生活杂务，把这地方整修好，把艾美照顾好，但他可以随心所欲自在飞翔的心思，却选择飞越旧日时光，宛如一只鸟低飞掠过浩瀚的水面，望不见岸边，只有自己与映在镜面远处的倒影相伴。

说他一眼就爱上丽拉并不正确，但是他俩的相遇相恋，却的确有种立时坠入情网的感觉。他是在急诊室见到她的。那是个冬日的星期天，两个从体育馆出来的满身汗臭的朋友，一人一边架着他的胳膊进到急诊室。华格斯特算不上会打篮球，自从高中之后就没碰过球，但他却被说服加入球队去打慈善赛：三对三的半场赛，没什么风险。奇迹似的，他们竟然撑过两局，然后，华格斯特跳起来投篮落地时，觉得左脚一扭，整个人跌到地板上——球很不幸地弹出篮圈儿，让羞辱变成了名副其实的伤害——猛然袭来的剧痛，让他眼里涌出泪水。

急诊医师说他的肌腱撕裂了，打发他上楼去找整形外科医师，那就是丽拉。她走进房间，舀起最后一口酸奶放进嘴里，然后把空杯丢进垃圾筒，转身在水槽里洗洗手，连看他一眼都没有。

“噢。”她擦干双手，匆匆看一眼病历，然后才看着华格斯特，坐在桌子上。她不是那种华格斯特看一眼就会说是标准美女的女生，但她身上有某种特质突然攫住华格斯特的注意力，像某种似曾相识的感觉。她的头发是可可色的，用发卡盘成一个髻；戴了一副黑色的非常小的眼镜，从窄细的鼻梁往下滑。“我是凯尔医师，你打篮球的时候受伤了？”

华格斯特乖乖点头。“我没什么运动神经。”他承认。

就在这时，她腰间的手机响了。她迅速瞥了一眼，皱起眉头。然后，她冷静精准地伸出一根手指放在他左脚第三脚趾后面柔软的部位。

“压住这里。”

他照做，或者应该说是试着照做。疼痛之剧烈，让他以为自己会吐。

“你是做什么的？”

华格斯特咽下口水。“执法人员。”他勉强挤出回答，“天哪，痛死了。”

她在病历上写了几个字。“执法人员。”她重复他的话，“是警察？”

“FBI，其实是。”

他希望她眼中闪过有兴趣的神色，结果没有。他注意到她的左手没戴戒指，虽然这也不见得代表什么——说不定她是来看病人的时候摘掉了。

“我要让你先去做扫描。”她说，“可我百分之九十九确定是肌腱裂了。”

“意思是？”

她耸耸肩：“手术，我不骗你，这可不好玩。八个星期的固定支架，六个月才能完全复原。”她惋惜地微笑，“你的篮球生涯结束了，很遗憾这么说。”

她给了他一些止痛药，让他马上就想睡。他们推他去做核磁共振的时候，他根本没醒来。等再次睁开眼睛，丽拉站在他病床的尾端。有人帮他盖上毯子了。他看看手表，发现已经快晚上九点了。他已经在医院待了快六个钟头了。

“你的朋友还在这里吗？”

“我很怀疑。”

她安排好第二天早上七点帮他动手术，有表格要填，然后他就被推进病房里过夜，她问他需不需要打电话通知什么人。

“不用吧，”他的头还因为止痛药而昏沉沉的，“听起来可能有点悲惨，我想，我连猫都没有。”

她带着期望的表情打量他，仿佛等着他继续说点什么。他正要开口问他们以前是不是见过，她就突如其来地露出灿烂的微笑，打破沉默。

“这样啊，很好。”她说。

第一次约会是华格斯特动完手术之后两个星期，在医院的自助餐厅一起吃晚餐。华格斯特拄着拐杖，左脚从膝盖到脚趾全包在用塑料和魔鬼毡做成的辅具里，只能被迫像个病人似的坐在餐桌旁，等她去取他们的餐点。她穿着手术服。她整个晚上都要待命，所以必须睡在医院里。但她涂上了口红和睫毛膏，他看得出来，她的头发也好好梳理过了。

丽拉的家族来自东岸波士顿附近，从波士顿大学医学院毕业之后——好可怕，那是她这辈子最悲惨的四年，对任何人的人生来说都很惨，简直像被车子拖着走——她搬到科罗拉多来当整形外科住院医生。她以为自己会讨厌这个离家如此远，没有任何特色的大城市，但结果却没有，她唯一的感觉是解脱。随意蔓延扩展的丹佛，住宅区与高速公路凌乱蜿蜒，高原与山脉一片开阔，还有人与人交谈的态度，轻松自在，毫不掩饰，几乎所有人都来自其他地方，都是流亡的人，就像她一样。

“我是说，在这里显得很正常。”她把奶酪涂到贝果上——对她来说是早餐，虽然这时已经将近晚上八点了，“我猜我从来就不知道什么叫正常，那正是拘谨保守的女生需要的。”她说。

华格斯特感觉到两人之间的阶级差异，也坦诚地告诉了她。她轻快地笑起来，有点不好意思，但马上就摸着他手说：“你不应该这样想的。”

她工作时间很长，两人要用任何正常的方式见面，比方说下馆子或看电影，根本就不可能。华格斯特行动不便，整天都坐在自己的公寓里，焦虑难安；然后他会开车到医院，两个人一起在自助餐厅吃顿饭。她把自己成长的点滴告诉他，在波士顿成长的经历，父母都是教授的家庭，她的学校和朋友，以及她在法国待了一年、想成为摄影师的岁月。他想，她是一直在等待某人来到她的生命之中，某个会认为这一切很新鲜的人。他心满意足地聆听，一心想成为她所等待的那个人。

差不多过了一个月之后，他们才拉手。有一天他们才刚吃完晚饭，丽拉拿下眼镜，倾前越过桌子，吻了他，温柔的长吻，她的嘴里有刚喝的柳橙汁的味道。

“这样，”她说，“可以吗？”她夸张地环顾室内，压低嗓音说，“我是说，技术上来说，我是你的医生。”

“我觉得我的腿已经好多了。”华格斯特说。

结婚的时候，他三十五岁，丽拉三十一岁。那是九月，婚礼在鳕鱼角举行，一家规模不大的游艇俱乐部，俯瞰碧波万顷的海湾，在清爽的秋日晴空下，一艘艘游艇随波荡漾。出席的差不多都是丽拉那边的亲戚。她的家族庞大，简直像个大部落——好多叔伯姑姨和堂表兄弟姐妹，华格斯特数都数不清，更别指望要马上记住名字。出席的女士好像都曾经有段时间和丽拉是室友，忙着告诉他丽拉年轻时离经叛道的事，结果最后听起来似乎都大同小异。华格斯特从没这么快乐过。他喝了好多香槟，站到椅子上发表了一段醉言醉语的冗长敬酒词，百分之百真心诚意，最后还五音不全地唱了一首《可拥抱的你》。每个人都哈哈大笑，鼓掌叫好，然后往他们身上撒米。就算有人知道丽拉已经怀孕四个月，也没有人对他说什么。华格斯特以为这是新英格兰人固有的含蓄心态，后来才明白是没有人在意，每个人都由衷为他们感到高兴。

有了丽拉的钱——她的收入让他的薪水看起来很可笑——他们在樱桃溪买了一幢房子，有树、有公园、有好学校的老小区，等待宝宝的到来。他们知道这是个女儿，伊娃是以丽拉祖母的名字命名的。据家族传说，丽拉的祖母是个强悍的人物，不仅曾经搭上“安德利亚·多里亚号”战舰，而且还曾和黑帮教父卡彭的侄儿约会。华格斯特很喜欢这个名字，无论如何，只要丽拉提出来，事情就成了定局。他们的计划是，丽拉工作到预产期，然后华格斯特留职停薪一年在家陪她，一年后丽拉回医院上半天班，华格斯特回局里工作。很疯狂的计划，各种潜在的可能性他们虽然已经预见到，但却没好好思索。不过，他们总会设法应付的。

怀孕第三十四周，丽拉血压上升，妇产科医师要她卧床休息。丽拉叫华格斯特别担心——血压没高到会伤害胎儿的程度。毕竟她自己就是医生啊，要是真有问题，她会让他知道。他担心她工作太辛苦，在医院站太多小时，所以他很高兴她留在家里，像皇后那样躺在床上，对着楼下吩咐要吃东西、看电影或看书。

有天晚上，预产期前三个星期，他回家的时候看见她在哭，坐在床边，痛苦不堪地抱着头。

“不对劲了。”她说。

在医院里，她的血压高到160/95，是所谓的“子痫前症”，所以她才会头痛。医生担心癫痫发作，担心丽拉的肾脏，也担心会伤害胎儿。每个人都很严肃，尤其是丽拉，担忧得面灰如土。他们必须催生，她的医生告诉他。在这种病例上，自然生产还是最好的，可如果六个钟头之内无法顺产，他们就必须开刀。

他们替她打催产素，接上第二袋点滴，用以抑制癫痫的硫酸镁。这时已经过了午夜。护士说：“硫酸镁会造成亢奋，让人很不舒服。”“怎么个不舒服法？”“这个嘛，”护士说，“很难解释，但她自己不喜欢那样的感觉。”他们帮她装上生命迹象监视器，之后就只能等待了。

情况很糟，丽拉躺在床上痛苦呻吟。华格斯特这辈子没听过那种声音，直穿他心底深处的声音。“好像遍身着火了。”丽拉说。像她自己的身体恨她。她这辈子没这么难受过。是因为催产素或硫酸镁，华格斯特并不知道，而且没人回答他的问题。收缩开始了，厉害且密集，但是产科医生说她张得还不够大，差得远呢，顶多两厘米。这要持续多久？他们去上过课，每个步骤都练习得很好，可没有人说过情况会是这样，简直像是看着车祸的慢镜头。

最后天快亮时，丽拉说必须用力推了，必须。没有人相信她已经准备好了，但是医生检查过她之后，奇迹似的发现已经张开十厘米了。所有的人开始东奔西跑，病房里所有带轮子的对象都被推到新的位置，快速戴上新手套，把病床从丽拉骨盆腔以下的部分往下折。华格斯特觉得自己百无一用，像茫茫大海上一艘无人掌舵的船。丽拉用力时，他握住她的手，一次，两次，三次，然后就结束了。

有人拿来一把有角度的剪刀，让华格斯特剪断脐带。一位护士把伊娃放进保温箱，帮她做 APGAR[①]评估，然后帮宝宝戴上帽子，包上毯子，交给华格斯特。好惊人哪！突然之间，一切都远离他们了，所有的痛苦、惊慌和烦恼，只有房里这个崭新的小生命。他的人生并没有让他准备好迎接这一刻，感觉到一个小宝宝，他的女儿，躺在他的怀里。伊娃很小，只有两公斤多，皮肤暖暖的，呈粉红色，像被太阳晒熟了的水蜜桃那种粉红色，他让自己的脸挨近她的脸庞时，闻到一股烟味，仿佛她刚被从大火中抢救出来。他们帮丽拉缝合，她还因药物而昏沉沉的。华格斯特很意外地看见地上有血，一大摊黏稠深红的血迹在她身体下方。他在晕头转向中，并没看到出血的过程。可是丽拉很好，华格斯特抱宝宝给她看，然后一直抱着宝宝，一遍又一遍地叫着她的名字，才让他们把宝宝抱进育婴室。

艾美的情况一天天好转，但她对光的敏感并未减缓。华格斯特在

---

① 评估新生儿的标准，内容包括外观（Appearance）、心跳（Pulse）、面部表情（Grimace）、活动力（Activity）、呼吸（Respiration）等。

一间小屋里找到一堆三合板以及梯子、锤子、锯子和钉子。他量了一下，锯开木板，拿梯子爬到二楼钉好，把楼上的窗户封死。经过在营区通风井的攀爬经验——事后回想，简直是不可思议的壮举——这点稀松平常的小事实在算不上什么。

白天的大部分时间，艾美都在休息，黄昏时才醒来吃东西。她问他，他们在哪里——俄勒冈，他说，在山里，一个他小时候来参加营队的地方——但是从没问为什么。她若非早已知道，就是毫不在意。木屋的丙烷罐差不多是满的。他用炉子煮简单的餐点，罐头汤与炖菜，脆饼干与谷片泡奶粉。这里的水微带硫酸味，但还算可以喝，从厨房水龙头出来的水凉沁如冰，害他手指刺痛。他马上就知道，他带的食物不算足够，不久就必须下山去。在地下室里，他找到几箱旧书——整套的古典小说，因为时间与湿气而发霉。夜里，就着烛光，他念书给她听，有《金银岛》《孤星血泪》或《海底两万里》。

偶尔她会在白天醒过来，阴天的时候，醒过来看他做日常琐务：劈木柴，修屋檐底下的一个破洞，想搞清楚他在工具屋里找到的一部老旧的汽油发电机。艾美坐在阴影里的树干上，戴着墨镜和帽子，一条长毛巾塞在发带底下，遮住她的脖子。但这样的时间都维持不了多久，一个钟头过后，她的皮肤就会变成可怕的粉红色，好像被热水烫伤似的，于是他就得把她送回楼上。

他们在营地待了差不多三个星期之后，有天傍晚，他带她走小径到湖边去洗澡。除了偶尔待在外面看他做事的短暂时间之外，她始终没离开木屋，也从没走这么远。小径的尽头是一个摇摇晃晃的甲板，从绿草如茵的湖岸延伸十米。华格斯特脱掉自己的内衣，叫艾美也这么做。他带了毛巾、洗发精和一块香皂。

“你会游泳吗？”

艾美摇摇头。

“没关系，我教你。”

他拉着她的手，带她走进湖里，水冷得惊人。他们一起走向水深处，一直到水深及艾美胸口。这时华格斯特把她整个人抬起来，与水面平行，要她划动双臂双腿，诸如此类的。

“放手。”她对他说。

“你确定？”

她呼吸急促：“嗯。”

他放开她，她像块石头那样往下沉。透过如冰般澄澈的湖水，华格斯特看见艾美停住不动，眼睛睁开，环顾四周，仿佛观察新栖地的动物。然后，惊人的奇迹发生了，她伸长手臂，转动一圈，扭动肩膀，灵巧地穿水而过，动作像青蛙一样。完美的一蹬，转瞬间，她已经顺着多沙的湖底往前滑动远去。华格斯特正准备潜进水里去追她，就看见她在前方三米处冒出来，头稳稳地伸出水面，微笑着换气。

“很简单，”她说，双腿踢水，“像飞一样。”

华格斯特不明所以，只能笑。“小心一点……”他说，但是他话还没说完，她就又饱吸一口气，潜进水里了。

他帮她洗头，尽量告诉她要怎么把自己洗干净。等洗好的时候，天空已经从紫色转成黑色了。数百上千颗星星，映在平静如镜的湖面上，数目加倍。世界悄然无声，只有他们讲话以及湖水一次次拍打湖岸的声音。他领头，就着手电筒的灯光，带她走小径回木屋。他们在厨房吃了汤和脆饼干当晚餐，之后，他带她上楼回房间。他知道她会清醒好几个钟头，夜晚是她活动的场域，也开始变成他活动的时间了。有时候他会大半夜熬着不睡，念故事给她听。

“谢谢你。”艾美说，他正带着一本书坐下，那是《绿山墙的安妮》。

“谢我什么？”

“教我游泳。”

“你看起来本来就会啊，一定有人教过你。”

她一脸迷惑地想了想，“我想没有。”她说。

他不知道该怎么解释，艾美身上有太多的谜了。她看来挺好的——事实上，比“挺好的”还要更好。不管营区里发生了什么事，不管那病毒是什么，她似乎都撑过来了，但是光线的事很奇怪。还有其他的事，比方说：为什么艾美的头发好像不会长长？华格斯特的头发已经卷卷地垂到衣领上，但在他看来，艾美的头发还是和以前一样。他从没替她剪指甲，也没看过她剪。而最大的谜团当然是：在科罗拉多杀了铎伊和其他人的是什么东西？在汽车引擎上的怎么会是卡特，却又不是卡特？蕾西说艾美是他的，说他知道怎么做，到底是什么意思？这倒也像是事实，他的确知道该怎么做，然而他还是无法解释这一切。

后来，他念完故事之后，告诉她说他早上要下山一趟。她情况很不错，他想，可以自己留在木屋。他只去一两个小时。他会在她察觉之前，在她醒来之前就回来。

“我知道。”她对他说，华格斯特也不知道该怎么解释这句话。

他七点刚过就动身，车子经过这么多个星期静止不动，积满了林木的花粉，他试着想发动时，柯乐娜咿咿呜呜地抗拒了好一会儿，但引擎最后还是发动了。从湖面升起的晨雾刚刚开始消散，他换上排挡，开始漫长缓慢的下山路。

最近一个称得上城镇的地方在四十多公里外，但华格斯特不想跑那么远。万一柯乐娜抛锚了，他就会被困住，艾美也是，反正油表也差不多归零了。他沿着来时路往回开，在每个岔口都停一下，再三回想确认。他没看见其他的车子，在这么荒僻的地方是意料中事，但是不见人烟还是让他有点不安。他回来的这个世界，不论时间多短暂，感觉上和他仅仅离开三个星期的那个世界是完全不同的地方。

这时他看见了“弥尔顿干货／狩猎钓执照”的牌子，第一天晚上在黑暗中，这店看起来似乎比现在大。事实上，这只是一座两层楼的小房子，木瓦饱经风霜。森林里的小屋像童话故事里的场景。停车场没有其他车子，只有一辆老旧的厢型车，二十世纪九十年代中期的车子，停在后面的草地上。华格斯特下车，走向店门口。

门廊上有五六个报纸贩卖箱，除了一个有报纸之外，其余全是空的。《今日美国》，灰扑扑的箱门敞着，华格斯特看见报纸上斗大的头条标题。抽出报纸之后，他发现只有薄薄两张。他站在门廊上看。

科罗拉多大混乱

致命病毒席卷落基山脉

边界封闭

内布拉斯加、犹他、怀俄明亦传爆发疫情

总统下令军队高度戒备，请全国在面对“前所未有的恐怖攻击”时保持镇静

华盛顿，五月十八日——休斯总统今晚誓言要采取“所有必要的措施”，防止所谓的科罗拉多热病毒蔓延，并惩处应负起责任的人，宣称：“美国人的正义之怒将很快降临到痛恨自由之人以及庇护他们的违法政府身上。”

总统在椭圆形办公室发表上述看法，这是危机在八天前爆发以来，他首度对全国人民发表谈话。

“我们有不容置疑的证据指出，这致命的传染病并非自然界的偶然产物，而是反美极端主义者的恶行，在我们的国界之内操作，但受国界之外的敌人所支持。”休斯告诉忧心的国人，“这个罪行不只是与所有的美国人为敌，也为人道主义精神所不容。”

他发表谈话的前一天，科罗拉多邻州爆发第一例疫情，就在休斯总统下令关闭科罗拉多边界，并要军队高度戒备的几个钟头之后。总统也下令停飞所有的国内与国际班机，让国内交通枢纽陷入混乱，数万名无机可搭的旅客寻求其他方式返家。

为了让国人安心，也为了顺应国内对政府当局应对危机动作缓慢的批评，休斯要国人准备好艰苦奋战。

“今晚在此，我请求各位赋予信任，坚定决心，虔诚祷告。”总统告诉国人，“我们会用尽一切方法，正义将迅速得以伸张。”

总统没特别指明哪个组织或政府是联邦扫荡行动的目标，他也不愿详细说明，政府有哪些证据可以指称疫情是恐怖分子的恶行。

总统发言人提姆·洛默在被问及可能采取的军事行动时，回答记者说：“我们目前还没有排除任何可能性。”

据该州当地官员的报告指出，可能已经有五千人丧生。但有多少人死于疾病本身，有多少人是因罹病患者的暴力攻击而丧生，目前尚不清楚。感染初期的症状包括晕眩、呕吐以及高烧。经过一个短暂的

停滞期之后——仅有六个小时——病症再起，在某些病例中，肢体力量会明显增强，并具攻击性。

“患者会陷入疯狂，杀掉每一个人。”某位不愿透露姓名的科罗拉多医卫官员说，“医院仿佛动物园。”

亚特兰大疾病管制中心发言人夏侬·傅利曼轻描淡写说这些报道“歇斯底里”，但也坦承，与疫区内官员的联系管道已切断。

“据我们所知，这病的致死率极高，约有百分之五十。”傅利曼说，“除此之外，我们无法确知那里的状况。目前大家所能做的，就是尽量待在室内。”

傅利曼证实内布拉斯加、犹他与怀俄明疫情爆发的报告，但不愿进一步说明。

“疫情显然发生，”她补充说，“任何人只要认为自己遭到感染，应立即通报最近的执法机构或医院急诊室。这是我们现阶段希望民众配合的。”

周二开始实施戒严的丹佛、科罗拉多与柯林斯堡，当晚差不多全市人去楼空，市民不顾科罗拉多州长富利兹·米雷“就地疏散”的命令，蜂拥逃离城市。传言国土安全部队已受命使用必要的武力逼退州界的难民，谣言四起但未获证实。另外，据传科罗拉多国民警卫队开始疏散医院的患者，移往未透露的地点。

还有更多报道，华格斯特读了又读。他们围捕患病者，加以射杀——显然是如此，虽然并未白纸黑字言明。五月十八日，华格斯特想。报纸已经是三天——不，是四天以前的旧报纸了，他和艾美是五月二日的清晨抵达营地的。

报纸上所描述的一切，全都在这十八天之内发生。

他听见背后的店里有动静——轻微的动作，只够让他察觉有人在看他。华格斯特把报纸夹在腋下，转身走进纱门。空间很小，闻起来有灰尘与岁月的味道，货架上塞满各式各样的露营用具、衣物、工具、罐头食品等。一个大大的公鹿头挂在另一道门上方，垂着珠帘的门通向后间。华格斯特想起以前和朋友来这里买糖果和漫画书。当时，门口有一个旋转架，摆着《无限战栗》《惊奇四超人》和“黑骑士”系列，都是他的最爱。

柜台后面的凳子上坐了一个体形庞大的光头男子，身穿花格子法兰绒衬衫，牛仔裤用红色的吊带挂在圆滚滚的腰上。他屁股上有个皮枪套，是一支点三八左轮手枪。他俩微微点头打招呼。

“报纸两块钱。”那人说。

华格斯特从口袋掏出两张纸钞，搁在柜台上：“有新一点的报纸吗？”

“这是我看到的最新的一份报纸了。”那人把钱放进收款机里说，“送报的家伙从星期二就不见人影了。”

所以今天是星期五，但这也无关紧要。

“我需要一些补给品。”华格斯特说，“弹药。”

那人打量他，灰色的眉毛评鉴似的蹙了起来：“你用的是什么？”

“春田，点四五。”华格斯特说。

那人的手指敲着柜台：“这样啊，拿来看看吧，我知道你带在身上。”

华格斯特从腰后掏出那把枪，这是蕾西丢在雷克萨斯地板上的那一把枪。弹匣是空的，是她还是其他人开的枪，华格斯特并不知道。或许她提过，但他不记得了，在那一团混乱里，很难分得清楚什么是什么。无论如何，他很习惯用这种枪。春田是局里的标准用枪。他取下弹匣，卡住滑套，让那人看见里面是空的，然后把枪摆在柜台上。

那人用一只大手拿起枪，仔细看了看。从那人把枪转过来，让抛光面含住光线的样子，华格斯特知道这人懂枪。

“钨合金枪身，斜面出弹口，钛撞针，加上快速复位扳机。很高级哟。”他充满期待地看着华格斯特，“我猜呢，你是替联邦政府工作的。”

华格斯特尽量装出一脸无辜的样子：“你应该说我以前是，上辈子。”

那人脸上挤出一个哀伤的笑，把枪放在柜台上。“上辈子，”他沮丧地摇摇头，“我想我们是有一些，我看一下。”

他拨开门帘到后面去，一会儿带着一个小硬纸盒回来。

“我只有一盒点四五的子弹，替一个烟酒枪炮管制局退休的家伙留的，他喜欢带个十二发到上面的树林里，射他喝光的空罐子，说那是他的资源回收日。可我已经一阵子没见到他了。将近一个星期以来，你是第一个上门的客人。卖给你也没错啦。”他把盒子摆在柜台上，五十发，空尖弹。他偏着头朝柜台方向点了一下。“拿去吧，子弹摆在盒子里有什么用？你如果想要，就拿去装进枪里吧。”

华格斯特退出弹匣，把子弹一发发摆进去。

“还有其他地方可以弄到更多吗？”

“除非你下山到白河去。”那人用食指敲敲胸骨，敲了两下，“他们说你得打中这里。一枪，要是打得正中位置，他们就会像被锤子捶倒了一样。否则，完了，你就成为历史了。”他语气平淡地陈述事实，没有满意，也没有恐惧，仿佛告诉华格斯特今天天气如何一样，“就算那东西以前是你和蔼可亲的奶奶也不能心软。你还来不及瞄准第二次，她就会喝干你的血。”

华格斯特把子弹全装进弹匣，让第一发滑进枪膛，然后检查保险。“你从哪里听来的？”

“网络啊，什么都有。”他耸耸肩，“阴谋论啦，政府掩护啦，吸血鬼啦。大部分听起来都很疯狂。很难分辨什么是胡说八道，什么不是。”

华格斯特把枪塞回腰后的脊骨下方，他想要问这人，可不可以借用计算机，让自己看一下新闻，但他知道的已经够多了。他明白，自己知道的很可能比任何活人都多。他看过卡特和其他人，知道他们有什么能耐。

“我告诉你一件事。有个家伙，自称是‘丹佛最后一人’。从高楼大厦林立的市区弄了一个影音博客，说他用大火力来复枪设了路障。他拍到一些不错的影片，你应该看看那些鬼东西是怎么行动的。”那人又敲敲胸骨，“只要记住我告诉你的话。一枪，你不能开第二枪。他们晚上活动，在树林里。”

那人帮华格斯特收拾好补给品，提到车上，有罐头食品、奶粉、咖啡粉、电池、卫生纸、蜡烛、燃料、两根钓竿和一盒滑轮。太阳高挂，阳光灿烂，他们周围的空气似乎凝结成无垠的寂静，宛如交响乐团即将开始演奏之前的静默。

两人站在车后握了握手。“你是要到熊山上，对吧？”那人说，“希望你别介意我这么问。”

似乎没什么好隐瞒的。华格斯特问：“你怎么知道？”

“你来的方向。”那人耸耸肩，“那边除了营地之外，什么都没有，不知道他们为什么总是卖不掉。”

“我小时候到过那里，很奇怪，那里一点都没改变，我猜那种地方就是这样。”

“嗯，你很聪明。那是个好地点。别担心，我不会告诉任何人的。”

“你也应该去避难的，”华格斯特说，“到更高的山里面去，或往北走。”

华格斯特从那人的眼睛里看得出来，他正在下定决心。

“过来，”他最后说，“我给你看个东西。”

他带华格斯特回到店里，穿过珠帘。后面是一个小小的起居空间，有种陈腐与密封的味道，窗帘遮得严严的。窗边有台空调嗡嗡响。华格斯特在门口停下脚步，让眼睛适应屋里的光线。房间正中央是张病床，有个女人躺在上面睡觉。床的头部摇高成四十五度角，露出女人憔悴的脸，微微侧向一边，对着在窗帘外跃动的光线。她身上盖了一条毯子，但华格斯特看得出来她有多瘦。小桌子上摆了好几十瓶药丸、纱布、药膏、铬钢小盆，以及封在塑料套里的注射筒。一个淡绿色的氧气筒摆在床边。毯子的一角翻了起来，露出她赤裸的脚，发黄的脚趾之间塞着棉花球。有张椅子被拉到床边，华格斯特看见上面摆了一把指甲锉，还有几瓶指甲油。

“她喜欢把脚弄得漂漂亮亮的。”那人马上说，“你进来的时候，我正在帮她修指甲。”

他们离开房间，华格斯特不知该说什么。情况很明显，这人和妻子哪里都不去。他们再次走回停车场，回到亮灿灿的阳光里。

“她有多发性硬化症。”那人解释道，“我希望能让她留在家里，能留多久就多久。去年冬天她病情恶化之后，我们就这么决定。他们应该派护士过来的，但我们已经好一阵子没见到护士了。”他在碎石地上挪了一下重心，清清嗓子，“我猜呢，没有人再出来做居家看护了。”

华格斯特把自己的名字告诉他，那人名叫卡尔，太太叫马莎。他们有两个长大成年的儿子，一个在加州，一个在佛罗里达。卡尔原本是俄勒冈州立大学的电工，后来买了这家店，就来这里退休。

“我能帮什么忙吗？”华格斯特问。

他们已经握过手了，但又握了一次。“让你自己好好活着吧。”卡尔说。

华格斯特开车回营地，突然之间想起了丽拉。那是另一段时间，另一段人生的回忆，此时已然结束的人生——对他而言，对所有的人而言，都结束了。想起丽拉，一如既往，他是在说再见。

16

八月，白昼漫长且干燥的八月，火烧了起来。

华格斯特有天下午在院子里工作的时候，闻到了烟味，到了第二天早上，空气中弥漫着浓厚的呛鼻烟雾。他爬到屋顶上去看，但只看见树和湖以及绵延起伏的山脉。他无从知道火离这里有多近。他知道，风可以吹来几百公里之外的浓烟。

他已经两个多月没下山了，自从上回到过弥尔顿商店之后就没再下山。他们找到了生活作息的步调：华格斯特每天睡到中午后才起床，在外面做事到黄昏；然后吃晚饭、游完泳之后，两人就大半夜不睡觉，看书或玩桌上游戏，就像长途航海的旅客。他在一个小房间里找到一箱游戏组：大富翁、印度双骰棋、跳棋。有一阵子，他故意让艾美赢，但后来发现根本不需要。她是个精明的玩家，特别是玩大富翁的时候，买进一处又一处地产，飞快地计算能带来的租金收入，喜滋滋地算钱。海滨大道，公园地、马文花园，这些地名对她到底有什么意义？有天晚上，他正准备要念书给他听，一本他们以前念过的《海底两万里》，她从他手里拿起书，就着闪烁的烛光，开始大声念给他听。碰到书上那些艰涩的单词，老式的拗口句法，也很少停顿下来。“你从哪里学会的啊？”在她停下来翻页的时候，他无法置信地问她。“这个嘛，”她说，“我们以前念过啊，我只是背下来了。”

山下的世界已经变成回忆，越来越遥远的回忆。他没能让发电机启动——他原本希望用短波收音机的——很久以前就已经不再尝试了。要是事态的发展和他想象中一样，他认为他们最好还是别知道。信息有何用呢？他们还能去哪里呢？

但现在森林起火了，从西方升起一道呛人的烟墙。到了隔天下午，情况已经很明显：他们非走不可了。火朝着他们的方向而来。如果野火越过了河，就没有任何东西能阻挡火势了。华格斯特把东西搬到车上，用毯子裹着艾美，让她坐在前座。他为他们各准备了一条浸了水的湿布，来掩住嘴巴和刺痛的眼睛。

他们走了不到三公里，就看见火焰了。道路被浓烟堵住，空气让人无法呼吸，像一道毒气墙。狂风吹袭，大火攀上山坡，向他们烧过来。他们必须掉头。

他不知道在大火烧来之前，他们还有多少时间。他没办法喷湿木屋的屋顶——他们就只能静静等待。封死的窗户至少还能让他们稍微抵挡一下浓烟，但到了夜幕低垂之际，他俩都开始咳嗽，而且有痰。

在一间小屋里头有艘铝制的独木舟，华格斯特把船拖到湖边，然后从楼上抱艾美下来。他把独木舟滑到湖心，看着漫山遍野的大火烧向营地，景色壮丽至极，仿佛地狱打开了大门。艾美挨着他躺在船底，就算心里害怕，她也没显露出来。他无能为力了。这一天所有的精力都耗尽了，他不由自主地沉沉睡去。

早晨醒来，营地竟然还在。野火终究还是没能跨越河流，夜里风向变了，把火焰吹向南方。空气里带着浓烟，但他知道危险已过。那天下午稍晚，他听见一声轰然雷响，宛如一大片锡铁从头上敲下来，大雨倾盆而下，下了一整夜，他们的运气好到让他不敢相信。

到了早上，他决定用仅余的一点汽油，开车下山去查看卡尔与马莎的情况。他要带艾美一起——经过山火之后，他打算不再让艾美离开他的视线，他一直等到傍晚才出发。

火一度很接近，离营区大门一公里的区域之外的树木全烧成冒烟的灰烬了，地表裸露焦黑，仿佛经历过一场恐怖的战斗。华格斯特在路上可以看见动物的尸体，不只是负鼠和浣熊那样的小动物，还有鹿和羚羊，甚至还有一只熊蜷缩在烧黑的树干底下，想找寻一小块可以呼吸的空间，却被活活烧死。

店还在，没有损伤。没有灯，电力也已经中断。华格斯特叫艾美在车里等着，拿出手电筒走向门廊。门锁着。他敲门，大声敲，一次又一次喊着卡尔的名字，但没人回答。最后他用手电筒敲碎了窗户。

卡尔和马莎都死了，他们紧紧依偎在马莎的病床上。卡尔蜷起身体贴在马莎背后，一手揽着她的肩，仿佛在午睡。可能是烟，但房里的味道让华格斯特知道，他们远在山火之前就死了。床头柜上有一瓶半空的威士忌，旁边是一份折起来的报纸，就像他上回看见的那份报纸一样，薄得令人忧心，还有一行醒目的大标题，他忙把视线转开，决定把报纸塞进口袋里待会儿再看。他在躺着两人遗体的床尾站了一会儿，然后关上房门。他哭了，第一次落泪。

卡尔的厢型车还停在店后。华格斯特剪下一段橡皮水管，把柯乐娜开到后面，将厢型车的油吸到柯乐娜的油箱里。他不知道要去哪里，但野火季还没结束，让自己松懈下来几乎是个致命的错误。他在屋后的工具间里找到一个空的汽油桶，把柯乐娜的油箱装满后，他就把油装进油桶里。艾美也帮着他到店里去拿补给品，拿走所有的食品和电池，以及认为用得到的丙烷，把这些东西装进箱子里，搬到车上。然后他回到躺着遗体的房间，屏住呼吸，小心地取下卡尔腰间枪套里的点三八手枪。

清晨，艾美终于睡着之后，华格斯特从外套口袋里掏出报纸。这回只有一张，日期是七月十日——将近一个月前，天晓得卡尔怎么弄到的。很可能是下山到白河去，然后在报上读到了消息，回来之后便决定结束一切。屋里有很多药，他要完成任务一点都不难。华格斯特胆战心惊地掏出报纸，对自己即将在报纸上读到的消息却有种宿命般的笃定。对他来说，只有细节才是新闻。

芝加哥陷落

“吸血鬼”病毒扩至东岸，百万人丧生

疫区界线东移至俄亥俄中部

加州脱离联邦，誓言捍卫自己

印度可能以响尾蛇导弹“有限”核攻击巴基斯坦

华盛顿，七月十日——休斯总统下令美军弃守芝加哥，因为大批受感染群众拥入市区，经过一夜激战之后，陆军与国民警卫队伤亡惨重。

“一座伟大的美国城市陷落了。”休斯总统在书面声明中指出，“我们衷心为芝加哥市民祷告，为那些捍卫人民而捐躯的男女战士祷告。他们会在这场伟大的奋战中继续支持我们。”

攻击在入夜之后展开，部署在南环道的美军称，一支数量不明的武装群集在市中心商业区外。

“这次的攻击显然是有组织的行动。”中央疫区指挥官卡森·怀特将军说，他认为这是“令人不安的发展”。

“新的防线设在七十五号州际公路，从托雷多到辛辛那提。”怀特在周二清晨对记者表示，“这是我们的卢比孔河[①]。”

被问到据称有大批军队弃守职责，怀特答称他“未曾听闻这种事情”，并说这种谣言“不负责任”。

“能和这些勇敢的战士一起合作，我与有荣焉。”将军说。

佛罗里达的塔拉哈西，南卡罗莱纳的查尔斯顿，蒙大拿的海伦娜，亚利桑那的弗雷格斯塔夫，以及安大略南部和墨西哥北部，都传出疫情爆发的消息。依据白宫与疾控中心提供的统计数字，目前伤亡人数已达三千万，五角大楼估计受感染的人数还要再多添三百万。

周日弃守的圣路易斯，今晚大部分地区都付之一炬。孟菲斯市、突沙市与得梅因等地也是。当地观察家称，曾看见飞机低空飞越该市著名的拱门，大火随即烧起，迅速焚毁市中心区。据说，大火是联邦政府消除中部防疫区重要城市病毒计划的一部分，但截至目前，政府当局并未证实此一传言。

全国各地的汽油极为稀少，甚至完全没有，运输通道也因大批逃离疫情的民众而持续堵塞。食物很难取得，从绷带到抗生素等医药用品都是。

国内许多被困住的难民发现，自己无处可去，也无法离开。

“我们困住了，和其他的人一样。”戴维·葛拉汉在匹兹堡东方

① Rubicon，意大利北部河流，罗马时期为高卢与意大利边界，公元前49年，西泽率军跨河，一路进军罗马。

的麦当劳外面说。葛拉汉开车载着妻子和两个小孩，一家人从俄亥俄州的阿克隆来到此地，平常只需要两个小时的车程，那天晚上却开了二十个钟头。汽油差不多用光了，所以葛拉汉在蒙罗维尔郊区的休息站停车，却发现加油机没有油，餐厅在两天之前就已经卖光了食物。

“我们要去我妈妈家，可是我听说那里也一样。”葛拉汉说。一支陆军车队，约有五十辆车，通过这条路空无一车的西向车道。

“没有人知道要去哪里。”他说，“到处的情况都一样。”

目前疫情仍未扩及美国、加拿大和墨西哥之外，但世界各国显然也在为最后可能面临的情况做准备。在欧洲，意大利、法国和西班牙已经关闭边境出入口，其他国家也开始囤积医药用品，并禁止跨市旅行。联合国在上周疏散位于纽约的总部之后，首度在海牙召开大会，通过国际防疫决议案，禁止所有船舰飞机接近北美大陆周围三百公里之内。

全美各地，教堂与犹太会所据称信众空前踊跃，数以百万计的信众群聚祷告。在病毒已广泛传播的得州，曾是畅销书作家、现为全国最大圣洁圣经教会教长的休斯敦市长贝瑞·伍顿说那座城是“通往天堂之门”，呼吁居民与难民从全州各地群集到休斯敦信赖体育馆，准备“让我们升天到上主的宝座，不是以怪物的模样，而是以上帝的男女子民之姿”。

在疫情尚未波及的加州，州议会昨晚紧急召开会议，迅速通过第一部加州分裂法，切断与美利坚合众国的关系，宣布独立为主权国家。前州长辛迪·萧就任加州共和国总统之后的第一个动作是，下令州境内的所有美国军队与执法单位接受加州国民警卫队指挥。

“我们将捍卫自己，我们和其他的国家一样，有权利这么做。”萧总统告诉议员，赢得如雷掌声，“加州，以及加州所捍卫的一切，都将渡过难关。”

对于萨克拉门托传来的消息，休斯政府当局发言人提姆·洛默告诉记者：“这事极其荒谬。此时此刻，任何一州或地方政府显然都不应该将美国人民的安全问题强行归为自己管辖。我们的立场一以贯之，加州仍是美国的一部分。”

洛默也警告说："加州军方或执法人员若是干扰联邦救援行动，将遭严厉惩处。"

"我保证，"洛默说，"他们会被视为非法的敌方战斗人员。"

截至周三，加州已获瑞士、芬兰、南太平洋小国瑙鲁以及梵蒂冈承认。

美军撤出南亚之后，印度政府昨天再次重申稍早的威胁，将使用核武器对抗东巴基斯坦叛军。

"这是制止伊斯兰极端主义的时刻，"印度总理苏瑞许·米特拉告诉国会，"看门狗正在睡觉。"

所以就这么回事啦，华格斯特想，终于到了这个地步。他这时想着一个他听过的名词。他以前只听过这个名词用于航空事件，解释在某个本应晴朗的日子，为何会有架飞机迅速坠落。OBE，Overcome by events。被突发事件袭击。这就是此时此刻正在发生的事。这个世界的人类被突发的事件袭击了。

"照顾好艾美，"蕾西这么说，"艾美是你的。"他想起铎伊把雷克萨斯的钥匙交到他手上。蕾西亲吻他的脸颊，铎伊跟在车后面跑着，挥手要他们走，大喊："快走，快走。"蕾西跳下车，呼唤那些星星——华格斯特觉得他们像星星，人星，闪着灯笼般的亮光——扑到她身上。

该睡觉、该休息的时间已经结束了。华格斯特整夜没睡，一手握着卡尔的点三八，一手握着春田，紧紧盯着门口。夜很凉，温度降到十三四摄氏度，从店里回来之后，华格斯特就点燃柴炉。他把报纸折成四分之一、八分之一、十六分之一，然后打开炉门。他把报纸放进火里，惊叹地看着一切转瞬消失无踪。

17

夏天结束了，秋天来临，他们遗世而独立。

第一场雪在十月最后一个星期落下。华格斯特在院子里劈柴，眼角突然瞥见第一片雪花飘落，胖胖的羽绒，轻盈得像灰尘一样。他原本卷起袖子工作，停下来抬头看的时候，汗湿的皮肤感到一阵寒意，他领悟到是怎么回事：冬天来了。

他把斧头插进一截木头里，回到屋里，朝楼上喊着："艾美！"

她来到楼梯口，皮肤因为太少晒太阳，白得像瓷器一样。

"你看过雪吗？"

"我不知道，应该有吧。"

"这样啊，下雪了呀。"他笑起来，听见自己的声音里充满喜悦，"你不会想错过的，来吧。"

等他帮她打理好装束——穿上大衣和靴子，戴上帽子和眼镜，露在衣服外面的每一寸皮肤都涂上一层厚厚的防晒油——雪花已经密密地落下了。她踏进雪片飞舞的白色世界，动作非常庄严，仿佛踏上新星球的探险家。

"你觉得怎样啊？"

她偏着头，伸出舌头，一个本能的动作，接住雪花尝一尝。

"我喜欢。"她说。

他们有栖身之所，有食物，有暖气。秋天时，他又到弥尔顿商店去了两趟，知道一等冬季来临，路就会不通，所以带走了那里所有的食物——罐头食品、奶粉米和干豆。华格斯特相信储粮可以让他们撑到春天。湖里有很多鱼，有间小屋里有螺丝钻。要架起捕鱼线实在易如反掌。丙烷罐也还差不多半满。所以呢，他欢迎冬天，感觉到自己的心随着冬天的节奏而轻松起来。没有人来；这世界已经遗忘他们了，他们两个一起被冰封在安全之中。

到了早上，木屋周围已经积了三十厘米深的雪。太阳穿透云层，闪耀着金灿灿的阳光。华格斯特花了整个下午挖出柴堆，在柴堆和木屋之间铲出一条路，然后再铲出另一条路，通向他准备拿来当作冰屋的小木屋，因为寒冷的季节已经开始了。他差不多完全过着夜行动物的生活——要适应艾美的作息再简单不过了——所以雪地反射的阳光让他目眩欲盲，宛如被强迫直视一场爆炸。他想，对艾美来说，就算是普通的光线可能就有这样的效果。等夜晚降临，他们两个又来到屋外。

"我做雪天使给你看。"他说。他仰天躺下。上方的天空镶着星星。他在弥尔顿店里找到一罐可可粉，但没告诉艾美，打算留着等特殊场合用。今天晚上，他们用柴炉烤干衣服，坐在火光里喝热可可。"摆动你的手臂和双腿。"他告诉她，"就像这样。"

她躺在他身边的雪地上，纤小的身体轻盈灵活，宛如体操选手。她来回摆动麻木的四肢。

"什么是天使？"

华格斯特想了想，他们过往的谈话之中，从来没出现过像这样的话题："这个嘛，就是一种鬼魂，我想。"

"鬼魂？就像雅各布·马列[1]那样？"他们读过《圣诞颂歌》——不，应该说是艾美读给他听过。自从那个夏夜他知道她会念书之后——不仅会念，而且还念得很专业，充满感情与表情——华格斯特就只是坐着听她念。

"我想，没错，但是不像雅各布·马列那么罕见。"他们依然并肩躺在雪地上，"天使是……嗯，我猜他们就像好的鬼魂。从天堂看顾我们的鬼魂，至少有些人这么觉得。"

"你也这么觉得吗？"

华格斯特有点被吓到了，他从来就没完全适应艾美的坦率。她的

---

① Jacob Marley，狄更斯小说《圣诞颂歌》（*A Christmas Carol*）里返回人世的鬼魂。

毫无顾忌让人吃惊，这一方面很孩子气，但另一方面，她说的话和问他的问题，却在直言不讳中带着某种智慧。

“我不知道。我妈妈相信。她很虔诚，对宗教很热心。我爸爸大概不信吧，他是个好人，可他是个工程师，他不相信这种事。”

有那么一瞬，他俩陷入沉默。

“她死了。”艾美静静地说，“我知道。”

华格斯特坐起来，艾美闭着眼睛。

“谁死了，艾美？”但是话一出口，他就知道艾美指的是谁：**我妈妈，我妈妈死了。**

“我不记得她。”艾美说，她的声音不带感情，仿佛在说一件他早就知道的事，“可是我知道她死了。”

“你怎么会知道？”

“我可以感觉得到。”艾美的眼睛在黑暗之中迎向华格斯特的目光，“我可以感觉到他们每一个人。”

有时候，在破晓之前的凌晨时分，艾美会做梦。华格斯特听见隔壁房间传来轻轻的哭喊声，以及她不安翻身时小床的吱吱嘎嘎声。也不算是哭喊，应该说是喃喃呻吟，宛如声音在睡梦中通过她发出来。有时，她会起床，下楼到木屋的主房间，有几扇大窗可以俯瞰湖景的房间。华格斯特站在楼梯上看着她。她总是在柴炉闪烁的火光与温暖里静静地站上一会儿，脸转向窗外。她显然还在睡梦里，华格斯特知道最好别叫醒她。然后，她会转身爬上楼梯，回到床上。

你是怎么感觉到他们的，艾美？他问她，**你有什么感觉？**“我不知道，”她说，“我不知道。他们很悲伤。他们有好多好多。他们已经忘了自己是谁。”他们是谁，艾美？而她回答说：“每一个人，他们是每一个人。”

目前华格斯特睡在木屋的一楼，面对大门的椅子上。他们在夜里活动，卡尔曾经告诉他，在树林里，你只能射一枪。这些在树林里活动的东西，到底是什么？他们是人吗，就像卡特一样曾经是人吗？他们变成什么了？还有艾美，艾美梦见声音，头发不再长长，似乎很少睡觉。真的，他知道她只是在假装睡觉，甚至很少吃东西。会看书会游泳，仿佛记得其他人的人生体验的艾美，她也是他们中的一员吗？病毒没有活性，佛斯特说过。如果并非如此呢？他，华格斯特不会生病吗？但是他没病；他的感觉和以前一样，也就是很迷惑，仿佛置身梦境，迷失在充斥着无意义标志的景物里。这世界对他还有些用处，只是他并不理解。

三月里的一个夜晚，他听见了引擎声。雪很厚很深。天上一轮满月。他坐在椅子里睡着了。虽然是在睡梦中，他却意会到自己听见了引擎声，越过长长的车道朝木屋而来。在他的噩梦里，这声音变成夏日野火的咆哮，越过山峦，朝他们烧来；他带着艾美跑过树林，到处都是浓烟烈火，他找不到她了。

窗里映进来一道强光，脚踏上门廊，声音沉重而蹒跚。华格斯特迅速起身，所有的感官瞬间全戒备起来。他手里握着春田手枪，拉开滑套，打开保险。门上响起重重的捶打声，三声，

“外面有人。”是艾美的声音，华格斯特转头，看见她站在楼梯底下。

“上楼去！”华格斯特压低声音，严厉地说，“上去，快点！”

“里面有人吗？”门廊上传来男人的声音，“我看见烟了！我会退开。”

“艾美，上楼，**快**！”

更多的捶门声。“行行好吧，要是有人听见我的声音，请开门啊！”

艾美退回楼梯上。华格斯特走到窗前，往外看。没有轿车或货车，只有一辆雪车，底盘上拖着一些容器。车灯里，有个穿连帽外套与靴子的男子在门廊底下，蹲着，双手扶住膝盖。

华格斯特打开门。“别靠近。”他警告说，“手放在我看得见的地方。”

那人虚弱地举起手：“我没有武器。”他气喘吁吁。这时华格斯特看见血，宛如一道鲜红的缎带从外套侧面流下，伤口在背部。

“我病了。”那人说。

华格斯特后退，举起枪：“滚开！”

“天哪，”他呻吟说，“老天爷啊。”那人膝盖一软，然后脸往前一低，开始对着雪地哀号。

华格斯特转头见艾美站在门口。

“艾美，进去！”

“没错，小可爱。”那人说，举起一只血淋淋的手无力地挥了挥，他用手背抹抹嘴巴，“听你爸爸的话。”

“艾美，我说进去，马上！”

艾美关上门。

“很好。”那人说，他跪在地上，面对华格斯特，“她不该看见这个场面的。老天哪，我觉得自己像鬼。”

“你怎么找到我们的？”

那人摇摇头，对着雪地吐了一口口水：“我不是来找你们的，如果你指的是这个。我们有六个人，躲在离这里大约六十公里的地方，一个朋友的狩猎营地。打从十月，他们拿下西雅图之后，我们就一直躲在那里。”

“他们是谁？”华格斯特问，“西雅图发生什么事了？”

那人耸耸肩：“和其他地方一样。所有的人都生病，奄奄一息，把彼此撕成碎片，然后军队来了，轰的一声，整个地方就变成灰烬了。有人说那是联合国或是俄罗斯人，也可能是月球人啊，我是这么想的。我们往南走，进到山区，想熬过冬天，再想办法到加州。可是那些东西来了，我们甚至连开枪的机会都没有。我屁滚尿流地逃出来，其中一个咬了我。那鬼东西不知道从哪里冒出来的，我不知道她为什么没杀我，像杀了其他人那样，据说有时候就是这样。”他虚弱地微笑，“我猜那天是我走运吧。”

“有人跟踪你吗？”

“我怎么知道？我从一公里外就闻到你这里的烟味了。不知道我是怎么办到的，像平底锅煎培根那样。”他抬起脸，满是哀伤凄苦的表情，“看在老天爷的分上，我求你，要是我有枪，我就会自我了断。”

华格斯特花了会儿工夫才明白这人要求他做的是什么事。“你叫什么名字？”华格斯特问。

“鲍伯。”那人用沉重干涸的舌头舔舔嘴唇，“鲍伯·山德斯。”

华格斯特用春田手枪比了一比：“我们得离开这屋子。”

他们走进树林里，华格斯特落后他约五步。在深厚的积雪里，那人行进缓慢，每走几步，就双手揽着膝盖，用力喘气。

“你知道好笑的是什么吗？”他说，“我以前是个保险精算分析师，寿险与意外险。你抽烟，你开车不系安全带，你每天吃巨无霸当午餐，我可以很精确地算出你哪年哪月会死。”他抓着一棵树，保持平衡，“现在没人费这种工夫了吧，我想？”

华格斯特没答话。

“你会动手，对不对？”鲍伯说。他转开视线，望向树林深处。

“是的，”华格斯特说，“对不起。”

“没关系，别觉得难过。”他呼吸沉重，舔着嘴唇。他转身，摸着胸口，就像卡尔好几个月前那样，告诉华格斯特该射哪里，“就打这里，可以吗？你可以先开枪打我的头，如果你想要这么做的话，但一定要打中这里。”

华格斯特只能点头，被这人的坦率和实事求是的语气吓了一跳。

“你可以告诉你女儿说我攻击你，”他说，“她不会知道实情的。之后，把我的尸体烧掉，用汽油、煤油或其他类似的东西。”

他们来到河堤上，月光下，眼前的景色带着脱离尘世的宁静，沐浴在蓝色的光线里。华格斯特可以听见，冰雪之下河水仍然汩汩流淌。这地方很理想，华格斯特想。

“转过来，”他说，“面对我。”

但是鲍伯，似乎没听见他说的话。他向着雪地里又走了两步，然后停下来。他莫名其妙地开始脱衣服，脱下血迹斑斑的外套，丢在雪地里，解开雪裤的吊带，把毛衣从头顶脱掉。

“我说，转过来。”

“你知道最窝囊的是什么吗？”鲍伯说，他已经脱掉他的保暖内衣，蹲下来解开鞋带，“你女儿几岁？我一直想要有小孩，为什么不生？”

“我不知道，鲍伯。”华格斯特举起春田，“站起来，面向我，快点。”

鲍伯站起来，有点不对劲了。他伸出手指摸着脖子上的血珠。他的身体又一阵抽搐，但脸上的表情却非常愉悦，几乎是性感的兴奋。在月光里，他的皮肤看起来简直闪闪发光。他像只鸟儿那样拱起腰，眼里满是欢愉。

“哇，好棒，”鲍伯说，“这真的是……不得了。”

“对不起。”华格斯特说。

“嘿，等等。”鲍伯猛然睁开眼睛，伸出双手，“等一下。”

“对不起，鲍伯。”华格斯特再次道歉，然后扣下扳机。

冬季在雨中结束，大雨滂沱，下了好多好多天，树林饱足，河水与湖水高涨，路上残留的一切也都被冲刷洗净。

他遵照鲍伯的指示，在尸体上浇汽油烧掉，等火焰熄灭之后，把灰烬泡进漂白水里，全埋进石堆与土丘底下。第二天早上，他查看那辆雪车，结果绑在车上的汽油罐全是空的，但他在把手上的一个小皮袋里找到鲍伯的皮夹。一张驾照，贴着鲍伯的照片，还有一个位于斯波坎市的地址，几张普通的信用卡，几块钱的纸钞，一张借书证。也有一张在摄影棚拍的照片：鲍伯穿着圣诞节毛衣，身边美丽的金发女子显然怀孕了，还有两个小孩，小女孩穿着裤袜和绿色丝绒洋装，婴儿裹着睡衣。每个人都笑得很开心，甚至连婴儿都是。照片背面写着字，是女性的字迹：“提摩西的第一个圣诞节。”为什么鲍伯说他没有小孩？他被迫眼睁睁看着他们死掉，因为太痛苦，所以脑袋自动抹掉对他们的记忆？华格斯特把皮夹埋在山丘旁边，用两根树枝缠起来做成十字架，插在那里作为标记。实在很不怎么样，但他也想不出来还能怎么办了。

华格斯特等待其他人出现，他认为鲍伯只是第一个。他只有打理极其必要的事时才离开木屋，而且也只在白天出门。他随身带着春田手枪，卡尔那把装满子弹的点三八手枪则放在柯乐娜车上的手套箱里。每隔几天，他就发动车子，让引擎运转一下，维持电瓶的电力。鲍伯曾经提到加州。那里还安全吗？有任何地方安全吗？他想问艾美：**你听见他们来了吗？他们知道我们在哪里吗？**他没有地图，无法告诉艾美加州在哪里。有天晚上，太阳刚下山不久，他带她爬上木屋屋顶。“看见那个山脊了吗？”他指着南方说，“朝着我指的方向看，艾美。喀斯特山脉。要是我出了事，”他说，“就顺着那个山脊，跑，一直跑。”

好几个月过去了，他们还是遗世而独立。雨停了，有天早上，华格斯特走出木屋，嗅闻与品尝阳光的味道时，感觉到有些东西变了。鸟鸣在树林里热闹回荡，他望向湖，看见原本是一大块冰的湖面已经水波荡漾。空气中蒙上甜美的绿色雾气，在木屋底座，一排番红花从土里冒出头来。这世界或许随时可能分崩离析，但春天的恩赐依然存在，山里的春天从每一个角落、每一个生命的声响与气息中盛放。华格斯特甚至不知道现在几月。是四月还是五月？他没有日历，而他从秋季以来就没戴手表，手表的电池早就没电了。

晚上，手里握着春田坐在门边的椅子里，他梦见了丽拉。他依稀知道这是个和性有关的梦，和欢爱有关，但好像又不是那么回事。丽拉怀孕，他俩在玩游戏。这梦没有特定的场景——除了他们坐着的地方之外，其余的区域全笼罩在黑暗之中，宛如舞台隐而不见的区域。华格斯特没来由地恐惧，担心他们这样会伤害宝宝。“我们得停下来。”他急着对她说，“这很危险。”可是她好像没听见他说的话。他转着骰子，移动自己的棋子，却发现走进了边角的格子，上面的图案是警察吹警哨。“坐牢了，布莱德。”丽拉大笑说，“直接前往监狱。”这时她站起来开始脱衣服，“没关系的，”她说，“你想要的话，可以吻我。鲍伯不会在意的。”“他为什么不会在意？”布莱德问，“因为他死了。”丽拉说，“我们都死了。”

他一惊而醒，察觉到自己并不是一个人。他在椅子里转身，看见艾美背对他站着，面对眺望湖面的大窗。在柴炉的火光里，他看见她举起一只手，摸着玻璃。他站起来。

“艾美？怎么了？”

他正跨步向前，突然一阵目眩欲盲的白光映满整片玻璃，一刹那，华格斯特的心仿佛冻结了：他的脑袋宛如照相机的快门，拍到了艾美的一张照片，她的双手迎光举起，嘴巴张得大大的，发出惊恐的喊叫。一股强风吹得木屋摇摇晃晃，这时，随着震得人晕头转向的轰然巨响，窗户朝内破裂，华格斯特感觉自己被卷起摔落，在地板上向后滑过整个房间。

一秒钟，或者五秒钟或十秒钟之后，时间重新自我组合起来。华格斯特发现自己双手双膝趴在地上，靠着里侧的墙面。到处都是玻璃，地板上有成千上万片，在笼罩一室的奇异光线里，碎片边缘闪闪发光，宛如碎落的星星。屋外，一团圆圆的亮光从西方的地平线升起。

“艾美！”

她躺在地板上，他想办法靠过去。

“你被灼伤了吗？你被割伤了吗？”

“我看不见，我看不见！”她拼命拳打脚踢，双臂惊恐地在眼前乱挥。她全身上下都有玻璃碎片在闪闪发亮，粘在她脸孔和双臂的皮肤上。血沾湿了她的T恤，他想靠近她，想办法安抚她。

“拜托，艾美，别动！让我看看你有没有受伤。”

她在他怀中松懈下来，他轻轻地拂掉玻璃碎片。到处都有割伤。但他明白，血是他自己的。是从哪里流出来的？他低头，看见一道很深的伤口，有如一把弯刀，深深划过左腿，从膝盖一路蜿蜒到鼠蹊。他一拉；玻璃完完整整地被拉出来，一点都不痛。一块十厘米长的玻璃插在他的大腿上，他为什么没有感觉？是肾上腺素？但是一想到这个问题，疼痛就来了，一列误点的火车轰隆隆驶进车站。他眼前有无数的微小光粒，胸腹涌上一股恶心。

“我看不见，布莱德！你在哪里？”

“我在这里，我在这里。”他头疼欲裂，这样的伤口会让人流血致死吗？“睁开眼睛试试。”

“我办不到！很痛！”

闪光灼伤，他想，因为直视烈焰中心，所以视网膜被闪光灼伤。不是波特兰或西雅图，甚至也不是科瓦里斯。那爆炸是在正西方。散射的核武器，他想，可这是谁发射的？还会有多少枚？能达成什么效果？他知道，答案是什么都没有。这只不过是在这世界痛苦的灰飞烟灭过程中，再添一阵猛烈的抽搐而已。他这时幡然醒悟，就在他步出木屋迎向阳光、享受春日时，心里还想着最糟的时刻已经过去了，他们会安然无恙。他真是太傻了。

他把艾美抱到厨房，点亮灯。水槽上的玻璃窗倒是没破。他让她坐在椅子上，找来一条抹布绑紧自己受伤的腿。艾美在哭，手掌压着眼睛。她刚才面对强光的脸和手臂，全都变成亮粉红色，已经开始脱皮了。

“我知道很痛，”他对她说，“可是你得睁开眼睛让我看看，我要看看眼睛里面有没有玻璃。”他桌上有一个手电筒，准备等她一睁开眼，就检查她的眼睛。简直像伏击，可是他又能怎么办呢？

她摇头，挣扎着推开他。

“艾美，你一定要，我需要你勇敢一点，拜托。”

又挣扎了一分钟，但她的情绪终于缓和下来。她让他拉开她的手，睁开眼睛。她的眼睛睁开小到不能再小的一条缝，然后马上又闭起来。

“好亮！”她大叫，“好痛！”

他和她谈条件：他数到三，她就睁开眼睛；然后等他再数到三，才闭上眼睛。

“一，”他开始数，“二，三！”

她睁开眼睛，脸上的每一条肌肉都因为恐惧而紧绷。他再次开始计数，用手电筒照着她的脸。没有玻璃，没有明显可见的伤口，她的眼睛没事。

“三！”

她再次闭上眼睛，拼命摇头大哭。

他用急救箱里的烫伤药膏涂在艾美的皮肤上，用绷带包在她眼睛上，带她回到二楼的床上。“你的眼睛不会有事的。”他要她放心，虽然他根本不知道是不是如此，“我想这只是暂时的，只是因为看到了强光。”他陪她坐了一会儿，直到她的呼吸平静下来，他知道她睡着了。他们应该想办法离开的，他想，拉开他们和爆炸之间的距离，可是他们能到哪里去呢？先是野火，再来是大雨，下山的路早就被冲掉了。他们可以尝试步行，但本来就不善于行走的他，再带个眼睛看不见的小女孩穿越森林，到底能期待走多远？他唯一希望的是爆炸的规模并不大，距离比他所想象的远，或者风把辐射吹向另一个方向。

他在急救箱里找到一根缝合针，以及一团黑线。还有一个钟头才天亮，他走下楼梯到厨房，坐在餐桌旁，就着灯光，解开绑紧的抹布和被血浸湿的裤子。伤口很深，但相当干净，皮肤看起来像一张被撕开的包肉纸盖在血红的牛排上。他缝过扣子，有一次还缝过裤子的缝边。能有多难呢？他从水槽上方的柜子里拿出几个月前在弥尔顿商店带回来的威士忌。他给自己倒了一杯，坐下来，头一仰，连味道都没尝地把酒一口灌进喉咙，接着又倒了第二杯，同样一饮而尽。然后他站起来，在水槽里洗手，慢慢地洗，用抹布擦干。他再次坐下，把抹布卷成一团，塞在嘴巴里；然后一手拿着酒瓶，一手拿着缝合针。他真希望光线亮一点。他深吸一口气，屏住呼吸，然后把威士忌倒在伤口上。

结果这是最糟的部分，之后，把伤口缝合简直易如反掌。

他醒来发现自己趴在餐桌上睡着了。房里冷得像冰块，空气里有股奇怪的化学味，像烧焦的轮胎。外面下着灰色的雪。裹着绷带的腿一下下抽痛，华格斯特拖着腿从木屋走到外面的门廊上。不是雪，他这时发现是灰。他走下门阶，灰烬落在他脸上，飘进他头发里。好奇怪，他感觉不到恐惧，不为自己害怕，也不为艾美害怕。好奇特的景象。他歪着头，迎接飘飞坠落的灰烬。这些灰都是人，他知道，如雨纷飞的灵魂之灰。

他可以让两人搬到地下室去住，但那么做似乎没什么道理。辐射物到处都是，在他们呼吸的空气里，在他们吃的食物里，在从湖里流到厨房水龙头的水里。他们留在二楼，封死的窗户起码可以提供一些保护。三天后，也就是他帮艾美解开绷带的那天——她终于看见了，就和他先前保证的一样——华格斯特开始呕吐，吐个不停。他好痛苦，吐到后来只剩浓稠的黑色黏液，好像烟掉的塔糕。他的腿感染发炎了，再不然就是因为辐射的关系。伤口流出绿色的脓，沾湿了绷带，发出一股恶臭。那臭味他嘴巴里也有，眼睛与鼻子都有，好像他浑身上下全有。

“我会没事的。”他对艾美说，经历过这么多事之后，艾美还是和原来一样，她灼伤的皮肤已经消退，露出一层新生的皮肤，像奶白月光那么白的皮肤，“我只要让腿休息几天，就会没事了。”

他卧床休息，躺在艾美隔壁那间位于屋梁下的房间里。他感觉到时间流逝，在他周围，在他身上。他快死了，他知道。他身体快速分裂的细胞——喉咙与胃的黏膜、头发、固定牙齿的牙龈——会先被杀死，辐射不都是这样吗？辐射找上了他的内在深处，仿佛一只巨大致命、黑色瘦骨嶙峋的手伸进他体内。他感觉到自己在崩解，像药丸溶在水里一样，溶化之后再也无法恢复原形。他应该让他们两人设法下山的，但那个时机早就过了。他隐约意识到艾美在他身边，察觉到她在房里的动静，她那双太过睿智的眼睛观察着他。她端起水杯放在他干裂的嘴唇上。他想尽办法喝，希望解渴，但更希望让她高兴，让她相信他会好起来，但没有任何事情可以持之久远。

“我没事。”她对他说，一次又一次，虽然他很可能是在做梦，她语气平静，贴在他耳朵上说，她用布抹他的额头，在黑黢黢的房间里，他感觉到她柔和的气息喷在他脸上，“我没事。”

她是个孩子，在他离去之后，她会怎么样呢，这个几乎不睡也不吃，身体对疾病与病痛一无所知的小女孩？

不，她不会死。这是最可怕的，他们对她做的恐怖的事。时间一碰上她就会岔开，仿佛海浪碰上码头一样。时间绕过她继续前行，但艾美还是依然如故。**诺亚活了九百五十年**。无论他们怎么做到的，但艾美都不会，也不能死。

对不起，他想，我竭力而为，但还是不够，我刚开始的时候太害怕了。**如果上天有什么安排的话，我也看不出来。艾美，伊娃，丽拉，蕾西，我就只是一个人。对不起，对不起，对不起，对不起。**

有天晚上醒来，他独自一人。他马上就察觉到了周围弥漫着起程、离去与远走高飞的气息。光是掀开毯子，就要使尽全身的力气；毯子质料摸在手里的感觉宛如砂纸，像火舌那样烫手。他费尽千辛万苦才坐起来。他的身躯是某种庞大垂死的东西，大得让他的心难以容纳。然而这还是他的身体——他这辈子赖以栖身的同一副躯体。这个身体竟然就要死了，感觉到肉体在离他而去，真是太奇怪了。然而，另一部分的他其实一直都知道。**死吧**，他的身体告诉他，**死吧，我们之所以活着，就是为了死。**

“艾美，”他说，他听见自己最微弱沙哑的声音，无力且无用的声音，音不成语，在黑黢黢的房间里，自言自语唤着那个名字，“艾美。”

他设法走下楼梯到厨房，点亮灯。在闪烁的光线里，一切都和之前一模一样，虽然这个地方似乎有些改变了——是他和艾美共同生活一年的房间，但有些地方却变得完全不一样了。他说不上来这是几点钟，是哪一天，是哪个月。艾美走了。

他跌跌撞撞走出木屋，步下门廊，踏进阴暗的森林。树梢上挂着一弯宛如合眼的月亮，仿佛是小孩的玩具挂在绳子上，一张微笑的月亮脸挂在婴儿床上方。月光满满映照着盖满灰烬的大地，所有的东西都在迈向死亡，生机盎然的世界表面被剥下来，露出崎岖嶙峋的本质。就像舞台场景，华格斯特想，为万事万物的结束、万事万物回忆的结束所安排的舞台场景。他漫无目的地穿越凌乱粉碎的白色尘土，呼喊着她的名字。

他在森林里，木屋在他背后不知多远的地方。他怀疑自己还能找得到回去的路，但无所谓了。他结束了。他连哭的能力都没有。到头来，就只是挑个地方的问题。要是走运的话，你至少还能做到这一点。

他站在月光里，下方是河，周遭是光秃的树木。他跪下来，靠着树坐下来，闭上眼睛。上方枝干间有东西在移动，但他只隐隐约约感觉到。树林中有肢体活动的飒飒声。以前，很多辈子以前，曾经有人对他提起过，夜里在树林中活动什么的。但要回想起那些字句的意思就需要很大的意志力，他已经不再有那样的力量了。思绪离他而去，他独自一人。

这时他有一种前所未有的感觉，冰冷终结的感觉，仿佛一股冷风透过开敞的门，灌进隆冬最深沉的时刻，灌进星辰之间的静止之境。等晨光再次来临时，他已不复存在。艾美，他想。星星开始坠落，这里那里，到处都是。他想办法让她的名字充塞心中，只有她的名字，他女儿的名字，帮他熬过这一生。

艾美，艾美，艾美。

第三卷　最后的城市

轻柔的歌声寂灭后，
音乐将在回忆中萦回；
甜美的紫罗兰凋萎，
芳香存留在其唤起的感觉里。

玫瑰凋零之后，
玫瑰花瓣将撒满爱人的床；
而你离去之后，
爱将恬睡在对你的思念里。

——雪莱《音乐，轻柔的歌声寂灭之后》

撤离通知

美军司令部

宾夕法尼亚州费城，东部疫区

奉东部疫区美军代理高级指挥官塔维斯·古伦将军与费城市长乔治·魏克斯命令：

所有居住在费城市内与特拉华河以西三县之内未受感染地区**“绿色标记区”**（“安全地区”），年龄介于四到十三岁之间的孩童必须到美国铁路公司第三十街车站报到，立即登车。

每位孩童**必须**：

·携带出生证明、社会安全卡或有效的美国护照；

·携带居住证明，如父母亲或合法监护人名下的水电费账单或有效的难民卡；

·携带目前的免疫卡；

·有一位可以负责任的成人协助办理撤离手续。

每位孩童**可以携带**：

·一只装个人物品的容器，大小不超过22英寸×14英寸×9英寸，**切勿携带易腐食品**，火车将供应食物与水；

·一个铺盖卷或睡袋。

火车与撤离办理区**禁止**携带下列物品：

·枪弹火器；

·任何超过1分米长的刀子或具穿透性的武器；

·家长与监护人皆不得进入美国国铁第三十街车站；

·任何阻挠撤离行动者格杀勿论；

·任何未经许可企图登车者格杀勿论。

上帝拯救美国与费城人民。

疫后二年

18

摘自伊达·乔克森日记（《姑妈之书》）
发表于第三届北美疫期全球会议
人类文化与冲突研究中心
新南威尔士大学
印澳共和国
疫后一〇〇三年四月十六至二十一日

（摘要开始）

……一片混乱，过了这么多年，你还是永远忘不了那个景象，成千上万的人，全都惊恐万分，拼命压着围篱，士兵和狗想让群众镇静下来，对着空中鸣枪。我还不到八岁，提着我的小手提箱。妈妈前一夜帮我打包时哭个不停，因为她知道自己在做什么，知道她要永远把我送走了。

跳跳鬼占领了纽约、匹兹堡、华盛顿和全国大部分的地区，就我印象所及，我有亲戚的那些地方，还有很多我们不知道的地方，比方说欧洲、法国或中国，虽然我曾听爸爸和我们那条街的邻居谈起过，说那些地方的病毒不一样，但他们都能把所有的人赶尽杀绝。所以我猜，当时的费城很可能是最后一个有人居住的城市，我们是在一座孤岛上。我问妈妈战争的事，她解释说："那些跳跳鬼原本是像你我这样的人，只是生病了。"我以前也生过病，所以她这么说的时候，我吓得要死，一直哭一直哭，哭得眼睛都快掉了。我害怕我有一天醒来，会像跳跳鬼那样，杀了妈妈爸爸和表哥表姐。妈妈用力搂着我说："不会，不会。伊达，那不一样，那是完全不一样的情况，乖，别哭了。”所以我乖乖听话，但过了一会儿，我又觉得没有道理了，要是那些人只是打喷嚏或喉咙怪怪的，怎么会有战争，怎么会到处都是士兵？

“我们就是叫他们跳跳鬼而不是吸血鬼，虽然大家私底下都叫他们吸血鬼。”我堂哥泰伦斯就这么说。他给我看一本漫画书，我记得，那是一种图画书，但后来我拿着图片去问爸爸的时候，他说：“不对，吸血鬼只是虚构故事里的人物，是长得很好看的男生，穿西装、戴礼帽，文质彬彬的，但这些跳跳鬼是真实存在的，伊达，不是故事。他们有很多名字了，当然，飞鬼、渴鬼、病鬼，诸如此类的，但当时我们都叫他们跳跳鬼，因为他们抓你的动作就是跳下来。不管叫他们什么，他们都是卑鄙的龟儿子。你要像军方说的那样留在户内，伊达。”听爸爸那么说，我真的吓坏了，因为爸爸是美以美教会的执事，我从来没听他用过那样的字眼。最惨的是晚上，特别是冬天的晚上，我们不像现在这样有灯。除了军队给我们的食物外，没有太多吃的东西；除非可以找到东西来烧，否则也没有暖气。太阳下山之后，你可以感觉到恐惧像盖子一样，猛然盖住所有的东西。我们不知道晚上跳跳鬼是不是会攻进来。爸爸把家里的窗户都封死了，而且他也有枪，他整夜带着枪坐在餐桌旁，点着烛光听收音机，或许还稍微打个盹儿。他以前是海军的通信官，对这些事情很了解。有天晚上我走进厨房，看见他在哭。他的脸埋在手里，哭得浑身颤动，泪水淌下脸颊。我不知道是什么声音吵醒了我，或许是他的哭声。我爸爸是个坚强的人，看他这样哭，我觉得很难为情。我问爸爸：“你为什么这样哭呢？是不是被什么吓到了？”他摇摇头说：“上帝不再爱我们了，伊达。或许我们是自作自受，但他不爱我们了。”他突然用笼子套住了我们。这时我妈妈过来说：“小声点，蒙罗，你喝醉了。”她赶我去上床睡觉。蒙罗·乔克森三世是我爸的名字，我妈叫爱妮塔。虽然那时我还不知道，但我想或许爸爸那天晚上已经听说火车的事才会哭，不过也可能是其他的事。

我记得家的地址是西拉维尔街2121号，附近有一所大学，还有很多商店。繁忙的街道和形形色色、日复一日来来去去的人。我记得有一回爸爸带我到市区，从我们住的地方搭巴士去看圣诞节的橱窗。我当时应该还不到五岁。巴士带着我们经过爸爸工作的医院，他在医院里负责X光摄影，也就是照人体里骨头的照片，他退伍后就开始做那个工作，也因此认识我妈。他常说对像他这样的人来说，那真是份最理想的工作，可以看清楚事情的内在真相。他本来想当医生的，不过照X光也只比当医生稍微差一点。在商店外面，他指着橱窗叫我看。为了圣诞节，所有的橱窗都装饰得很漂亮，有灯有雪有树，还有会动的玩偶，精灵啊，驯鹿啊什么的。那是我这辈子最快乐的一天，站在寒风里，我们俩看着漂亮的景致，爸爸拉着我的手，打算帮妈妈挑礼物，买条围巾或手套。大街小巷到处是人，好多人，各种年龄，各种长相的都有。到现在我都还很喜欢回想那天的情景，喜欢让我的心回到那一天。再也没有人记得圣诞节了，但那很像现在的“首夜”。我不记得那天是不是买了围巾和手套，大概买了吧。

这一切，包括星星，全消失了。我不时想，对于疫前时代，我最怀念的就是看见星星。从我卧房的窗户，越过大楼与房舍的屋顶，可以看见星星——天上一个一个的小光点，仿佛上帝亲手为圣诞节挂上的吊饰。妈妈告诉我一些星星的名字，只要盯着看上一会儿，那些星星看起来就会像一个汤匙、人或动物什么的简单图形。我常想，你可以凝望星星，而上帝就在那里，你仿佛直直盯着他的脸看。你需要在黑暗之中才能看清楚他。说不定他忘了我们，也说不定没有。说不定是我们自己忘了他，在我们无法再看见星星之后。老实说，那些星星就是我死去之前想再看一次的东西。

我知道还有其他的火车，我们听说从各地都有火车来，其他城市在跳跳鬼入侵之前先把人送走。或许这就是人们在恐惧时会谈论的事，想尽办法在过去的种种之中抓住任何一丝希望。我不知道有多少火车开到原本要去的地方。有些被送到加州，有些到我已经想不起来名字的地方去。在最初的那段日子里，在行者和律法之前，在无线电还能用的时候，我们只听说过另一个地方的消息。我想那是新墨西哥州的某个地方。但他们的灯出了问题，那之后，我们就再也没有他们的消息了。据彼得、西奥与其他人告诉我，我相信我们是仅存的一批人了。

但我打算写的是那班火车、费城以及那年冬天发生的事。大家都很惨，到处都是军队，不只是士兵，还有坦克以及其他类似的东西。爸爸说他们是要保护我们不受跳跳鬼侵害，但对我来说，他们就只是拿枪的人，而且大部分是白人。爸爸总要我往好处想，伊达，但别相信白人——他就是这么说的，仿佛那些人和我们不是同一种人似的——现在听来好像很好笑，因为大家都已经融为一体了，说不定读到这段话的人，还搞不清楚我在说什么呢。我们家附近有个人只不过想抓一条狗，就被枪杀了。我猜他是想，吃狗肉总比什么都没得吃好。可是军队开枪打死了他，还把他吊在欧尼大道的路灯柱上，胸口挂了一块写着“抢匪”的牌子。除了那条饿得奄奄一息、迟早会死的狗之外，不知道他还想抢什么。

有天晚上，我们听见好大的爆炸声，一声连着一声，飞机在头顶上轰隆隆飞来飞去，爸爸告诉我说他们炸掉了桥。第二天一整天，我们看见更多的飞机，闻到了火与烟的味道，我们知道跳跳鬼快来了。全市每个地区都陷入大火，我上床睡觉，后来却被吵闹声吵醒。我们家只有四个房间，声音很容易传开，你在这个房间打个喷嚏，另一个房间里的人就会说“保重”。我听见妈妈一直哭一直哭，爸爸对她说：“你不能这样，爱妮塔，对这样的事我们一定要坚强。”然后门被打开，我看见爸爸站在那里。他拿了一根蜡烛，我从来没在他脸上看过那样的表情，仿佛他看见了鬼，而鬼就是他自己。他动作很快地帮我套上冬衣说：“要乖，伊达，和你妈妈说再见。”我说再见的时候，她抱住我，抱了好久好久，哭得好厉害，经过了这么多年，我现在想起来心还是很痛。我看见门边的小手提箱说：“我们要去哪里呀，妈妈？我们要离开了？”她没回答我，只是一直哭一直哭，拼命抱紧我，直到爸爸叫她放手，然后我们就走了，爸爸和我，只有我们两个。

我走到外面才发现还是半夜，很冷，风很强。天上飘下一片片的东西，我以为那是雪花，但是舔舔手，才知道那是灰烬。还闻得到烟味，弄得我眼睛和喉咙刺痛。我们走了好远，走了大半夜。街道上只有军用卡车在移动，有些卡车车顶装有喇叭，不停广播，叫大家不要偷窃，对撤离行动镇静以对。街上也有些人，但是不多。可我们走得越远，人就越多，后来街上简直挤满了人，大家都沉默不语，拎着自己的东西，和我们朝相同的方向走来。我当时想都没想到，要离开的只有小孩。

走进车站时天还是黑的，我已经在上面提及一二。爸爸告诉我说，要早点到，免得排队，他一向讨厌排队，可城里一半的人好像都有相同的念头。我们等了好久，情况变得很惨，你可以感觉得到。就像风暴即将来临，空气里有呼呼嘎嘎的声音。大家都很害怕。火快熄灭了，跳跳鬼就快来了，大家都这么说。我们听见远处的爆炸声很像打雷，飞机在头顶飞过，飞得很快，也很低。每回看见一架飞机，耳朵先是听到砰的一声，一秒钟之后就听见轰隆一声，脚底下的大地东摇西晃。有些人带着小孩，但不是全部都有。爸爸紧紧拉着我的手。围墙上有个开口，士兵会放人进去，我们必须穿过那里。一大堆人紧紧挤在一起，我简直无法呼吸。有些士兵牵着狗。“无论发生什么事，你都要抓紧我，伊达，”爸爸说，“只管抓紧。”

走近之后，我们看见火车在我们下方，我们在桥上，铁轨在桥下。我的眼睛顺着铁轨，想看看尽头在哪里，但是看不见，我看不见铁轨有多长。火车也仿佛在无止无尽地延伸，有一百个车厢连在一起。我从来没看过这样的火车。车厢没有窗户，两旁各伸出一根长长的杆子，挂着网子，宛如鸟儿的翅膀。车顶上有金属笼子，就像关金丝雀的笼子，里面有士兵与大炮。至少我认为他们是士兵，因为他们穿着亮闪闪的银色连身服，让他们可以防火。

我不记得爸爸后来怎么了，有些事你就是不记得，因为事情一过，你的心就抛开了。我记得有个女人用箱子装了一只猫，一个士兵说：“女士，你以为你带那只猫是在干吗！”事情马上就发生了，不管你信不信，士兵开枪当场杀了她。接着又开了更多枪，大家开始奔跑，推挤尖叫，我和爸爸被挤得分开了。等我伸手要抓爸爸的手时，却找不到。人群的移动宛如河流，把我往前推，那情况好恐怖。有人喊着说火车还没满，但是车却开动了。你可以想象得到，我搞丢了我的手提箱，我唯一想到的就是这件事，我弄丢了我的手提箱，爸爸知道了一定会气得抓狂。他总是这么说，看好你的东西，伊达，别漫不经心的。我们要辛苦工作才能得到我们所拥有的一切，所以别不把这些东西当一回事。我满脑子正在想，丢掉手提箱是我这辈子最大的麻烦时，突然有东西把我撞倒在地，等我爬起来，看见周围全是死掉的人。其中一个男生，我想是我们学校的同学。大家都叫他口香糖阿文，你知道吗，那家伙在学校里老是惹麻烦？因为他喜欢嚼口香糖，每天上学时嘴里总是嚼个不停，但现在，他胸口正中央有个大洞，仰躺在一摊血泊中。他胸口的洞继续冒出更多有着小泡泡的血，好像浴缸里的肥皂泡。我记得当时心想，这个口香糖阿文，就躺在那里死掉了。一颗子弹射穿了他的身体，杀了他。他不会再动、再讲话、再嚼他的口香糖或做任何事情了。他会永远躺在那个地方，脸上挂着那种遗忘一切的表情。

我还站在火车上方的桥上，大家开始往下跳。每个人都扯开喉咙尖叫，一大堆士兵对着他们开枪，好像有人叫他们不管看见什么都开枪似的。我看着桥边，看见一大堆尸体堆得好像准备烧火的柴薪，血流得到处都是，好多好多血，让你以为世界裂开了一道缝。

这时有人把我抓起来，我以为是爸爸，他终于找到我了。结果不是，是另一个留胡子的白种男人。他把我拦腰抱起，跑到桥的另一头，那里有条走道向下穿过草丛。我们站在围在铁轨旁边的墙上，那人拉着我的双手，把我往下放，我心想，他要把我丢下去了，我会像口香糖阿文那样死翘翘。我死命盯着那人看，我一辈子也不会忘记他的眼睛。那是知道自己就要死掉的人才会有的眼神。一有这样的眼神，你就不再是年轻人或老年人，白人或黑人，甚至男人或女人，你已经和那些东西没关系了。他扯开喉咙大喊："谁来接住她啊？来接住这个女孩啊！"这时有人从下方抓住我的腿，抱住我放下来，等回过神来，我发现自己已经在火车上了，火车在动。差不多那个时候，我突然想到，我再也见不到他们了，见不到妈妈，见不爸爸，也见不到我在那天之前所认识的每一个人。

在那之后，我所记得的与其说是真实的东西，不如说是一种感觉。我记得有小孩在哭，记得肚子饿，记得那片漆黑，以及一大堆人挤在车里的热气与味道。我们听见车外的枪声，感觉到火擦过车厢墙面的热度，仿佛整个世界都着了火。墙面变得好烫好烫，一摸就要灼伤手。有些孩子顶多四岁，根本就还是宝宝。车厢里有两个守望员陪我们，一男一女。大家都以为守望员是军人，其实不是，他们是FEMA（联邦紧急事故处理署）的人。我之所以记得，是因为他们夹克背上有这几个大大的黄色字母。爸爸有亲戚住在新奥尔良，他入伍之前就在那里长大的，他总是说FEMA是Fix Everything My Ass的缩写。我不记得那个女的后来怎么样了，但我记得那个男的是首批家族，一个姓周的。他娶了另一个守望员，在她死了之后，他又娶了另外两个太太，其中一个是玛琪·周，老周的祖母。

火车一直没停，说什么都不停。我们不时听到很大的爆炸声，声音一响，车厢就像风中的树叶那样摇摇晃晃，但我们还是不停往前走。有一天，那女的离开我们这节车厢，和几个孩子到后面去帮忙，回来的时候一直哭。我听见她告诉那个男的说，我们后面的车厢全不见了。这火车原本的设计，就是一旦有跳跳鬼上了车，就可以把那节车厢脱钩抛弃。我们听到的那些爆炸声，就是一节又一节翻覆的车厢。我不愿意去想那些车厢和里面的孩子，一直到今天，我还是不愿意想，所以我不想再多谈那件事。

你们希望知道的是我们到那里之后的事，我的确记得一些，因为我就是这样找到我堂哥泰伦斯的。我不知道他和我一起上了火车，他在另一节车厢里。他很走运，没在后面的那些车厢里，因为抵达的时候，火车顶多只剩三节车厢，还有两个车厢大半是空的。我们到了加州，守望员告诉我们，加州已经不再像以前那样是美国的一个州了，而已经变成一个完全不同的国家了。巴士会来接我们，带我们到山上某个安全的地方。火车慢慢停下，大家都很害怕，但也很兴奋，经过这么多天之后，终于可以下车了。车门打开，光线好亮，我们只好用手遮住脸。有几个孩子哭起来，他们以为是跳跳鬼来抓我们了。然后有人说，别蠢了，不是跳跳鬼啦。我睁开眼睛，看见站在那里的是士兵，松了一口气。我们在沙漠里。他们把我们抱下车，周围有更多的士兵，还有一排巴士停在沙地上，直升机在我们头顶上盘旋，卷起灰尘，弄得到处灰蒙蒙的，制造出各种噪声。他们给我们冷水喝，我这辈子从没这么高兴能喝到冷水。光线好强，光是转头看四周就弄得眼睛好痛，但我就在这时看见了泰伦斯。他和其他人一样，站在沙尘里，拿着一只手提箱和一个脏兮兮的枕头。我这辈子从来没抱男生抱得这么紧又这么久过，我们又哭又笑地说，看看你这个模样。我们是堂兄妹，不过是又隔了一层的堂亲，我记得他爸爸是我爸爸的表哥，卡尔顿·乔克森。卡尔顿在船坞当焊工，后来泰伦斯告诉我说，他爸爸也曾参与制造那列火车。在撤离的前一天，卡尔顿伯伯带泰伦斯到火车站，让他坐在驾驶舱里最靠近司机的位子，叫他待在那里。乖乖待在这里，泰伦斯，司机叫你怎么做就怎么做。泰伦斯就这样一路来到这里，和我重逢。他只比我大三岁，可当时感觉起来好像大很多。我跟他说，你会照顾我吧，泰伦斯？说你会照顾我。他点点头说他会，从他说了这句话之后，一直到死为止，他都信守诺言。他是第一个担任族长的乔克森家人，自此，乔克森家族也一直是族长会议的一员。

他们让我们坐上巴士，有泰伦斯在身边，一切都显得不同了。他把枕头借给我用，我头靠在他身上睡着了。所以我说不上来我们搭了多久的巴士，不过我想顶多一天吧。不知不觉中，只听到泰伦斯说："醒醒吧，伊达，我们到了，快醒醒吧。"然后我闻出来这个地方的味道有多么不同。更多士兵带我们下车，我第一次看见那些墙，那些高高的、立在我们头顶上的灯——太阳还没下山，当时灯并没亮。空气很新鲜清爽，而且很冷，我们全都不停地跺脚哆嗦。到处都是士兵，各种大小的FEMA卡车装满了各种物品：食物、枪弹、卫生纸和衣服等。还有几辆卡车载的是动物，装在笼子里的绵羊、山羊、马、鸡，甚至还有狗。像之前那样，守望员要我们排队，登记我们的名字，发给我们干净的衣服，带我们到庇护所去。他们给我们安置的房间，就是每个人都知道的小孩儿睡的那种房间。我挑了泰伦斯旁边的小床，问他我心里一直在想的那个问题，也就是："这是什么地方？如果你爸造了火车，那他一定告诉过你。"泰伦斯愣了一会儿，然后说："这里就是我们从今往后住的地方。那些灯和墙会保护我们，保护我们远离跳跳鬼，远离一切，直到战争结束，像诺亚方舟的故事，这里就是那条方舟。”我问他：“什么是方舟？你在说什么啊？我能不能再见到爸爸妈妈呢？”他说：“我不知道，伊达。就像我说的，我会照顾你。”坐在泰伦斯另一边床上的，是个年纪和我差不多的女孩，她一直哭一直哭，泰伦斯走到她旁间说：“别哭了，你叫什么名字？如果你需要，我也可以照顾你。”听到这句话她就不哭了。这个女孩是个大美人，这一眼就看得出来，虽然她和我们一样浑身脏兮兮、衣服乱七八糟的。她有一张最甜美的小脸蛋，一头又亮又细的头发，像小婴儿似的。她听了他的话点点头，回答说：“好，请你照顾我，如果没给你添太多麻烦的话，可不可以也请你照顾我弟弟。”谁知道这个女生，露西·费雪，后来变成了我最要好的朋友，也就是后来泰伦斯结婚的对象。她弟弟叫雷克斯，长得和露西一样漂亮，只是比较男孩子气而已，我想你们大概猜到了，自此，费雪和乔克森两家就这样融为一体了。

没有人说我得负责回忆所有的事情，可在我看来，如果我不写下来，这些事情就会烟消云散。不只是我们来到这里的经过，还有我们疫前的旧世界。在圣诞节买手套和围巾的事，和爸爸走过一条街去买冰的事，在夏夜坐在窗前看星星出来的事。当然，那些老人都死了，大部分都死了很久，不然就是被抓走了，再也没人记得他们的名字。回忆往日，我感觉到的并不是悲伤，但怀念泰伦斯等其他人时，心里还是悲伤难禁。泰伦斯二十七岁时被抓走了，之后没多久，露西就因为难产而死，玛琪·周则活得蛮久的，后来自然也死了，但我不太记得是为什么，大概是因为阑尾炎吧，再不然就是癌症。想起来最难过的是那些自己结束生命的人，这些年好多人都这样做。那些人自己动手，不知是因为悲伤还是因为担忧，抑或只是不想再背负生命的重担。我梦见的就是这些人。仿佛他们半途而废地抛下这个世界，不知道去了哪里。我想，老了就会有这样的感觉，一半在这个世界，一半在另一个世界，一切全在心里混成一团。还活着的人都不知道我的名字，大家都叫我姑妈，因为我没有孩子，我认为我这一选择没错。有时候我觉得心里有好多人，所以从来不孤单。等我走的时候，会把他们一起带走。

守望员告诉我们，军方会再回来，会带来更多小孩和士兵，可是他们始终没回来。巴士和卡车开走了，夜色降临时，他们就封起大门，灯亮起来，亮得像白天一样，亮得看不见星星，真是壮观。泰伦斯和我跑到外面去，我们两个在寒风中发抖，这时我才明白他那句话的意思，这里是我们从今以后要住的地方。我们就在这里，两个人一起度过了第一夜，灯光亮起，星星隐去的第一夜。尔后的这些年，年复一年，我再也没见过星星，一次都没有。

第四卷　全员注意

噢，睡梦！温柔的睡梦！
大自然温和的保姆，我是如何吓坏了你。
让你不愿再为我合上眼帘，
让我的意识沉浸于忘河之中。

——莎士比亚《亨利四世》第二卷

第一张纸灯片：重建第一殖民地旧址（北纬33° 74′，西经116° 71′）

发表于第三届北美疫期全球会议

人类文化与冲突研究中心

新南威尔士大学

印澳共和国

疫后一〇〇三年四月十六至二十一日

律法文献

全体殖民者谨遵奉行：

本族长会议为保障内部秩序，提供均等配给，增进庇护所安全，确保工作与行业各有关事宜之公平，为殖民地提供共同防御，在回归日到来之前保护高墙内的所有物质资产与人员，特颁布并建立此律法文献。

——族长会议

族长会议应包括现存的首批家族（帕特尔、乔克森、莫林努、费雪、周、寇帝斯、鲍伊斯、诺利斯）年纪最大的成员，且不排除因婚姻而加入的第二家族，包括行者家族，但如果年龄最大的家族成员婉拒加入，则由同姓氏的其他成员取代。

族长会议应与行业委员会协商，监督防卫、生产、照明与均等配给等所有事宜，遇有争议或涉及全民紧急事件时，族长会议保有最终决定权。

族长会议应由成员中选出一人担任族长会议议长，议长无须再担负其他行业工作。

七大行业

在殖民地之内与高墙之外，包括电力站、风力发电厂、牧场、矿坑的所有工作任务应分成七大行业，包括：守望员、粗工、轻工与电力、农业、牲口、商业与制造、庇护所—疗养所。

七大行业应自我管理，各行业会长组成行业委员会，负责向族长会议提出报告，并由户长会议审慎查核。

守望队

守望队为七大行业之一，与其他人一律平等，成员至少包括一位队长，三位副队长，十五位正守望员，若干跑腿。

殖民地高墙之内所有的枪械与戳刺武器（长弓、十字弓、长度超过十厘米的刀）皆应储藏于军械库，由守望队保护。

庇护所

每个儿童都应由庇护所（“罗斯福小学”）保护，在八岁之前不得离开该处，八岁生日当日即离开庇护所，并依据殖民地的需要与族长会议和行业委员会的同意，择定一行业。

儿童离开庇护所后，其均等配给转移到其所属的家户，直到其结婚为止。

庇护所内的儿童不应知悉殖民地高墙之外的世界，包括不得提及病鬼、守望员任务以及所谓的疾病大灾。任何人倘若对儿童提供此类信息，一经发现，将被判处流放高墙之外的刑罚。

行者的权利

行者，亦即非首批家族成员的人，亦享有相同的均等配给，任何人均不得剥夺，但选择住在由行业所提供的宿舍之中的未婚男子除外。

隔离检疫法

任何人，无论是首批家族或行者，倘与病鬼有直接接触，必须隔离检疫至少三十天。

任何人，无论是否在检疫隔离期间，倘有病鬼症状，包括（但不限于）抽搐、呕吐、畏光、眼睛颜色改变、嗜血，应立即监禁，并（或）由守望员执行慈悲任务。

任何人在第二次晚钟与第一次晨钟之间打开大门，无论全部或部分，无论意外或故意，无论单独或有人为伍，都将被处以流放高墙之外的刑罚。

任何人拥有、操作或鼓励操作收音机或其他发报通信设备，将被处以流放高墙之外的刑罚。

任何人犯了谋杀另一人的罪（此罪行的定义是在未能充分证明另一人遭受感染的情况下蓄意导致对方死亡），将被处以流放高墙之外的刑罚。

谨此于疫后十七年批准生效

戴文·丹佛斯·周
联邦紧急事故管理署
中部检疫区地区副执行长
族长会议议长

泰伦斯·乔克森
露西·费雪·乔克森
波特·寇帝斯
黎安·莫林努
索妮亚·帕特尔·雷文
克里斯汀·鲍伊斯
薇拉·诺利斯·达瑞尔
首批家族

加州共和国　圣哈辛托山　第一殖民地　疫后九十二年

19

某个夏日傍晚，暮色四合，距离结束旧生活只有几个钟头了，彼得·乔克森——首批家族乔克森夫妇狄米崔与普露登丝的儿子；律法签署者泰伦斯·乔克森的后裔；人称姑妈的首批殖民者伊达的曾曾侄孙；勇者彼得，白昼勇士，强悍之人——在主大门上方的墙道，择定有利位置，准备杀他哥哥。

他二十一岁，是正守望员，个子很高，虽然他并不认为自己高。乔克森窄脸长眉，牙齿健康，一身蜜褐色皮肤。他遗传了妈妈的眼睛，绿色中带点金光；头发则是乔克森家又黑又粗的头发，从前额往后梳，用一条皮发带箍住，在头颅底部紧紧扎成一个核桃似的发髻。这是守望员的发型。他对着金黄色的光线眯起眼睛，眼角周围出现一圈浅浅的皱纹；在左边太阳穴的边缘，有一丝因辛劳而来的灰色。他穿了一条旧裤子，膝盖和臀部都有五颜六色的补丁，一件柔软的羊毛T恤衫贴在纤瘦的腰上。衣服底下是一天蓄积的一层脏污汗水，弄得皮肤痒痒的。这条裤子是三季之前从店舍用配给买的，花了他八分之一的配给呢。华特·费雪开价四分之一配给，就一条裤子来说，这价钱实在高得离谱，可这就是华特做生意的风格。开价永远不是实价，所以他一路砍价到八分之一。裤管长了大概有一掌的长度，在脚背上皱成一团，脚上是一双用帆布碎布和旧轮胎做成的凉鞋。天热的日子他总是穿凉鞋，不然就是赤脚，把唯一一双像样的靴子留到冬天穿。斜靠在墙堤上的是他的武器，一把十字弓；腰间，插在柔软的皮鞘里的是一把刀。

彼得·乔克森站在高墙上值勤，和他哥哥以前一样，也和他父亲以及他父亲的父亲一样，站在高墙上执行慈悲任务。

这天是夏季的第六十三天，在宽广蔚蓝的天空下，白昼还是很长很干，空气里飘着柏树与杰夫瑞松的清新香味。太阳离地面还有两掌高。庇护所响起了第一次晚钟，召集值第一夜班的人来到高墙，同时也呼叫上野的牧人回来。他所站的平台——从高墙顶端的墙道往外延伸的十五个平台之一——是第一号射击平台，通常都保留给队长苏乌·拉米瑞兹用，但今晚则不然。今晚和之前的六个晚上一样，都只有彼得一个人站在这里。五平方米左右的平台，边缘垂着钢缆打造而成的网子。彼得左边，高出平台三十米的是十二具灯组之中的一具，一个个钠气灯泡排成格子状，在白昼的余晖中黯然无光。彼得右边，悬在网上的是一架有着大块木头、滑轮与绳索的起重机。在哥哥回来的时候，彼得会用起重机把自己送到高墙底部。

在他背后，喧闹、气味与活动形成了令人安心的气氛，那里就是有房舍、畜栏、田地、温室与峡谷的殖民地，这是彼得一辈子生活的地方。即使在此刻，背对殖民地迎接牧人归来的此刻，他还是能在心中描绘出每一寸景观，立体且带有完整知觉的心灵创作。从大门通往旧城的长道，经过响着金属敲打音乐的军械库，以及姑妈以前住的那个清幽的西林苑，种着一排排玉米与豆子的田地，工人在黑土地上弯得低低的，在犁田锄地。被称为太阳黑子的半圆形宽阔广场，是交易日和族长会议公开举行的地方。庇护着所有当当响的钟塔、镶红砖的窗户、被一圈圈铁丝蛇笼包围的庇护所，围墙似乎关不住小孩儿在中庭嬉戏的声音。畜栏、谷仓、牧地与禽笼，因动物的叫声与气味而生趣盎然；三座因潮湿而雾蒙蒙的、看不清室内的温室，还有旁边那间由华特·费雪坐镇统辖一摊摊衣物、工具、食品和燃料的店舍。被街道分隔成一区区的房舍，整修程度各有不同：从摇摇欲坠的小屋，到该日一直有人住的房子，比方彼得家；再到果园和嗡嗡响的养蜂场，以及现在再也没有人住的拖车公园。更远处，越过北区仅余的房舍与重工棚屋，夹在北墙与东墙之间那块区域的底部，终年阴凉的地方是电池储存场，三大块嗡嗡作响的金属包裹着一捆捆的电线与管子，依旧躺在拖挂车凹陷的轮子上，当年，在古昔，就是这几辆拖挂车把电池载到山上来的。

牲口跑上山坡。彼得站在高处看着它们接近，一大群相互推搡高声嘶叫的牲口，宛如潮水般漫上山坡，后面紧跟着六个骑在马上的牧人。牲口动作整齐地朝他的方向而来，越过火线的缺口，脚蹄踢起一团烟云。骑士经过彼得的岗位时，每个人都对他微微颔首打招呼，就像过去六天的傍晚一样。

他们没交谈半句，彼得知道，和等待执行慈悲任务的人讲话是会倒霉的。

其中一个骑士莎拉·费雪离开了队伍，莎拉的职业是护士，培训她的就是彼得的母亲。像其他许多人一样，她的工作不止一项。莎拉是个天生的骑士——纤瘦但健壮，坐在马鞍上机敏轻盈，操纵缰绳敏捷灵活。她的装束和其他骑士一样，上身一件宽松的羊毛衫，下身一条满是补丁的贴腿牛仔裤。一头被太阳晒得暖暖的金发剪到齐肩长度，紧紧绑起来，只有一绺垂落在深邃的黑眼睛上。一把皮弓鞘挂在她的左臂，从手腕延伸到腰间，一米长的弓身斜挎在她背上宛如一只抖颤的翅膀。她的坐骑是一匹十五岁的阉马，名叫达许，据说最喜欢她，要是有其他人想骑它，它就会夹紧耳朵，不停甩动尾巴，但莎拉不同，在莎拉的掌控之下，它的动作灵敏优雅。马与骑士似乎同心，融为了一体。

在彼得的注视下，莎拉再次穿过大门，和大家反方向，回到门外宽阔的空地。他看见是一只小羊诱使她回头的，这只春天才出生的小可爱，被火线外的那片夏日绿草吸引，离群独行。莎拉让马掉头瞄准那只小动物，迅速冲过空地，以灵巧的动作一把抱起小羊，让它翻过身来，用绳子牢牢绑住它的腿，绑了三圈。最后一批牲口正穿过大门，如潮水般涌入的马、羊与骑士沿着西墙边弯弯曲曲的小径奔向畜栏。莎拉挺起身子，扬脸望向彼得站着的地方，他们的目光隔着远远的距离迅速交会。若是在其他情况下，他想，她一定会露出微笑。彼得看着她把那只小羊抱到胸前，横摆在马背上，在马鞍上迅速跃动时，还空出一手抓稳它。第二次目光交会时，时间久得够她说出心中的话：**我也希望西奥不要回来**。然后，在彼得还来不及思索之前，莎拉就双腿一蹬，轻快地穿过大门，留下他一个人。

他们为什么要这么做？彼得寻思——在这里站岗的几夜里他都在思索这个问题。那些被抓走的人，为什么要回来？是什么力量促使他们回来的？是对他们原本的那个身份最怅惘的追怀？他们回来是要说再见的吗？据说，病鬼就是没有灵魂的形体。彼得八岁离开庇护所的时候，负责这个工作的教师对他说明了全部情况。在病鬼的血液里有个叫病毒的小东西，会悄悄把灵魂偷走。病毒是通过咬伤进入人体的，咬伤通常是在颈部，但也未必，一旦进入人体，灵魂就不见了，留下肉体在人世间永远行走，原本的那个人也不复存在。这就是人世的事实，是在其他真相被湮没之后唯一存在的真相。彼得或许会奇怪天为何下雨，然而，站在暮色渐渐深沉的高墙道上——慈悲任务的第七夜也是最终一夜，今晚过后，他的哥哥会被宣布死亡，名字会刻在石头上，个人物品会用推车载到店舍，补缀、修理、重新分配——他思索的却是这个问题。病鬼如果没有灵魂，为什么会回来呢？

此刻，太阳离地平线仅仅一掌之遥，快速滑落到宛如波浪起伏的地表，山脚与谷底交会之处。即便是在仲夏，白昼似乎也是这么结束的，突然一下就结束了。彼得迎着耀眼的光线，伸手遮住眼睛。远处，越过伐木松散堆放的防火线，有坑洞有土堆的上野放牧地，以及更远处的灌木林地，是洛杉矶的遗址；再远一些，则是无法想象的海洋。彼得还是小孩儿时，他是在庇护所的图书馆里学到这些东西的。虽然很久以前，大家就已经决定，创建者所留下的书大多没有价值，而且可能让那些对病鬼或古昔世界一无所知的小孩儿觉得困惑，但还是有部分的图书获准保留。有时候教师会念给他们听，那些住在衣柜门后森林里的小孩、精灵与会讲话的动物的故事，再不然就让他们挑一本，看看图片或勉强读文字。《我们周围的海洋》是彼得最喜欢的书，他老是挑这一本。书都褪色了，书页闻起来臭臭的，摸起来凉凉的，破裂的书脊用几条黄色胶带贴起来。封面上有作者的名字，叫“时代—生活”[①]。书里面一页又一页都是让人惊叹的图画、照片和地图。有一张地图叫作“世界”，上面有好多东西，而世界的大部

① 书上印的其实是“《时代—生活杂志》编辑”（*Ed Time-Life*），彼得误以为那是作者的名字。

分都是水。彼得曾经要求教师教他念那些名字：大西洋、太平洋、印度洋、北冰洋。一小时又一小时，他坐在大房间的垫子上，书摆在膝上不断翻着，眼睛牢牢盯着地图上的蓝色区域。就他所知，世界是圆的，是一个大水球——是一颗快速滚过天空的露珠——所有的水都互有关联。春天的雨和冬天的雪，水泵汲起的水，甚至我们头顶上的云，也都是海洋的一部分。海洋在哪里？有一天彼得问教师，你可以看见海洋吗？但教师光是笑，每回他问太多问题，教师总是这样笑个不停，摇摇头打发他。**那说不定是海洋，也说不定不是。这只是一本书啊，小彼得，你不必烦心海洋啊什么的。**

可是彼得的爸爸和叔叔见过海洋：他的爸爸，伟大的狄米崔·乔克森是族长会议议长；彼得的叔叔威廉是守望队长。他们率领长征队，到过比任何人去过的更远的地方，自从该日以来最远的地方。往东走向旭日，往西走到地平线，甚至更远，进到空无一人的古昔城市。爸爸回来时，总是带着各种故事，描述他所目睹的伟大与可怕景象，但其中最奇妙的是海洋，在他称之为长堤的那个地方的海洋。想想啊，彼得爸爸告诉他们两个——因为西奥每次都在场，爸爸回来时，乔克森两兄弟就挤在那间小屋子的厨房餐桌旁，宛如畅饮甘泉那样出神聆听着爸爸的故事——想想啊，大地到了那里突然就没了，往外是一大片没有尽头、颤动起伏的蓝色，仿佛天空倒栽到了地上。沉在水里的是大船锈蚀的遗骸，好几千好几万艘船，宛如一整座人类的城市沉没水中，极目远眺，尽是一根根突出于海面的船桅。爸爸是个不善言辞的人，他只用最精简的词语沟通，连表达情感也是，伸手搭肩，及时皱眉，或赞许时轻轻一颔首，就替代了大多数的言语。可一谈到长堤他就能滔滔不绝。站在海洋边缘，爸爸说可以感受到世界本身的宏大，感觉到世界有多寂静、多空荡、多孤独，经历过这么多年以来，没有任何一个人看世界一眼，没有人叫唤过世界的名字。

爸爸从海洋归来的时候，彼得十四岁。和乔克森家族所有的男性一样，包括他哥哥西奥，彼得已经开始在守望队实习，希望有朝一日能加入爸爸和叔叔的长征行列，但是这个希望没能实现。下一年的夏季，侦察队在东部沙漠深处，他爸爸称之为米拉格罗的地方遇袭。二人失踪，包括威廉叔叔，自此再也没有长征了。大家都说是他爸爸的错。因为他走得太远了，冒了太多风险，到底为什么呢？其他的殖民地已经好多年没有音信了；最后一个殖民地陶斯，差不多八十年前就陷落了。在行业分工与律法实施之前，在无线电还允许使用的年代，那个殖民地传送来的最后一则消息说，他们的电厂毁了，灯全熄了，他们像其他殖民地一样被占领了。狄米崔·乔克森离开灯光照耀的安全领域，一走就是几个月，到底希望达成什么呢？他在黑黢黢的外面究竟希望找到什么？有些人会讨论军队回来找到他们的**回归日**，但在这么多趟的旅程里，狄米崔·乔克森从来没找到过军队；军队已经不存在了。死了这么多人，只为了知道他们早就知道的事。

倒是彼得的爸爸从最后一趟长征归来的那天起，就变得有点不一样。深沉疲惫的哀伤使他好像一下子老了好几岁，仿佛一部分的他和威廉留在了沙漠里。彼得知道，爸爸最爱的人是威廉，比爱彼得或西奥甚至比妈妈更深。爸爸离开族长会议时，曾把席位让给西奥。他开始独自骑马，在第一道曙光出现时就带着牲口出去，直到第二次晚钟响起的几分钟前才回来。就彼得所知，他从未告诉任何人他去了哪里。问妈妈，妈妈却只说现在爸爸只想独处，等他准备好了，就会回到他们身边。

爸爸最后一次骑马出城的早上，彼得——当时是守望队的跑腿——站在靠近主大门的高墙道上，看见爸爸准备离城。灯刚刚熄灭，晨钟正要响起。一夜平静，没有任何动静，在破晓前一个钟头，下了一场小雪。这天天亮得慢，天灰沉沉、冷飕飕的。牲口往大门口聚集时，彼得的父亲骑在马背上，沿着小径走来。他总是骑着那匹栗色的叫作“钻石”的大母马，这匹马因额头上的斑纹而得名，在前额丰美的鬃毛底下单单有一抹纯白。它的脚程不是特别快，爸爸总是这么说，但它忠心耿耿，坚持不懈，在你需要它快的时候就会快。此时，看着爸爸拉住缰绳，站在牲口后方，等待大门开启，彼得看见“钻石”跑了几个快步，踩过雪地。鼻孔里喷出两道蒸汽，宛如烟雾在若有所思的长脸旁缭绕。爸爸弯下腰，摸摸它的脖子，彼得看见他的嘴唇翕动，似乎对着马耳朵说了几句鼓励的话。

每次彼得回想起五年前的那个清晨，就忍不住纳闷，爸爸是不是知道他在那里，站在积雪的墙道上观察他。可爸爸并没抬眼找寻彼得的身影，彼得也没做任何事情，提醒爸爸注意到他的存在。他看着爸爸对“钻石”说话，用安抚的手轻轻搔它的颈侧。他想到妈妈说的话，知道她是对的——爸爸需要时间。在晨钟即将响起的最后一刻，狄米崔·乔克森总是会从腰袋里掏出指南针，打开看看，然后很快合上，抬头对着守望员报数。“一出！”他会用低沉浑厚的声音喊着。“一回！”守门员会答道。但是那天早上没有。大门开启后，爸爸出门去了，带着“钻石”往发电站的路上走去，远离放牧地之后，彼得才想到，爸爸没带弓，挂在皮带上的弓鞘是空的。

晚上第二次钟响的时候，爸爸还没回来。彼得很快知道，爸爸中午在发电站取水，最后看到的是他在风力发电厂底下走向开阔沙漠的那一刻。大家都认为，这不是母亲能对自己的孩子，或妻子能对自己的丈夫下得了手的事。尽管没有明文规定，但慈悲任务的执行由父亲与长子一脉相承，自从**该日**之后一贯如此。因此，当年是西奥站在墙上等待父亲，如同彼得此刻等待西奥——如同未来当那个日子来临时，有某个人，很可能是自己的儿子，将站在这里等待彼得一样。

如果那人没死或是被抓走了，总会回家来的。或许是三天、五天或一个星期，但最多不会超过一个星期。被抓的大部分都是守望员，通常是在搜寻有用物品或到发电站的途中，或是骑马赶牲口的时候，再不然就是做粗工的人，到墙外去伐木或修理或丢垃圾的时候。即便是在明晃晃的大白天里，还是有人会被杀或被抓走。只要病鬼有遮阴的地方可以移动，你就不可能真正安全。彼得认识的最小的返家者是鲍伊斯家的小女孩——叫夏朗还是夏莉的？——九岁时在**暗夜**被抓走。她家里其他的人当即遇害，不知是死于当场的混战或随之而来的攻击，反正没人活着为她执行任务，所以这龌龊的工作就落到彼得的叔叔——威廉队长的头上。就像鲍伊斯家的那个小女孩一样，很多人回来时已经完全变身，其他人则处在变身的过程中，恶心、颤抖，撕扯着身上的衣服，蹒跚着走入视线。变身程度最大的最危险，因此而丧命的父亲、儿子或伯叔不止一个。但是他们通常都不抵抗。大部分人只站在大门外，在聚光灯下拼命眨眼，等待一射毙命。彼得想，他们心中必定还有部分记得自己曾经是人，清清楚楚记得，所以才会想要一死了之。

爸爸没再回来，这就表示他已经死在了**暗黑地**，也就是名之为米拉格罗的地方，被病鬼给杀了。爸爸说他曾在那里看到过一个行者，一个孤独的身影，赶在病鬼展开攻击之前，在月光的阴影下飞奔疾行，但当时的族长会议，甚至老周都已经改变立场反对长征了，彼得的父亲蒙受羞辱，放弃了在高墙之外追求神秘孤独的探险——沿着不断扩展的轨道向外移动。即便在当时，彼得都隐隐觉得那是为某种终局所作的预演——没人相信他的话。这么荒谬大胆的说法：当然只是因为狄米崔·乔克森想继续骑马长征，才会想出这么荒唐的说辞。最后一个现身的行者是上校，来到这里将近三十年了，现在已经是个老头子了。一大把白胡子，饱经风霜，又粗又黑的脸庞活像晒干的兽皮，他看起来差不多和老周一样老，或甚至像首批殖民者的姑妈那么老。孤零零的一个行者，在这么多年之后？不可能。

就连彼得也不知道自己究竟该相信什么，直到六天前。

那时，他在昏暗的夕阳余晖中站在墙道上，彼得发现自己好希望妈妈还活着，好让他像以往一样，有个可以倾诉的对象。爸爸最后一趟出城之后，仅隔一季，妈妈就病了。她的病发作得很慢，以至彼得一开始并没有注意她从胸膛深处发出的嘶哑咳嗽声，没注意到她变得有多瘦。身为护士，她大概很清楚自己的情况，知道夺走许多人命的癌症也在她身体里面扎下了致命的病根，但她却选择瞒着彼得和西奥，能瞒多久就瞒多久。到了最后，她只剩下皮包骨，苦苦为了再多吸一口气而使劲奋斗。大家都同意，好命的死法就是像普露登丝·乔克森这样死在家里的床上。但彼得陪在她身边度过最后的几个钟头，知道那对她来说有多可怕，她受的苦有多深重。不，根本没有所谓的好命的死法。

太阳已经落到地平线了，在山谷底部留下最后一抹金色光辉。天空变成很深的蓝黑色，连上从东方漫扩过来的夜色。彼得感觉到气温骤降，一阵凉意突然而来。有那么一会儿，万事万物仿佛都沉浸在静寂之中。值夜班的人正爬着梯子上来——伊恩·帕特尔、班·周、葛蓝·史特劳斯、珊妮·葛林伯格以及其他人，总共十五个，十字弓和长弓背在背上——呼唤着彼此的名字，阔步走过墙道上的射击位置。艾莉希亚在下面发号施令，差遣跑腿忙碌奔走。艾莉希亚的声音只能算是小有安慰，不过也够了。在等待的这几夜里，是她陪在彼得身边守候，虽然留下他一个人，但却从未走远，他知道她一直都在。如果西奥回来，也会是艾莉希亚陪彼得一起骑马出墙，去做该做的事。

彼得深深吸进一口夜晚的空气，含在胸口。他知道，星星很快就会出来。就像爸爸一样，姑妈不时谈起遍布天空的星星，它们宛如闪闪发亮的沙砾，数目比世上的人更多，多到数不胜数。只要谈起星星，谈起长征故事以及所见的景象，爸爸眼睛里就闪烁着星星的光芒。

但彼得今夜看不到星星，钟声再次敲响，响亮结实的两声之后，彼得听见苏乌·拉米瑞兹在墙下喊道："关门！第二次钟响关门！"脚底下传来一阵低沉的震动，震得他骨头都颤抖起来，是门的重量。随着金属的尖锐摩擦声，二十米高、半米厚的铁门从墙边滑了出来。彼得从平台上举起十字弓，心中默默许愿，希望到了天明，弓仍未用。这时，灯亮了起来。

20

守望日志
第九十二个夏季

第四十一天：没有动静。
第四十二天：没有动静。
第四十三天：二十三点六分，二百米外有一个病鬼，没接近。
第四十四天：没有动静。
第四十五天：两点，六号射击平台出现一组三个病鬼，一目标闯入，企图爬墙，五号与六号射击平台放箭，目标撤退。没有进一步接触。
第四十六天：没有动静。
第四十七天：一点十五分，跑腿奇普·达瑞尔报告，西北火线，在九号射击平台与十号射击平台之间有动静，但未获值班守望员确认，正式登录为无动静。
第四十八天：二十一点四十分，一号射击平台出现一组三个病鬼，二百米外一目标接近至一百米，但未交战即撤退。
第四十九天：没有动静。
第五十天：二十二点十五分，七号射击平台出现一组六个病鬼，捕猎小猎物，未接近。

二十三点五分，三号射击平台出现一组三个病鬼，两男一女，全面交战。一个死于阿洛·威尔森网下，副队长艾莉希亚·唐纳迪欧协助。尸体交由粗工处理。提醒粗工修复六号射击平台裂开的接缝踏点。芬恩·达瑞尔代表粗工受命。

在此期间，六次接触，一次未获证实，一毙，无人遇害或被抓。

谨呈族长会议

——队长 S.C. 拉米瑞兹

说到底，如果任一偶发事件都在一连串事件组成的架构中具有某些意义，那么身为首批家族与族长会议成员、守望队副队长西奥·乔克森的失踪事件应该说在十二天前就已经种下远因。那是夏季的第五十一天，有个病鬼死在守望员阿洛·威尔森网下的那个夜晚的隔天早上。

攻击是入夜不久从南方发动的，在接近三号射击平台之处。彼得当时戒备的位置在殖民地的另一侧，所以什么都没看见。直到第二天清晨，补给小组在大门聚集时，他才听到完整的经过。

从很多方面来说，这场攻击和平常无异，差不多每个季节都会发生，不过最常发生在夏季。一组三个病鬼，两个男的，还有一个很高的女的；苏乌认为，其他人也同意，这组病鬼很可能就是过去五天夜里，曾两次被看到偷偷接近火线的那几个病鬼。这样的情形经常发生，窥探的阶段会延续好几个晚上。一组病鬼会出现在灯光照射范围的边缘，仿佛在试探殖民地的防卫。接着可能一连几个晚上毫无动静，然后再次出现，这回靠得更近，很可能会有一个闯进来引人开火，但总会撤退；最后，到第三个夜晚，就展开攻击。高墙非常高，就算是最强健的病鬼也没办法一跳就跳上墙顶，要登上墙顶唯一的方法就是利用平台之间的接缝当踏足点。垂挂着钢网的射击平台位于这些接缝上方。进攻到这里来的病鬼，通常会因为灯光而视线模糊，虚软无力，搞不清楚方向。许多病鬼到了这里就会撤退，而没撤退的，会发现自己上下颠倒挂在了网子底下，这给了值班的守望员大好机会，可以用十字弓射穿他们胸口的致命弱点，就算弓没射中，也可以挥刀夺命。很少有病鬼能挨过这个阶段，逼得守望员非动刀不可。逃过网子的病鬼少之又少，彼得在墙上值勤五年来只发生过一次，但如果有病鬼办到了，那就表示守望员死了。之后，就只能看病鬼在灯光下变得多虚弱，只能看守望员要花多少时间才能毙了这个病鬼，以及在结束之前要死多少人。

那天夜里，那组病鬼直接冲向六号平台；只有那个女的——彼得总是觉得很有趣，因为病鬼的性别差异甚微，而且好像没什么用处，因为据知病鬼并不会繁殖——冲到了网子这里。她体形很大，差不多有两米高，最特别的是，她光秃秃的头上，独独有一簇浓密的白发。那簇白发到底意味着她被抓的时候已经上了年纪，或是在这些年里产生的某些生理变化——据说病鬼长生不死，或至少是接近永生——不得而知。就彼得了解，没有人在病鬼身上见过这样的头发。踩着不到半厘米宽的接缝，她一路爬到平台底下，然后一翻身从墙面跳开，腾空飞起，一把抓住网子的外缘。这一切仅只几秒钟的时间。她挂在那里，离坚硬的地面足足有二十米，身体像钟摆那样摆动，然后迅速一缩，跃过网子，那双有爪的脚稳稳站在平台上，而站在那里的阿洛·威尔森拿出十字弓，瞄准她的胸口，恰巧射穿那致命的弱点。

在逐渐亮起的晨光里，阿洛对着彼得和其他人讲述事发过程，添加了许多精彩的细节。阿洛是典型的威尔森家男人，最爱的就是讲精彩故事。他不是队长，可是外表很像，大块头，胡子浓密，手臂健壮，态度温和，总是能传达出让人信任的力量。他有个双胞胎兄弟霍里斯，两人长得一模一样，只是霍里斯的胡子刮得干干净净的。阿洛的妻子小丽是乔克森家的人，彼得和西奥的堂姐，所以他们也是叔表亲。偶尔不值班的晚上，阿洛会坐在太阳黑子广场的灯光下，弹吉他给大家听，弹的是创建者留下的乐谱里的古老民谣；再不然就到庇护所去，在孩子们准备上床的时间自弹自唱——唱一些自己编的逗趣歌曲，说什么有只名叫阿德纳的小猪喜欢在泥泞中打滚，整天吃苜蓿。现在阿洛也有个小孩儿住在庇护所里面，一个叫多拉的小婴儿，大家都认为他顶多再干几年高墙的守望工作，就会转而去做其他更安全的工作。

阿洛这回能杀死病鬼建功，纯粹是机缘巧合，连他自己也这么说。任何一个人都有可能站在六号平台，因为苏乌喜欢把人调来调去，所以谁也不知道自己在某夜会站在哪个位置。彼得知道，这也不只是运气，但阿洛很谦虚，尽量避免提及这点。碰到这样的情况，有些守望员会突然僵住不知所措，彼得自己也从没和病鬼这么近距离地交手——他只在大白天射中过昏昏沉沉的病鬼——根本不敢确定自己会有那样的反应。所以要说这事有运气的成分，应该说是大家运气都很好，那天晚上有阿洛·威尔森在那里当班。

事件过后，阿洛出现在大门口等待出发的队伍里。那是一支补给队，准备到发电站去替换维修人员重新补充补给品。一支补给队通常是六个人：两个守望员领头，两个守望员押后，中间是两个粗工人员。大家都叫粗工为黑手，他们的工作是维护供给灯光电力的风力涡轮发电机。一头母驴拉着一小车的补给品，大部分是食品和水，也有工具和带油脂的皮。这油脂是由玉米粉和提炼过的羊油混合制成，味道吸引了一大群苍蝇群聚在推车旁。

晨钟即将响起之前，名叫雷依·拉米瑞兹和芬恩·达瑞尔的两名黑手忙着检查补给品，守望员则骑在马上等候。负责这项任务的西奥在领头的位置，旁边是彼得，押后的是阿洛和默萨蜜·帕特尔。默萨蜜也是首批家族的成员，他父亲尚杰是族长会议议长。但她前一个夏季嫁给了葛蓝·史特劳斯，所以已经成为史特劳斯家的人。彼得对这件事还是有点想不通，她为什么在这么多人里头挑中葛蓝？葛蓝算是个讨人喜欢的人没错，但是老实说，他这个人有那么一点模糊，好像内心的某些基本特质没完全成形。葛蓝·史特劳斯仿佛只是他本人的仿真品，或许是听你讲话时眯起眼睛的模样（大家都知道他视力不好），或是一贯心不在焉的神情。无论如何，他都不很像默萨蜜会选择的对象。虽然西奥从来不说什么，但彼得相信哥哥原本希望有一天能和默萨蜜结婚的。西奥和默萨蜜一起在庇护所长大，同一年离开庇护所之后，马上开始实习当守望员。默萨蜜和葛蓝结婚的消息让西奥大受打击。婚讯宣布之后的那几天，西奥整天无精打采，几乎没说半句话。等彼得终于提起这个话题时，西奥只说他没事，他猜是他拖得太久了。他希望默萨蜜快乐，如果葛蓝是能带给她快乐的人，那就这样吧。西奥不是会谈起这类事情的人，就算对弟弟也不例外，所以彼得也不得不信他说的话。只是西奥说这些话的时候，并没有抬眼看着弟弟。

这就是西奥的作风：和爸爸一样，他是个不善于表达的人，沉默就像言语一样，是他的沟通工具。事发之后的那段日子里，彼得只要回想起那天在大门口的情景，就会发现自己不断寻思，想回忆哥哥身上是不是有什么不同之处，看看他身上是不是有任何迹象显示——就像爸爸似乎事前知情一样——他知道自己即将碰上什么。那天早晨是他最后一次离城外出，但那天早晨一切如常，一支平凡无奇的补给队，西奥带着一贯的不耐烦，骑在他的坐骑上。

等待钟响出发之前，他胯下的马不安地动来动去，彼得任凭思绪漫游——直到后来他才完全了解自己当时在想什么——抬起眼，看见艾莉希亚徒步从军械库朝他走来，目标明确，步伐快速。他以为她会停在西奥的马前面——两位副队长一起商议，或许是讨论前一夜的事件，以及追猎其他病鬼的可能性，可是并非如此。经过西奥身边，她没停下脚步，而是继续往队伍的后端走去。

“你休想，小默，”艾莉希亚厉声说，“你哪里都不准去。”

默萨蜜张望四周，很不解的表情，但是彼得一眼就看穿她是伪装的。大家都说小默运气很好，遗传到妈妈的美貌——同样柔和的鹅蛋脸，丰美的黑发放下时宛如黑色波浪在肩上跃动。她比大部分的女人胖一些，但大多是肌肉。

“你在说什么呀？怎么回事？”

艾莉希亚站在地面上，双手叉在纤瘦的臀部。尽管是在破晓时刻冰冷的晨光中，她在脑后扎成一束长马尾的头发依然闪着丰润的蜜红色。一如既往，她腰带上插着三把刀。大家都开玩笑说，她之所以到现在还嫁不掉，就是因为每天和刀子同床共枕。

“因为你怀孕了，”艾莉希亚说，“就是这么回事。”

一整团人霎时吓呆了，全都哑口无言。彼得不由自主地在马鞍上转身，目光迅速落在默萨蜜的肚子上。这个嘛，就算她真的怀孕了，也还没挺出肚子来，在宽松的毛衣底下很难看出来。他瞥了西奥一眼，哥哥眼神里没有泄露出半丝情绪。

“嘿，这可好。”阿洛说，嘴唇在大胡子后面咧成一个大大的笑容，“我还想你们什么时候有空生小孩呢。”

默萨蜜古铜色的脸颊泛起一朵红云：“谁告诉你的？”

“你想呢？”

默萨蜜撇开头：“见鬼了，我一定要杀了他，我发誓。”

西奥在马上转了身，面对默萨蜜：“葛蓝说得没错，小默，我不能让你骑马。”

“噢，他又懂什么？他想把我从墙上拉下来，已经想了一整年了。他不能这样。”

“不是他，”艾莉希亚突然插嘴说，“是我。你从现在开始不再是守望员了，就这样，结束了。”

在他们后面，牲口已经沿着小径走来。再过一会儿，他们就要置身于动物的嘈杂混乱之中了。望着默萨蜜，彼得竭力想象她当母亲的模样，但是不大想象得出来。女性通常在此时会离开工作岗位，甚至有些男的在妻子怀孕时也会如此。但默萨蜜是个彻头彻尾的守望员，射击准头比大半的男人更好，碰上危机时冷静以待，每一个动作都镇静自若，目标明确。就像“钻石”一样，彼得想，需要它动作快的时候就会很快。

“你应该觉得很快乐才对。”西奥说，“这是个大好消息。”

她脸上浮现一抹痛苦表情，彼得看见她眼里噙着泪水。

“少来，西奥。你真的能想象我坐在庇护所里织小袜子吗？我想我会疯掉的。”

西奥对着她伸出手：“小默，听我说……”

默萨蜜躲开来：“西奥，别这样。”她转开脸，用腕背擦了擦眼睛，“好了，你们。表演结束了。高兴了吧？我就让你们如愿，我走。”话一说完她就策马离去。

等她走远听不见了，西奥双手交叠在马鞍角上，低头看着艾莉希亚。她正用羊毛衫的衣摆擦刀子。

“你知道，你可以等我们回来再找她谈的。”

艾莉希亚耸耸肩：“小孩儿就是小孩儿，西奥。你和大家一样很清楚规则。老实说，我真的有点恼火，她竟然没告诉我。这事怎么可能保密呢。”艾莉希亚让刀子在食指上快速地转了一圈，然后收回刀鞘里，“这样最好。她会没事的。”

西奥皱起眉头：“你不像我这么了解她。”

“我不想和你吵，西奥。我已经和苏乌谈过了，都搞定了。”

牲口已经围拢在他们周遭。早晨的光线开始变暖，变得闪亮了。晨钟马上就要响起，大门也即将开启。

“我们需要第四个人。”西奥说。

艾莉希亚的脸亮起一个大大的笑容：“这还要你说啊！”

小刀艾莉希亚是唐纳迪欧家的最后一个人，但是人人都叫她小刀艾莉希亚。她是自从该日以来最年轻的副队长。

艾莉希亚的爸妈在暗夜遇害时，她还是个小孩儿。从那以后，她就由上校抚养与照顾，被上校当成是自己的女儿。他俩相依为命，无论上校是什么人——对于这个问题，每个人都有不同的说法——他照自己的期望养大了艾莉希亚。

他的来历很隐讳，可以说是传奇多过事实。据说，有一天他突然不知道从哪里冒出来，出现在主大门口，带着一把没子弹的来复枪，脖子上一长串闪亮尖锐的东西竟然是牙齿——病鬼的牙齿。就算他有其他的名字，也没人知道，大家都只称呼他“上校”。有人说他是巴佳屯垦区的幸存者，有人说他隶属于某个游猎病鬼的团体。就算艾莉希亚知道实情，她也从未告诉任何人。他没结婚，一个人独居，住在东墙下自己用废料搭建的小棚屋。他婉拒加入守望队，选择在养蜂场工作。谣传他有个外出狩猎的秘密出口，可以在天亮之前溜出殖民地，趁日出之际逮住病鬼。可是并没有人目睹过他这么做。

还有一些像他这样的人，因为某种原因而未婚独居。如果不是暗夜，上校可能也这样一辈子匿名隐居。当时彼得才六岁，现在想来他并不确定他是真的记得，或只是听别人转述的故事，然后添加上自己这些年来的想象。不过他确切记得那天的天摇地动。这个地方不时有地震，但都不像那天夜里孩子们准备上床睡觉时摇得山脉撼动的那场地震：先是威力极大的一个震动，接着是整整一分钟的摇晃，摇得好猛烈，大地仿佛要裂开似的。彼得记得自己被震起来时那种无助的感觉，仿佛风中的一片叶子，接着是一片哭喊尖叫，教师喊了又喊。一阵骚动袭来，他嘴里尝到尘土的味道，是庇护所的西墙倒塌了。地震发生在太阳刚下山不久，震坏了输电网，等第一批病鬼入侵殖民地时，他们唯一能做的就只是点燃火线，撤退到残余的庇护所里。许多被杀害的人留在自己家里的瓦砾堆里活活被压死。到了早上，总共有一百六十二人丧生，包括九个没留下一人的家族。同时也损失了近半的牲口，其中大部分是鸡和狗。

许多人之所以能幸存，都应该归功于上校。他只身离开庇护所，深入险境搜寻幸存者。他背上扛着多个伤员，带他们到店舍，把那里当成最后的根据地，在夜里阻挡病鬼。这群人包括艾莉希亚的爸妈唐纳迪欧夫妇约翰和安洁。上校救出的人差不多有二十几个，只有唐纳迪欧夫妇丧生。第二天早上，浑身血迹的上校走进庇护所的断壁残垣，一手拉着艾莉希亚，他只说："我要照顾这个女孩。"然后就带着艾莉希亚离开了。屋里的大人连出言反对的力气都没有。那天晚上让她和其他许多孩子成了孤儿，而唐纳迪欧家是行者，不是首批家族，如果有人主动想照顾她，似乎也是极合理的安排。不过老实说，至少当时大家是这么说的，看那个小女孩那么乖乖听话，让人觉得是命运安排，或多或少偿还救命大恩，艾莉希亚注定要属于他。

在上校位于高墙下的小屋里，她长大之后在训练场里，他把自己以前在暗黑地学到的一切传授给她——不只是如何战斗，如何宰杀，还有如何放弃。你必须这么做：病鬼来的时候，上校教她，你必须对自己说，我已经死了。小女孩学得很好；到了八岁，她已经在守望队实习，使弓和刀的技巧很快就出类拔萃；十四岁，她已经在墙道上当跑腿，在射击平台之间来来回回奔走。有天夜里，一组六个病鬼——他们总是以三的倍数集体行动——进击南墙，正好碰上艾莉希亚在墙道上迎面而来。身为跑腿，艾莉希亚不应该交战——她应该只做跑腿做的事，拔腿就跑，报信警告。但她丢出飞刀，正中第一个病鬼胸前的致命弱点，接着拉开十字弓，射中凌空跃起的第二个病鬼。第三个病鬼飞扑而来，她拿出刀子近身搏击，利用他压到她身上的重量把刀子往他身体里面推，病鬼的脸贴得她好近，所以她闻得到他死去时呼出的黑夜气息。剩下的三个病鬼四散而逃，翻出高墙，退回到黑夜里。

没有人曾经只身杀掉三个病鬼，更不要说是年仅十五岁的女孩。从那天起，艾莉希亚就开始当守望员。到二十岁时，副队长的职位就是她的了。大家都认为苏乌·拉米瑞兹退休之后，小艾会当上队长。自从那夜之后，她就随身带三把刀。

有天夜里她和彼得一起当班，在深夜的灯光下，她对彼得谈起那天的事。第三个病鬼，她就是在那时放弃的。虽然艾莉希亚是彼得的长官，但他们两个之间所建立起来的密切关系，似乎超脱了所谓的权威问题。所以他知道她之所以提起这件事，并不是要特别提出什么论点，而是因为他们两个是朋友。“不是第一或第二个，”她解释说，“而是第三个。”面对第三个病鬼的时候，她知道，她彻彻底底地知道，她已经死了。怪异的是，一旦知道了，拔出第二把刀就轻而易举了。她所有的恐惧都消失了。她的手自然地摸到那把刀，那东西倒在她身上时，她心中唯一的念头是：**很好，你完了。一旦我走出人世的大门，我也会带你一起走。**仿佛这是事实，是她早已完成的事。

艾莉希亚跃上马背时，牲口已经出发了。她的马鞍上挂着小帆布袋和一罐水。艾莉希亚没有像样的家可住，殖民地有很多空房子可以栖身，但她却宁可窝在军械库后面的一间小铁皮屋里。她在那里摆了一张小床和几件家当。彼得知道她一次顶多睡个几小时，要是他想找她，军械库永远是最后一个要去找的地方，因为她总是在高墙上。她带着一把长弓，因为弓在马背上比较轻便，可是她没戴护具，那把弓纯粹只是起装饰作用。西奥想把领头的位置让给她，但是艾莉希亚拒绝，接替默萨蜜在队伍后方的位置。“别管我。我只是出来透透气。”她说，让坐骑走到阿洛旁边的位置，“这是你的任务，西奥。别把指挥链给搞混了。而且，我宁可和后面这个大个儿骑在一起。和他聊天，我就不会打瞌睡啦。”

彼得听见哥哥叹了口气，他知道西奥觉得艾莉希亚很跋扈。她应该多当心一点，他不止一次这么对彼得说，而这倒是真的：她的自信与鲁莽只有一线之隔。西奥在马背上转身，目光掠过对整件事沉默以对的芬恩与雷依。这是和他们一起骑马出城的守望队的事，他们干吗要管？

“你没问题吧，阿洛？”西奥问。

“当然可以啦，堂弟。”

“你知道吗，阿洛，”她说，意兴盎然的心情让声音也拔高了，“我向来很好奇，霍里斯之所以刮掉胡子，真的是为了让小丽分得清楚你们两个吗？”

大家都知道，这对威尔森兄弟年轻的时候不止一次交换女朋友，而且听说没人识破。

阿洛露出心照不宣的微笑：“这你得去问小丽才知道。”

不能再聊了，他们已经迟到了。西奥下达命令，但是正朝大门出发时，听见后面有人喊着：

“等等！在门口等一下！”

彼得转头看见迈克·费雪朝他们跑来，迈克是首席光电工程师。和艾莉希亚一样，他做这个工作也嫌年轻，今年才十八岁。但是费雪家所有的男人都是工程师，迈克离开庇护所之后，就直接由爸爸带着训练。没有人真正了解工程师是干什么的——截至目前，光电是所有行业里最专门的——虽然大家都知道是他们让灯一直亮着，让电池一直运转，让电流一直从山下输送上来，这是个既神奇却又平凡的行业，毕竟灯光一夜又一夜地亮着。

“还好追上你们了。”他停下来喘口气，“小默呢？我还以为她和你们一起。”

“这不关你的事吧，电路。”艾莉希亚在后面喊着，她胯下那匹名叫亚米茄的栗色母马踢起尘土，急着想跑，“西奥，我们可以走了吧？”

迈克脸上浮现一抹恼怒，这种时候，他那头浓密金发底下的眼睛会眯起来，苍白的脸颊泛红，拼命压抑的神情让他看起来甚至比实际年龄更小。他什么都没说，只往前走，把带来的东西交给西奥：一个绿色塑料长方形，表面有一些闪亮亮的金属小点点。

“好吧，”西奥把那东西拿在手上，反复翻看，“我投降。这是什么？”

“这叫主机板。”

“喂，”艾莉希亚说，“你在说什么啊？”

迈克转头对她说：“你要知道，多花点心思了解灯是怎么亮起来的又不会死。”

艾莉希亚耸耸肩，她和迈克总是斗来斗去，像两只松鼠那样吵个没完没了：“只要按下一个钮，灯就亮起来。还有什么好了解的？”

“够了，小艾。”西奥说，目光瞄向迈克，“别理她。你需要这种东西？”

迈克指着板子给他看：“看见这个没，黑色的小方块？这是微处理器。别管这是干吗的。如果可以，就找相同号码的，只要结尾是九的就都可以。差不多每部桌上型计算机都可以找到同样的东西，可是蟑螂会吃黏胶，所以尽量找干净而且干燥的，不要有粪便在上面。你可以试试购物中心南端的那几间办公室。”

西奥再次翻看那块板子，然后放进鞍袋里。“好啊。这一趟出去并不是去找旧东西的，只要可以，我们就会去做。还有事吗？”

迈克蹙起眉头：“有部核反应器会很有用，或者是质子交换槽里的三千立方米负离子氢。”

“噢，拜托，”艾莉希亚嘟囔说，“讲人话好不好，电路。没人听得懂你到底在讲什么啦。西奥，我们可不可以走了？”

迈克恼怒地瞥了艾莉希亚最后一眼，才把目光转回西奥身上：“只要主机板就好。能找到多少就拿多少。记住我说的黏胶的事。还有，彼得？”

彼得的注意力飘向敞开的大门了，在晨曦之中，牲口远去的身影仍然依稀可见，宛如一朵尘云爬过山丘往上野去。但他脑袋里想的并不是牲口。他想的是默萨蜜，哥哥伸出手时她脸上的惊慌，仿佛很怕他碰她，仿佛会无法承受。

他甩开那个影像，把目光转回到站在他下方的迈克。

“我姐姐要我带句话给你。”迈克说。

“莎拉？”

“是啊，你知道的，”迈克很尴尬地耸耸肩说，“小心点。”

到发电站的距离是四十公里，差不多要骑一整天才会到。离城不到一个小时，整队人就陷入沉默，就连阿洛也一语不发，大家都被高温和眼前的漫漫长途搞得昏沉沉的。部分的路被雨冲刷掉了，所以他们得停下来，用手赶牲口经过那些区域。油脂开始发臭，彼得很庆幸自己领头走在前面，免得被臭味轰炸。太阳又高又热，空气闷得要命，一丝微风都没有。他们脚下的地面闪闪发亮，宛如被敲平的金属。

中午，他们停下来休息。粗工喂牲口喝水，其他人站在推车上方裸露的岩沿上，西奥和彼得站一边，阿洛和艾莉希亚站另一边，扫视着树梢林线。

“看见那里了吗？”

西奥拿着望远镜看，手指着树木的阴影。彼得伸起一只手遮在眼睛上方，避开强光。

“我没看见什么东西。”

“耐心点。”

这时彼得看见了。两百米之外，几乎难以察觉的一棵高大的松树枝叶间微微晃动，松针缓缓落下，飘坠地面。彼得倒吸一口气，希望只是虚惊一场。但这时又来了。

“他在猎食，躲在阴影里。”西奥说，“很可能是在抓松鼠，这附近没有太多东西可抓。这个混账东西一定饿慌了，才会大白天出来。”

西奥牙齿之间发出一长声带着气音的口哨，警告其他人。艾莉希亚闻声陡然转身；西奥伸出两指指着自己的眼睛，然后伸出一根手指指着树梢。他举起手做出一个问号的形状：**你看见了吗？**

艾莉希亚握紧拳头回答：**看见了。**

“走吧，老弟。”

他们爬下岩块，在推车上碰头。雷依和芬恩伸展四肢坐在油脂袋上，咬着硬面包，一个装水的塑料罐在两人之间传来传去。

“我们可以用一头驴子诱他出来。”艾莉希亚很快地说，用一根棍子在脚边的泥土地上画着，“把油脂换成水，让驴子往前移动一百米，更靠近树林一些，看他会不会上钩。他八成已经闻到味道了。我们分三个点站立，这里，这里和这里，”她在地上画出位置，“夹击逮住他。太阳这么大，他应该很好对付。”

西奥蹙起眉头：“我们又不是出来猎病鬼的，小艾。”

雷依和芬恩这时才从推车上抬头望。

“怎么回事？”雷依说，“你们是说真的？有几只？”

“别担心，我们马上就走。”

“西奥，那里只有一只。”艾莉希亚说，“我们不能就这样放着不管，牲口才走了多远，十公里？”

“我们可以，而且我们也要这样做。有一只，就会有更多只。”西奥对着雷依和芬恩挑起眉毛，“你们准备好要走了吗？”

“谁在乎啊。”雷依从推车底板上迅速起身，“见鬼了，从来就没有人想告诉我们是怎么回事。我们快点离开这里吧。”

艾莉希亚又盯着他们看了一会儿，双手抱胸。彼得很想知道她有多恼火，她自己可在大门口说过“指挥链”的。

“好吧，你说了算，西奥。”她说。

他们继续前行。等抵达山脚的时候，下午已经过了一半。过去的一个钟头，他们往下坡走，风力发电机的壮盛阵容一览无遗。好几百部涡轮机布满桑哥弓尼奥峰口①地表上，宛如一座人工栽植的森林。远方，第二重山棱线在雾气中闪着光芒。炎热干燥的风狂吹，让他们说的话才一离口就被刮得四分五裂，所以无法交谈。多往下走一米，空气就更热一分，感觉像骑进了锻铁的熔炉。这条路的终点在巴宁老城。从这里开始，他们要沿着东方路往内陆再走十公里，才能到

---

① San Gorgonio Pass，位于加州棕榈泉（Palm Spring）附近，有大型风力发电厂，为洛杉矶地区供应电力。

发电厂。

“全神贯注，”西奥在狂风中扯开喉咙喊道，他又拿起望远镜朝向前张望了一会儿，“我们把路赶完吧。小艾，你领头。”

彼得霎时有点不痛快，排第二位的人是他，领头的人应该是他才对，但是他不置一词并马上抛开这个念头；西奥的决定会缓和他与艾莉希亚之间的关系，到了发电站之后，他们又会是朋友了。西奥把望远镜交给艾莉希亚，艾莉希亚双腿一夹，马儿轻快地超前五十米，红色马尾在阳光中摇摆。艾莉希亚没转身回头，举起一手，然后垂下手掌与地面平行。她的唇齿之间发出一声宛如鸟鸣的哨音。**安全，前进。**

“走吧。”西奥说。

彼得感觉到胸膛里的心跳加快了，经过下坡漫漫长路的单调乏味之后，他的感官复苏了，他突然意识到周遭的一切，仿佛同时从好几个不同角度观看场景。一行人以稳定的速度前进，手里的弓随时待命。所有的人都一语不发，只有芬恩从推车爬下来，手牵着母驴，喃喃低语安抚它。他们走的路其实只能算一条沙土小径，因为推车经年累月的行走而坑坑洼洼。宛如四肢微微刺痛似的，彼得感觉到周遭每一个声响与动静：风轻轻吹过一扇破窗的声音；一片帆布挂在倾斜的电线杆上微微翻扬；一块金属招牌咔啦咔啦响，上面的文字早就被侵蚀得不见了，在旧修车厂的水泵上前后摆动。他们经过层层相叠、扭曲变形、半埋成一堆的锈蚀汽车；整个街区的房舍，堆积着高达屋檐的沙丘；一间隔成许多小洞穴的铁皮屋退色泛白，凹凹凸凸的，从里面传出鸽子的咕咕声，一走到下风处，就能闻到鸽粪的恶臭。

“所有的人注意了，”西奥再次提醒，“我们快穿过去吧。”

他们静静走进市区中心。这里的建筑比较结实，有三或四层楼高，但许多都已倾颓，在建筑与建筑之间的是一堆堆塞满街道，分不清是什么东西的残瓦碎石。轿车与卡车随意停放在路上，有些还敞着车门——司机夺门逃命的那一刻凝结在时光里——有些车子在炽热的沙漠艳阳下车门紧闭，车内干涸的骸骨烂得不成形：碎烂的骨头散落在仪表板或靠在车窗上，干枯的身形完全看不出来是人，只看得见一簇还扎着缎带的头发或一只闪着金属光泽的手表。手表躺在静止的手上，在将近一百年之后，犹握在卡车的方向盘上，静静停放在轮架上。一切都静止不动，沉寂无声，宛如坟墓一般，从古至今完全没变。

“我觉得毛骨悚然啊，堂弟。”阿洛嘀咕说，“我一直叫自己别看，可是又一直在看。”

走近高速公路的路桥时，艾莉希亚猛然停下脚步，她转身举起一只手，迅速地骑回他们身边。

“桥下有三个病鬼在睡觉，倒挂在后侧的桥架，就在涵洞上方。”

西奥面无表情地思索这个消息。和之前在山路上碰到的病鬼不同，他们没办法对付一整组病鬼，在傍晚将近的此刻绝对不行。

“我们得绕路。推车没有双向道的斜坡绝对上不去。小艾，你同意吗？”

“没问题。我们绕路走。”

一行人转向东方，和高速公路保持一百米的距离。太阳还有四掌的高度，时间不多了。拉着推车越过空旷的野地速度很慢，下一个斜坡入口约有两公里远。

“我真不愿意承认，”西奥悄悄对彼得说，“可是小艾说得没错。等回城的时候，我们应该来场打猎大会，把那些病鬼清理干净。”

“要是他们还在的话。”

西奥蹙眉说：“噢，他们当然还在。单独一个猎松鼠的病鬼是一回事，但这又是另一回事。他们知道我们要用这条路。”

病鬼知道或不知道什么，一直是个问题。这些东西纯粹靠本能行事，或是有思考能力？他们能筹划计策和谋略吗？如果可以，以此推论，他们岂不是还具备人的某些意识？他们在被抓之前的那种人？很多事情都还无法解释。比方说，为什么有些病鬼会接近高墙，而其他就不会？为什么有少部分，譬如他们在路上看见的那只，会在白天出来猎食；他们的攻击行动是纯粹随机偶发，还是因为其他原因而触发？他们独特的行为模式，永远三人成组，而且彼此身体相互协调，宛如一段和谐的旋律；甚至今时今日有多少病鬼在暗处伺机埋伏？这些都是谜。没错，将近一百年来，灯光和高墙保障了殖民地的安全。

创建者似乎彻底了解他们的敌人，起码是有足够的了解。然而，看着一组组病鬼在灯光边缘行动，从黑夜里蹿出来绕行高墙周围再回到原来隐匿的地方，彼得常会有种错觉，以为自己看见的只是单一的个体，而且这个个体是活的，有灵魂的，无论以前教师是怎么说的。死亡对他而言是可以理解的，肉体与灵魂在生前相互结合，在死后一起安息。妈妈生命的最后几个钟头，让他学到了许多。她最后那沉重呼吸的声音，以及突然降临的沉寂使他明白：他知道原本存在于世的那个人走了，没有灵魂怎么再活下去？

他们来到双向道的坡道，向北方望去，在山脚下，透过漫天尘土的迷雾，彼得可以辨识出购物中心那长长的轮廓。彼得以前随着寻宝队，看过这个地方很多次。这些年来，那个地方已经被翻找过很多很多次，但因为地方很大，所以还是可以找到许多有用的东西。Gap 品牌店已经被清空了，J.Crew 也是，Williams-Sonoma、REI 和南端靠近中庭的大部分商店也都一样，但是还有一家很大的西尔斯百货有橱窗提供保护，还有一家外通道完好的潘尼百货，让人可以迅速进出，这两家百货公司都有很多有用的东西，比方说鞋子、工具和锅子。他突然想到，或许可以找些东西送小默和小宝宝，说不定西奥也有相同的念头。可是现在没有时间了。

在双向道底端的沙地上有块告示牌，被狂风吹得弯掉了：

nt sta e 10 E

Plm ings 25

In io 55

艾莉希亚回头骑向他们："下面很安全，我们最好赶快行动。"

道路可以通行，他们再次快速前进。炙热的风吹过山口，彼得的眼睛和皮肤都觉得灼热，仿佛接近燃点的内燃机似的。他突然想到自己从停下来喂马喝水之后就没尿过尿，提醒自己喝点水壶里的水。西奥拿起望远镜扫视前方，一手松松地抓着缰绳。他们已经很接近了，彼得可以清楚看见一部部风力发电机，分辨出哪一部在转动，哪一部没有。他试着数数看有几部，但是数着数着就乱了。

走向东方路的时候，山脉的阴影开始笼罩谷底。他们终于看见目的地了：一大块水泥半埋在谷地之下，周围一圈高大的通电围篱，电流强得足以让碰触的人或动物着火；后面是电力槽，一条铁锈色的大管子朝着山的东面往上延伸，一堵墙似的白色岩块宛如天然屏障。西奥下马，掏出挂在脖子上的那把带皮链的钥匙。钥匙可以打开柱子上的那个金属面板。面板有两个，围墙两端各一个。面板上有控制电流的开关，另一个则是开启大门的。西奥关掉电流开关，往后站开，等着大门开启。

"走吧。"

紧挨着发电站的是一间盖着铁皮屋顶的小马房，里面有水槽，还有一台打水的水泵。大家拼命喝水，任由水从下巴流下来，还用掌心捧水浇在汗湿的头发上，然后留下芬恩和雷依看顾动物，进到舱房里去。西奥再次掏出钥匙，咣当一声，门锁打开了，一行人踏进屋里。

迎面而来的是一股凉风及通风设备的嗡嗡声。突然而来的寒意，让彼得打了个哆嗦。一道金属楼梯通往地面层，唯一的照明是装在灯罩里的灯泡。底下另一间舱房门开着，再过去是涡轮机控制室，深处是宿舍、厨房和几间储备物品与设备的房间。后侧有一条斜坡道可以通向外面，那里是马匹和驴子过夜的马厩。

"有人在吗？"西奥大声喊，他用脚推开门，"嗨！"

没人回答。

"西奥——"开口的是艾莉希亚。

"我知道，"西奥说，"有蹊跷。"

他们小心翼翼地穿过舱房，控制室中央的长桌上杂乱散落着剩下的蜜蜡蜡烛以及匆匆丢下的餐食：罐头食品、几碟硬饼干、一个油腻腻的铸铁锅，看起来像某种炖肉。所有的东西看似已经搁了一整天，甚至更长时间没人碰了。阿洛拿起刀子在锅子上挥了一下，一群苍蝇四散飞逃。虽然有风扇在运转，但是空气味道难闻，有着浓厚的人体与热气隔绝的味道。仅有的光是一道淡黄色的光线，从控制面板上的计量器上发出来，显示着风力发电机所产生的电流量。他们上方的发电站时钟显示的时间为十八点四十五分。

“到底怎么回事？”艾莉希亚问，“我错过什么了，还是第二次晚钟快响了？”

他们穿过宿舍和储藏区，印证了早已知道的事：发电站空无一人。他们爬上楼梯，回到傍晚的热气里，雷依和芬恩在马房遮阳棚的阴影里等候。

“你们想，他们到哪里去了？”西奥问。

芬恩已经把衬衫卷成一团浸在水槽里，拿起来擦胸口和腋窝。“有辆工具推车不见了，还有一头母驴。”他偏着头，瞥了雷依一眼，然后又回头看西奥，仿佛在说“这是个推论啦”，“他们可能还在风力发电机那边，健德有时候就喜欢冒险。”

健德·菲利普是发电站站长。除此之外，这个人没什么可说，也没什么过人之处。经年累月的风吹日晒，让他干瘪得像葡萄干，也让他整个人变得无礼沉默。据说没有人一次听他说的话超过五个字。

“冒什么险？”

芬恩又耸耸肩：“我不知道，等他回来，你自己问他。”

“还有谁在这里？”

“只有凯勒柏。”

西奥走出马房的阴影，面对着风力发电厂。太阳正开始往山脉后面下沉，很快阴影就会从山谷延伸到更远处的山脚。等那个时间来临，他们别无选择：必须封锁舱房。凯勒柏·琼斯还只是个男孩，不到十五岁，大家都叫他高筒鞋。

“好吧，他们还有半个钟头的时间。”最后西奥说，这是每个人都知道的事，但还是必须说清楚，他一一看着自己的人马，确定每个人都明白他的意思，“我们把动物弄进去吧。”

他们带着动物走下斜坡道到马厩去，然后把坡道顶端封起来。做完之后，太阳已经下山了。彼得让阿洛和艾莉希亚留在控制室，自己去找西奥。西奥等在大门口，拿着望远镜来回查看风力发电厂。彼得感觉到夜晚的第一丝凉风吹过手臂以及被太阳晒得焦热的颈背。他的嘴巴和喉咙又干了，尝到尘土和马匹的味道。

“我们要等多久？”

西奥没回答，这个问题是没话找话，只为了填补沉默。一定是出事了，否则健德和凯勒柏早回来了。彼得也想到爸爸，他相信西奥也一定想到了狄米崔·乔克森走向风力发电厂，踏上东方路，再也无迹可循。他们那夜等了狄米崔·乔克森多久才封锁舱房的？

彼得听见脚步声走近，转头看见艾莉希亚走出舱房，朝他们走来。她站在他们旁边，凝望夜色渐深的旷野。他们就这样站着，一直无言，望着夜幕笼罩谷地。山影覆盖了远处的山脚时，艾莉希亚抽出刀子，用上衣的衣摆擦了擦。

“我实在不想说……”

“你不必说。”西奥转身面对他俩，“好吧，就这样了，我们关门吧。”

一天又一天，这是他们常用的词。不去追怀充满失落与死亡故事的过去，也不思索可能永远不会来临的未来。九十四个人在灯光下过着“一天又一天”的生活。

然而对彼得来说，并不见得永远如此。在万籁俱寂的时刻，站在高墙上无所事事，或是躺在床上等着进入睡梦时，他常会发现自己想着爸妈。虽然殖民地里还是有人不时谈起天堂，一个超乎物质存在的地方，是所有人死后去的地方，但那个想法在他看来一点道理都没有。世界就是世界，一个可以摸得着、尝得到、感觉得出来的感官领域，在彼得看来，如果人死后还一定会去某个地方，那么必定是进到生者的生活里。这或许是教师告诉他的，或许是他自己想出来的。但就记忆所及，自从离开庇护所、学到世界的真相之后，他就一直这么相信。只要他把爸妈留在心里，那么一部分的他们就会继续活着；等他自己死了之后，这些记忆会随着他一起进入某个生者的生活之中，因此，每一个人——不只是彼得和他爸妈，还包括以前死去和未来将死的每一个人——都会继续存在。

他已经想不起来爸妈的容颜。这是最先被遗忘的，仅仅几天之隔就离他远去。他想起爸妈时，想到的不是某种眼睛所看见的影像，而是某种感觉——一阵记忆的感觉宛如水流朝他袭来。妈妈在疗养所工作，摸摸这人那人，尽力给予安慰时，那柔和顺滑的声音，那白皙、纤美又有力的双手；彼得夜里在岗哨之间不停奔跑时，爸爸踏下墙道梯子时靴子的吱嘎声，以及他走过彼得身边不发一语，只用手拍拍肩膀，和彼得打招呼；在长征那段日子里起居室之所以充满热气与活力，全因为爸爸、叔叔和其他男人一起规划路线，以及之后他们在门廊喝一整夜的酒，聊着他们在暗黑地所见所闻时的谈笑声。

彼得想要的是感觉到自己成为他们的一部分，成为长征队的一员。然而他知道这根本就不可能。躺在床上听着门廊的谈话声，那充满阳刚气的声音，他很了解自己。他身上少了某种东西。他不知道那东西叫什么，甚至不确定是不是真有个名词。那不只是勇气，不只是放弃，而是还包括了其他元素。他唯一想到的名词是“恢宏宽阔”；那是长征队员身上所拥有的特质。等到乔克森家该有新成员加入长征时，彼得知道被爸爸唤到门口的人会是西奥，而他会被抛下。

妈妈也很了解他。妈妈默默承受爸爸的羞辱与最后的出行，尽人皆知，但没人敢说出实情。到了人生尽头，被癌症夺走一切之后，妈妈仍然没对爸爸抛弃他们的事多置一词。他需要时间。那时是夏天，和现在一样，白昼很长，热气蒸腾，她卧病在床。当时西奥已经是正守望员，虽然还没当上队长，不过也快了。照顾妈妈的责任落在彼得身上。彼得日日夜夜坐在妈妈床边，协助她吃饭、穿衣，甚至洗澡，这种亲密的关系有点尴尬，但他们只能忍受，因为纯粹出于必要。她或许可以住进疗养所，通常都是这么安排的。但他妈妈是护士长，如果普露登丝·乔克森想死在自己家里的床上，当然不会有人提出异议。

每回彼得想起那个夏日，那漫长的白昼与无尽的夜晚，那似乎是他从未真正离开的一段人生时期。那段日子让他想起以前教师说给他听的一个乌龟爬墙的故事：每回乌龟往上爬了一段，就会再往下滑落一半的距离，所以永远到不了终点。这就是彼得看着妈妈死去的感觉。整整三天的时间，她发高烧，睡睡醒醒，几乎没说半句话，对她需求的询问也只回答最简要的答案。她会喝一点水，但也就这样。负责照顾她的护士珊蒂·周，在那天下午到家里来探视，叫彼得要做好准备。房间里很阴暗，光线透过窗边那棵树影影绰绰的间隙照进来。她苍白的额头闪着一层汗光，她的手——彼得曾经在疗养所看过那么多次照顾病人的手——一动也不动地摆在身体两侧。夜幕降临之后，彼得就没再离开房门一步，担心她或许会醒来，发现自己独自一人。她就快死了，熬不过几个钟头了，彼得知道，珊蒂把话说得明白，但是直到她躺在毯子上的双手静止不动，所有的动作都终结了，他才确确实实感觉到她就要死了。

他寻思该怎么道别。听他说再见，会不会吓坏她？而在那之后，又有什么可以填补寂静？没有机会陪爸爸走到这一步，从很多方面来说，都是最糟的情况。他就这样悄悄溜走，寂然无踪。要是有机会，彼得会对爸爸说什么？一个自私的心愿，但他仍然想这么说：**选我，**彼得会这么说，**不要选西奥，选我。在你离开之前，选我。**心中的场景如此清晰——彼得想象，太阳刚刚升起，他们站在门廊上，只有他们两人，爸爸换上骑装，手里拿着指南针，习惯性地用拇指翻开盖子，然后又盖上——只是这个场景并没有结局。他从来就想象不出爸爸会怎么回答。

现在妈妈就快死了；如果死亡是灵魂踏进的房间，她这时已经站在门槛上了。然而彼得还是不知道要怎么把自己的感觉告诉她——说他爱她，等她离去之后，他会有多想念她。在家里，彼得是她的，而西奥是爸爸的，这是不变的真理。虽然没有人这么说，但这就是个事实。彼得知道妈妈曾经小产，至少是有个小宝宝因为某些原因早产，生下来没几个钟头就死了。他猜那个宝宝是女孩。事情发生的时候，彼得自己都还是个小孩儿，还住在庇护所里，所以也不是很清楚详情。或许缺的就是这个东西——不是他自己缺的，而是他妈妈缺的。这也就是为什么他老是觉得妈妈的爱强烈到难以招架，他是她想留在身边的孩子。

窗户射进来第一道柔和的清晨光线时，他听见妈妈呼吸的声音改变了，卡在胸口里，好像打嗝。在那恐怖的瞬间，他相信那一刻来临了。但这时他看见她睁开眼睛。“妈妈？”他握着她的手说，“妈妈，我在这里。”

西奥。她说。

她看得见他吗？她知道她人在哪里吗？“妈妈，”他说，“我是彼得，你要我去叫西奥来吗？”

她似乎望向自己内心深处的某个地方，无边无际，某个永恒的地方。**照顾好你兄弟，西奥，**她说，**他不像你那么坚强**。然后，她闭上眼睛，再也没睁开。

他从没把这段经过告诉哥哥，似乎没有必要。偶尔他会满怀希望地想，他或许是听错她的话了，或者是把这段遗言当成是因为疾病所致的胡言乱语。尽管他想把她的话重新诠释，但话语的意思似乎清清楚楚。在他没日没夜照顾她之后，她临终前希望陪在自己身边的人是西奥，她托付生前最后遗言的人是西奥。

没人提到失踪的发电站工作人员，他们喂过牲口，自己吃饱，然后回到宿舍。这是一间臭烘烘的拥挤房间，摆满一张张塞着霉烂稻草硬床垫的板床。等彼得躺下时，芬恩和雷依早已鼾声大作了。彼得不习惯这么早睡，但他已经二十四小时没合眼了，觉得自己很快就会睡着。

他迷迷糊糊地醒来，心思还在忧烦的梦里回绕。他的生物钟告诉他，此时是半夜或更晚。大家都还在睡觉，但艾莉希亚的床是空的。他走过阴暗的走廊到控制室去，看见艾莉希亚坐在长桌旁，就着面板的光线翻看一本书。

她抬眼迎向他的目光：“有这些打鼾声，真不知道你怎么睡得着。”

他在她对面的椅子里坐下：“我没睡，没真的睡。你在看什么书？”

她合上书，用指尖揉着眼睛：“要是我知道就好了。我在储藏室里找到的。那里有好多箱书。”她把书滑过桌面给他，“拿去看看你喜不喜欢。”

书名是《野兽国》[1]，薄薄的一本图画书。彼得一页页翻着薄脆、闻起来有灰尘味儿的书页。有个小男生穿着某种有耳朵和尾巴的动物服装，挥着一把叉子追一只小白狗；小男孩被赶回房间，房间四周森林环绕，一片神奇繁茂的森林；月光明亮的夜晚降临，乘船过海到一座有怪物的小岛，难以想象的怪物，有抓人的爪子、咬人的牙齿和大大的蓝眼睛——野兽。

“小男生眼睛瞪着他们，叫他们不要动，”艾莉希亚伸手遮住嘴巴打哈欠，“我觉得这个情节很不合理，怎么可能做得到？”

彼得合上书，摆到一旁。他搞不懂该怎么解释，可古昔的大部分事情都是这样啊。人怎么生活？他们吃什么、穿什么、想什么？他们在黑夜里行走，恍若无事？要是当时没有病鬼，他们又怕什么呢？

“我想这全是编出来的。”他耸耸肩，“只是个故事，我想他是在做梦。”

艾莉希亚挑起眉毛，表情仿佛在说：**谁知道？谁敢说以前的世界是怎么回事？**

“我真的很希望你醒来，”她说，从椅子里站起来，拎起摆在地上的提灯，“我有东西要给你看。”

她带他往后穿过宿舍，进到一间储藏室。四墙全是铁架，摆放着补给品：油腻的工具，一卷卷电线和焊料，装水和酒精的塑料罐。艾莉希亚把提灯摆在地上，走近一个铁架，开始把上面的东西搬到地下。

“喂，别光站在那里看啊。”

“你在干吗？”

“我看起来像在干吗？还有，小声一点——我不想吵醒其他人。”

清空所有的东西之后，艾莉希亚要他站在铁架的一端，她自己站在相对的另一端。彼得知道铁架背面是一块三合板，遮住墙面。他们把铁架推开。

一间舱房。

---

① *Where the Wild Things Are*，美国作家与插画家莫里斯·桑达克（Maurice Sendak）所著的童书，多次改编为电视与电影。

艾莉希亚走向前，转动门环，打开舱门。一个窄得像管子的空间，有一道金属梯旋转攀升。靠墙堆着金属箱子。楼梯消失在幽暗之中，通向距离彼得头顶上不知多远的地方。空气很闷，有着呛鼻的尘土味。

“你什么时候发现的？”他很不解地问。

“上一季，有天晚上很无聊，我就到处钻来钻去。我猜这是创建者留下的某种逃生通道，楼梯直通屋顶上那个可以爬行的小夹层。”

彼得用手上的提灯照着那些箱子：“里面是什么东西？”

“这个啊，”她露出淘气的微笑说，“是最棒的部分。”

他们合力把一个箱子拖到储藏室的地板上。这个金属保险箱有一米长，半米深，侧边印着“美国海军陆战队”的字样。艾莉希亚蹲下来打开锁，掀开箱盖，露出六个光滑的包在泡棉里的黑色物体，彼得花了好几秒钟才知道自己看见的是什么。

“见鬼了，小艾。”

她递给他一把武器，一支长膛来复枪，摸起来冰凉，闻起来隐隐有股油味。那枪握在手里出乎意料的轻，仿佛是用某种抗重力的材质制成的。尽管在储藏室幽暗的光线里，他还是可以看见枪管涂料闪亮的光泽。他所见过的枪顶多只能算是锈渍斑斑的遗物，是当年军队留下来的来复枪和手枪。守望队在军械库里还保留了一些，但是就彼得所知，所有的弹药在多年之前就已经用完了。彼得这辈子没见过像这么干净、这么崭新，完全没受岁月侵蚀的东西。

“这里有多少啊？”

“十二箱，每箱六把，还有差不多一千多发的子弹。屋顶上的那个夹层里还有六箱。”

他的紧张全消散了，取而代之的是无法餍足的渴望，渴望使用手上这把神奇的新东西，感觉它的威力。“告诉我要怎么装子弹。”他说。

艾莉希亚从他手上接过那把枪，拉开弹筒栓，退出弹筒。然后从箱子里拿出一匣子弹，放进扳机护弓前面，往前推到卡住，用手掌拍了底部两下。

“像十字弓那样瞄准。”她说，把枪转过来做给他看，“基本上是一样的，只是更刺激。除非你已经下定决心，否则绝对不要把手指扣在扳机上。虽然你很想，但绝对不要。”

她把装了子弹的一把枪交给他。彼得把枪举到肩上，搜寻值得他瞄准的目标，最后选定摆在对面架子上的一卷铜线。开火射击的冲动好强烈，好想体验爆炸在怀里所产生的后坐力，他必须靠身体的力量才能压抑住。

“我说的扳机的事，你一定要记住。”艾莉希亚警告他，“每一个弹匣有二十颗子弹。现在给这把枪装上子弹，这样我才能确定你会做。”

他拿起另一把枪。彼得想尽办法回忆装弹的步骤：保险，弹筒栓，弹筒，弹匣。完成之后，他用力拍了枪身两下，因为他看见艾莉希亚就是这么做的。

“如何？”

艾莉希亚赞赏地看着他。她拿起自己手里的枪，把枪托靠在臀部：“不坏嘛，有点慢。枪口别乱指，会把你的脚给轰掉的。”

他马上举起枪身：“你知道，我有点意外。我还以为你不相信这些东西呢。”

她耸耸肩：“我是不相信，不完全相信。这东西不太利落，很吵，而且会让人太过自信。”她交给他另一个弹匣，让他放进腰袋里，“但是另一方面，如果你做得对，病鬼可买账呢。”她伸出一根手指敲敲自己的胸骨，“一枪穿透这个致命弱点。要是靠近到三米之内，你可能会被喷一身，不过也很难讲。”

“这么说来，你以前用过枪？”

“我这样说过吗？”

彼得知道最好别逼问，六箱军枪，艾莉希亚怎么可能抗拒得了？

“这些枪是谁的？”

“我怎么知道！据我所知，这是美国海军陆战队的财产，就像箱子上写的。别再问了，我们走吧。”

他们回到舱室，开始往上爬。他觉得每往上爬一阶，温度就升高一点。爬上十米之后，他们来到一个有梯子的小平台，头顶上的天花板那里有另一间舱室。艾莉希亚把提灯放在平台上，踮起脚伸手上探，开始转动门轮。他俩浑身大汗，空气感觉上简直浓稠得无法呼吸。

“卡住了。”

他伸手去帮她。随着锈蚀的嘎吱一声，机械装置松开了。转两圈，三圈，舱室的门敞开来。清凉的夜晚空气像流水一样，从开口涌进来，闻起来有沙漠的气息，带着干燥柏树与牧豆树的味道。在上方，彼得只能看见一片漆黑。

“我先，”艾莉希亚说，“我会叫你上来。”

他听见她的脚步声从舱门口走开。他侧耳倾听，没再听见其他声响。他们在屋顶的某处，没有灯光可以保护。他数到二十，三十，他是不是应该跟着上去?

这时艾莉希亚的脸从敞开的舱口探出来，又出现在上方：“把提灯留在下面。这里很安全，上来吧。”

他发现自己置身在一个狭小的空间，有很多管线和活塞，墙边还有几个箱子。他停顿了一下，让眼睛适应黑暗，这才看清面对着一道敞开的门。他深吸一口气，走出去。

他走进星光里。

最先受冲击的是他的肺，所有的气被推出胸口。他感觉到一股纯粹的肢体惊慌，仿佛踏进了虚无之中，踏进了夜空。他膝盖一软，空着的那只手在空中拼命挥动，想找个东西抓住，让自己能再次感觉形体与重量，感觉到四周世界立体的存在。头顶上的天空是一片漆黑的拱顶，极目远眺，全是星星!

“彼得，吸气！”艾莉希亚说。

她站在他身边，他发现她的手搁在他肩上。黑暗中，艾莉希亚的声音似乎既近又远。他照她说的做，深吸了几口气，胸腔里满是夜晚的空气。慢慢地，他的眼睛适应了，可以辨识出屋顶的边缘往外延伸到了虚无之中。他知道他们在西南角，靠近排气口。

“你觉得如何？”

经过一阵漫长的沉默之后，他让目光在夜空游走。看得越久，就有越多星星穿透夜幕出现在眼中。这是爸爸曾经谈起过的星星，是爸爸在长征途中所看过的星星。

“西奥知道吗？”

艾莉希亚笑起来：“西奥知道什么？”

“舱室，枪，”彼得无助地耸耸肩，“全部的事。”

“我没给他看过，如果你的意思是这样。我猜健德知道，因为他对这个地方的每个角落都很熟悉。可他也从没对我提过。”

他仔细打量她的脸，在黑暗之中，她看起来有点不一样，还是他原本认识的那个艾莉希亚，但也有点新的感觉。他知道她为什么要这样做，她是特地为他保留这一切的。

“谢谢。”

“别以为这代表我们是朋友或什么的。要是先醒过来的是阿洛，那站在这里的就会是他。”

这不是真话，他知道。“就算是这样，也还是谢谢。”他说。

她带他走到屋顶边缘，他们面对北方，越过山谷。一丝风都没有。在远远的那端，夜空雕琢着山脉的轮廓，宛如一大块黑色的暗影，周围镶着闪烁生辉的星星。他们挑了个位置，并肩仰躺着，身下的水泥犹有白昼的余温。

“嘿，”艾莉希亚伸手掏着袋子，“你会需要这个。”

一个夜视瞄准镜。她教他怎么装到枪上，并调整倍率。彼得眼睛贴近景观窗，看见灌木与岩石构成的地貌，全都沐浴在淡绿色的光线里，有两个十字准星切割了他的视线。镜头底端，他看见一行数据：二百一十二米。随着枪的前后摆动，那个数字也会升降。太神奇了。

“你想，他们还活着吗？”

艾莉希亚想了好一会儿才回答：“我不知道。八成没有吧。不过等等也不会怎样。”她又沉吟了一下，这个话题没什么好说的。接着她又说：“你想，我今天对小默是不是太凶了？”

这问题令他意外，从认识以来，艾莉希亚从来没对自己的行事作风有过怀疑。

“一点都不会，你做得对。”

“她不能来是个损失，这点你无法反驳。”

“无所谓啦。你自己也说了，小默和他人一样，很清楚规定就是规定。”

“我宁可留下她，换掉葛蓝。”她抱怨说，“见鬼了，那个家伙。她到底看上了他哪一点啊？”

彼得从瞄准镜上抬起脸。天空上的星星好密好密，仿佛一伸手就能摸得到。他这辈子从没看过这么漂亮的东西。这让他想起海洋，想起书里那些宛如歌词的名字——大西洋、太平洋、印度洋、北冰洋——想起爸爸站在海边的模样。或许姑妈提到的上帝，指的就是这些星星，古老的上帝，从古昔时代而来的上帝，看顾着这个世界的上帝。

“你曾经……”艾莉希亚又说，“我不知道啦，你想过吗？”

彼得转头面对她，她的眼睛还贴在瞄准镜上：“想过什么？”

艾莉希亚发出紧张的笑声，他从没听过她发出这种笑声：“你一定要逼我说吗？结婚啊，彼得。生小孩儿。”

他想过，他当然想过。每个人到二十岁差不多都会结婚。但是在高墙上值班——整夜不睡，大白天不是在睡觉，就是无精打采地走来走去——让这事变得很难。彼得认真思索这个问题的时候，他知道这不是唯一的理由。这个念头就是有点不太可能，对每个人都适用，但对他不行。以前有女孩为他倾心，又有几个他可以形容为“女人”的对象，每个都曾经占据他心头好几个月，让他的心思大半都只绕着她们转。但到头来，他还是改变心意，莫名地将她们让给他认为更合适的对象。

“没认真想过，没有。”

“那么莎拉呢？”

他心里生出一股戒心：“她怎么样？”

“少来，彼得。”艾莉希亚说，他听得出来她有点恼火，“我知道她想和你结婚。这不是秘密。她也是长字辈，所以你们很匹配。大家都这么想。”

“这和别人有什么相干？”

“我只是说说嘛，这太明显了。”

“是吗？对我来说可一点都不明显。”他顿了一下，他们以前没谈过这样的话题，“听着，我喜欢莎拉没错。可我不确定想和她结婚。”

“可是你的确很想？我指的是结婚。”

“大概总有一天吧，小艾，你干吗问我这个？”

他转头再次面对她。她透过望远镜望观察山谷，用枪慢慢扫过地平线。

“小艾？”

“等等，有东西在动。”

他翻身回到自己的位置：“在哪儿？”

艾莉希亚迅速举起枪身一指：“两点钟。”

他眼睛贴近望远镜：一个货真价实的身影，从一个灌木丛飞奔到另一个灌木丛，就在围墙外面一百米之处。是人。

“是高筒鞋。”艾莉希亚说。

“你怎么知道？”

“个子那么小，不可能是健德。外面又没有其他人。”

“他自己？”

“我看不出来。”艾莉希亚说，“等等。天哪，往右十度。”

彼得往那边看，镜片里一抹绿光，像石头一样在沙漠地表上跳动。接着他看见第二个、第三个，从两百米外逐渐接近。他们不是接近，是在绕圈圈。

“他们在干吗？他们为什么不抓住他？”

“我不知道。”

这时他们听见了。

“嘿！”是凯勒柏的声音，高亢狂乱，充满恐惧，他朝着围墙跑过来，拼命挥舞手臂，“开门，开门！”

“见鬼了，”艾莉希亚站起来，“来吧。”

他们跑回天花板的狭小空间。艾莉希亚迅速打开墙边的一个容器。她抽出一把手枪，枪口扁平微翘的短枪。彼得没时间发问。他们冲回屋顶边缘，艾莉希亚用枪瞄准风力发电厂，开火。

火光往天上冲，后面拖着一缕嗞嗞作响的光尾。彼得凭直觉知道自己不该看，但却忍不住，终究还是看了，霎时间，火光白热的中心让他的视线一片模糊。火光冲到了最高点似乎停住了，悬在空中，接着却炸开，整个大地笼罩在强光里。

“我们得马上把他弄进来，”艾莉希亚说，“那里有个梯子通往后面。”

他们把武器扛在肩上。艾莉希亚先爬下梯子，像爬上两根杆子似的，脚跟都没碰到踏板。就在彼得往下爬的时候，她又发射另一团火，画出一道弧线越过发电站到旷野上。他们开始跑。

凯勒柏站在铁门的另一端，病鬼已经散开来，退回到暗黑里。“拜托，让我进去！”

“该死！我们没有钥匙。”彼得说。

艾莉希亚扛着枪，瞄准面板。一道火光与砰的一声；噼里啪啦的火花四起，面板从杆子上掉下来。

“凯勒柏，你得爬过来。”

“我会被电死！”

“不会，你不会。电流切断了，”她看着彼得，“你想是不是切断了？”

“我怎么会知道。”

艾莉希亚上前一步，在彼得还来不及开口之前，就看见她伸出手掌贴在围墙上。没事。

“快点，凯勒柏。”

凯勒柏的手指钩着电线之间的缝隙，开始往上爬。随着第二道火光完全落地之后，黑暗的阴影再次笼罩他们。艾莉希亚从腰袋里掏出另一发火弹，装进枪里，再次开火。火光一直往上冲，烟的尾巴在他们头顶炸成灿烂的白光。

“这是最后一发了。”她对彼得说，“在他们知道电流已经切断之前，我们大概还有几秒钟的时间。”凯勒柏已经跨坐在围墙顶端了，“凯勒柏，”她喊道，“快移动你的屁股。”

最后五米他简直是直接掉下来的，落地的时候滚了一圈，才站起来。他的脸颊因为哭喊而泛红，沾满了尘土和鼻涕，脚上没穿鞋。再过几秒钟，他们就会再次身陷黑暗之中。

“你受伤了吗？”艾莉希亚问，“可以跑吗？”

那男孩点点头。

他们一起往发电站里冲。彼得是先感觉到病鬼，才看见他们接近的。他一转身，恰好看见一只病鬼从围墙顶端朝他们冲来。他耳边响起一阵枪火：那个鬼东西在空中扭曲成一团，摔下来，跳着滚过硬地面。他转身看见艾莉希亚肩上扛着枪，眼睛盯住围墙。她以极快的速度连发三枪。

“先把他弄走！”她喊道。

他陪凯勒柏一起跑向梯子。艾莉希亚在他们后面继续开火，她的枪声在他听来，宛如院子里回荡的砰砰闷响。更多病鬼跑进围墙里了。彼得肩上挂着枪爬上梯子，一直爬到顶端才回头看。艾莉希亚倒退着往发电站墙壁走，朝着暗影开枪。枪声停了，她一把丢开，开始往上爬。彼得把枪扛在肩上，瞄准同一个方向，扣下扳机。枪身往上跳了一下，他射出的子弹徒劳无功地飞进漆黑里。他全身震动，感觉到那猛烈的威力。

“注意自己的动作！”艾莉希亚大喊，她在他下方，身体紧贴在梯子上，“拜托，要瞄准！”

“我在努力啊！”现在有三只病鬼从阴暗处出来，走向梯子底端。彼得往右一步，把枪托紧紧靠在肩上。**像用十字弓那样瞄准**。他击中他们的机会并不大，可说不定可以吓退他们。他扣下扳机，他们立时跳开，滚过院子，跳进黑暗里。他至少争取到几秒钟了。

“闭嘴，快爬！”他大声吼。

“只要你别再对着我开枪！”

她也爬到顶端了。他抓住她的手，用力一拉，让她翻滚到屋顶上的水泥地。凯勒柏在舱门口对着他们挥手。

“你先走！”

艾莉希亚爬进舱口时，彼得转头看见一只病鬼，只有一只，站在屋顶边缘。彼得举起枪开火，可是太迟了。那个鬼东西站的地方已经空了。

“别理病鬼了！”艾莉希亚在下面喊他，“下来吧！”

他直接从舱口滑下去，撞到凯勒柏。凯勒柏被压在下面哀号。碰到平台时，脚踝一阵撕裂似的剧痛，手里的枪也被震开了。艾莉希亚爬到他俩上方，伸手关紧舱口。但是另一头有东西想挤进来。艾莉希亚的脸因费力而扭曲，她的脚想缠住梯子，拼命找寻施力点。

“我……没办法……关上！”

彼得和凯勒柏跳起来，用力推。但另一头的力量太大了。彼得跌倒时伤了脚踝，但已经没那么痛，没那么重要了。他低头在平台上找他的来复枪。枪被找到了，躺在楼梯顶端。

“放手，”他说，“放开舱盖，这是唯一的办法。”

“你疯啦？”但他从艾莉希亚的眼神里看出来，她了解他的打算，“好，动手。”她转头看凯勒柏，凯勒柏点点头，“准备好了？”

“一……二……”

“三！”

他们放开舱盖。彼得掉落在平台上，撞击的力道让他的脚踝剧痛；他伸手去拿枪，迅速反身，将枪口对准舱口。他没有时间瞄准，但他希望自己不必瞄准。

他是不必瞄准。枪的另一端直接插进了那只病鬼张开的嘴巴里。枪身像支箭刺穿他，戳进两排亮闪闪的牙齿之间，抵在他喉咙顶端骨头的凸出之处。彼得直直盯着他的眼睛，心想，别动。他把来复枪往前用力一戳到底，然后开枪，射穿了健德·菲利普的脑袋。

21

现在的世界与古昔世界有一个很大的不同，迈克·费雪想，不是病鬼，不同的是电力。

病鬼当然是个问题——大约是四千两百五十万个问题，如果灯屋后面那间重工棚屋里的旧文件没说错的话。迈克·费雪读到的是疫情发展到最后时刻的历史全记录：佐治亚州亚特兰大市疾病控制防治中心“CV1–CV13择定监控区全国与区域摘要”；华盛顿特区联邦紧急事故管理署“6–1区都会中心平民安置准则”；马里兰州迪特里克港美国陆军传染病医学研究中心“非人类灵长类动物暴露后预防CV家族性出血热感染之成效”等等，诸如此类。有些他看得懂，有些他看不懂，但里面讨论的都是同一件基本的事实。十中取一，一个人被附身，九个人死掉。所以，假设疫情爆发时人口有五亿——美国、加拿大和墨西哥的人口总和——而且不计算当时世界其他地方的人口，因为他们对那些地方所知无多，然后再假设病鬼本身也有死亡率，就说百分之十五好了，也还有四千两百五十万嗜血成性的浑蛋在巴拿马地峡和白令海之间跳来跳去，任何只要血管里有血红素，体温介于三十六到三十八摄氏度之间的东西都会被他们狼吞虎咽地吃掉，也就是说，百分之九十九点九六的哺乳动物，从田鼠到北极熊都难逃一劫。

所以，好吧。**是个问题。**

可是，只要给我足够的电力，迈克想，我就可以让病鬼永远无法越雷池一步。

古昔有那么丰沛的人造电力，有时候光想到这一点他就觉得心神震颤。延伸几百万公里的电线，供应几十亿安培的电力。规模庞大的电厂让地球本身有限的能源随着每一安培的电力流过电线，化成永恒肯定的回答：是的，是的，是的。

还有那些机器，那些嗡嗡作响、闪闪发亮、神奇无比的机器。不只是计算机、蓝光和手机——好几十种这类装置堆放在工具间里，是这些年来在山下寻宝之旅中找到的——还有些简单的日常生活用品，譬如吹风机、微波炉和细丝灯泡。所有的机器都附有电线，插进插头，连接到输电网。

有时候，电力好像还在，还在等着迈克·费雪去转动开关，把一切——人类文明本身——扭转回来。

他耗了太多时间独自待在灯屋里，这也没什么不好。只有他和艾尔顿，但就社交层面来说，他简直可以说是独自一人。如果“今天天气如何”或“有什么好吃的”之类的闲聊也算是社交的话，倒也不能说没有。

迈克知道，外面还有很多电力。柴油发电机有一座小镇那么大。庞大的液化天然气电厂有充足的天然气等待发电。一亩又一亩的太阳能电板眼也不眨地仰望着沙漠艳阳。口袋大小的核装置嗡嗡响，宛如原子手风琴，控制棒的温度在几十年之间逐渐升高，直到有一天，所有的东西流淌过地表，轰然爆炸成四处飞散的辐射线。高高的远处，一颗以自身微小的原子核为动力、早就被遗忘的卫星，记录下这位垂死兄弟的最后挣扎——但最后，这颗卫星终究也会变暗变黑，匆匆坠落地面，只留下一道无法分辨的光线。

真是浪费，而且时间在流逝。

生锈，侵蚀，风吹，雨淋。老鼠啮咬的残余，昆虫酸性的排泄物，岁月的啃噬。大自然对机器的宣战，或者应该说是星球混沌的力量对人类杰作的宣战。人类从地球所汲取的能量，终究都将还给地球，就像水流入排水沟一样。就算现在还没发生，但要不了多久，地球上就再也没有任何一根高压电线杆存在了。

人类创造了一个耗时百年才会死亡的世界，剩余的灯光可以亮上一个世纪才会熄灭。

最惨的是，他目睹了事情的发生，也目睹了电池开始衰退，衰退得很严重。他就在这部老旧破烂的显像管显示器绿色线条跳动的屏幕上看见的。这些电池原本设计可以使用几年？三十年？五十年？在将近一世纪之后还有电力，简直可以说是奇迹。你可以让涡轮发电机永远在风中转动，但是没有电池来储存与调整电流，只要碰上一个无风的夜晚，一切就完了。

修理电池是不可能的。电池原本就不是可以**修理**的东西，只能**换新**。你可以随心所欲地更新衬垫，清除锈蚀，重拉控制器的电线，忙到牲口回来。这些基本上全是徒劳无功的工作，因为电池膜已经这样了。电池膜已经损坏，线路被硫酸分子搞到不可救药了。这是那部天天不定时小声打嗝的监视器告诉他的。美国陆军没带着从工厂刚出品的崭新补给品现身——嘿，对不起，我们把你们给忘了！——灯就要熄灭了。一年，顶多两年。等事情发生的时候，就会是他，电路迈克，必须站起来说：**听我说，各位，我有个不太好的消息。今天的预报？黑暗，到处惊声尖叫。灯亮着就没事，但我就要死了，你们大家也一样。**

他只告诉过一个人，西奥。他没告诉盖博·寇帝斯。那人虽然是灯与电力行业名义上的主管，但老是生病告假，让迈克和艾尔顿自己负责。他也没告诉尚杰或老周或任何人，甚至连对姐姐莎拉都没提。为什么迈克选择告诉西奥？他们是朋友。西奥是族长，当然啦，他身上总有一抹挥之不去的忧郁——迈克比谁都清楚地看见——要告诉别人，他和他所认识的人都将死去是件很沉重的事。或许迈克只是想到未来不得不说明情况的那天，希望由西奥来宣布消息，或至少给他一些支持。然而，尽管西奥比大多数人更清楚状况，但对他来说，电池也不太像是某种人工制品，而更像是大自然永恒长存的装置，靠着物理法则而运作。就像太阳、天空与高墙，电池一直都在。电池从涡轮发电机汲取电力，传输给电灯，要是出了问题，没关系，灯光与电力队会修好。**没错吧，迈克？**西奥这么说，“电池的问题，可以修得好吧？”他这样问了一次又一次，直到后来迈克真的发火了，叹口气，摇摇头，一个字一个字地把情况说明白。

“西奥，你没在听，没在听我讲的话，灯——会——熄——灭。”

当时他们坐在迈克和莎拉住的木屋小平房的门廊上，那天下午，莎拉刚好不在家，不知是去赶牲口，还是在疗养所量体温，还是去探视华特叔叔。总之，不停地在忙东忙西，就像平常一样。那时下午已经过完大半，房子位于短草草原边缘。虽然因为夏日旱季提早来临，这片草地的颜色很像面包皮，有些地方甚至干得见土，东秃一块西秃一块的，一走过去就弄得尘土飞扬，但还是有马儿在这里吃草。每个人都知道这幢房子是费雪家的。

“熄灭，”西奥重复他的话，“灯。”

迈克点点头：“熄灭。”

“两年，你说。”

迈克盯着西奥的脸，看着他吸收这个消息：“也可能更久，但我不这么认为，也可能更快。”

“而且你没办法修理。”

“没人可以。”

西奥用力吐了一口气，仿佛刚挨了一拳。“好吧，我懂了。”他摇摇头，“见鬼，我懂了，你还告诉了谁？”

“没有，”迈克挺起肩膀耸了耸，“只有你。”

西奥站起来，走到门廊边上。有那么一会儿，谁都没开口。

“我们得搬走。”迈克说，“再不然就要找其他的电源。”

西奥转开目光，凝望草地：“你有什么建议？”

“我没有，我只是陈述事实，等电池的电量降到百分之二十以下……”

“我知道，我知道，那时就没有灯了。”西奥说，“你说得很清楚。”

“我们该怎么做？”

西奥发出绝望的笑声：“我怎么会知道？”

“我是说，我们应该告诉大家吗？”迈克顿了一下，观察朋友脸上的神色，“让他们可以，你知道的，为自己做好准备。”

西奥想了想，然后摇摇头：“不行。”

就只有这样，他们没再谈起这件事。那已经多久了？超过一年了，约莫就在小默和葛蓝结婚的时候——很久以来的第一场婚礼。感觉好怪，所有的人都这么开心，迈克知道自己做了什么。大家都很意外，和默萨蜜结婚的竟然是葛蓝，而不是西奥；只有迈克知道原因，或可以猜想得出来。那天下午在门廊上，他看见了西奥眼底的神色。他身上有些东西不见了，迈克觉得，那不见的东西不太可能再拿回来。

现在没有什么可以做的，只能等待，等待，以及聆听。

麻烦在于：无线电是被禁止的。就迈克的了解，是因为无线电带来了太多的人。在初期的那些年，无线电引领行者到殖民地，这是创建者没有计划到的，因为殖民地原本并没有预期能存留这么久，所以当时就下了这个决定，在疫后第十七年——七十五年前——无线电必须被摧毁，于是，山上的天线被砍倒、被劈碎丢到垃圾堆里。

当时这样做或许有其道理，迈克明白其中的逻辑。军队知道可以在哪里找到他们，这里有这么多的食物与燃料可以供应生活所需，灯光下有这么多的空间，但是现在不同了。电池的状况再持续下去，灯就要熄了。黑暗与尖叫与死亡，诸如此类，即将出现。

和西奥谈过之后几天，就他记忆所及，应该就是三四天之后吧，他凑巧发现了一本旧日志——结果后来发现，“凑巧”其实不是个太正确的字眼。当时万籁俱寂，就快破晓了。迈克像往常一样坐在灯屋的面板前，注意监视器，翻着教师的那本《如何为宝宝命名》（他拼命找新书来读，这本书才看到以I开头的名字），不知是因为不安或无聊，或因为想到爸妈当年如果一时心血来潮给他取名叫埃恰伯（电路埃恰伯！）可就糗了，他的目光移到显像管显示器上方的架子上，就看见了一本薄薄的黑色书脊笔记本，在通常摆在架上的东西里，夹在一卷焊料和一沓艾尔顿的CD中间（“比莉·哈乐黛蓝调精选”，滚石合唱团的“手指冒汗”、“巨星舞会金曲”，还有一个叫“哀妈妈”的团体，迈克听起来活像几个人彼此鬼吼鬼叫，不过他对音乐简直一窍不通）。迈克看过这个架子不下一千遍了，但却不记得看过这本笔记本，太奇怪了，这个想法让他愣了一下。一本笔记，他没读过的东西（他什么都读过了）。他站起来，从架子上拿下这本书。一碰到书脊，他首先看到的是用力求精确的工程师的手所写下的一个他认识的名字：雷克斯·费雪。迈克的曾曾祖父雷克斯·费雪是加州共和国第一殖民地灯光与电力队首席工程师。这是什么啊？他怎么会漏了这本？翻开来，纸页因为湿气与岁月而起皱。他花不了多少时间就消化了信息，破解了内容，重组合成连贯的整体，知道这本墨迹满满的小笔记本到底是什么。一栏栏的数字，用旧式历法写的日期，后面是时间，迈克知道是传输频率的数字。右边的空间有短短的注记，只有几个字，但却有很多的暗示，隐含着整个故事："无人看管的求救灯标"，"五个幸存者"，"军队"，或"三人从亚利桑那普雷斯科特来"。上面还有其他地名：犹他州奥登、得州柯厄维尔、新墨西哥州拉斯克鲁基思、俄勒冈州阿什兰。好几百个这样的注记，写满一页又一页，直至戛然而止。最后一条记事只写着："因族长会议命令，停止一切传输。"

迈克看完时，破晓的曙光已经开始让窗户朦朦胧胧亮起来。他熄掉提灯，从椅子上站起来，晨钟结结实实响了三声，停顿了差不多相同的时间，然后又再敲响三声，免得你头一次没接收到信息（早上了，你还活着）。狭小的房间里到处是塑料零件箱、散落的工具，以及堆成一摞摇摇欲坠的脏盘子（迈克向来搞不清楚艾尔顿为什么不到宿舍去吃饭，这人简直脏得恶心）。迈克穿过房间，走向断路器面板，切断灯光的电源。困倦的满足感席卷而来，每回晨钟响起都会这样：又一个晚上的工作完成了，所有的人都平安顺利地面对着另一天。来看看艾莉希亚和她的刀有多厉害啊。（他每回抬头看架子，难道不是艾莉希亚的脸浮现心中、害他分心的，就像偶尔或经常的情况一样？不只是艾莉希亚，还有那天傍晚她走出军械库，迈克沿着小径迎面朝她走去时，夕阳照在她头发上的那幅景象。这时再次想起，那幅景象岂不是很惊人？倒也不是说有很多竞争者啦，但是事实摆在眼前，艾莉希亚不是天底下最烦人的女人吗？）他回到面板前面，依步骤操作，转动电池充电，启动风扇，打开通风孔。原本全停在百分之二十八的量表开始跳动，升高。

他转头去看艾尔顿，艾尔顿看起来是在椅子上打盹儿，不过有时候也不太看得出来。不管是睡是醒，他的眼睛总是一个样，两条细细的黄色果冻永远从泪汪汪的眼皮之间露出来，从来就没真的闭紧。那双苍白的手摆在肚子的弧线上，耳机一如既往，套在他那颗活像长满鳞片的头颅两侧，传出他彻夜听个不停的音乐——披头士、男孩小心乐团、阿特兰德·葛林和他的女子波卡派对管弦乐团（这是迈克唯一有点喜欢的一张）。

“艾尔顿？”没有回答，迈克把嗓音拔高一些，“艾尔顿？”

艾尔顿起码有五十岁了，吓得醒过来：“见鬼了，迈克，几点啦？”

“放轻松，天亮啦，我们已经值完夜了。”

艾尔顿在椅子里转动身体，弄得铰链咔啦咔啦响，然后把耳机拉到脖子上：“那干吗吵醒我？我正梦到最棒的部分呢。”

除了 CD 之外，艾尔顿的另一个消遣是夜里在梦中踏上想象的性爱之旅——梦见女人，全都是早就死掉的女人，他会详尽描绘所有的细节给迈克听，说那是他年轻时发生在自己身上的真实事件。全是胡说八道，迈克知道，因为艾尔顿根本难得踏出灯屋一步，而且看看他现在的德行，满头头皮屑，胡子乱糟糟纠成一团，灰灰的牙齿上八成是两天前吃的残屑，迈克实在看不出来有任何微小的可能性发生过那些风流韵事。

“你不想听听吗？”老头儿试探似的动动眉毛，“是个美丽的春梦，我知道你一定会喜欢。”

“现在不要，艾尔顿，我……找到了个东西。一本笔记。”

“你吵醒我，就因为你找到了一本笔记？”

迈克把椅子沿着面板旁边滑过来，把那本笔记摆在老头儿膝上。艾尔顿用手指摸摸封面，无神的眼睛往上翻，然后把笔记本拿到鼻子前面，闻了好一会儿。

“哦，我说呢，这是你曾曾祖父的日志。在这里摆了好多年了。”他把笔记交还给迈克，“我没看过，你在里头找到有趣的东西了吗？”

“艾尔顿，你怎么知道有这本东西？”

“很难说。不过，东西总是会在你需要的时候突然跳出来。”

迈克这时才领悟到，为什么他之前没发现这本笔记。他从来没看到过，因为原本并不在架子上。

“是你放在架子上的，对不对？”

“嘿，迈克，现在禁用无线电。你知道的。”

“艾尔顿，你和西奥谈过吗？”

“哪个西奥？”

迈克感觉到自己的怒气上来了，这个家伙干吗就不能好好回答问题？“艾尔顿……”

老头儿举起手打断他：“好啦，别抓狂。没，我没和西奥谈过，虽然我猜你找过他了。除了你之外，我没和任何人谈过。”他顿了一下，“你知道，你实在很像你老爸，比你以为的还像，迈克，他也不会说谎。”

不知为什么，迈克并不感到意外。他瘫在椅子里，心里还隐隐觉得高兴。

“情况有多糟？”艾尔顿问。

“不太妙。”他耸耸肩，不知为什么看着自己的双手，“五号最糟，二号和三号比其他几个好一点。一号和四号的充电不太正常。今天早上都只有二十八，到第一次晨钟响的时候，也没超过百分之五十五。”

艾尔顿点点头：“所以六个月之内就得分区停电，三十个月之内就会全完了，和你老爸推测的差不多。”

“他知道？”

“你老爸懂这些电池，就像看懂一本书一样，迈克，他老早之前就预见到这一天了。”

原来如此，他爸爸知道，妈妈八成也知道。他心中涌起一股熟悉的惊慌感，他不要想这个问题，他不要。

“迈克？”

他深吸一口气，让自己平静下来。又一个他必须保守的秘密，但他会一如既往，把这件事严严实实地藏在心里，藏得越深越好。

“那么，”迈克说，“你要怎么弄个无线电呢？”

“无线电不是问题，”艾尔顿说，“山才是问题。”

原本的无线电信号通过矗立在山顶的天线发送；一条长五米的绝缘电缆，经过电源分支，连接到灯屋的发报器上。但这些设备全因为律法而被摧毁了。没有天线，他们被从东方阻断，而且收到的电信也绝对会被电池槽的电磁波所干扰。

于是只有两个选择：去找族长会议，要求在山上架设天线；或者什么都不说，想办法自行发送信号。

一点都不必挣扎，迈克要请求许可，就必须解释理由，那也就表示要对族长会议说明电池的情况；把电池的事告诉他们是绝对不可行的，因为这样一来所有的人都会知道，一旦消息传开，其余的事就可想而知了。不只是迈克所负责的电池，还有凝聚这个地方所需要的希望。你不能就这样告诉大家说你没机会了。唯一要做的是先去找出还存活在外面的人——通过无线电去找，有无线电，就表示他们有电力，也还有灯——然后才告诉其他人。如果找不到，如果外面的世界真的已经空无一人，那么会发生的事终究会发生，最好还是没人知道吧。

那天早上他开始着手。工具屋里，堆放在旧显像管显示器、计算机中央处理器、等离子显示器和一箱箱手机与蓝光光碟之间的，是一部老旧的立体声接收器——只有 AM 和 FM 频率，但是他可以拆开来——和一部示波器。迈克拿一条铜线绑在烟囱上当天线，然后把接收器的内部组件重新装进一部普通的中央处理器的底盘上，作为伪装——唯一可能会注意到台面上多了一部中央处理器的人是盖博，但是据莎拉所言，那可怜的家伙恐怕是来不了了——同时把接收器插到面板上，利用面板的声音输出端。电池控制器附有简单的媒体程序，他不花什么工夫就装好均衡器，以滤除电池杂音。这机器无法播送电波，因为没有传输器，必须从头搞清楚如何造一部，但是目前只要有点耐心，他就能截取任何从西方传来的信号。

他们一无所获。

嗯，声音是很多没错，电波的种类多得出奇，从特低频到微波都有。靠太阳能面板供电的古怪手机塔，依旧把电力送回输电网的地热装置。甚至还有几颗卫星，仍然在轨道上运行，尽责地传送来自宇宙的招呼声，说不定还很纳闷地球上的人为什么都无声无息了。

一个充满电子杂音的隐秘世界，但是没有一个人在家。

一天又一天，艾尔顿坐在无线电旁，耳机罩在耳朵上，无神的眼睛在眼窝里往上翻。迈克会把信号分离出来，滤除杂音，送到扩大器，然后再次过滤，传进耳机里。艾尔顿凝神聆听一阵子之后，或许他会若有所思地摸摸他脏兮兮的胡子，然后用温和的嗓音说：

“有很微弱，不规则的声音，很可能是旧的求救信号。”

或者会说，“有个地面信号。大概是矿坑吧。”

再不然他就是摇摇头：“什么都没有，跳过去吧。”

于是，他们就这样夜以继日地坐在那里，迈克面对显像管显示器，艾尔顿头的两侧罩着耳机，心思全在他们消失无踪的同类所留下的信号上。只要找到一个信号，迈克就登记在日志上，注记时间、频率与其他信息，接着再来一遍。

艾尔顿天生失明，所以迈克并没有太替他觉得难过，至少在这一点上是如此。失明是艾尔顿之所以为艾尔顿的一部分，他的失明是辐射造成的。艾尔顿的爸妈是行者，是五十年前巴佳屯垦区被占领之后，第二批来到殖民地的人。这些幸免于难的人徒步穿过原本是圣迭戈市的辐射废墟，来到殖民地时，二十八个人相互扶持，能走的背着不能走的人。当时艾尔顿的妈妈怀有身孕，神志不清，发高烧，分娩之后就死了。没有人知道他爸爸是谁，也从来没人知道他们姓什么。

大致上来说，艾尔顿适应得还不错。离开灯屋时，他有一根拐杖可以用，但他很少外出，整天耗在面板前似乎颇为心满意足，他知道自己只能这样贡献心力。除了迈克之外，他是最了解电池的人——真是不可思议的成就，因为他根本连电池长什么样子都没见过。可是据艾尔顿说，失明其实让他占有优势，因为他不会被外表如何所愚弄。

“这些电池就像女人一样啊，迈克，”他总喜欢说，“你得学会去聆听。”

此刻，在夏季的第五十四日，第一次晚钟即将响起之际——在守望员阿洛·威尔森用网子杀了一个病鬼之后的第四个晚上——迈克调出电池监视器的画面，一排分别代表六颗电池的光柱：二号和三号百分之五十四，第四与第五号略低于百分之五十，一号与六号是恰好是百分之五十，所有的温度显示都是绿色的，三十一摄氏度。山下的风以每小时三十公里的稳定速率吹着，偶尔有二十的阵风。他翻着检核单，给电容器充电，测试所有的继电器。艾莉希亚是怎么说的？按下开关，灯就亮了？大家的了解就是这么有限。

“你应该再重新查看第二号电池。”艾尔顿坐在椅子上说，他舀起杯子里的羊奶酪放进嘴里。

“二号电池没有问题。”

“照我说的做吧。”他说，“相信我。”

迈克叹口气，在屏幕上再次调出电池监视器。毋庸置疑：二号电池电量在下降，五十三,五十二。温度也随之上升。他应该要问艾尔顿怎么知道的，但老头的答案永远都一样——难以捉摸地歪着头，仿佛是说：**我听得见啊，迈克。**

“打开继电器。”艾尔顿建议，“再看一次，看看是不是会稳定下来。”

第二次晚钟就快响了，好吧，如果有必要，他们就先靠另外五个电池供电，然后再搞清楚问题在哪里。迈克打开继电器等了一会儿，让线路里的空气可以排出来，然后再关上，量表维持在五十五。

“安静无声最重要。”艾尔顿说，第二次钟声恰恰响起，他挥了挥手上的汤匙，“可是那个断电器有点吵，我们应该换掉的。”

灯屋的门打开来，艾尔顿抬起脸。

“是你吗，莎拉？”

迈克的姐姐走进来，身上还穿着骑马的装束，一身灰尘。“晚安啊，艾尔顿。”

“嘿，我在你身上闻到什么味道啦？”他咧开嘴，露出大大的微笑，“山丁香？”

她把一绺汗湿的头发塞到耳后。“我身上有羊的味道啦，艾尔顿，但还是谢谢你。”她转头对迈克说，“你今天晚上要回家吗？我想要做饭。”

迈克想，在有颗电池需要恢复电量的此刻，他最好待在这里，而且夜晚也是收听无线电最好的时间。可是他一整天没吃东西，想到有热热的食物，他的胃就咕噜叫了一声。

“可以吗，艾尔顿？”

老头耸耸肩：“需要你的时候，我自然会去找你，你想回去就回去吧。”

“你要我帮你带些东西过来吗？”迈克站起来的时候，莎拉问艾尔顿，“我们的菜很多。”

可是艾尔顿一如既往地摇摇头：“今晚不用，谢谢。”他从台面上拿起耳机，准备戴上，“我有整个世界陪伴我。”

迈克和姐姐踏进屋外的灯光里，在昏暗的小屋里待了那么多个钟头之后，迈克必须在台阶上停下脚步，眨眨眼，适应强光。他们顺着步道穿过储藏屋，走向畜栏，空气中弥漫着动物有机肥的臭味。他听见牲口的叫声，一路走过去，还有马厩里马儿嘶鸣的声音。沿着南墙底下田地边缘的狭窄步道继续走，迈克看见跑腿的在高墙墙道上跑来跑去，身形在聚光灯下变成一个个剪影。迈克看见莎拉也在望着墙上，目光飘得远远的，若有所思，在灯光反射下闪闪发亮。

“别担心，”迈克说，“他会没事的。”

他姐姐没回答，他怀疑她是不是听见了。回到家之前，两人都没再说话。莎拉在厨房的水泵下清洗，迈克点亮蜡烛。她走到后面的门廊上，一会儿又进来，手里抓着好大一只长耳大野兔的耳朵。

“见鬼了，”迈克说，“你哪里弄来的？”

莎拉的情绪飞扬起来，脸上露出骄傲的微笑。迈克看见莎拉的箭射穿那只动物脖子留下的伤口。

“在上野，就在矿坑再上去一点。我骑马到那边，就看到它在坑口。”

迈克上回吃到兔子肉是多久以前的事啦？上回有人看见兔子是什么时候？大部分的野生动物早就不见了，除了繁殖速度似乎比病鬼猎捕的速度快三倍的松鼠，以及病鬼不知是懒得抓还是抓不到的小型麻雀和鹪鹩。

“你来杀吗？”莎拉问。

“我不确定我是不是记得该怎么做。”迈克招认。

莎拉装出恼火的样子，从腰带上抽出刀子：“很好，那就去生火，让自己有点用处吧。”

他们用兔子烧炖菜，从地窖的箱子里拿出胡萝卜和马铃薯，还用玉米粉增加酱汁的浓稠度。莎拉说她记得爸爸的烹调秘方，可迈克看不出来她是不是只靠猜想的。无所谓啦，厨房的炉子很快就散发出菜肴烹煮的浓郁香气，整个屋子洋溢着迈克已许久未曾感受到的温馨。莎拉把整张兔皮拿到院子里刷洗干净，迈克负责看着炉火，等她进来。莎拉走进屋用抹布擦干手时，迈克已经摆好碗和汤匙了。

“你知道吗，我晓得你不会听我的话，可是你和艾尔顿真的应该小心一点。”

莎拉知道无线电的事，因为她在灯屋里进进出出，根本不可能瞒过她，可是他没把其余的事情告诉她。

“那只是接收器，莎拉，我们根本没发送电信。”

“那你们到底想听什么？”

坐在餐桌旁，他耸耸肩，希望尽快结束这个话题。该怎么说？说他希望找到军队，可是军队早就死了。所有的人都死了，连灯也要灭了。

“只有杂音，大部分啦。”

她凝神端详他，背靠水槽站着，双手叉腰，等着他从实招来，但是迈克没再说什么，于是她叹口气，摇摇头。

“好吧，别被逮到了。”他姐姐说。

他们在厨房的餐桌上默默无言地吃饭，兔肉有点老，但还是很美味，迈克忍不住一面大嚼一面赞叹。通常他都天亮才上床睡觉，但是今晚他得先在桌上眯一下，头枕在交叠的手臂上，马上就好困。这感觉好熟悉——不仅熟悉，而且有点感伤——在餐桌上吃炖兔肉，只有他们姐弟俩。

他抬眼看见莎拉盯着他看。

“我知道，”她说，“我也很想他们。”

这时他好想告诉她，关于电池、日志、父亲，关于他所知的一切。只希望有另一个人可以得知内情。可这个心愿很自私，迈克知道，他不能容许自己这样做。

莎拉推开椅子站起来，把盘子拿到水泵底下。洗好餐具之后，她把剩下的炖肉装进陶锅里，包上厚布保温。

“你要送去给华特吗？”迈克问。

华特是父亲的哥哥，他是店舍的店长，负责管理配给，是行业委员会委员，也是族长——因为他是在世的费雪家族最老的成员。三份重责大任让华特成为殖民地最有权势的人之一，仅次于苏乌·拉米瑞兹与尚杰·帕特尔。可是他也是独居的鳏夫——妻子琴恩死于暗夜——他太爱喝酒，常忘了吃饭。华特不在店舍时，通常都是在家后面那间小棚屋里忙着搞他的酿酒蒸馏器，再不然就是在屋里的某处昏睡。

莎拉摇摇头：“我想我现在无法面对华特，我是想送去给艾尔顿。”

迈克望着她的脸，知道她又想起彼得了：“你应该休息一下。他们会没事的，我敢肯定。”

“他们回来晚了。”

“才一天而已，这很正常。”

他姐姐没再说什么。真是可怕，迈克想，爱情对人竟然有这么大的影响。他觉得很没道理。

“听我说，小艾和他们一起出城了，我相信他们一定会很安全。”

莎拉蹙起眉头，转开脸：“我担心的就是小艾。”

她先到庇护所去，每回睡不着的时候，她都会这么做。去看看孩子们，替他们盖好被子。她不知道这样到底会让她情绪变好还是变糟，但这会让她有点感觉，在忧心的空虚折磨之下，还能有一点别的感觉。

她喜欢回想自己还是个小孩儿的日子，当时世界似乎是个安全甚至快乐的地方，她唯一关心的是爸妈何时来看他们，或教师那天心情好不好，以及谁和谁好。她和弟弟住在庇护所，而爸妈住在其他地方，大部分时间都不显得奇怪——因为就她所知，所有的人都过着这样的生活。夜里，妈妈或爸爸或两个人一起过来对她和迈克道晚安的时候，她也从没想过要问他们探访结束之后去哪里。在教师宣布时间到了时，他们会说，**我们得走了**，因此这个“走”字在莎拉心中就成为整个情况的代名词，对迈克来说大概也是：爸妈来，待一会儿，然后就必须走。她对爸妈最美好的记忆，大多是他们的短暂来访，读故事书给她和迈克听，或替躺在床上的姐弟俩盖好被子。

然而有一个晚上，她把这一切都给毁了，出乎意外地毁了。**你们睡在哪里**？妈妈正要离去时，她问，**要是你们不睡在这里，那要到哪里去呢**？莎拉一问，妈妈的眼睛里似乎笼罩了一层东西，宛如窗帘瞬间盖住窗户。“噢，”妈妈说，勉强挤出一个微笑，但莎拉知道那个笑是假的，“我不睡的，不太睡。睡觉是你们的专利，小孩儿莎拉，还有你弟弟迈克。”妈妈说这些话时的表情，是莎拉以前从未见过的，而莎拉此时相信，当时的她已瞥见可怕的真相。

这倒是真的，每个人都这么说：你会痛恨教师告诉你真相。以前莎拉有多么爱教师啊，像爱爸妈那么爱，甚至更爱。直到那一天，她八岁生日的那一天。她知道会有事情发生，很棒的事情，因为八岁的孩子会到某个特别的地方去，但是其他的细节她就一无所知了。回来的那些人——来探望年纪小的弟妹或已经有小孩儿的人——都是年纪比较大的人，因为已经过了相当的时日，所以变成完全不同的人，至于他们去了哪里或做什么，都是你无法得知的秘密。就因为是秘密，所以显得如此特别，在庇护所墙外等待的那个新天地。随着生日接近，她心中也开始有些许揣测。她心中的兴奋之情如此浓烈，根本没想过没有她在身边，迈克会怎么样。她只想到自己的大日子就要来临了。教师警告他们不可以谈起这件事，可小孩儿当然会趁教师不在的时候谈，在浴室、餐厅，或夜里在大房间里一排排小床之间传递的窃窃私语，谈的总是离开庇护所的事，以及下一个轮到谁。庇护所外面的世界是什么光景？那里的人像书上说的那样住在城堡里吗？他们会看到什么样的动物？会讲话的动物吗？（教师养在教室笼子里的那几只老鼠全都安静无声。）那里有什么美味的东西可以吃，有什么好玩的玩具可以玩？莎拉从没这么兴奋过，期待着自己踏入崭新世界的辉煌之日到来。

生日那天早上，她醒来时觉得自己仿佛飘在快乐的云端。然而，在休息时间之前，她还是必须克制自己的喜悦。到了休息时间，等小孩儿们都睡着之后，教师会带她到那个特别的地方去。虽然没有人说什么，但整个早上，吃饭和团体活动的时间，她感觉到每个人都替她高兴，除了迈克之外。迈克毫不掩饰他的妒意，耍脾气不肯和她讲话。好吧，这就是迈克。要是他不肯替她高兴，她也不会因为他而毁了自己的特殊日子。直到午餐过后，教师要所有的人过来说再见时，她才开始怀疑，迈克是不是知道她所不知道的事。“怎么啦，迈克？”教师问，“你不和姐姐说再见吗？你不替她觉得高兴吗？”迈克看着她说：“那和你想的不一样，莎拉。”然后，他很快地拥抱她一下，就跑出房间，留下还来不及说话的她。

好吧，这很怪，她当时想。即便是此时此刻，经过这么多年之后，她还是觉得很怪。迈克怎么会知道？很久以后，两个人又相依为命之后，她想起这个场景，问他这件事。你怎么会知道？但迈克只是摇摇头。“我就是知道，”他说，“不是很详细，但就是知道大概是怎么回事。爸妈对我们讲话的样子，在他们夜里替我们盖被子的时候，你可以从他们眼睛里看出来。”

但在她被放出庇护所的那天下午，看着迈克跑开，有教师拉着她的手，她并没有寻思太久，反正迈克就是这个样子。最后的道别与拥抱，感觉到那一刻的到来：彼得在那里，默萨蜜·帕特尔、班·周，葛蓝·史特劳斯、温迪·拉米瑞兹和其他所有人都摸着她，叫她的名字。要记得我们哟，每个人都这么说。她提着袋子，里头装满衣服、睡衣和她从小就带在身边的布娃娃——你可以带走一个玩具，教师牵着她的手，离开大房间，走进四周有窗户的天井，这里是孩子们中午玩耍的地方，有秋千、跷跷板和一堆可以攀爬的旧轮胎，然后穿过一道门，踏进一间她从未见过的房间。这里很像教室，不过是空的，架子上什么东西都没有，墙上也没有图片。

教师把门关好，一阵奇特与仓促的沉默。她原本期待更多。她要去哪里？她问教师。这段路很远吗？会有人来接她吗？她要在这个房间里等多久？但教师好像没听见这些问题。她在莎拉面前蹲下来，那张温柔的大脸贴近莎拉跟前。“小莎拉，”她问，“你认为在外面，在你住的这些房间外面，会有什么东西？那些你偶尔看见、在夜里来了又走、探望你的人，又是怎么回事？”教师面带微笑，但是笑容有点不对劲，莎拉想，这个笑容让她害怕。她不想回答，但教师盯着她看，脸上充满期待。莎拉想起妈妈的眼睛，她问他们睡在哪里的那个晚上。“城堡？”她说。在蓦然的紧张情绪里，这是她唯一想得出来的答案。“城堡，有护城河的城堡？城堡，”教师说，“我懂了。还有呢，小莎拉？”那抹笑容瞬间消失了。“我不知道。”莎拉说。“好吧，”教师说，清清嗓子，“没有城堡。”

就在这时她把真相告诉了莎拉。

莎拉起初并不相信她说的话，但也不尽然。她觉得自己的心仿佛裂成了两半，其中那不知情的一半，以为自己还是个小孩儿，围坐成一圈，在天井玩耍着，等着爸妈夜里来替她盖被子，这一半的她对始终知情的她说了再见，就像自己对自己说再见。这让她觉得头晕欲吐，她开始哭。教师再次牵起她的手，穿过另一条走道，走出庇护所，爸妈在那里等她，带她回家——迈克和莎拉一直住到现在的那个家。在此之前她从来不知道这个房子的存在。**这不是真的，**莎拉一边哭一边说，**这不是真的。**妈妈也哭了，抱着她，抱得好紧好紧，说：“对不起，对不起，对不起。这是真的，是真的。”

只要一走近庇护所，这段回忆就不断在脑海里盘旋。如今看起来，庇护所似乎比以前小，也比以前平凡得多，只是一栋老旧的砖造学校建筑，门上方的石头刻着校名“罗斯福小学”。从步道上她看见霍里斯·威尔森守望员站在台阶顶上。

“好吗，莎拉？”

“晚安，霍里斯。”

霍里斯臂上挂着一把十字弓，莎拉不喜欢十字弓。十字弓威力强大，但重新上箭很耗时，带着也重。大家都说，如果不是霍里斯剃掉胡子，没人分得清他和他哥哥，但莎拉不知道大家为什么这样说。打从还是小孩儿时——威尔森兄弟比她大三岁——她就分得清楚谁是谁。让她可以判别的是小事情，一般人在第一眼不会注意到的小细节，比如霍里斯稍稍高一些，眼神也比较严肃一些，但她向来觉得很明显。

登上第二级台阶的时候，霍里斯歪头对她带来的锅子点点头，嘴唇咧成一个大笑容："给我带了什么？"

"炖兔肉，可是恐怕不是给你的。"

他一脸不解："我不该问的，可你从哪里弄来的兔肉？"

"上野。"

他小声吹了声口哨，摇摇头。莎拉可以看见他脸上的渴望。"你不知道我有多想念炖兔肉，我可以闻一下吗？"

她把盖在锅子上的布稍微拉开一点，掀开盖子，霍里斯弯腰用鼻子深深吸了一口香气。

"你进到里面去的时候，可不可以请你把这锅肉留在这里呢？"

"休想，霍里斯，我是要送给艾尔顿的。"

霍里斯愉快地耸耸肩，他的提议只是闹着玩的。"好吧，我尽量啦。"霍里斯说，"请把你的刀交给我。"

她抽出刀子，交给霍里斯。只有守望员才可以带着武器进庇护所，但就算是守望员也不能让孩子们看见武器。

"不知道你听说没有，"霍里斯把刀子塞进腰带里说，"我们要有个新成员了。"

"我去放牲口放了一整天，是谁啊？"

"小默，不算天大的消息，我想。"霍里斯用十字弓指着步道，"葛蓝才刚走，我很意外，你竟然没碰到他。"

她一直沉浸在自己的思绪里，小葛很可能从她身边走过，而她根本没注意。小默怀孕了，她有什么好意外的呢？

"嗯。"她挤出微笑，寻思内心的感觉到底是什么滋味，是嫉妒吗？"是个大消息。"

"帮帮忙，告诉她吧。你应该看看他们两个吵成什么样子了。八成吵醒了一半的孩子了。"

"她不开心？"

"葛蓝比较开心，我想，我不知道。你是个女孩，莎拉，你告诉我吧。"

“拍我马屁也没用的，霍里斯。”

他露出苦笑，她喜欢霍里斯，喜欢他轻松自在的态度。“只是打发时间啊。”他说，头朝门的方向歪了一下，“要是多拉醒着，就说霍里斯叔叔跟她打招呼。”

“小丽还好吗？阿洛不在家。”

“小丽很想不开，我告诉她，他们今天没回来，有很多理由的。”

进到屋里，莎拉把炖菜放在空空的办公室里，然后到小孩儿睡觉的大房间里去。以前这里曾经是学校的体育馆。大部分的床都是空的，庇护所已经好多年没有出现接近满员的盛况了。房间高大的窗户已拉下窗帘，唯一的照明是照在孩子熟睡身影上的灯光。房里闻起来有牛奶味、汗味以及阳光晒暖的发丝的味道：是孩子们活动一天之后的味道。莎拉悄悄穿过一排排小床和婴儿床之间。凯特·寇帝斯、巴特·费雪、艾碧·菲利普、芬妮·周和她妹妹婉达与苏珊，提摩西·莫林努，以及大家都昵称为“抱抱”的鲍尔·葛林伯格，因为他念自己名字时老是含糊不清，还有那三个小孩——小茱·史特劳斯、小珍·拉文，以及拉米瑞兹家最小的小琴·拉米瑞兹。

她来到最后一排尽头的那个婴儿床——多拉·威尔森的床，她是小丽和阿洛的女儿。小丽坐在床边的喂奶椅上，新手妈妈是允许在庇护所里住一年的。小丽怀孕增加的体重还没完全消失，在房里苍白的灯光下，她的圆脸看起来几乎是透明的，皮肤因为在室内待了太多而显得惨白，她膝上有团胖胖的线团和两根织针。莎拉走近时，正忙着打毛线的她抬起眼。

“嗨。”她轻声说。

莎拉只默默点头打招呼，弯腰靠近婴儿床。多拉只穿了尿布，仰躺着睡觉，嘴唇张成一个精巧的圆形，鼻子微微传出鼾声。她呼出的温柔湿润的气息拂过莎拉的脸颊，宛如一个吻。看着熟睡的宝宝，你差不多可以完全遗忘现实的世界。

“别担心，你不会吵醒她的。”小丽伸手掩嘴，打了个哈欠，又开始打毛线，“这一个啊，睡得像死了似的。”

她决定不去找默萨蜜，无论她和葛蓝之间发生了什么事，都不关自己的事。只是她有点替小葛难过。他一向很喜欢小默——宛如他始终摆脱不了的病似的——大家都说他要求小默和他结婚，小默之所以答应，是因为西奥拒绝她了。因为这样，或是因为西奥始终没开口要求，所以小默想用行动来刺激他。她不是第一个犯此错误的女人。

一面走，莎拉一面寻思：为什么事情就不能简单一点呢？因为她和彼得的情况也一样。莎拉爱他，她向来爱着他，从还是住在庇护所里的小孩儿时就爱着他。不需要解释，因为就她记忆所及，她始终觉得这爱就像一缕看不见的金线将他俩紧紧系在一起。这不只是外表的吸引力；她最爱的是他心底某个破碎的东西，他那深藏着哀伤无法触及的地方。除了她，没有人了解彼得·乔克森的这一面，只有深爱着他的她才了解他的哀伤有多么深重。不只是每个人为了自己失去的东西与亲友而日复一日带着的那种一般的忧伤；他的哀伤不只是如此。如果能找出这个哀伤所在并替他抹平，莎拉相信，那么他一定会爱她。

也就因为如此，所以她才选择当护士。如果当不成守望员——她肯定是当不成的——那么普露登丝·乔克森所掌理的疗养所就是次佳的选择。有好几百次，她都差点问彼得的妈妈：我能怎么做呢？我该怎么做才能让你儿子爱我呢？但最后，莎拉还是保持沉默。她尽可能努力学习她这一行所必须做的工作，等待彼得，希望他会知道她愿意为他做什么，在那一个房间里默默等待。

彼得曾经吻过她，吻过一次，或者应该说是莎拉吻了他。就事情的本身而言，谁吻了谁其实并不重要。他们吻过。那是首夜，夜色深重，寒意逼人。他们都在喝酒，听阿洛在灯光下弹吉他，黎明前人群渐渐散去之际，莎拉发现自己和彼得独自走着。她因为酒意而有些微醺，但她不觉得自己醉了，也不觉得他醉了。沿着步道前行时，他俩陷入紧张的沉默之中，周遭没有人语，没有任何声响，只有轻微可辨的电子杂音，宛如阿洛吉他音符之间的空隙。他们并肩走在灯下，仿佛置身于充满期待的泡泡之中，谁也没碰谁，但却又紧密相连，走到她家时，谁都没注意到这就是他们的目的地了——这静默是一个泡泡，但也是一条河，水流不断拉着他们前进——谁也无法阻挡接下来要发生的事。他们靠在她家的墙上，在阴影底下，起初是他的唇，接着是他的全部靠在她身上。和以前在庇护所里玩的亲吻游戏不一样，也不是青春期的笨拙摸索——性行为是不被赞同的，你顶多就只能和隐约有点兴趣的人一起玩，不成文的规定仅仅如此，所以感觉上顶多只能算是某种预习——只是更深刻，更充满承诺。她感到自己被一股暖意所包围，一股她很难说明究竟的暖意：是人与人接触的温暖，是真正与另一个人相依相偎、不再孤独的温暖。她当时愿意把自己奉献给他，无论他要的是什么，她都愿意给。

但一切就这样结束了，他突然抽身退开，挤出一声“对不起”。他仿佛相信她会希望他别做这样的事，虽然那一吻应该让他知道她愿意。这句话让气氛改变，泡泡破了，他们两个人都很尴尬，不知所措。他留她一个人在家门口，事情就这样结束了。自那一夜之后，他们再也不曾独处，甚至几乎没再讲过话。

在他吻她的当时，她就知道。在那个晚上过后，随着日子一天天过去，她心中越来越明白：彼得不是他的，永远不会是她的，因为还有另一个人存在。在他的一吻之中，她已经感觉到那宛如鬼魂一般夹在他俩之间的人。现在想来很合理，绝望的那种合理。她在疗养所里默默等待，默默让他了解她是什么样的人时，他始终和艾莉希亚一起站在高墙上。

此时，带着炖肉准备到灯屋去的途中，莎拉想起了盖博·寇帝斯，决定先到疗养所去。可怜的盖博——年仅四十就得了癌症。没人可以帮得上他的忙。莎拉猜癌细胞始于胃部或者是肝，这并不重要。和庇护所隔着太阳黑子广场相望的疗养所是栋木结构房屋，位于殖民地所谓的“旧城”——大约六栋房子构成的街区，以前有很多家商铺。充当疗养所的房子以前是间杂货店，下午斜阳照在前窗上的角度如果对的话，还可以看出上面的店名——山顶补给公司。美味食品与酒类，一九九六年创立——刻在毛玻璃上。

靠外的房间只有一盏提灯，珊蒂·周——大家都叫她另一个珊蒂，因为以前一度有两个珊蒂·周，另一个是班·周的妻子，但她死于难产——在护理桌上弯身用杵和臼捣碎迪伦草籽。屋里很热，充满湿气，有个茶壶在桌后炉子上冒着蒸汽。莎拉把炖菜摆在一旁，从火上拿开茶壶，放在三脚架上。回到桌边，她微微偏头看着珊蒂把磨碎的草籽倒进过滤器里。

“给盖博的？”

珊蒂点点头。迪伦草虽然可以用来治疗伤风、腹泻、关节炎等多种慢性病，但更被当成一种止痛药。莎拉不知道这东西到底有没有用，但盖博说这对他的疼痛有帮助，是唯一能让他止痛的东西。

“他还好吗？”

珊蒂把过滤器摆在一个有缺口的旧马克杯上，倒水冲了冲，杯上有用回形针图案排成的“新手老爸”字样。

“他刚睡着，黄疸更严重了。他儿子才走，现在是玛尔在陪他。”

莎拉端起马克杯，穿过门帘到里面去。病房里有六张床，但只有一张床上躺着人。玛尔坐在梯形靠背椅上，她丈夫躺在旁边的病床，盖着毯子。瘦得像只小鸟的玛尔在盖博生病的几个月以来，一肩扛起照顾的重任，负担之重，从她眼睛下方那一圈睡眠不足的黑眼圈就能看得出来。他们有一个小孩叫雅各布，大概十六岁，和妈妈一起在奶牛场工作。盖博是个身材魁梧的大块头，脸上总是挂着空洞的温和表情，不会读书也不会写字，需要有人在旁指导，才能做基本的工作。艰辛又坎坷的人生，现在又碰上这事。年过四十，又有雅各布需要照顾，玛尔不太可能再婚。

莎拉走近时，玛尔抬起头，竖起一根手指抵在唇上。莎拉点点头，在她身边的椅子上坐下。珊蒂说得没错，黄疸更严重了。生病之前，盖博是个大块头——妻子有多娇小，他就有多高大——肌肉凸出的肩膀，天生适合劳动的壮硕手臂，挂在腰带上活像面粉袋的圆肚皮。莎拉从没看他来过疗养所，直到有一天，他抱怨说他背痛，消化不良，还频频道歉，仿佛这是软弱的象征，是能耐不足，而不是严重疾病的征兆。（莎拉一按压他的肝脏就发现那里长了东西，她知道他一定被折磨得很惨。）

半年之后，原本的那个盖博·寇帝斯不见了，取而代之的是一副靠着意志力支撑的躯壳。原本红润得像成熟苹果的圆脸已经萎缩成一堆皱纹和棱角，像草草画就的骸骨。玛尔帮他修剪过胡子和指甲，干裂的双唇闪着药膏的油光，药膏摆在病床边推车上的一个宽口锅里——是个小小的抚慰，但有用，就像药草茶一样。

她陪玛尔坐了一会儿，两人都没开口。莎拉明白，生命有可能拖得太长，就像有可能太快结束一样。或许盖博担心抛下玛尔，所以才撑着活下去。

最后莎拉起身，把马克杯放在推车上："如果他醒过来，看他要不要喝这个。"

玛尔眼角噙着筋疲力尽的泪光："我告诉他说没关系，他可以走。"

莎拉愣了一会儿："我很高兴你这么说，有时候大家就是需要听见这样的话。"

"是雅各布，你知道。他不想抛下雅各布。我告诉他，我们会没事的。你可以安心地走，我是这么告诉他的。"

"我知道你会的，玛尔，"她的话听起来微不足道，"他也知道的。"

"他简直顽固得要死。你听见了吗，盖博？你为什么非得老是这么顽固不可。"她把脸埋进手里，哭了起来。

莎拉不想失礼。等了一会儿，知道自己无能为力，不可能抚平玛尔的哀痛。哀痛是个让人想独处的东西，莎拉知道，像个没门的房间，无论房间里发生什么事，你所感觉到的愤怒与痛苦，却只能留在房间里，和别人无关，只是你一个人的事。

"对不起，莎拉。"最后玛尔摇摇头说，"你不该听这些的。"

"没关系，我不介意。"

"要是他醒了，我会告诉他说你来过了。"泪流满面的玛尔努力挤出一个哀伤的微笑，"我知道盖博一向很喜欢你，你是他最喜欢的护士。"

莎拉来到灯屋时，夜已经过了一半。她迅速打开门走进去，艾尔顿一个人在面板前面睡着了，头上还戴着耳机。

她一关上门，弹簧咿呀一声，他马上醒来："迈克？"

“我是莎拉。”

他拿掉耳机，在椅子里转过头来，皱起鼻子闻了闻：“什么味道啊？”

“炖兔肉，不过可能已经凉了。”

“噢，我来尝尝，”他在椅子里直起身子，“拿过来吧。”

她把炖肉摆在他面前，他从面板对面的台子上拿起一个脏兮兮的汤匙：“你想的话，就把灯点亮吧。”

“我喜欢黑暗，如果你不介意的话。”

“对我来说都一样。”

有那么一会儿，她就着面板的光线看着他吃。艾尔顿双手的动作不知为什么，有着近乎催眠的作用，汤匙入锅，然后送进张大等待的嘴里，动作流畅精确，没多浪费半点力气。

“你在看我。”艾尔顿说。

她感觉到自己的脸颊热了起来：“对不起。”

他吃掉最后的一点炖肉，用布擦擦嘴：“没什么对不起的，对我来说，你简直让这里蓬荜生辉。像你这么漂亮的女孩，想看我多久就尽量看吧。”

她笑起来，因为难为情或难以置信，她不知道。“你又没看过我，艾尔顿。你怎么知道我长什么样子？”

艾尔顿耸耸肩，那双没用的眼睛在下垂的眼皮后面往上翻，仿佛在他漆黑的脑海中，她的影像已经浮现出来等着他去看。“你的声音。你对我讲话，对迈克讲话的语气。你对他的照顾。漂亮的人就会做漂亮的事，我一向都这么说的。”

她听见自己轻叹一声：“我可不这么觉得。”

“相信艾尔顿老头吧，”他说，轻轻地笑起来，“会有人爱你的。”

不知为什么，和艾尔顿在一起，总是会让她觉得好过一些。比方说，他老是大胆无耻地打情骂俏，但这并不是真正的原因，他似乎比她认识的任何人都快乐。迈克说得没错，他的失明并不是缺陷，而是某种与众不同。

“我刚去过疗养所。”

“是啊，你就是这样，”他点点头说，“总是照顾别人，盖博怎么样啦？”

“不太好，他看起来真的很惨，艾尔顿。玛尔也很难受，我真希望能帮他什么忙。”

“有些事你做得到，有些事你做不到。盖博的时间到了，你已经尽力了。”

“还不够。”

“永远都不够。”艾尔顿转头，伸出手在台面上摸索，找到耳机交给她，“既然你送了礼物来给我，我也要送你一个回礼，可以让你心情好一点的东西。”

“艾尔顿，我根本一头雾水，不知道你们听见的是什么。在我听来，那全都是静电。”

他脸上浮现狡猾的微笑：“照我说的做，闭上你的眼睛。”

耳机贴在耳朵上暖暖的，她感觉到艾尔顿的手在面板上移动，手指滑过这里那里。这时她听见了音乐，和她以前听过的音乐完全不同。刚开始只是遥远空洞的声音，宛如轻风，随之而来的是鸟鸣似的高亢音调，在她脑海中旋舞。声音越来越多，仿佛从四面八方传来，她知道自己听见的是什么了，是暴风雨。她在脑海中勾勒出景象，音乐的狂风暴雨猛扫而下。她这辈子从没听见这么美丽的声音。最后一个音符终止时，她从耳朵上取下耳机。

“我不懂，”她震惊地说，“这是无线电传来的？”

艾尔顿轻笑起来：“这很不一样，对不对？”

他又在面板上摸摸弄弄。一个小抽屉打开来，吐出一张银色的CD光盘！她以前从没注意过！迈克告诉她说只有杂音。她把CD拿在手中，捏着边缘。斯特拉文斯基的《春之祭》，芝加哥交响乐团，埃里希·莱因斯朵夫指挥。

“我只是觉得你应该听听和你外貌相匹配的音乐。”艾尔顿说。

22

“我不了解的是，”西奥说，“你们三个怎么还活着。”

众人围坐在控制室的大餐桌旁，只有芬恩和雷依回宿舍睡觉了。彼得的肾上腺素消退了；脚踝上的疼痛也是，似乎没断，只隐隐抽痛。有人从冷凝器上切下一块冰，彼得把冰块用布包起来，敷在受伤的关节上。他刚杀了健德·菲利普，他认识的人，这个事实还没让他反应过来。这个信息太怪异，怪异得难以消化，但是发电站的钥匙还挂在健德脖子上，所以他是谁一点疑问都没有。作为人类，这别无选择，只能杀了他，因为健德已经完全变身了。严格来说，那个想要闯进舱房里的病鬼并不再是健德·菲利普了，然而彼得还是不由自主地觉得，在他被迫扣下扳机之前的那一瞬间，他在那个病鬼眼里瞥见一抹认识的眼神，甚至是一种解脱的神色。

在攻击事件过后，西奥仔细地盘问过凯勒柏。那孩子的故事不太说得通，但他也显然因为筋疲力尽和暴露在危险中而吃尽苦头。他嘴唇浮肿干裂，额头一大块紫色的瘀青，双脚满是割伤。对他来说最糟的大概是弄丢了那双鞋子，那是一双黑色的耐克运动鞋，在购物中心找到时还是全新的，并且装在鞋盒里，他说，八成是在跑过山谷的时候掉的，他当时太害怕，所以没注意。

“我们会再给你弄一双来，”西奥说，“只要告诉我健德的事。”

凯勒柏一口口咬着干面包，灌着水吞下肚，他一面吃一面讲：“本来一切都很正常，直到六天前，健德开始变得奇奇怪怪，非常奇怪。就算对健德来说，也还是太奇怪。他不想到围墙外面去，夜里也不睡，整个晚上在控制室走来走去，自言自语。凯勒柏以为是发电站太空闲，等补给队来了，健德就会恢复精神了。

“有一天，他说我们要到野地上去，叫我给推车装上东西，准备好。那时候我就坐在这里吃午餐，他就这样走进来告诉我，他想换掉西区的一个调速器。好吧，我说，可是有这么紧急吗？现在到野地不是有点晚吗？他眼睛里的眼神好疯狂，而且身上的味道很糟。我说你好臭啊。你还好吗？他说，快点干活吧，我们要走了。”

“这是什么时候的事？”

凯勒柏吞下面包：“三天前。”

坐在椅子里的西奥往前倾：“你们在外面待了三天？”

凯勒柏点点头，他吃完最后一口硬面包，又开始吃一盘豆泥，用手指舀起来吃。“所以我们骑母驴出去。问题来了，我们根本没去西野，而是往东野去。那里已经废弃了好多年了，只有一大堆枯木。我们花了一辈子那么长的时间才走到那里，至少拉着推车走了两个钟头。中午已过，我们没多少时间了。我说，健德啊，我以为我们要去西边，老兄，我们到底在这里干什么？你是想害死我们啊？我们走向他说要修理的那个电塔，根本就像个生锈的大桶子，完全毁了。我站在地面就看得出来。换掉调速器也不会有用，可他就是想要做，所以我抬起屁股爬上梯子，用扳手剥掉电塔上的旧外壳，尽可能加快动作。我心想，好吧，这实在很没道理。在我看来，冒着跌断脖子的危险却不知为何而来，或许他知道我不知道的事吧。就在这个时候，我听见了惨叫。”

“健德惨叫？”

凯勒柏摇摇头：“是驴子，我不是开玩笑的，那个声音听起来真的很像惨叫。我从没听过那样的声音。我低头看见它跪了下来，瘫在那里活像一袋石头。我花了一秒钟才知道我看见的是什么，是血，很多血。”他用手背抹抹油腻的嘴巴，推开空盘子，“健德老是说这东西吃起来活像卵蛋。我还真想问，你什么时候吃过卵蛋啊，健德？我还真不想知道，可是饿了三天，这吃起来还真没那么难吃。”

西奥不耐烦地叹口气：“凯勒柏，拜托，那血……”

他喝了一大口水：“哦，好吧，是这样的。那血。健德跪在驴子旁边，我喊他，到底怎么回事啊？他一站起来，我就看见他剥光上衣，手上拿把刀，浑身是血，我一时没反应过来。只要五秒钟，他就可以爬上梯子来逮住我，可是他没上来，他就只是坐在电塔下面，躲在一根柱子的阴影里，所以我看不见他。健德，我喊他，听我说。你要挺着点啊。我一个人在上面，心想，要是我能让他打起精神来，撑得够久，那我就可以逃掉。”

“我不明白，”艾莉希亚说，“他是什么时候被感染的？”

“这就是问题，”凯勒柏继续说，“我也搞不懂，我几乎一天二十四小时都和他在一起。”

“夜里呢？”西奥提出可能性，“你说他不睡觉，说不定他到外面去了。”

“我想是有这个可能，可他去外面干吗？更何况他看起来真的没什么不一样，除了那摊血之外。”

“眼睛呢？”

“也没问题，就我看来，根本不是橘色的。我可以告诉你，这事真的很怪。所以我困在塔上，健德在下面，说不定会爬上来，也说不定不会，但不管怎么样，天总是会黑的。健德，我喊他，听我说，我横竖要下来了。我身上没武器，我有的就只是扳手，可是说不定我可以用扳手敲他的脑袋，然后逃走。我也得想办法拿到他脖子上的钥匙。我在梯子上看不见他，所以爬到离地面三米的地方时，我决定，管他呢，跳下去就是了。一放开手，我就知道自己死定了。我往下掉，准备挥动手里的扳手。可我手里的扳手不见了，健德就在我正下方。这时他对我说，回到上面去。”

“回到上面去？”说话的是阿洛。

凯勒柏点点头：“不骗你，他就是这么说的。如果是在糊弄我，我也看不出来。他一只手拿着刀子，另一只手拿着扳手，浑身都是血，如果拿不到钥匙，我也没办法回到发电站里面来。我问他，回到上面去是什么意思，他说，你待在电塔上面才安全，所以我就这么做了。”那男孩耸耸肩，“过去三天我都待在那上面，直到我看见你们出现在东方路上。”

彼得看看哥哥，从西奥的表情看来，他显然也不知道该怎么解释凯勒柏的故事。健德到底想干什么？他到底已经变身还是没有？上回有人目睹感染的初期阶段，已经是很多年以前的事了，现在活在世上的人都没见过。但是流传的故事很多，特别是从早期还有行者的年代，说是会有怪异的行为——不只是大家都知道的嗜血和脱衣服等征兆。怪异的言论，当众高谈阔论，身手异常矫健。据说有个行者闯进店舍，拼命吃到把自己撑死；另一个把床上的儿女全杀光，然后自焚身亡；还有一个全身脱光，当着守望员的面爬上高墙墙道，扯开喉咙，背诵盖茨堡演说——庇护所教室墙上挂了一张盖茨堡的复制本——以及“划呀划呀，划小船”总计二十五句的歌词，然后纵身跃下，掉在下方二十米处的硬路面上。

“那些病鬼呢？”西奥问。

“嗯，这就是古怪的地方，就像健德说的，没有病鬼。至少附近没有。我夜里偶尔会看见他们在山谷里走动，但他们并没来烦我。他们不喜欢在风力发电厂猎食，健德向来认为风扇的转动吓退了他们，或许就是这个原因吧，我不知道。”那孩子顿了一下，彼得看得出来，他终于回过神来，感受到那段经历的恐怖了，“一旦我习惯之后，就真的蛮平静的。在那之后，我就没再看见健德了。我听见他拖着脚步在电塔下面走动的声音，可是他从来不回答我。就在那个时候，我知道我最大的机会就是等到补给队来，然后想办法逃走。”

“所以你看见我们了。”

“相信我，我喊得肺都快撕裂了，我想你们大概离我太远，根本听不见。那时我才知道健德已经离开了，那头母驴八成被病鬼给拖走了。当时大约只剩一个钟头就天黑了。可我脱水了，而且也不可能有人会到东野来找我，所以我决定爬下来，拼命逃跑。跑到离这里大概不到一千米的地方，病鬼突然冒出来，到处都是。我想，完了，我真的完了。我躲在一个电塔底下，等着受死，但是不知道为什么，他们却离我远远的。我没办法告诉你们，我在那里躲了多久，可是等我探头看时，他们已经走了，看不见半个病鬼了。我知道大门关着，可我想我还是可以想办法进来。”

阿洛转头对西奥说：“这一点都说不通，他们干吗这样放过他啊？”

“因为他们在跟踪他，”艾莉希亚插嘴说，“我们从屋顶上看得见他们。或许是拿他当饵，引我们出去？他们从什么时候开始会这样做啦？”

“他们没有，”西奥的表情变得严肃了，他在椅子里挺直身体，“听着，凯勒柏没事，我觉得很高兴，别弄拧我的意思。可你们两个实在够蠢，这个发电站一断电，所有的灯就熄了，这事关每个人。我不知道为什么需要解释这件事，但我显然不得不这样做。”

彼得和艾莉希亚没搭腔，他们无话可说。这是真的。如果彼得手上的枪往左或往右偏个几厘米，他们八成早就没命了。那是纯靠运气的一枪，他知道。

“这些事情无法解释健德是怎么被感染的，”西奥继续说，“以及他把凯勒柏留在塔上干吗。”

“管他呢。”阿洛拍着膝盖说，“我真正想知道的是那些枪，总共有多少把？”

“楼底有十二箱，”艾莉希亚回答，“屋顶的夹层里还有六箱。”

“那些东西该好好留在那里。”西奥说。

艾莉希亚笑起来：“你不是说真的吧？”

“噢，我是说真的，看看刚才差点发生什么事了。你老实告诉我，要是手上没枪，你会这样跑到外面去吗？”

“或许不会，可是枪救了凯勒柏的命。不管怎么说，我还是很庆幸我们到外面去了。这些不只是枪啊，西奥，这是全新的枪啊。”

“我知道是全新的，”西奥说，“我看过，我很清楚。”

“你知道？”

他点点头：“我当然知道。”

有那么一会儿没人开口，艾莉希亚倾前越过桌子：“那么，是谁的枪。”

但西奥对着彼得回答：“我爸爸的。”

那天深夜，西奥述说原委。凯勒柏的眼皮已经没办法再多撑一秒钟了，所以回宿舍睡觉去了。阿洛拿出酒，就像他们偶尔在高墙值完班之后那样，他给每个人的杯子倒了两指高的酒，沿着桌子往下传。

“从这里往东有个旧的海军基地，”西奥解释说，“大约骑两天马的路程，就到了叫作‘二十九棕榈’的地方。那个地方大部分都被毁了，全化成沙土了。除非知道要找什么，否则很难看出来那里有什么。我父亲在一个地下碉堡里找到的武器——严严地封在箱子里以保持干燥，不只有来复枪，还有手枪与迫击炮、机关枪与手榴弹。一整个车库的汽车，甚至还有几部坦克。他们没有办法搬动重型武器，汽车也没有一辆能发动，但爸爸和威廉叔叔用推车一次载满一车来复枪，运回发电站——在威廉叔叔遇害之前，总共运了三趟。”

“他为什么没告诉任何人？”彼得问。

“他说他告诉过妈妈和其他几个人，他并不是自己一个人出去的，你知道。我猜上校也知道，老周八成也知道。健德一定知道，因为他把东西藏在这里。”

“可是尚杰不知道。”艾莉希亚插嘴说。

西奥蹙眉摇头：“相信我，我爸对谁都会说，就是不会告诉尚杰。别误会我的意思，尚杰对自己做的事情很在行，可是他抵死反对长征，特别是在拉吉遇害之后。”

“没错，”阿洛说，“他是那三个人之一。”

西奥点点头：“我想他弟弟想和我爸爸一起长征，这向来是尚杰的痛处。我其实也不完全明白，可他们很久以前好像有些嫌隙。在拉吉遇害之后，情况更糟。尚杰策动族长会议反对我爸爸，投票剥夺他议长的职位，以终结长征，所以爸爸辞掉族长，自己一个人骑马出城了。”

彼得把那杯酒举到鼻子前，感觉到一股酸气窜进鼻孔里，然后把杯子摆回桌上。这是最让他丧气的事——爸爸有秘密瞒着他，西奥也瞒着他。

“可他一开始为什么要把枪藏起来？”他问，“为什么不带回山上？”

“带回去干吗？想想吧，老弟，我们都知道你们跑出去的事。我来算算，你们两个射掉了三十六发子弹，干掉了两个病鬼？总共有多少个？要是把枪交给守望队，大概只能撑一季。大家会疑神疑鬼乱射一通，甚至可能会有一半对着彼此开火。我想他担心的就是这个。”

“还有多少？”艾莉希亚问。

“在碉堡里？我不知道，我没见过。”

“可是你知道在哪里。”

西奥啜了一口酒：“我知道你在打什么主意，到此为止吧。我爸爸有一些想法，彼得，你和我一样清楚，他就是不能接受这世界只剩下我们的事实。他不认为除了我们之外，再也没有其他人存在。如果他能找到其他人，如果他们也有枪……”他没把话说完。

艾莉希亚从椅子上站起来。“一支军队。”她说，眼睛打量了所有人一圈，“就是这回事，对吧？他想组织一支军队，去和病鬼作战。”

“这根本没道理，”西奥说，彼得在哥哥的声音里听出苦涩的意味，“没道理，而且疯狂。陆军也有枪啊，可看看他们落得个什么下场？他们有回来救我们吗？带着枪炮、火箭和直升机？没有，我可以告诉你为什么，因为他们全死了。”

艾莉希亚并未退缩。“这个嘛，我喜欢。”她说，“真的，我觉得这点子很棒。”

西奥苦笑一声：“我知道你会喜欢。”

“而且，我也不认为只有我们存在。”她不放弃，“还有其他人在某个地方。”

“是吗？你凭什么这么确定？”

艾莉希亚突然显得有点失神。“没凭什么。”她说，“我就是相信。”

西奥对着杯子蹙起眉头，把酒晃了晃。“你想相信什么都可以。”他马上说，“可这并不会让你相信的事情成真。”

“爸爸也相信。”彼得说。

“是啊，他是相信，老弟，而这害死了他。我知道我们没谈过这件事，但这是事实。你执行慈悲任务，就会搞懂一些事，相信我。爸爸到城外去，并不是因为放弃了一切。会这么想的人，根本一点都不了解他。他之所以到城外去，是因为他不能忍受自己一无所知，连一分钟都无法忍受。这很勇敢，但也很蠢，他要去找出答案。”

“他在米拉格罗看见过一个行者。”

“或许他看见了。可是如果你问我，我会说他看见了他想看见的东西。不管真假，这都无所谓，光是一个行者能干吗？”

西奥的绝望让彼得深受震撼，这不只是一种挫败，而且简直是一种背叛。

“只要有一个人，就有其他人在。”彼得说。

“在那里的，老弟啊，只有病鬼，就算拥有世界上所有的枪也无法改变这个事实。”

众人沉默了一会儿，那个想法挥之不去，不可言说却又显而易见。在灯光熄灭之前，他们还有多少时间，在再也没有人记得该如何修好之前？

“我不相信那种事。”阿洛说，“可是我也不相信你说的。要是真的这样，这一切又有什么意义呢？”

“意义？”西奥又看着他的杯子，“我真希望我知道。我猜意义就是让自己活着吧，尽可能让灯亮得越久越好。”他把酒端到唇边，大口灌下，一饮而尽，“好了，天就快亮了，各位。让凯勒柏继续睡吧，把其他人叫起来，我们有尸体要处理。”

总共有四具尸体，他们在院子里找到三具，健德的那具在屋顶上，仰面躺在舱盖旁边的水泥地上，光裸的四肢摊开形成一个骇人的“X”形。彼得那把枪的子弹射穿了他的头顶，头盖骨被撕裂，只剩一点点皮肤连住。早晨的太阳照得他开始萎缩，变黑的躯体上升起一层灰色的薄雾。

彼得早就习惯了病鬼的模样，但这么近距离看，还是让他觉得不知所措。脸部五官似乎被抹平成近乎婴儿那般温和无味的模样；双手双脚弯曲外伸，手指屈握，爪子锐利如刀；肌肉壮硕的四肢与躯干，歪曲的长脖子；塞满一嘴的银牙活像钢刺……芬恩穿着橡胶靴和手套，脸上蒙着布，用一根螺距调整杆挑起健德脖子上的钥匙，丢进铁桶里。他们用酒精消毒钥匙，用火烧，然后拿到太阳底下晒，如果火焰没杀死病毒，太阳光也会杀死它们。接着，他们把健德硬得像木头的尸体滚动到一张塑料布上，卷起来，像卷管子那样，让阿洛和雷依扛到屋顶边缘，丢进下面的院子。

等他们把四个病鬼全拖到围墙外面时，太阳已经高挂天空，天气很热。彼得靠着一根管线站在上风处，看着西奥把酒精倒在尸体上。他觉得自己很没用，脚踝伤成这样，什么忙都帮不上。艾莉希亚拿着一把枪也站在那里看。凯勒柏终于醒了，到外面来看其他人在做什么，彼得看见他穿了一双高筒皮靴。

“健德的，”凯勒柏解释说，他耸耸肩，有点罪恶感，“他多出来的一双，我想他不会介意的。”

西奥从腰袋里掏出一盒火柴，把面罩拉下来，另一手拿着火把。他衬衫的颈部和腋下有一大圈汗渍，这件衬衫是从店舍换来的旧衣，袖子早就不见了，领子都快磨秃了，胸前的口袋绣了一个花边字：阿曼多。

“有人想说几句话吗？”

彼得觉得自己该讲几句，却不知道该说什么。看见屋顶上的尸体，他还是甩不掉心中不安的念头——到头来是健德让事情变得简单的，健德终究是健德。但那一堆里面的每具尸体，都曾经是某个人。说不定其中之一就是阿曼多。

“好吧，我来。”西奥说，他清清嗓子，“健德是个出色的工程师，一位好朋友。他从来没有对任何人口出恶言。我们很感谢你，安息吧。”然后他划着火柴，点亮火把，引燃那堆尸体。

皮肤很快燃烧，之后像纸一样挥发掉，接着是其余的部分，骨头凹陷炸裂成一团团烟尘，差不多一分钟就烧完了。最后一丝火花熄灭之后，他们把剩余的灰烬扫进雷依与芬恩挖好的浅坑，再填上土。

他们用脚把土踩实，这时凯勒柏说：“我只是想说，我想他的确反抗过。他当时大可以杀掉我。”

西奥把铲子丢到一旁。“别误会我的意思，”他说，“他没有才让我担心呢。”

接下来几天，彼得不时回想那天晚上的事，在心中一再重温当时的景象。不只是屋顶上发生的事和凯勒柏躲在电塔上的古怪故事，还有他哥哥提到枪时那苦涩的语气。因为艾莉希亚说得没错，那批枪确实很重要。彼得这一辈子都以为古昔时代的世界早就消失了。仿佛有一把刀落在时间之上，把它一切为二，分成之前与之后两段。在这两段断裂的时间中并没有桥梁。战争输掉了，军队不存在了，殖民地以外的世界是个开敞的历史之坟，再也没人记得的历史。事实上，对于爸爸在暗黑地找什么，彼得从来没多加思索。他认为答案很明显：爸爸找的是人，其他的幸存者。可手里握着爸爸的枪——即便是脚踝已经痊愈的此刻，躺在宿舍里回想起枪在手里的感觉——他感受到以往所没有感受到的，过往和过往的力量似乎朝他涌来。或许，这就是爸爸一直所做的，每一趟长征中所追求的。他想要回忆这个世界。

西奥当然也知道，爸爸的内心恢宏宽广，像每一个长征队员的内心一样。彼得很久以前就已经下定决心，不因为妈妈过世那天早上所说的话而和西奥作对。**照顾好你兄弟，西奥，他不像你那么坚强。**事实就是事实，经过这些年之后，彼得发现他已经可以忍受对自我的了解，有时候还像是一种解脱。爸爸想做的是困难且破釜沉舟的事，建立在违反一切事实的信念之上。如果西奥是乔克森家必须扛起这个重任的人——为他们兄弟俩扛起来——彼得可以接受，但没必要对阿洛说，唯一要做的就是让灯亮得越久越好——他对阿洛这样说，因为他有小孩儿在庇护所——这不是他所认识的西奥。哥哥和以前有点不一样了，他很纳闷是怎么一回事。

他们在发电站待了五天，第一天，雷依和芬恩花了一整天修复围墙的电力，然后到西野去工作，给风力发电机的外壳上油。阿洛、西奥和艾莉希亚一次两人轮流陪他们去，总是赶在太阳下山之前回来，把发电站关严锁好。彼得无事可做，用一副缺了三张的纸牌玩单人牌戏，翻看储藏室里的那一箱书。各种书都有：《查理和巧克力工厂》，《鄂图曼帝国历史》，葛雷的《荒野情天》……在每本书背面都有个硬纸袋子，印着“河滨县公共图书馆藏”，袋里塞着一张日期清单，墨水字迹都褪色了：二〇一四年九月七日，二〇一二年四月三日，二〇一六年十二月二日。

“这是谁弄来的？”有天晚上，大伙儿从野地回来之后，他问西奥。彼得床边的地板上堆了一大摞书。

西奥正在洗脸。他转身，在衬衫前襟把手抹干。“我想已经摆在这里很久了吧。我不知道健德识字多不多，不过是他把书收起来的，好看吗？”

彼得竖起他正在看的《白鲸记》。

“老实告诉你，我甚至不确定这是不是英文。”彼得说，“我今天看了大半天，才看完一页。”

哥哥发出疲累的笑声：“来看看你的脚踝。”

西奥坐在彼得的床沿，双手轻轻抓住他的脚，转动关节。自从发生攻击事件那夜之后，兄弟俩几乎没说过话。其实大伙儿都是。

“嗯，看起来好多了。”西奥摸着长满胡楂儿的下巴，彼得看见他的眼神因为疲惫不堪而显得空洞，“消肿了，你可以骑马吗？”

“如果有必要，我爬都会爬着离开这里。”

他们隔天早上吃过早饭出发，阿洛答应留下来陪雷依和芬恩，等下一批补给运达。凯勒柏说他也想留下来，可是西奥说服他别这么做——因为有阿洛在，只要他们留在围墙里，就没必要留四个人，而且凯勒柏也受够折磨了。

另一个问题是枪，西奥希望把枪留在原处，艾莉希亚认为留下枪根本没道理。他们仍然不知道健德发生了什么事，也不知道那些病鬼明明有机会杀掉凯勒柏，却为什么不杀。最后，他们达成妥协。他们一行人携带枪械骑马回去，但在城外找地方藏起来保存，其余的则继续留在楼梯底下。

“我怀疑我们用不到枪。”大伙儿跃上马背时，阿洛说，“只要有病鬼出现，我光靠动动嘴巴就能搞死他们。”尽管如此，他肩上也还是扛着一把枪，艾莉希亚教他如何装填子弹，也让他在院子里射了几发练习，“真该死！”他用大嗓门喊道，又扣下扳机射了一发，把当枪靶的罐子射倒了，“这家伙还真管用！”西奥说得没错，彼得想，一旦有了枪，就很难放手了。

“我是认真的，阿洛。”西奥警告他，马匹经过这么多天没活动之后，都急着想走，在他们胯下动来动去，不停踢着泥土，“情况有点不对劲。留在围墙里。每天晚上看见第一道阴影之前，就先把门锁好，听见没？”

“别担心啦，堂弟。”阿洛咧开藏在大胡子后面的嘴大笑，看看芬恩和雷依。彼得心想，从芬恩和雷依脸上的表情就看得出来，他们都觉得是末日将近。和阿洛以及他的故事一起被关在发电站，他们八成会崩溃。不管有没有吉他，阿洛都非唱歌给他们听不可。阿洛脖子上挂着从健德尸体上拿下来的钥匙，另一把在西奥身上。

“喂，不要这样嘛，两位！”阿洛拍拍手，喊那两个愁眉苦脸的人，“打起精神来，这会像开派对一样。”可是一走近西奥的坐骑，他的表情瞬间变得严肃起来，“放在你的腰袋里，”阿洛很快地说，塞给他一张折起来的纸，“我要是出事的话，就交给小丽和宝宝。”

西奥看都没看就收起来：“十天。好好待在里面。”

“十天，堂弟。”

他们骑进山谷，没有车子要拉，他们可以直接穿过野地往巴宁去，不走东方路，可以省下十公里的路程。没有人开口，他们要为眼前的漫漫长路保存体力。

接近小镇边缘时，西奥停下来。

“我差点忘了，”他在马鞍袋里摸索，掏出迈克六天前在大门口交给他的东西，“有人记得这东西叫什么吗？”

凯勒柏骑到西奥旁边，从他手上接过那个东西仔细看：“这是主板，英特尔芯片，Pion 系列。看到这个九了吗？从这里就看得出来。”

“你懂这些东西？”

“没办法啊，”凯勒柏耸耸肩，把板子交还给西奥，“涡轮机控制器用的也是 Pion。我们的功率比较强，可基本上是一样的。这硬得像指甲一样，而且速度比打喷嚏还快。十六个十亿赫兹，而且不会超频。”

彼得看着西奥脸上的表情，他也不知道那小子在说什么。

“好吧，迈克想找一个。”

“你早该说的，发电站里有很多备用的。”

艾莉希亚大笑：“我得说啊，凯勒柏，你还真让我吃惊，你讲话的样子活像那个电路，我甚至不知道你这家伙还看书的。”

凯勒柏在马背上扭过身子面对她，可就算他觉得被得罪了，也没显露出来：“你是在开我的玩笑吗？在那里还能干吗？健德总是偷溜到图书馆去搬更多书回来。在工具间里堆了一箱又一箱的书，不只是技术方面的书。那家伙什么书都能读，说书比人还有趣。”

霎时间，众人陷入沉默。

“我说错话了吗？”凯勒柏问。

图书馆位于小镇北边的帝王谷畅货购物中心附近，一幢四四方方的矮建筑，四周的水泥地已经冒出一簇簇高高的野草。他们在加油站后面找到掩护所，一行人下马。西奥从鞍袋里掏出望远镜，查看这幢建筑。

“都快被沙子埋住了，不过一楼以上的窗户还好好的。这建筑看起来还很结实。”

“你看得见里面吗？”彼得问。

“阳光太强了，从玻璃上反射回来。”他把望远镜交给艾莉希亚，转头看高脚鞋，“你确定？”

“健德是不是来过这里？”那孩子点点头，“是的，我确定。”

“你和他一起来过吗？”

“你没开玩笑吧？”

艾莉希亚手脚并用，从大型垃圾箱爬上加油站屋顶看个清楚。

“看见什么了吗？”

她放下望远镜：“你说得没错，阳光太强了。可是有这些窗户，我想里面应该没事才对。”

“健德就是这么说的。”凯勒柏说。

“我搞不懂，”彼得说，“他为什么要一个人到这里来？”

艾莉希亚跳下来。她用手拍拍运动衫前襟，把灰尘拍掉，从脸上拨开一绺汗湿的头发。“我想我们应该进去看看。阳光正好，我们不可能有更好的时机了。”

西奥的脸色似乎在说：我为什么一点都不意外？他转头看彼

得："你投谁一票呢？"

"我们什么时候开始投票？"

"从现在开始，如果我们要做，就得全体都同意。"

彼得试着想看透西奥的表情，猜他想怎么做，眼前的问题让他觉得像沉重的挑战。他想：为什么是这件事？为什么是现在？

他点头同意。

"好吧，小艾，"西奥伸手拿他的枪说，"你可以开始猎病鬼了。"

他们留下凯勒柏照管马匹，排成松散的一列走向建筑。沙子在窗前堆得高高的，但位于一小段台阶顶端的大门入口却很干净。门很容易就打开了，他们走进去。这是个入口通道，一进门的墙上挂着一个布告牌，贴满写在纸上的告示，字迹虽然褪色了，却还可辨识。汽车拍卖，尼桑日产，低里程。减肥？问我就对了！征聘保姆，下午上班，偶尔晚上，须备车。儿童听故事时间，周二、周四，十点半到十一点半。然后有一张比其他告示都大，写在一大张起皱的黄色纸张上：

活下去，留在照明良好之处。

任何感染征兆均须举报。

勿让陌生人进屋。

如获官方指示，请离开安全区。

他们往里走进一间宽敞的房间，阳光透过面对停车场的高窗照进来。空气呛鼻，带着浓重的热气。

柜台上坐着一具尸体。

那个女人——彼得看得出来那是女的——显然是开枪自杀的。那把小巧的左轮枪还握在手里，垂在膝上。尸骸是褐色的，像皮革一样，干燥的肌肤紧紧绷在骨头上，头颅侧边的弹孔清晰可见。她的头歪向一边，仿佛有什么东西掉了，她低头去看似的。

"还好阿洛没看见这个。"艾莉希亚喃喃自语。

他们默默走进藏书区。地板上到处都是书，多到让人像走在雪堆上。他们绕过后面再回到前面，西奥用枪指着楼梯。

“全体注意。”

楼梯通向一个大房间，阳光从窗户透射进来，满室光亮。一种宽敞开阔的感觉：书架全被推到一旁，挪出空间摆放一排排帆布床。

每张床上都有一具尸体。

“大概有五十个吧，”艾莉希亚低声说，“这是什么疗养所吗？”

他们穿过帆布床中间的走道，往房间更深处走。空气中有一股古怪的麝香味。走到一半时，西奥停在一张床旁边，弯腰拿起一个松软的布做的东西，都快解体了。他拿起来给彼得和艾莉希亚看，是一个布娃娃。

“该不是我想的那个东西吧？”

这些影像开始在彼得心中拼凑成一个图案，尸体的娇小，皮包骨的小手里抓着的填充动物与玩具。彼得往前走时，感觉也听到塑料被踩压的声音。那是注射器，有好几十个，散落在地板上。

他活像挨了一拳。

“西奥，这是……这是……”他的话哽在喉咙里。

他哥哥已经走向楼梯了：“我们快点离开这里吧。”

他们一直走到外面才停下脚步。他们站在前门的坡道上，大口呼吸新鲜空气。远远地，彼得看见凯勒柏站在加油站的屋顶上，还在用望远镜眺望四周。

“他们一定知道会发生什么事，”艾莉希亚静静地说，“决定这样做比较好。”

西奥把枪挂在身上，喝了一大口水。他面如灰土。彼得看见哥哥的手在颤抖。“该死的健德，”西奥说，“他干吗到这里来？”

“后面有第二道楼梯，”艾莉希亚说，“我们应该过去看一下。”

西奥吐了口水，用力摇头。

“算了吧，小艾。”西奥说。

“要是我们没把事情弄清楚，来查看这栋建筑干吗？”

西奥猛然转头：“我不想在这个地方再多浪费一秒钟。”他已经下定决心，他的话不容反驳，“我们放火烧了，不必讨论。”

他们把书从架子上推下来，在靠近前门的地方堆成一堆。纸张很快就着火了，火焰跃动，从一本跳到另一本。他们从门口撤离到五十米之外，看着整幢建筑烧起来。彼得拿起水壶喝了一口，但这里的味道怎么也冲不掉：尸体的味道，死亡的味道。他知道眼睛所看见的景物，将会一辈子留在他心里。健德来过这里，可不只是来拿书，他来看这些孩子。

就在这时，堆在建筑下方的积沙开始移动。

站在他身边的艾莉希亚第一个看见。

“彼得……”

那堆沙崩塌了，病鬼从盖住地下室窗户的沙里蹿出来。一组六个病鬼，被火焰赶进正午炽烈的阳光下。

他们尖声怪叫，高亢凄厉的哀号让四处充满痛苦与愤怒。

图书馆已经全部被火焰吞噬。彼得举起枪，摸索着找寻扳机。他的动作感觉上很恍惚，无法聚焦。那场景里的一切似乎只有一半是真的，他的心找不到任何着力点。更多病鬼从上层窗户冒出的浓密黑烟里现身，玻璃炸裂成闪耀的光雨，他们身体着火，背后拖着一道流动的火焰。等他举起枪，瞄准大火，世上所有的时间仿佛都已流失殆尽。第一群病鬼躲进图书馆台阶下方的一圈阴影里，瑟缩成一团，脸紧紧贴地，看似一群玩躲猫猫的小孩儿。

“彼得，我们不能待在这里！”

艾莉希亚的声音把他从冬眠状态里唤醒，在他背后，西奥一动也不动，枪管无力地对着地面，沉着脸，眼睛无神地圆睁。**这有什么用？**

“西奥，听我说。”艾莉希亚用力摇着他的手臂说。有那么一会儿，彼得还以为她要打他。台阶底下的病鬼开始骚动。他们一个接一个地抽搐，就像风吹过池塘水面一样。“我们得离开，马上。”

西奥的目光转到彼得身上。“噢，老弟，”他说，“我想我们死定了。”

“彼得，”艾莉希亚求他，“帮帮我。”

他们一人扛一边，架着西奥跑，但走过停车场一半时，西奥已经可以自己跑了。那种不真实的感觉消失了，取而代之的只有一个渴望：快走，快逃脱。他们绕过加油站转角，看见凯勒柏骑在马上，飞奔而来。他们三个也上了马，双腿一踢，要马快跑，追着他疾驰过水泥地。背后，彼得听见更多玻璃爆裂的声音。艾莉希亚伸手一指，迎着风大喊“购物中心”。凯勒柏往购物中心去了，他们全速飞驰，在马蹄卷起的团团沙土中赶到空荡荡的停车场时，正好看见凯勒柏在建筑的西入口跃下马背。他拍拍马的后臀，迅速冲进开口，任马跑开。

“里面！”艾莉希亚大叫，现在是她指挥，西奥没说话，“快，下马！”

动物是诱饵，是祭品。他们没有时间道别，急匆匆下马，冲进建筑里。彼得知道，最理想的地方是中庭。那里的玻璃顶早就不见了，有阳光与掩护，他们可以多少加以抵御。他们跑过暗暗的走廊，空气沉重，带着酸味，墙面有突出的石膏雕花，裸露出锈蚀的梁柱与垂挂的电线，外层裹着厚重灰土的管子。大部分的店门紧闭，但也有像一张张迷惑的脸般敞开，阴暗的店铺里堆满垃圾残屑。彼得看见凯勒柏跑在前面，饱满的金色阳光洒落下来。

他们进到中庭，阳光亮得让他们不住眨眼，这房间仿佛一座森林。几乎每一寸表面都塞满壮硕的绿色藤蔓，正中央一棵棕榈树朝开敞的天花板高高伸展。天花板上裸露的支架有更多藤蔓垂下来，宛如一条条有生命的绳索。他们躲在树下一排倾覆的桌子后面，凯勒柏已经不见踪影了。

彼得看着哥哥，蹲在他身边：“你还好吗？”

西奥不太有把握地点点头，都快喘不过气来了：“对不起。刚才，我只是……”他摇摇头，“我不知道。”他擦掉眼角的汗，“我来守左边。你留在小艾身边。”他快速地往左边移动。

小艾蹲在他旁边，拉开枪栓，查看枪里还有多少发子弹。有四条走廊通往中庭，如果病鬼进攻，一定是从西方进来。

“你想太阳会不会吓退他们？”彼得问。

“我不知道，彼得。他们好像都抓狂了。或许可以吓退一部分，但不会是全部。”她把枪带紧紧缠在前臂上，“我需要你答应我一件事，我不要变得像他们一样。要是真的变成了那样，我需要你来帮我处理。”

“见鬼了，小艾，不会发生的，连提都别提。”

“我是说如果真的发生了，”她的语气很坚定，“千万别犹豫。”

没时间多说话了，他们听见朝他们跑来的脚步声。凯勒柏冲进中庭，胸前抱着一个东西。他躲进桌子后面之后，彼得才看清楚那是一个黑色的鞋盒。

“我真不敢相信，”艾莉希亚说，“你去寻宝？”

凯勒柏掀开盒盖摆到一旁，一双还裹在纸里的鲜黄色的运动鞋露出来。他踢掉健德的靴子，把脚套进新鞋里。

“该死！”他皱起眉头说，“太大了，大到离谱。”

这时，第一个病鬼掉下来，先是上方有一阵隐约的动作，接着就绕到他们后方，从中庭天花板上掉下来。彼得一转身，就看见西奥被抓了起来，被抛向天花板，他的枪吊在缠住手臂的枪带上晃荡，双手双脚在空中拼命挣扎。第二个病鬼倒挂在天花板的支柱上，一把抓住西奥的脚踝，轻若无物。这时西奥的身体完全倒吊，彼得看见哥哥脸上极度惊诧的表情。他没发出半点声音，他的枪已经掉下来了，旋转着落在地板上。那只病鬼把西奥抛出天花板开口，然后走了。

彼得挣扎着站起来，手指摸到了扳机，他听见自己的声音在喊着哥哥的名字，以及艾莉希亚开火的枪声。天花板上有三个病鬼在一根根支柱之间迅速跳跃。彼得的眼角瞥见艾莉希亚把凯勒柏推到中庭另一头的餐厅柜台后面。彼得终于开枪了，接着又开了一枪。但病鬼的动作太快了，他瞄准的位置总是瞬间就空无一物。彼得觉得他们仿佛在玩某种游戏，想引诱他们耗尽弹药。**他们什么时候开始这样做了**？他想，而且很纳闷，不知自己什么时候听过这句话。

第一个病鬼跃下时，彼得心中马上察觉到他那弧形移动路线有可能致命。艾莉希亚背靠柜台站着。那只病鬼直扑她而来，双臂伸展，双腿弯曲以吸收撞击力。满嘴利牙，双掌尖爪，肌力柔软的家伙。在他落地之前的一瞬间，艾莉希亚踏前一步，稳稳站在他正下方，举起枪，像举起一把刀似的。

她开火。

一团红雾，模糊的血肉翻滚，艾莉希亚的枪飞掉了。彼得这才发现艾莉希亚还活着，她又站了起来。病鬼躺在他落地之处，后脑勺满满的一摊血。她射穿了他的嘴巴。在他们上方，那两个病鬼陡然一愣，身体僵直，亮出一嘴牙齿，头部好像被一条绳子拉住似的，同时朝艾莉希亚的方向一转。

“赶快离开！”她喊着，跃过柜台喊着，“快跑！”

他照做，拔腿快跑。

他在购物中心深处，似乎没路可以出去。所有的出口都被挡住了，一大堆一大堆的废弃物品堆积如山：家具、购物推车、装满垃圾的垃圾桶。

而西奥，他的哥哥西奥不见了。

他唯一的选项就是躲起来，他穿过一条店铺门窗紧闭的走廊，拼命想拉起铁门，但没有一家打得开，每一家都关得严严的。在惊慌的迷雾中，他心中只有一个问题：为什么他还没死？他从中庭逃走时，以为自己一定跑不了十步。一阵痛苦，然后就全部结束了。他至少过了一分钟才发现，那些病鬼并没有追着他。

他们太忙了，他想，他得抓着铁门才站得住。他的手指紧紧钩在两根铁栅之间，头抵着铁门，几乎喘不过气来。他的朋友都死了，这是唯一的解释。西奥死了，凯勒柏死了，艾莉希亚也死了。等病鬼料理妥当，等病鬼吸足血之后，就会来找他。

猎捕他。

他跑过一条又一条走廊，穿过一家又一家铁门紧闭的店铺。他甚至不管那些铁门了；他心里只有一个念头：到外面去，到空旷的地方去。前面有阳光，有开阔的感觉。他转过墙角，踩到瓷砖脚底一滑，溜进一个宽敞得像巨蛋的空间。又一个中庭。这里没有垃圾废物堆积，一道道略带灰色的阳光穿透一圈高高的窗户洒下来。

房间正中央一动也不动站着的是一群小马。

小马紧紧挨在一起，站在某种独立的棚子底下。彼得霎时不敢动弹，以为它们会四散奔逃。怎么会有一群马进到购物中心里来？他小心翼翼地往前走。原来如此，这些马不是真的。这是旋转木马。彼得曾经看过图片，在庇护所的书上。木马底座会转动，播放音乐，孩子们就骑在马上转啊转的。他踏上铺木板的台子，马匹身上裹了厚厚的一层灰尘，让它们的面貌变得暗淡。他和一匹马面对面，拂去它的尘垢，露出底下鲜艳的色彩以及精心描绘的细节：眼睛的睫毛，牙齿的沟槽，鼻子长长的线条，以及翻张的鼻孔。

这时他感觉到了，他的四肢突然有了知觉，仿佛摸到了冰冷的金属。他一惊，扬起脸。

站在他前面的是一个女孩。

一个行者。

他说不上来她几岁。十三？十六？她的头发又长又黑，夹杂着干草；身上一条剪到脚踝的破旧长裤，沾满泥垢而变得硬挺的T恤，穿在她的身躯上显得过大。她的裤子用一条电线绑在腰上，脚上的凉鞋在脚趾之间有朵塑料菊花。

彼得还来不及开口，她就竖起一根手指贴在嘴唇上：别出声。她轻快地走到台子中央，转头挥手要他过去，要他跟着她走。

这时他听见他们了，走廊里跑动的脚步声，紧闭的店铺铁门咔啦咔啦响。

病鬼来了，搜寻，猎捕。

那女孩的眼睛睁得非常大。**快点，**她的眼睛说。她拉起他的手，拉他往台子正中央走。到了中央，她跪下来，拉起地板上的一个金属环。一道活门出现在木头平台上。她爬了进去，只露出脸来。

快点，快点。

彼得跟着她爬进洞里，关上头顶上的活门。他们现在在旋转木马底下，一个像管线夹层的地方。斜斜几道细微的光线射进来，从顶上的木板掉下来的微尘在光线中旋舞，彼得看见一部黑色的大机器，旁边的地板上摆了一团铺盖卷。一瓶瓶塑料瓶装水和罐头食品排成一列列，上面的纸标签早就损毁不见了。她住在这里吗？

木板平台开始震动。女孩跪下来，一个阴影从他们头顶掠过。她教他怎么做。

躺下，别动。

他照她的话做，然后她爬到他上面，躺在他身上。他可以感觉到她身体的热度，她呼出的温热气息喷在他脖子上。她用自己的身体掩住他。这时，旋转木马上到处都是病鬼。他可以感觉得到他们的心思四处搜寻，刺探，听见他们喉咙里轻轻的咔嗒声。他们要多久才会找到这个活门？

别动。别呼吸。

他紧紧闭上眼睛，用意志力让自己进入完全静止的状态，等着活门被从铰链上扯裂开来，来复枪躺在他身边的地板上。他或许可以拿起来开个一两枪，但是顶多也就只是一两枪。

时间一秒秒过去。上方有更多的震动，嗅觉敏锐兴奋的病鬼鼻子嗅到人类的气味，他们在空气中尝到鲜血的滋味。可是有点不对劲，他感觉到他们的不确定。那女孩压在他身上，掩蔽他，保护他。头顶上一片沉寂，病鬼离开了吗？过了一分钟又一分钟。他的心思从病鬼身上转到女孩接下来会怎么做。最后，她从他身上爬下来，他爬起来跪着。他们的脸相距十几厘米。她脸颊柔和的曲线宛如孩童，但那双眼却不然，不带一丝稚气。他可以闻到她呼出的气息，带点甜甜的味道，宛如蜂蜜。

“你怎么会……”

她猛然摇头，要他安静，指指天花板，然后又竖起一根手指贴在唇上。

他们走了，可是他们还会回来。

她站起来，打开活门，接着迅速转头，让他明白她的意思。

跟着我，快点。

他们爬上旋转木马的木制平台，这里空荡荡的，但他感觉得到病鬼刚才的存在，在他们刚才站着的地方，还有看不见的旋涡在不住地旋动。女孩动作敏捷，领着他到中庭另一端的门。门是敞开的，用一块混凝土卡住。他们踏进门里，女孩关上门，把他们关在里面，他听见门锁咔啦一声。

黑暗。

惊慌再次袭上心头，一种完全茫然不知方向的感觉，但他感觉到她拉着他的手。她抓得很紧，想要他放心，她拉着他更往深处走。

我抓着你，没关系的。

他试着想数步伐，但一点用都没有。他从她的抓力可以感觉得出来，她要他走快一点，他的不笃定拖慢了他们的速度。他不知被什么东西绊倒，枪掉下来，在黑暗之中无处可寻。

“等等——”

背后传来嗡一声，以及折弯金属的声音，病鬼在找他们。他看见前面有亮光，周围的一切开始清晰起来。他们在一条屋顶很高的长走廊里，堆在墙边的是一大堆咧嘴笑的骸骨，扭曲的躯干仿佛是某种警告。背后又传来一声撞击，门毁了，凹陷进铰链里。走廊的尽头是另一道敞开的门，一个楼梯间。黄色的阳光从高高的顶上洒下，鸽子的声音与味道传来。墙上有一个指示标通达屋顶。

他转身，那女孩还站在楼梯门外的走廊里。他们的眼神短暂接触，却萦回不去。不到一秒钟之后，女孩踏前一步，踮起脚，把她紧闭的双唇——宛如小鸟啄食般——贴在他脸上。

就只有这样，她亲吻他的脸颊。

彼得惊诧得说不出话来，女孩往后退，回到阴暗的走廊。快走。她的眼睛说。

然后她关上门。

“嘿！”他听见门锁咔啦一声，他抓着门把手，但完全转不动，他拍着封死的铁门，“嘿，别丢下我！”

但是女孩已经走了，一个悄然离去的精灵。他又看看那个指标：通往屋顶。她希望他到屋顶去。

他开始往上爬，空气闷热，因为鸽子的气味而令人窒息。墙上有一抹长长的鸟粪痕迹，裹在楼梯和栏杆上仿佛一层层油漆。那些鸟好像不怎么注意他，在他往上爬的时候，依旧到处飞来飞去，仿佛他的存在并不值得大惊小怪。三段楼梯，四段……他累得气喘吁吁，嘴巴和鼻子因为呛辣的臭味而疼痛，眼睛像被泼了酸液般刺痛。

他终于爬到顶端，在最后一道门上的墙面，在高得碰不到的地方，有一扇小窗，边缘一圈破裂的玻璃，因煤烟和岁月而变黄。

门被锁住了。

死路一条，经历这么多事情之后，那女孩带他走进一条死路。楼梯间传来惊天动地的咣当声，第一只病鬼撞击着他下方的那一道门。鸟儿拍翅飞起，四散开来，到处都是飘散的羽毛。

他看见了，因为鸟粪如此之厚，和旁边的墙面几乎融为一体。他用手肘撞开玻璃，然后拉出斧头。底下又传来第二声撞击。再推一把，病鬼就会撞开门，尖声怪叫着冲上楼梯。

彼得把斧头高举过头，对准门闩用力一挥。斧刃没砍中目标，但还是造成了一些损坏。他深吸一口气，估算距离，再次挥动斧头，使尽所有的力气，干净利落的一击，门锁裂开粉碎。他铆足力气往前冲，随着尘封多年的咿呀一声，生锈的门敞开来了，他整个人沐浴在阳光里。

他站在购物中心北侧的屋顶，面对山脉，迅速冲向屋顶边缘。

往下跳至少有五十米的距离。他会跌断腿，甚至更惨。

一动也不动地躺在水泥地上等病鬼来抓他，这可不是他所希望的结局。他的手肘还在淌血，一道血迹跟着他一路走出开敞的门。不记得有痛的感觉，想必是在敲碎玻璃时割伤的。时至今日，流一点血也没什么啦，起码他还有斧头。

他转身面对那道门，准备用力挥，却听见底下传来一声喊叫：

"跳！"

艾莉希亚和凯勒柏骑在马背上转过建筑的墙角，速度非常快。艾莉希亚对着他挥手，身体因为夹着马镫而往前倾。"跳啊！"

他想起被高高抓了起来的西奥，想起父亲站在大海边上，想起星星与海洋，想起那个用身体掩住自己的女孩，想起她在他脖子上、在亲吻他的脸颊上留下的甜美温暖气息。

他的朋友在下面召唤挥手，病鬼正冲上楼梯，斧头还握在手里。

现在不要，他想，还不要。于是他闭上眼睛纵身跳下。

23

又是夏天了，她一个人。自己一个人，没有别人，只有她听见的声音，时时刻刻、无所不在的声音。

她记得那个男人，她记得另一个男人和他老婆和那个男人，以及另一个女人。她还记得其他的一些人。她其实一个也不记得。她记得自己有一天想：我自己一个人。没有别人，只有我。她住在黑暗里。她教会自己在亮光中行走，虽然那并不容易。有段时间，光线害她皮肤发红，害她生病。

她一直走，一直走。她沿着山走。那个男人叫她沿着山走，快跑，不停地跑，然后有一天山走完了，没有山了。她再也找不到山，找不到一样的山。有些日子，她完全不知身在何处。这些日子是好多年。她到处住来住去，有时和这个人，有时和那个人，和那个男人和他老婆和那个男人，然后又和那个女人，最后连一个人都没有了。有些人对她很好，在他们死掉之前。有些人就不见得了。她有点不一样，他们说。她和他们不一样，不是他们的同类。她与众不同，孤独无依，天底下没有和她一样的人。那些人打发她走，或虽然没打发她走，但最后却还是死了。

她做梦，梦见有人讲话的声音以及那个男人。有好几个月、好几年的时间，只要专心聆听，她会在风的呼啸、星星的骚动中听见那个男人的声音，让她心中涌起期待他照顾的渴望，但随着时间流逝，他的声音在她心中和其他人的声音混杂起来，她梦中的那些人，或许存在也或许不存在，仿佛黑暗那样若有若无，既存在也不存在。这世界属于那些如梦游般永远不会死的人。她想：我的脚下有土地，我的头顶有天空，周遭有空的建筑，有风有雨有星星，还有无所不在的声音，讲话的声音和提出的问题。

我是谁？我是谁？我是谁？

她并不怕他们，他们不像以前的那个男人，还有其他人，那个男人和他老婆和那个男人，以及后来的那个女人。她努力把梦游的人从那男的身边引开，她做到了。他们跟着她，用他们的那个问题追着她，宛如拖着一条锁链，就像她所读过的那个故事里的鬼魂雅各布·马利。有一段时间，她以为他们是鬼魂，但他们不是。她不知道该怎么称呼他们。她也不知道该怎么称呼自己，不知道自己到底是什么。有天晚上她醒来，发现他们围在她身边，求索的眼睛在黑暗之中像炉火余烬般闪闪发光。她记起那个地方，因为那是个冰冷而漏雨的谷仓，他们的脸围挤在她旁边，仿佛置身梦境的脸，如此哀伤，如此失落，和她独行的世界一样孤独寂寞。他们需要她告诉他们，需要她回答他们的问题。她闻到他们呼在她脸上的夜晚气息，还有那个问题的气息，在血液中奔流。**我是谁？**他们问她。

我是谁……

于是她从那个地方跑开，她跑，一直跑一直跑。

季节更替，一遍一遍又一遍，更多遍。先是冷，然后又不冷。夜晚很长，然后又不长。她背了一个背包，装着她需要的东西，以及她想留在身边的东西，因为这可以带给她安慰。那些东西帮她回忆，帮她在心里留住那些好的以及坏的岁月。例如：鬼魂雅各布·马利的那本故事书；那女人的项链坠，是她在那女人像其他人那样大闹一场死掉之后，从她脖子上拿下来的；从一大片布满骨头的荒野捡来的骨头；从她在船上望见的海滩捡到的一块石头。她找到的罐头有些已经变质了，她用背包里的工具打开罐子，一阵可怕的味道马上飘出来，像是一大堆死尸排成一列或乱七八糟倒地的建筑里传出来的臭气。她知道这个不能吃，但她必须吃另一罐。有时候，她身边有广大灰色的海，海滩上布满被波浪轻抚得光滑的石头，一大排松树沿着水面伸出长长的臂弯。夜里，她看着星辰转动，看着月亮从海面升起下沉。就是这个月亮同时照遍全世界，有一段时间，她待在那里好快乐。就在那个地方，她看见了船。**嗨**，她大叫，**嗨，船**！**嗨，你这艘大船，嗨**！但是那艘船没回答半句话，就这样往前开了好几天，越过大海的尽头，然后又回来，在夜里随着月亮圆缺的潮汐漂动，宛如梦中的船。除了她自己之外，没人看见那艘船。她跟着那艘船走了好几天好几夜，来到岩石崎岖的地方，有座鲜红如血的断桥，那艘巨大的船停歇在那里，在其他大大小小的船之间。这时她才知道，那艘船就像岩石上的其他船一样是空的，没人在船上。海水黑黝黝的，带着臭味，和坏掉的罐头一样。于是她从那个地方继续出发前行。

噢，她可以感觉到他们，感觉到他们每一个。她可以伸出双手，探进黑暗之中，感觉到他们无所不在。他们永不餍止地询问，那个问题让她哀伤得近似于某种爱。宛如她对那个男人的爱，那个照顾她、叮嘱她要跑、不断往前跑的男人。

那个男人，她记起那大火，以及在她眼中亮得像太阳炸裂的光线。她记起他的哀伤和那个男人的感觉，可她再也听不见他的声音。那个男人，她想，那个男人走了。

我是巴柏寇克。

我是莫里森。

我是查维兹。

我是巴菲斯—杜瑞尔—温斯顿—索萨—艾珂—蓝布莱特—马丁内兹—雷恩哈特—卡特。

这就是所谓的“十二”，她想，“十二”无所不在，在这个世界里面，在这个世界之外，钻进黑暗之中。在当时的世界，每个人皮肤底下流淌的，就是这“十二”的血。

就这样，一年一年又一年。她记得有一天，在骨骸荒野的那一天，还有那只鸟和不讲话的那一天。这是个有树的地方，好高好高的树。小鸟就在那里，在她面前凌空扑飞的小东西。她光着脚踩在阳光照耀的草丛里，她已经学会在阳光中行走。那只鸟儿拍着翅膀，前前后后飞动。她看了又看。感觉上她好像已经盯着它看了好多天。她思索着这个小东西叫什么名字，但试着想说出口的时候，才发现自己已经忘了该怎么说。鸟，这个字在她心里，可是没有门可以出来。啾啾……鸟。她思索着她所知道的其他字，也是一样，所有的话语全都紧紧锁在她心里。

一个有月光的夜晚，在过了这么多的时间之后，她孤独寂寞，天底下没有一个朋友可以为伴。她心想：过来吧。

他们来了，一个又一个，越来越多。

到我这里来吧。

他们从阴暗处走出来，他们从顶上的天空和周围的高处跃下来，很快就变成无法计数的一大群，就像在谷仓的那天一样，只是更多。他们那一张张如在梦中的脸孔挤在她四周。她摸着他们，轻抚他们，不再觉得孤单。她问："就只有我们了吗？因为我没见过其他人，已经都好多年了，没有男人也没有女人。除了我之外就没有我了吗？"但是不管她怎么问，他们也没有答案可以给她；只有问题，狂烈炽热的问题。

走吧，她想，然后闭上眼睛。等她再睁开，发现只有她自己一个人。

于是她学会该怎么做了。

经过黑夜的不同季节与黑夜的许多年头，她来到一座被尘土掩埋的城市，在黄昏的稀薄光线里，她看见那些骑在马上的人。总共六个，骑在六匹矫健的黑马上。那些人有枪，就像她记得的那些人，在那个男人和他老婆和那个男人以及接下来的那个女人之后。她躲在暗处，等待夜晚降临。等天黑了要怎么做，她并不知道。但这时那些没记性的家伙又像往常那样从黑暗里冒出来，虽然她叫他们不要这样做。他们从天而降，敏捷地跳到那些人身上，一场混乱，就这样，那些人死去，他们死了，一共三个人。

她跑到尸体倒下的地方，那几个人和他们的马都死了，一滴血都不剩，所有的人都是这种死法。这三个人已经无处可觅了，但其中一个人的灵魂还在附近徘徊，那个已经没有任何具体形体的东西，从某个不知名的地方看着一切，她弯身端详他时，在他脸上看见清清楚楚的表情。那是她在那个男人和他老婆和那个男人以及接着的那个女人脸上都看过的表情。恐惧、痛苦、放弃，她突然想到这个男人的名字叫威廉。那些对威廉做出这种事的人觉得很抱歉，她站起来，对他们说：**没关系，走吧，要是可以克制的话，别再做这样的事了。**虽然她知道他们克制不了。他们克制不了，因为那"十二个"在他们心中塞满了恐怖的血之噩梦，而且他们也找不到答案，只听见：

我是巴柏寇克。

我是莫里森。

我是查维兹。

我是巴菲斯—杜瑞尔—温斯顿—索萨—艾珂—蓝布莱特—马丁内兹—雷恩哈特—卡特。

我是巴柏寇克。

巴柏寇克。

巴柏寇克。

她跟着他们穿过沙地，虽然光线照在眼里好亮好亮，有些日子她连躲都躲不开。她用找到的布把自己裹起来，戴着眼镜。白天很长，太阳的光弧肆虐头顶上的天空，用长刃似的光线犁开底下的土地。夜里，沙漠静寂一片，只有她自己行走在沙地和心跳的声音，以及周围沉浸于梦境的世界。

然后有一天，山又出现了。她始终没找到那些骑在马背上的人，也没找出他们来自何方，只是曾经眼睁睁地看着他们其中几个死在被掩埋的旧城里。山峦之间的谷底有星星点点的树木，在风中转动。也就是在这里，她找到了那幢室内有马的建筑。看见那些静止而孤寂的马匹时，她想，或许我看见的就是这些马吧。这些马不是活的，但是看起来栩栩如生，它们的眼神带给她安详安静的感觉，让她想起那个男人的关爱，也让她觉得自己应该留在这里，让她觉得奔逃的时间应该终止了，这是她要停下来歇息的地方。

如今时间也终止了，那些人终于骑在马上回来了，她救了其中一个。她用自己的身体掩住他，那一瞬间的直觉要她这么做，而且她要告诉那些梦游的人：走开，马上走开，别杀这一个。有那么一会儿，她的催促似乎对他们发挥了作用，但他们心中的另一个声音很强大，而他们噬血的渴望也很强烈。

窝在马匹底下黑暗的尘土之中，她想起自己所拯救的那个人，希望他没死，竖起耳朵倾听那些人骑马带枪回来的声音。经过几天时间，在望不见他们的踪影之后，她离开了这个地方，就像离开之前的一个又一个地方，踏进月夜之中。她是夜的一部分，不可分割的一部分。

“他们在哪里？”她问黑夜，“那些骑马的人在哪里，我应该到哪里去找他们呢？因为这么多这么多年以来，我始终孤独无依，除了我之外没有我。”

一个新的声音从夜空传来，说：**踏进月光里吧，艾美。**

“去哪里？我应该去哪里？”

把他们带来给我，路会带着你去。

她会这么做，因为她孤单太久了，除了我之外没有我，她心中满是悲伤，极度渴望找到自己的同类，让自己不再孤独无依。

踏进月光里，找到那些人，因为我必须认识他们，就像认识你一样，艾美。

艾美，她想，谁是艾美？

而那声音说：**你是艾美。**